KB084354

초판 1쇄 인쇄일 | 2018년 11월 21일
초판 1쇄 발행일 | 2018년 11월 29일

지은이 | 진서리
펴낸이 | 박성면
펴낸곳 | (주)동아

출판등록 | 제406-2007-000071호
주소 | 경기도 파주시 광인사길 9-6 (문발동 520-8)
전화 | (031)8071-5201
팩스 | (031)8071-5204
E-mail | bear6370@hanmail.net

정가 | 9,800원

ISBN 979-11-6302-109-4 (03810)

ⓒ 진서리, 2018

※이 책은 (주)동아와 저작자의 계약에 의해 출판된 것이므로, 무단 전재 및 유포, 공유를 금합니다.

Closed Eyes

눈을 감으면

진서리 장편소설

DONGAROMANCESTORY

동아

차 례

chapter 1

제국 제1의 귀족가의 수장, 쉬안 공작을 수식하는 말은 무수히도 많았다.

완벽한, 냉철한, 철혈의, 단호한, 교활한, 현명한, 속을 알 수 없는, 뱀 같은ㅡ.

온갖 수식어가 쉬안 공작 앞에 붙었지만, 그 누구도 그를 '순진하다'거나 '순수하다'고 표현하지는 않았다. 하지만 쉬안 공작에게도 순진하고 순수했던 시절이 분명 있었다. 어린 날, 아주 어린 날. 다시 돌아갈 수 없는 그 시간의 쉬안 공작은, 아니 샤샤는, 분명 어리고도 어렸고, 순진하고도 순진했으며, 순수하고도 순수했다.

그리고 애석하게도, 샤샤는 사랑에 목마른 여린 아이였다.

샤샤가 처음으로 사랑을 갈구했던 대상은 유모였다. 하지만 샤샤가 유모에게 깊이 의지하기 시작하자 샤샤의 아버지는 유모에게 돈을 두둑이 쥐여 주며 낙향시켜 버렸다.

그러자 샤샤는 아버지의 사랑을 갈구하기 시작했다. 하지만 아버지는 샤샤에게 큰 관심을 보이지 않았다. 이미 아버지의 관심은 샤샤의 형, 카를에게 모두 가 있었기 때문이었다. 샤샤와 카를이 둘 다 아파서 자리에 누웠던 날에도 아버지는 카를의 침대 곁만을 지켰다. 샤샤에게 주어진 것은 건강 조심하라는 짤막한 충고 한마디뿐이었다.

아버지가 샤샤와 카를에게 보이는 관심의 차이는 명확했다. 카를이 무언가를 바라면, 아버지가 바로 카를에게 가져다주었다. 샤샤가 무언가를 바라면, 집사가 한참 후에나 가져다주었다. 카를이 아버지와 시간을 보내고 싶다고 하면, 아버지는 무슨 일정이 있더라도 취소하고 집에 있었다. 샤샤가 아버지와 시간을 보내고 싶다고 하면, 아버지는 어리광 부리지 말라 혼냈다.

그리고 무엇보다도. 아버지는 카를을 '카를'이라 불렀지만, 샤샤 자신에게는 '샤를로테 드 쉬안'이라 불렀다. 너무나도 명백한 차이였다. 그래서 샤샤는 금세 아버지에게 사랑받는 것을 포기했다.

샤샤가 그다음으로 사랑을 갈구했던 대상은 그의 형, 카를이었다. 이전 두 사람과는 달리 카를은 샤샤의 욕구를 충족시켜 주었다.

'사랑하는 나의 동생.'

카를은 기꺼이 샤샤를 사랑해 주었다. 샤샤도 카를을 사랑했다. 카를이 샤샤를 사랑하는 만큼, 어쩌면 그보다 더. 오직 카를만이 사랑에 목말랐던 샤샤를 구원해 주었기에.

하지만 카를의 구원은 완벽하지 않았다.

'카를은 오래 살지 못할 거야.'

누군가 샤샤에게 직접 얘기해 준 적은 없었다. 샤샤도 언제부터 자신이 카를의 건강 상태를 알게 되었는지 기억할 수 없었다. 어쩌면 갓난아기 시절에 쉬안 공작이 한탄하는 소리를 들었을 수도 있고, 주치의가 공작에게 보고하는 소리를 들었던 걸지도, 집사와 수석 시녀가 같이 걱정하는 소리를 들었던 것일 수도 있다. 어떻게 알았는지는 기억할 수 없지만, 한번 알게 되자 샤샤는 늘 카를의 건강을 염려할 수밖에 없게 되었다.

'카를은 오래 살지 못할 거야.'

잠을 청하려 눈을 감으면 어둠을 틈타 방으로 들어오는 바람이 샤샤에게 속삭였다.

마구간에서 말에게 여물을 줄 적이면 발끝으로 이어진 그림자가 샤샤에게 속삭였다.

시종들과 숨바꼭질을 할 적이면 성의 벽돌들이 샤샤에게 속삭였다.

그 소리를 듣기 싫어 두 손으로 귀를 막아도 그 속삭임은 멈추지 않았다.

샤샤는 뼈저리도록 통감하고 있었다. 그의 가장 완벽하고 사랑스러운 형이 오래 살지 못할 거라는 사실을. 많은 것을 포기하고 살아가야 할 것이라는 사실을. 샤샤는 카를이 포기하며 살아가는 모습을 보고 싶지 않았다. 그래서 샤샤는 형이 할 수 없는 것들을 어떤 방식으로든 이루어 주려고 했다.

"저잣거리에 있는 저 사람들은 무슨 말을 하고, 무슨 생각을 할까."

카를의 말에 샤샤는 바로 길거리로 나갔다. 저잣거리에는 수많은 이야기들이 떠돌았다. 그중 가장 떠들썩한 이야기는 오랜만에 제도로 들어왔다는 유랑 공연단의 '이든과 이두나'에 관한 것이었다. 그이야기를 들은 샤샤는 쉬안 공작저로 돌아와 카를에게 모든 것을 전달했다.

"카를, 며칠 전에 수도에 순회 공연단이 들어왔대. 근데 공연이 얼마나 재밌는지 길거리의 사람들이 모두 그 공연 얘기를 하고 있더라고."

"무슨 내용인데?"

"전쟁의 남매 신 이든과 이두나에 대한 이야기야."

제국에서 가장 사랑받는 신, 전쟁의 남매 신 이든과 이두나. 그들에 관한 연극이며 노래들은 어느 번화가에서든 쉬이 들을 수 있었다.

"평범한 주제인데 왜 사람들이 그렇게 열광하지?"

카를의 물음에 샤샤가 목소리를 낮추었다. 어차피 듣는 사람도 없겠지만 말하는 내용이 내용인지라 절로 목소리가 작아질 수밖에 없었다.

"연극에서 이든 역을 맡은 사람이 세바스티앙 전(前) 황태자를 지나치게 닮았거든."

세바스티앙 전 황태자. 성군의 재목이 확실했는데 남진(南進) 전쟁에서 전사해 버린 안타까운 사람. 그는 가장 찬란할 때에 죽어 어떠한 흠결도 없이 오래도록 사람들의 기억 속에 남았다. 더군다나 후사를 남기지 않아 더더욱 사람들이 안타까워하며 오래도록 그를 기억했다.

하지만 아무리 사람들의 기억에 남았다 한들, 현재 황제가 굳건히

황위를 지키고 있는데 세바스티앙 전 황태자에 대한 이야기를 공공
연하게 할 수는 없는 노릇이었다. 그래서 사람들은 다른 방법을 찾
아냈다. 사람들은 전혀 다른 사람에 대한 이야기를 하는 것처럼 굴
면서 세바스티앙 전 황태자를 추억했다. 마치 지금 거리에 회자되는
공연, '이든과 이두나'처럼.

"세바스티앙 전 황태자를 닮은 방랑 예술가라니. 한번 볼 수 있으
면 좋을 텐데."

카를의 속삭임에 샤샤는 바로 쉬안 공작에게 카를과 자신이 저잣
거리로 나가 연극을 볼 수 있게 해 달라 청했다. 쉬안 공작은 잠시
고민했지만 이내 외출을 허락해 줬다. 기사를 한 무더기 대동해야
한다는 조건이 붙기는 했지만 그 정도는 감내할 만했다. 쉬안 공작
의 허락이 기꺼워 샤샤는 바로 카를의 방으로 달음박질쳤다.

"카를, 내일 같이 저잣거리에 나가서 연극을 봐도 된대!"

문을 벌컥 열며 외치니, 카를이 토끼 눈으로 샤샤를 바라보았다.
그 모습이 퍽이나 사랑스러워 샤샤의 마음이 절로 설렜다.

"아버지께서 허락하셨어?"

믿기지 않는지 카를의 목소리가 옅게 떨렸다.

"응! 허락하셨어!"

그제야 카를의 얼굴에 서서히 미소가 번졌다. 작게 시작되었던 미
소가 얼굴에 활짝 피어나는 것은 순식간이었다. 세상에 어떤 꽃이
피어난들 이리 아름다울까.

"뭐, 기사를 한 무더기 대동하고 가야 하긴 하지만 말이야."

미약한 불만이 섞인 샤샤의 말에도 카를은 여전히 웃었다.

다음 날, 샤샤는 즐거이 카를의 손을 잡고 저잣거리로 나섰다. 저

잣거리에 처음 나와 본 카를은 호기심을 가득 담아 이리저리 시선을 던졌다. 그 모습이 참으로 순진하고 귀여워 보여 샤샤는 작게 웃었다.

"신기해?"

샤샤의 물음에 카를의 볼이 살짝 달아올랐다.

"철없는 모습을 보였구나."

"우리 둘 다 아직 철없을 나이지."

그 말에 카를이 소리 내어 웃었다. 참으로 고운 웃음소리였다.

"그래, 그러네."

카를이 샤샤의 손을 힘주어 꽉 잡았다. 카를의 걸음걸이가 어느샌가 진중한 귀족 영식의 것에서 경쾌한 아이의 걸음걸이로 바뀌었다. 샤샤와 눈이 마주치면 카를이 새하얀 이를 보이며 환히 웃었다.

"저거 먹고 싶다."

카를이 제 옆에 있는 기사를 말갛게 바라보며 손가락으로 설탕물로 범벅이 된 꼬치를 가리켰다. 평소의 카를이라면 절대로 하지 않을 만한 행동이었다. 당황할 법도 했건만, 카를의 옆에 서 있던 기사는 단호했다.

"안 됩니다."

"정말?"

"예, 안 됩니다."

"그래, 그럼 어쩔 수 없지 뭐."

결국 원하던 꼬치는 손에 쥐어 보지도 못했지만 카를은 그저 환히 웃었다. 그냥 이 상황 자체가 너무나도 좋다는 듯이. 그 모습에 샤샤도 절로 함께 행복해졌다. 완벽한 하루가 있다면 이런 날이 아닐까 싶을 정도로.

연극 역시 그 유명세에 걸맞게 볼만했다. 연극의 골자는 간단했다. 제 조카가 이든의 환생임을 안 삼촌은 조카를 죽이려 한다. 하지만 부모의 희생으로 이든의 환생은 목숨을 부지하고, 이후 장성하여 삼촌에게 부모의 복수를 한다는 내용이었다.

간단한 내용이었음에도 배우들의 연기가 훌륭해서인지 연극의 인기는 식을 줄을 몰랐다.

"말로만 들었을 때도 재밌었는데, 실제로 보니까 더 재밌다."

"그러게, 듣기만 했을 땐 몰랐는데 배우들 의상도 엄청 인상 깊었어. 배우들 하나하나 입은 옷이며, 단 장신구가 너무 적절했어."

아직 연극의 여운에서 벗어나지 못한 듯, 샤샤의 눈이 반짝였다. 연극이니만큼, 배우들은 지나칠 정도로 화려하게 치장하고 있었지만 그 모습이 샤샤의 눈에는 자못 흥미로웠다.

"연출도 좋긴 했는데, 그래도 배우들의 연기력이 정말 최고였던 것 같아. 이든 역을 한 배우가 마지막에 자신을 죽이려던 삼촌을 죽이고 뒤돌아서 고요히 눈물을 흘리는데, 정말-, 내가 겪은 것도 아닌데 그 복잡한 감정이 너무 잘 와닿더라니까."

카를의 말에 샤샤가 천천히 눈을 깜빡였다. 반짝임은 줄었지만, 여전히 흥분한 눈으로 샤샤는 맞장구를 쳤다.

"그러게. 이든이 정말 연기를 잘하더라. 삼촌이 자기 아버지를 죽인 것을 알고 분노할 때도 그 감정이 너무 선명해서 나까지 같이 흥분될 정도였어."

"그치? 진짜-."

카를과 샤샤가 신나서 조잘거리느라 정신 팔린 사이, 허름한 옷을 입은 꼬마 하나가 카를에게로 와 부딪쳤다. 둔탁한 소리와 함께 카를도, 꼬마도 바닥을 나뒹굴었다.

"카를!"

샤샤의 눈에 바닥에 긁혀 송골송골 붉은 피가 맺힌 카를의 손바닥이 보였다. 분노가 순식간에 샤샤를 덮쳤다. 감히 누구의 몸에 이런 상처를―.

그사이 기사에게 붙들린 꼬마를 샤샤가 매서운 눈으로 바라보았다.

"에롤 경, 저놈을 쳐라."

꼬마를 붙들고 있던 에롤 경이 한 치의 망설임도 없이 꼬마의 뺨을 쳤다. 장성한 성인 남자의, 그것도 잘 단련된 기사의 폭력에 꼬마는 거적때기처럼 바닥에 널브러졌다.

"그만! 샤샤, 에롤 경, 둘 다 그만해! 뭐 하는 짓이야!"

"감히 귀족의 몸에 상처를 냈으니 그에 응당한 벌을 내리는 것뿐이야."

"그러지 마. 저 아이 혼자 잘못한 것도 아니고 같이 부딪쳐서 넘어진 거잖아. 다친 것도 똑같은데 왜 그래."

카를은 손수 아이를 일으켜 세워 주며 미안하다고 사과까지 했다. 그것도 자신과 같은 신분의 귀족을 대하듯 정중하게 허리까지 굽혀 가며.

그 모습이 샤샤는 퍽이나 거슬렸다. 하지만 카를의 기분을 망치고 싶지 않아 샤샤는 결국 그냥 웃어 버렸다.

그저 카를은 참으로 관대하다고, 그리 순진하게 생각하면서.

* * *

이후로도 카를은 수많은 것들을 소망했다. 저잣거리에 나가서 연극을 보고 싶다는 유의 그런 소박한 소망들은 샤샤가 기꺼이 옆에서 도왔다. 하지만 이루지 못할 소원들 역시 많았다. 그 소원들 하나하나가 너무나도 안타까워 카를이 이루지 못한 소망은 곧 샤샤의 소망이 되었다.

'북쪽 끝에 있는 녹지 않는 얼음산에 가 보고 싶어.'

'바다 건너에도 나라가 있대. 한번 가 보고 싶어.'

'너른 들판에서 밤새도록 하늘을 바라보고 싶어. 별들이 천천히 움직이는 걸 보면서 말이야.'

'여름이면 서부 국경 근처에서 이따금씩 별이 떨어진다면서? 얼마나 슬프고 아름다울까?'

'─하고 싶어!'

카를은 늘 새로운 소망을 가졌다. 카를이 열다섯 살이었던 어느 날, 카를은 또다시 새로운 소망을 가졌다. 카를에게도, 샤샤에게도 치명적인 소망을.

카를의 열다섯 살 생일이 얼마 지나지 않았을 무렵, 카를은 처음 보는 사람과 함께 공작저에 들어왔다. 카를과 비슷한 나이대로 보이는 그녀는 놀랍도록 강렬한 존재감을 가지고 있었다. 강렬한 금빛 머리칼은 용암처럼 굽이쳐 흘러내리고, 붉은 눈은 타오르는 불을 품은 것처럼 빛났다. 샤샤는 이내 그녀가 누군지 알아보았다.

바이에른 공작가의 올리비에.

샤샤는 아직 사교계에 데뷔도 하지 않았지만 그녀에 대해서라면 질리도록 들어 왔다. 바이에른 공작가는 쉬안 공작가 다음가는 세도가였고 그녀는 바이에른 공작가의 유일한 자식이었으니까.

"바이에른 공작가의 올리비에라 하오. 공은?"

과연 오만하다고 소문난 바이에른 공작가답게 그녀는 도도하게 붉은 눈을 내리깔며 물었다. 샤샤는 그 모습이 퍽이나 마음에 들지 않았다.

"초면에 이름까지 부를 일이야 있겠습니까. 그저 쉬안 공자라 불러주시지요."

그 말에 그녀는 무엇이 그리 즐거운지 빙긋이 웃으면서 카를에게 말했다.

"여기 쉬안 공자가 자신을 쉬안 공자라 불러 달라 하니 이를 어찌해야 하오, 쉬안 공자? 내 쉬안 공자가 둘이라 부르기 어렵구려."

"그러면 자네가 나를 카를이라 부르면 되겠군."

카를이 처음 보는 여인에게 이름을 넘어서 애칭을 허락하는 모습이라니! 그 모습이 가히 충격적이라 올리비에가 돌아가고 난 뒤 샤샤는 카를에게 볼멘 목소리로 그녀에 대한 악담을 쏟아 냈다.

그녀의 가문 바이에른 공작가는 오만한 가문이며, 쉬안 공작가에 위협이 될 수도 있으며, 그녀가 얼마나 가소로워하는 눈빛으로 저를 봤는지, 마지막에 이르러서는 과장이 과장을 낳아 소설이라도 읊어주듯이 카를에게 불만을 쏟았다. 그럼에도 카를은 그 특유의 자애로운 미소를 지으며 말했다.

"사랑하는 내 동생, 샤샤, 그녀를 미워하지 마. 상냥한 분이야."

상냥은 개뿔! 그는 몇 날 며칠 동안 제 형 카를에게 올리비에의 험담을 했지만 카를은 끄떡하지 않았다. 하기야 사실무근의 상상과

질투에서 비롯된 어린 샤샤의 험담이 카를의 귀에 진지하게 들릴 리가 없었다. 외려 귀여우면 귀여웠지.

올리비에는 첫 만남 이후로 정말이지 아주, 많이, 짜증 날 정도로 자주, 공작저에 찾아왔다. 심지어 한번은 쉬안 공작과 독대까지 했다. 올리비에가 무슨 말로 쉬안 공작을 구워삶았는지는 모르겠지만 그 이후로 올리비에가 쉬안 공작저에 찾아오는 일은 더욱 잦아졌다. 더 짜증 나는 건, 아마 그녀가 온 횟수 못지않게 카를도 바이에른 공작저에 찾아갔을 거란 점이었다.

올리비에는 공작저에 찾아와 카를과 차를 마시기도 했고 산책을 하기도 했고 때때로는 가볍게 승마를 하기도 했다. 심지어 카를은 종종 올리비에를 쉬안 공작저의 심장에 위치한 백합 정원으로 초청하기도 했다. 고결하고 순결하여 쉬안 공작가의 상징과도 같은 백합 정원에, 그 오만한 올리비에를 데리고 오다니. 그 소식을 듣는 것만으로도 샤샤는 화가 났다.

언제고 올리비에와 담판을 지어야겠다고 벼르고 있던 샤샤는 드디어 어느 날, 올리비에와 카를이 백합 정원에서 단둘이 차를 마시기로 했다는 정보를 미리 입수했다. 이리 좋은 정보를 미리 얻었으니 어떻게 가만히 있겠는가. 샤샤는 백합 정원에 마련된 티 테이블에서 카를과 올리비에를 기다렸다.

물론 얌전히 기다리기만 한 것은 아니었다. 올리비에의 티타임을 망쳐 버리고 싶어서 그녀가 앉을 의자에 흙을 묻히고, 그녀가 마실 찻잔에 벌레를 집어넣었다. 주변에서 대기하고 있던 시녀와 시종이 샤샤를 말리려 했지만, 가능할 리 없었다. 그 누가 감히 귀한 쉬안 공작가의 영식을 말리겠는가.

샤샤는 올리비에 자리에 온통 분탕질을 쳐 놓고는 의기양양한 얼굴로 맞은편 의자에 앉아서 그녀를 기다렸다. 올리비에가 저 멀리에 나타난 순간부터 샤샤의 미소가 더욱 진해졌다.

'화내! 길길이 날뛰어!'

샤샤가 속으로 외쳤다. 화난 올리비에가 자신과 싸우기를. 싸우다가 한 대 때려 주기라도 하면 정말 완벽할 터였다. 그러면 올리비에가 쉬안 공작가에 오는 것을 막을 명분이 생길 테니까.

하지만 올리비에는 샤샤를 발견하고도, 흙 묻은 의자를 발견하고도, 벌레가 들어간 찻잔을 발견하고도 안색의 변화가 없었다. 오히려 올리비에의 옆에서 나란히 걸어오고 있던 카를이 부끄러움을 견디지 못해 손으로 눈을 가리고는 반쯤 고개를 숙일 따름이었다.

"이보게, 쉬안 공자."

올리비에가 벌레가 들어 있던 찻잔을 뒤집었다. 벌레들이 후드득 떨어지는 것을 무감한 눈으로 바라보던 올리비에가 고개를 돌려 샤샤를 바라보았다. 샤샤보다 올리비에의 신장이 조금 더 컸기에 자연스레 올리비에가 샤샤를 내려다보는 형태가 되었다.

"자네가 나를 그리 싫어한다면서?"

"그래, 싫소."

그녀의 눈을 똑바로 바라보며 샤샤도 직설적으로 대답해 주었다.

"혹여나 하는 말인데 내가 바이에른 공녀를 좋아하기를 바라지 마시오."

샤샤의 말에 그녀의 웃음이 짙어졌다. 이상한 여자야.

"그거 잘됐네. 나도 네가 싫어, 쉬안 공자. 너도 내가 너를 좋아하기를 바라지 마."

뭐야, 이 여자. 내가 이렇게 말했는데 이딴 식으로 말하는 게 어디 있어? 벙찐 샤샤의 얼굴에도 불구하고 올리비에는 자기가 하고 싶은 말을 하는 데 집중했다. 그나마 지금까지 예의를 지키던 하오체는 어디로 갖다 버린 건지 지나치게 격의 없는 어조를 구사했다.

"아, 그거 아니, 쉬안 공자?"

언제부터 나한테 이렇게 말을 놓은 거지? 내가 자기 동생인 줄 아나!

"나랑 카를이랑 내일 무도회에 같이 가기로 했어. 카를이 나를 에스코트해 주기로 했거든."

뭐라고? 카를이 결국에 이 여우한테 홀린 건가. 안 그래도 요즘 자주 만나는 게 이상하다 했는데 둘이 사귀기라도 하는 건가. 에스코트까지 해 주는 걸 보면 분명해! 카를은 이제 나는 생각도 안 하는 게 분명해! 나보다 저 계집애가 더 좋은 게 분명하다고!

"아, 그러고 보니 쉬안 공자는 아직 어려서 이런 이야기 해 봤자 무슨 뜻인지도 모르려나? 아유, 아직 꼬마네?"

올리비에는 빙글빙글 웃으면서 잘도 샤샤의 속을 긁어 놓았다.

"바이에른 공녀, 언사가 지나치게 무례하오!"

샤샤의 항의에도 그녀는 그저 어깨를 으쓱할 뿐이었다.

"아무려면 쉬안 공자가 카를을 빼앗겼다는 질투심에 휩싸여 본녀에 대해 없는 말을 지어내 모함하는 것만 하겠어? 이제 그런 유치한 짓거리는 그만해. 네가 그래 봤자 카를은 내 거야."

올리비에가 카를의 한쪽 팔을 단단히 옭아매며 말했다. 올리비에의 의기양양한 표정이 샤샤를 조급하게 만들었다.

"내 거야! 이 못생긴 여자야! 카를은 내 형이고 내 거야!"

샤샤는 순간적으로 쉬안 공작가의 일원으로서의 위엄을 망각하고 그 나이대의 소년처럼 소리를 질렀다. 갑작스러운 고함에 놀란 올리비에의 입이 살짝 벌어졌지만 쉬안 공자는 그것으로 모자랐는지 계속해서 말을 뱉어 냈다.

"나랑 카를은 침대에서 같이 자기도 해 봤고! 같이 목욕도 하고! 밥도 매일 같이 먹고! 내가 다치면 카를이 호ㅡ도 해 주고! 카를이 내가 제일 좋댔어! 카를이 내가 제일 예쁘고 사랑스럽댔어! 동생이 최고랬어! 근데 넌 못생겼어! 저리 가! 내 거야!"

급기야 샤샤는 올리비에가 붙잡고 있던 카를의 팔을 자기가 잡으려고 올리비에의 팔을 투닥투닥 때리기 시작했다. 그 모습이 제법 귀여워 올리비에는 저도 모르게 푸훗 하고 웃음을 흘렸다. 카를은 동생에게서 사랑받고 있구나. 역시 카를다웠다. 올리비에는 카를을 붙잡고 있던 손을 순순히 놓고 샤샤에게 말했다.

"그래, 내가 아무리 카를하고 친하다고 해도, 카를은 네 형이고, 네 거야. 그건 절대로 변치 않을 거야."

올리비에는 항복이라도 하듯이 두 손을 들어 올렸다.

"그래, 나는 언제까지고 샤샤, 네 형이야."

카를도 올리비에를 거들었다.

"그러니 이제 올리비에를 험담하는 것은 그만둬. 네가 질투할 필요가 없어. 올리비에는 그저 내 좋은 친구일 뿐이야."

다정한 두 사람의 말에 샤샤는 어쩐지 안심이 되었다. 그래, 카를은 자신의 것이었고 올리비에는 그저 카를의 친구일 뿐이었다. 친구 정도야 있을 수 있는 거니까! 머리가 살짝 식고 나자 부끄러움이 샤샤를 덮쳤다. 세상에, 내가 방금 뭘 한 거지? 부끄러움에 샤샤는 고개를 살짝 틀어 카를과 올리비에의 시선을 피했다. 모로 돌린 고개 탓에 달아오른 붉은 귀가 더 잘 보이는 줄도 모르고.

"철없는 모습을 보였습니다."

카를이 샤샤의 머리를 쓰다듬었다.

"철없는 게 당연한 나이지."

채 붉은 기가 가시지 않은 샤샤의 얼굴에 미소가 돌았다. 천천히 누그러지는 샤샤의 표정을 보며 올리비에와 카를은 안도했다. 몇 날 며칠 동안 올리비에의 험담을 듣던 카를이 해결책을 찾으려고 올리비에와 머리를 맞대어 뽑아낸 해결책이 다행히도 먹혀들었다.

사실, 올리비에의 험담을 듣는 것은 그리 어려운 일이 아니었다. 험담은 모두 어린 동생의 질투일 뿐임을 알고 있었고, 그렇기에 때로는 그 모습이 귀엽기까지 했다. 다만 카를은 제 어린 동생이 한 사람에 대해 나쁜 말만 뱉어 내다 종내 올리비에를 진실로 미워할 것이 두려웠다. 말에는 묘한 힘이 있는 법이었으니까. 카를은 샤샤에게 그런 나쁜 감정을 가르쳐 주고 싶지 않았다.

'고마워.'

카를이 제 어린 동생의 눈을 피해 입 모양으로 올리비에에게 말했다. 올리비에는 그저 조용히 미소를 지었다. 참 보기 좋은 형제구나, 올리비에는 씁쓸히 미소 지었다.

*　　*　　*

그날 이후로 올리비에에 대한 샤샤의 적대심은 상당히 많이 줄었다. 그렇게 적대심이 줄어든 틈을 타 올리비에는 카를뿐만 아니라 샤샤에게도 관심을 쏟으며 좋은 관계를 만들어 가려고 노력했다.

올리비에는 알면 알수록 신기한 사람이었다. 그녀는 마치 모든 것을 다 알고 있는 것만 같았다. 정확하게는 모든 불운을 미리 알고 있는 것만 같았다.

'샤샤, 오늘은 승마를 하지 않는 게 좋을 것 같아.'

하루는 승마하러 나가는 샤샤에게 올리비에가 그리 조언했다. 밑도 끝도 없는 올리비에의 말을 무턱대고 믿을 생각은 없었지만, 그런 말을 들으니 완전히 무시하기도 어려웠다. 찜찜한 기분에 마구간지기에게 원래 타려고 했던 말을 살펴보라 하니 마구간지기가 말발굽에 깊이 박힌 가시를 찾아냈다.

'이거 이대로 타셨다가는 큰일 나실 뻔했습니다.'

이런 일이 한 번뿐이었으면 그냥 신기한 일이네, 하고 말았을 터였다. 하지만 올리비에와 함께 있으면 이런 일은 수시로 일어났다. 이런 일이 일어날 적이면 샤샤는 신기한 마음에 카를에게 미주알고주알 떠들어 댔다. 그러면 카를은 쓸쓸히 웃으며 그저 늘 같은 당부만을 할 뿐이었다.

'샤샤, 아버지에게는 이 이야기를 절대로 하지 마.'

샤샤는 카를이 쓸쓸히 웃는 이유도, 쉬안 공작에게 이런 이야기들을 비밀로 해야 하는 이유도 알지 못했다. 샤샤는 그저 올리비에가 신기했고, 관심이 갔다. 그래서 샤샤는 자연스럽게 올리비에와 친해졌다. 올리비에 역시 샤샤를 살갑게 대했으니 두 사람 사이에 차츰 친분이 쌓인 것은 당연한 일이었다.

올리비에는 샤샤의 동성 친구처럼 굴었다. 같이 말을 타고 내달리기도 하고, 장난스레 목검을 맞대기도 했으며, 개구쟁이들처럼 몰래

개울가로 나가 물장구를 치며 놀기도 했다. 그리 놀다가도 문득문득 샤샤는 올리비에가 이성(異性)이라는 걸 깨닫곤 했다. 황후가 주최하는 귀족 영애들의 티타임에 불려가는 것을 보면서, 더 이상 자라지 않는 올리비에의 키를 보면서, 철이 바뀔 때마다 드레스를 맞추는 것을 보면서.

"샤샤, 나 드레스를 맞추려고 하는데 같이 골라 줄래?"

일 년쯤 지나 어느 정도 서로의 존재가 익숙해지자, 올리비에가 방긋이 웃으며 샤샤에게 청했다. 드레스라는 말에 샤샤는 저도 모르게 솔깃했다. 식솔 중에 여자라고는 없는 탓에 드레스 맞추는 걸 본 적이 없어, 그저 새로운 경험 때문에 관심이 쏠린 거라고 샤샤는 제 관심을 애써 무시했다.

"매일 제복만 입고 다니면서 왜 매번 드레스를 맞춘대?"

샤샤는 짐짓 무심하게 말을 뱉어 냈다.

"혹시 알아? 입게 될 일이 생길지."

올리비에의 드레스 룸 안에는 제복 수 못지않게 많은 수의 드레스들이 있었다. 올리비에는 그 드레스들을 입고 싶지 않았다. 하지만 언제고 남동생이 태어나면 올리비에에게 드레스를 입힐 요량이었는지, 아버지는 철마다 재단사를 공작저로 불렀다. 올리비에는 재단사가 오는 날이 싫었다. 자신을 온전히 부정당하는 날 같아서.

"같이 골라 주기 싫으면 말고."

재단사가 오는 걸 상상하다 보니 저도 모르게 올리비에의 미간이 경직됐다. 왠지 모를 짜증에 나오는 목소리가 그리 상냥하지는 않았다.

"카를은? 카를은 같이 골라 준대?"

자신이 괜히 무심히 말한 탓에 올리비에의 기분이 상한 것 같아 샤샤가 슬그머니 올리비에의 눈치를 살폈다.

"응."

"카를이 간다면 나도 같이 가야지."

샤샤의 승낙에도 올리비에는 그저 입으로만 웃을 뿐, 굳어진 미간을 풀지는 못했다.

올리비에가 드레스를 맞추는 날, 카를과 샤샤는 바이에른 공작저를 찾았다. 둘은 평소와는 달리 응접실이 아닌 작은 연회장으로 안내받았다. 작은 연회장은 이미 꽤 북적한 상태였다. 여러 가지의 찬란한 원단들이 가지런히 정리되어 널려 있었고, 열 명 내외 정도의 재단사와 그 수만큼의 어린 소녀들이 각자 다른 스타일의 드레스를 입고 서 있었다.

올리비에는 소파에 몸을 파묻고 심드렁한 얼굴로 소파 옆 협탁에 마련된 디저트를 느릿느릿 씹어 삼키고 있었다. 지극히도 무료한 올리비에의 얼굴이 카를과 샤샤를 보고 잠시 환히 빛났다.

"왔어?"

방긋이 웃으며 카를과 샤샤에게 자리를 권했지만, 그 웃음도 잠시였다. 이 시간이 어지간히도 지루한지 올리비에는 반쯤 감긴 눈으로 대충 고개만 끄덕이고 손가락만 몇 번 까닥일 뿐이었다. 카를 역시 제 관심사가 아니었던 터라, 올리비에와 상태가 그리 다르지 않았다. 샤샤 혼자만 또랑또랑한 눈으로 소녀들이 입고 있는 드레스를 살폈다.

구름 위에 둥둥 떠 있는 것 같은 은빛이 감도는 연푸른 드레스, 얇은 천을 겹겹이 덧대어 움직일 때마다 다른 색으로 보이는 드레스,

하체의 옷자락을 커튼처럼 양옆으로 벌어지게 하고 그 사이에 연극의 한 장면을 수놓은 드레스. 휘황찬란한 드레스의 향연에 샤샤의 눈이 어지러웠다.

"카를, 어느 게 좋아 보여?"

"다 괜찮아 보이는데?"

"그래? 그럼 샤샤는 어느 게 좋아 보여?"

"나는 저 드레스가 제일 나은 것 같아."

샤샤가 제일 처음으로 눈에 들어온 은빛이 감도는 연푸른 드레스를 가리켰다.

"그럼 우선 저거랑, 저거, 저거는 드레스 룸에 가져다 놓고, 이제 다음 드레스들을 볼까?"

올리비에가 샤샤가 선택한 드레스를 포함해 몇 개를 더 가리켰다. 올리비에의 선택이 끝나자 대기하고 있던 시녀들이 일제히 소녀들이 입고 있던 드레스를 벗기기 시작했다. 샤샤는 깜짝 놀라 잠시 눈을 돌렸지만, 사실 돌릴 것도 없었다. 워낙에 드레스 아래에 입고 있던 것들이 많아 드레스를 벗어도 속살이라고는 거의 볼 수가 없었기 때문이었다.

소녀들이 드레스를 갈아입는 데는 꽤 많은 시간이 걸렸다. 그렇게 약 열 명의 소녀들이 드레스를 입었다 벗었다 하는 것을 다섯 번 본 다음에야 드레스를 선보이는 일정이 끝이 났다.

"이제 끝난 거야?"

샤샤의 목소리에 살짝 아쉬움이 묻어났다.

"고르는 건 끝났지. 이제 내가 직접 입어 봐야지."

이제 올리비에가 직접 옷을 입고, 혹시라도 마음에 들지 않는 부분이 있으면 그 부분을 반영해서 다시 처음부터 드레스를 만들 터였다.

"그래? 입은 모습도 같이 봐 줄까?"

샤샤가 제법 호의를 담아서 물었다. 그 호의에 살짝 흔들렸지만 올리비에는 이내 고개를 저었다. 그녀는 드레스를 입은 제 모습을 타인에게 보여 주고 싶지 않았다.

"아니. 이 정도면 충분해."

올리비에가 웃는 얼굴로 정중히 선을 그었다.

* * *

샤샤의 열두 번째 생일이 얼마 남지 않은 어느 날도 올리비에는 여느 때와 다름없이 쉬안 공작저를 찾았다.

"샤샤!"

올리비에가 평소와 마찬가지로 쉬안 공작저에 들어서며 샤샤를 보고 인사했다.

"왔어?"

어느덧 올리비에가 쉬안 공작저를 찾는 것이 그다지 이상하게 보이지 않았다.

"카를 보러 왔지? 카를은 아버님 서재에 있어."

샤샤가 친절하게 카를의 위치까지 알려 줬음에도, 올리비에는 서재로 발걸음을 돌리지 않고 샤샤를 향해 다가갔다.

"너 곧 사교계에 데뷔한다면서?"

열두 살의 생일에 샤샤는 사교계에 데뷔하기로 했다. 상당히 이른

편이었지만 샤샤는 그게 좋다고 생각했다. 매번 카를과 올리비에 둘이서 무도회에 참석하는 날이면 소외된 기분이었는데 이제는 같이 갈 수 있다는 순진한 생각에.

"그렇게 됐어. 이제 너랑 카를이랑 둘이서만 다니는 건 끝났어! 나도 같이 갈 거야."

같이 다닐 생각에 샤샤가 만면에 웃음을 띠니 올리비에의 얼굴이 외려 처연해졌다.

"어린 나이에, 안됐구나."

어느새 바로 샤샤의 앞까지 다가온 올리비에가 머리를 쓰다듬기라도 할 것처럼 손을 샤샤의 머리 쪽으로 움직이다가 이내 멈췄다. 갈 곳을 잃은 손이 허공에서 방황한 것도 잠시 그녀가 주먹을 말아 가볍게 샤샤의 머리를 콩 쳤다.

"요 꼬마가 벌써 데뷔라니 시간이 빠르네."

어느새 장난기 가득한 목소리로 돌아온 그녀가 배시시 웃었다. 어쩐지 방금 전 안타까움이 가득했던 그녀의 눈빛이 착각이라고 여겨질 정도로, 그녀는 그리 웃었다.

"꼬마, 꼬마 하지 말래? 듣자 하니 너도 이제 겨우 열네 살이라면서!"

"그럼 꼬마를 꼬마라고 하지 뭐라고 해? 네가 나보다 키가 더 커오면 한번 재고해 볼게."

그녀는 얄밉게 얘기하고 샤샤가 반박할 틈도 주지 않은 채 몸을 돌려 아버지의 서재 쪽으로 향했다. 샤샤도 마음 같아서는 올리비에를 따라가 같이 놀고 싶었지만 그럴 수 없었다. 곧 있을 데뷔식을 대비해 할 것들이 너무 많았으니까.

샤샤의 데뷔식은 손에 꼽힐 정도로 화려했다. 장남이 아닌 차남의 데뷔식이었음에도, 사교계에 발을 조금이라도 담그고 있는 이들이 모두 모여들었다. 심지어 황궁에서 잘 나오지 않는 황제까지 친히 걸음을 하였으니, 그 사실만으로도 샤샤의 데뷔식이 어떠했는지 능히 짐작할 만했다.

장남도 아니고 차남의 데뷔식에 황제까지 온 이유는 쉬안 공작 부인 때문이었다. 쉬안 공작 부인은 황제의 누이로, 황제는 사사로이는 샤샤의 외삼촌이었다. 말하자면 황제는 귀족의 일원이라기보다는 가족의 일원으로서 샤샤를 축하해 주러 온 것이었다. 하지만 이미 어릴 적 어머니가 돌아가셨기 때문인지 샤샤는 황제에게서 애틋한 혈육의 정을 느낀 적이 없었다.

"건강히 자라렴."

아마 황제도 마찬가지일 터였다. 혈육의 정이라고는 전혀 찾아볼 수 없는 무성의하고 짧은 축하사가 그 증거였다. 게다가 샤샤를 바라보는 황제의 눈에는 오한이 들 정도의 섬뜩함이 어리어 있었다. 샤샤는 눈을 피하고 싶은 마음을 간신히 참으며 어린아이다운 천진한 미소를 지으며 답했다.

"제국의 하나뿐인 태양, 존귀한 황제 폐하께오서 이리 걸음해 주시니 그 은혜가 하해와 같습니다."

샤샤가 미리 준비해 놓았던 답인사를 매끄럽게 읊은 뒤에도 황제의 눈빛은 한동안 샤샤에게 머물러 있었다.

"그래, 내 너를 관심 있게 지켜보마."

황제는 딱딱한 미소를 머금고 샤샤를 지나쳐 다른 귀족들에게로 다가갔다. 황제가 멀어진다는 사실에 안도할 틈도 없이 바이에른 공작이 샤샤의 앞에 섰다. 바이에른 공작 옆에는 올리비에가 각 잡힌 정복을 입고 얌전한 얼굴로 서 있었다. 그 모습이 퍽이나 웃기기도 하고 반갑기도 하여 샤샤는 저도 모르게 미소를 지었다. 하지만 이내 제 어깨를 꾹 누르는 카를의 손과 눈을 부릅뜨고 자신을 바라보는 올리비에의 얼굴에 미소를 싹 지워 냈다.

"쉬안 공자가 이 바이에른 공작을 보고 그리 미소를 지어 주시니 기분이 좋군요."

하지만 그것을 놓칠 바이에른 공작이 아니었다. 무도회장에 있는 귀족들은 바이에른 공작의 말에 일제히 올리비에를 바라보았다. 샤샤가 미소를 지은 것이 실은 바이에른 공작이 아니라 올리비에를 향한 것임은 바이에른 공작을 포함한 대부분의 사람이 인지하고 있었다.

쉬안 공작가의 장남과 바이에른 공작가의 유일한 후계자가 친하다는 소문이 있던데 차남과도 친분이 있었군. 그것도 얼굴을 보자마자 무의식중에 미소를 지을 정도로 꽤나 깊은 친분이.

귀족들은 머릿속에 차분히 정보들을 축적했다. 이것을 어떻게 쓰면 쓸모 있게 썼다고 할 수 있을까. 그런 귀족들의 생각은 정확히 바이에른 공작이 원하던 바였다. 제 딸이 쉬안 공작가의 두 아들 모두와 친분이 있고, 상당한 영향력을 행사한다는 사실. 바이에른 공작은 올리비에가 모두의 눈에 강한 영향력을, 권력을 가진 이로 보이기를 원했다. 그 누구도 올리비에가 바이에른 공작위를 물려받는 것에 대해 의심을 품지 않도록.

바이에른 공작은 축하사를 던지고 올리비에를 데리고 황제가 있는 곳으로 갔다.

샤샤는 그대로 자리에 앉아 수십 명이 넘는 사람들의 축하사를 들은 뒤에야 일어날 수 있었다. 열두 살의 어린아이가 견디기에는 여러모로 지루한 자리였다.

자리에서 일어나자마자 샤샤는 본능적으로 제 옆에 서 있는 카를을 확인하고 올리비에를 찾기 시작했다. 역시 권력의 중심이어서일까, 사람들이 득실득실 몰려 있는 올리비에를 찾는 것은 어렵지 않았다. 올리비에의 옆에는 바이에른 공작이 곧게 서 있었다.

"눈길을 두지 마."

카를이 속삭였다. 샤샤는 왜, 라고 물으려다 이내 입을 다물었다. 자신과 카를을 쳐다보는 수많은 눈길들, 그리고 두 개의 커다란 원. 한 원은 바이에른 공작의 원이었고, 한 원은 쉬안 공작가의 원이었다. 어린 나이였지만, 누구도 명백히 말해 주지 않았지만 샤샤는 알 것 같았다. 올리비에와 자신은 본래 가까워서는 안 되는 사이라는 것을. 그리고 제 형 카를 역시 올리비에와 가까워서는 안 되는 사이라는 것을.

그래도, 그럼에도 불구하고, 샤샤는 올리비에에게 다가가 살가운 인사라도 한마디 건네었을 터였다. 만약 그 이후로 긴 시간 그녀를 못 볼 것을 알았다면.

* * *

샤샤의 데뷔식이 끝난 지 한 달 가까이 됐지만 그사이 올리비에는 단 한 번도 쉬안 공작가에 방문하지 않았다.

"요즘 올리비에 많이 바빠?"

그녀의 소식이 궁금해져 카를에게 묻자, 카를은 읽던 책에서 눈도 떼지 않은 채 덤덤하게도 대답했다.

"출정했어."

출정? 설마 전쟁에 나갔다는 그 출정? 너무나도 덤덤히 말하는 터에 혼란이 올 지경이었다.

"출정이라니? 일언반구도 없이!"

아니 게다가 아직 열네 살일 뿐이잖아. 견습 기사로라도 따라간 건가? 하기야 견습 기사라면 그 정도 나이에 전쟁에 나갈 수도 있지.

"아직 제국이 된 지 얼마 되지 않아 변방에 소요가 많은 것은 샤샤, 너도 알고 있잖아. 무가인 바이에른가의 장녀라 앞으로도 수도에 있는 날보다 출정을 나가는 날이 더 많을 터인데 그때마다 이리 놀라려고 그래?"

샤샤는 뭔가 마음에 걸렸지만 납득했다. 오만한 데다가 몇 대 전만 해도 보잘것없던 바이에른 가문이 쉬안 공작가 다음가는 세도가가 된 데에는 그 엄청난 무위가 한몫을 했다. 그럼에도 불구하고 올리비에가 그 어린 나이에 출정을 했다니 걱정되는 것은 당연했다. 기사로 갔을 테니, 그나마 최전방이 아니라 후방에 배치됐을 거란 점이 그나마 위안이었다.

"근데 왜 출정식도 없이 이리 조용히 출정했어? 바이에른가의 유일한 후계자인 올리비에 정도면 족히 병사 수백은 딸려 출정시켰을 텐데."

"동쪽의 소요 사태가 심각해 보여 추가 병력으로 간 거거든. 게다가 출정식을 했다 한들 겨우 병사의 자격으로 참전한 터라 어차피 눈에 보이지도 않았을 거야."

병사로 출정했다니. 샤샤는 올리비에가 생각보다도 더 위험한 상황에 처했다는 것을 깨달았다. 기사도 아니고 병사로 출정했다면 최전방에서 싸우게 될 터였고, 그것도 추가 병력이 필요할 정도로 소요 사태가 심각한 곳으로 갔으니 전황도 좋지 않을 터였다.

"미친 거 아냐? 그런 데를 왜 가? 아니, 바이에른 공작이 그걸 허락했다고?"

머저리 같은 것. 그런 데를 도대체 무슨 정신으로 가는 거야! 왠지 모를 분노가 솟아올랐다. 그리고 올리비에가 눈앞에 없어 갈 곳을 잃은 불똥은 애매한 곳으로 튀어 버렸다.

"카를은 그걸 알면서도 책이나 읽고 싶어?"

그제야 카를은 책에서 눈을 떼고 샤샤를 바라보았다.

"그럼 어찌해야 할까? 무엇을 할 수 있느냔 말이야!"

생전 처음 듣는 카를의 거친 음성이었다. 책을 움켜잡은 손에는 힘이 들어가 종이가 온통 구깃구깃해져 있었다. 스스로의 고함 소리에 자기 자신도 놀란 것인지 카를은 이내 목소리를 다듬었다.

"샤샤, 어쩔 수 없는 일이야. 그러니 너도 마음을 두지 마."

평소 모습과도 같은 차분한 목소리. 어떻게 저럴 수 있지? 어떻게 저럴 수 있는 거야. 샤샤는 도저히 카를을 이해할 수 없었다. 이해할 수 없어서 샤샤는 아무것도 할 수 없었다. 제 앞의 카를이 너무나도 낯설게 느껴져 멍하니 바라만 보고 있던 샤샤의 눈에 문득 카를의 손에 들린 책이 들어왔다.

그러고 보니 카를은 아까부터 책을 보고만 있을 뿐 한 번도 책장을 넘긴 적이 없었다. 책장을 잡은 곳에 가 있는 미세한 구김. 평소 책을 아끼는 카를이라면 절대로 내지 않을 자국. 참으로 보잘것없고,

연약한 마음의 표출이었다. 너무나도 보잘것없고 너무나도 연약하여 오히려 마음이 먹먹해질 정도로.

차마 표현하지도 못한 그 마음. 그 마음이 서글퍼 샤샤는 조심스레 카를의 손을 제 양손으로 감쌌다.

"무사히 돌아올 거야."

카를은 아주 조그마하게 고개를 끄덕였다. 카를이 고개를 끄덕이는 순간 눈물이 한 방울 툭, 떨어졌다. 단 한 방울. 단 한 방울이었다. 샤샤의 손에 떨어진 카를의 눈물은. 한 방울의 눈물이었지만 그 한 방울에 샤샤의 손이 아스러질 것같이 아팠다. 카를의 마음이 느껴져서. 카를의 소망이 느껴져서.

'올리비에가 무사했으면 좋겠어. 올리비에를 보고 싶어. 그런데, 나는 소망하는 것 외에는 할 수 있는 것이 없어. 아무것도, 아무것도 없어.'

한 방울의 눈물이 그리 속삭였다. 수없이, 수없이.

카를이 그리 소망하였기에 샤샤 역시 소망했다. 하지만 올리비에는 일 년이 지나도록 돌아오지 않았다. 돌아오지 않은 것은 둘째 치고라도, 올리비에는 편지조차 보내지 않았다. 하기야 겨우 병졸의 몸으로 갔으니 제 친지들에게 소식을 전하기도 빠듯할 터였다.

일 년이라는 시간이 누군가에게는 짧은 시간이었겠지만 어린 샤샤에게는 참으로 긴 시간이었다. 열두 살에 처음으로 사교계에 발을 들인 뒤 샤샤는 수많은 것을 배웠다. 자연스레 분위기를 파악하는 법, 얕보이지 않는 법을 배웠고 가까이해야 할 이와 멀리해야 할 이를 구별해 내게 되었다. 아마 올리비에가 돌아와 자기를 보면 이제 더 이상 꼬마라고는 할 수 없을 터였다.

올리비에. 떠오르는 그 이름에 샤샤는 문득 마음이 아려 왔다. 살아 있는 거겠지. 그녀의 무사 생환을 소망한다. 하지만 소망해도 되는 걸까. 바이에른 공작가의 유일한 후계자인 올리비에의 무사를 다른 이도 아니고, 쉬안 공작가의 일원인 자신이 기원하는 것이 옳은 일일까. 샤샤는 괴로웠다.

사교계에 들어서며 샤샤가 가장 처음으로 배운 것은 바이에른가는 위험하다는 사실이었다. 바이에른가는 중앙 사교계에 진출한 지 오래되지 않았음에도 불구하고 쉬안 공작가와 어깨를 나란히 할 정도로 그 세가 엄청났다. 이는 바이에른가의 무공이 뛰어난 까닭도 있었지만 그것보다도 더 중요한 이유가 있었다.

'야망.'

바이에른가를 한마디로 표현하자면 샤샤는 주저하지 않고 저리 말할 것이었다. 권력을 위해서라면 수단과 방법을 가리지 않는 냉정함. 그것은 강렬한 야망 없이는 불가능한 것이었다. 그 야망이 어디까지인지는 샤샤로서는 쉬이 가늠할 수 없을 정도였다.

'우리 가문이 황제에 대한 충절로 이름이 높다는 것은 너도 잘 알고 있겠지.'

샤샤가 사교계에 데뷔하기 전날 밤, 쉬안 공작은 샤샤를 집무실로 불렀다.

'예, 쉬안가의 일원으로 태어났는데 어찌 모를 수 있겠습니까.'

'충절로 드높인 명예와 황제의 비호로 인해 지금의 쉬안 공작가가 있을 수 있는 것이다.'

너무나도 당연한 말을 하고 쉬안 공작은 샤샤를 지긋이 응시했다.

'너와 카를이 바이에른가의 장녀와 가까이 지내는 것, 내 잘 알고

있다.'

다음 말에 이르러서야 샤샤는 쉬안 공작이 무엇을 말하고 싶은지 어렴풋이 짐작할 수 있었다.

'바이에른가의 야망은 크지. 아직까지는 심증뿐이지만 바이에른가는 족히 황제의 자리를 노리고도 남을 가문이다.'

이것은 경고였다. 바이에른 공작가의 유일한 후계인 올리비에를 가까이하지 말라는. 하지만 이미 샤샤에게 올리비에는 바이에른이 아니라 올리비에였다. 카를에게 올리비에가 바이에른이 아니고 올리비에이듯이.

하지만 샤샤는 그런 말을 입 밖으로 꺼내지 않을 정도의 눈치는 가지고 있었다.

'그녀를 멀리하라는 것은 아니다. 가까이 지내다 보면 알음알음 정보도 얻을 수 있을 테고 그리 나쁘지만은 않을 것이다. 다만 그녀를 믿지 마라.'

아직 어렸던 샤샤에게는 그녀를 믿지 말라는 말보다도 이전처럼 그녀와 가까이 지내도 된다는 허락의 말이 더 크게 들렸다. 아직 샤샤는 어리고도 어린, 순수하고도 순수한, 순진하고도 순진한 어린아이였으니.

데뷔를 한 이후 샤샤는 카를과 사교계 이곳저곳을 다니는 일이 잦았다. 잠깐 동안은 올리비에의 부재에 대해 잊을 정도로 바쁜 나날들이었다. 카를은 시간에 쫓기는 사람처럼 샤샤를 이 사람 저 사람에게 소개시켜 주고 다녔다.

샤샤는 이상하다고 여기지 않았다. 샤샤는 의문도 가지지 않았다. 왜 그리 카를이 바쁘게 움직이는지. 몸도 좋지 않으면서 그리 빡빡

한 일정을 왜 소화해 내는 것인지. 그저 카를도 자신과 같이 올리비에를 전장에 보낸 걱정을 잊고자 바삐 사는 것으로 생각했다.

어느 무도회였던가, 한창 사람들에게 샤샤를 인사시켜 주던 카를이 한순간 아무 말도 없이 사라졌다. 혼자 남았다는 두려움에 샤샤는 얼른 주위 사람들을 물리치고 카를을 찾으러 다녔다. 그 와중에도 귀족으로서의 품위를 지킨답시고 점잔 빼는 걸음걸이로 돌아다닌 탓에 샤샤는 한참 후에야 테라스 구석에서 가쁜 숨을 몰아쉬고 있는 카를을 발견할 수 있었다.

"카를!"

한 손으로는 난간을, 한 손으로는 가슴을 부여잡고 카를은 식은땀을 주룩주룩 흘리고 있었다.

"조용히."

카를이 듣기 괴로울 정도로 아픈 목소리로 속삭였다. 예전부터 몸이 안 좋은 것은 알고 있었지만 이렇게 아파하고 있을 거라고는 상상도 하지 못했었다.

"마차를−."

카를은 마차를 준비해 달라는 말조차 제대로 끝맺지 못하고 있었다. 불안하다. 두렵다. 네가 신기루처럼 사라져 버릴 것 같아서. 바람에 흩날리는 네 머리칼처럼 너도 바람에 날아갈 것만 같았다.

다행히 카를은 시간이 지나면서 안정을 찾았고 집에 도착했을 때쯤에는 차분히 숨을 내뱉을 수 있을 정도였다.

"놀라게 해서 미안하다."

"몸은 괜찮은 거야?"

카를은 대답도 하지 않고 슬픔이 가득한 미소만을 설핏 지었다.

"샤샤, 내 사랑하는 동생."

카를의 목소리가 눈물로 젖어 있는 듯 슬퍼 샤샤는 두려웠다. 카를이 무서운 말을 할 것만 같은 예감에.

"내가 태어날 적에 말이다. 의원이 고개를 조아리면서, 제 목숨이 위태로울 것을 알면서도 그랬다더라. 이 아이는 너무 약해서 금방 죽을 거라고."

전란의 한가운데서 얻은 아이였다. 산모는 아직 너무 어렸고 불안했다. 태어난 것만 해도 기적이었다. 모두가 유산되리라고 생각했으니까.

"하지만 나는 무럭무럭 자랐지. 그랬더니 그러더라. 이렇게 자란 것만 해도 기적이라고. 하지만 분명 성인이 되기 전에 요절할 것이라고."

카를은 모두 거짓말이라고 치부했다. 유산될 거라더니 잘 태어났고 금방 죽을 거라더니 이렇게 장성했고 성인이 되기 전에 죽을 거라더니 벌써 열일곱 살, 얼마 안 지나면 열여덟 살 생일을 맞이해 성인이 될 터였다. 그날이 지나면 저주처럼 따라다니는 금방 죽을 거라는 그 소리는 이제 없어지려나. 아니, 1년 뒤에도 분명 그 소리는 따라다니리라. 그때는 혼인도 하기 전에 죽을 거라는, 그 후에는 아이를 낳기도 전에, 그 후에는 공작이 되기도 전에─. 언제까지 이 저주 같은 소리가 따라다닐지 카를은 짐작조차 하기 힘들었다. 이 몸이 건강해지기 전까지는 언제나 따라다니겠지.

"누가 그런 재수 없는 말을 해!"

쉬안 공작가에서 쉬쉬하고 있기는 했지만 쉬안 공작가의 주요 인물들이라면 대부분이 아는 사실이었다. 다행히 바깥으로 그 소문이

새 나가는 일은 없어서, 쉬안 공작가 밖에서는 그저 병치레를 좀 많이 하는 병약한 사람 정도로 인지하고 있었지만. 그것도 앞으로 얼마나 가능할지 모를 일이었다. 언제 죽을지 모르는 차기 쉬안 공작, 그 사실이 알려지는 것이 쉬안 공작가에게 결코 좋은 일이 아니라는 것만은 확실했다.

"카를은 오래오래 살 거야. 나랑 오래오래."

대신해서 화를 내 주고 다정히 말해 주는 동생이 카를의 눈에 밟혔다. 미안해, 너를 지켜 주지 못해서. 사랑한다, 내 동생.

"그래, 너랑 오래 살아야지. 하지만 사랑하는 내 동생. 내 건강이 좋지 않은 것도 사실이라 나는 아마도 쉬안 공작위를 이어받지 못할 거야."

카를은 아주 옛날부터 장자임에도 불구하고 자신이 쉬안 공작이 될 리가 없을 거라는 것을 알고 있었다. 그건 아마도 제 아버지가 자신은 카를이라 부르고 제 동생은 '샤를로테 데 쉬안'이라고 불렀을 때부터였을 것이다. 언뜻 보면 장자는 카를이라 애칭을 부르며 귀이 여기고 동생은 멀리하며 돌보지 않는 것 같아 보일지 모르나 그런 것이 아니었다.

분명 아비에게 있어 저는 깨물어 아픈 자식이었지만 동생 또한 깨물어 아픈 자식이었다. 다만 그 방식이 달랐을 뿐이다. 동생에게는 엄격히, 사이를 두며 차기 쉬안 공작으로서의 교육을 하는 것이었고 저에게는 모든 것을 베풀고 이해하며 포용하여 그저 한 아비의 아들로서 키우는 것뿐이었다. 어차피 자신은 공작이 될 수 없을 것이기에. 자신에게 남은 시간이 많지 않기에.

이리 짧은 운명을 타고난 카를에게 아버지는 언제나 미안해했다.

어렸을 적, 지금보다 더 병치레가 심했을 때, 아비는 바쁜 일정도 모두 제쳐 놓고 카를의 손을 꼭 잡고, 얼굴을 어루만지고, 믿지도 않는 신을 찾으며 기도했다. 그리고 미안하다, 미안하다 읊조렸다.

'아버님 잘못이 아니에요.'

카를은 움직이지 않는 입꼬리를 간신히 움직이며 제 아비를 위로했다.

저는 다른 이들의 말처럼 이 운명이 짧더라도 이리 사랑을 받았으니 아쉽지는 않아요. 다만—.

"너라면 좋은 공작이 될 수 있을 거야."

아직도 한없이 어려 보이는 제 동생을 바라보며 카를이 말했다. 제 동생에게 공작위라는 무거운 짐을 남기는 것 같아 한없이 미안했다.

"무슨 말을 그렇게 해. 형은 건강해질 거야. 그래서 공작이 될 거야."

"하지만—."

"쓸데없는 소리 하지 마!"

카를이 사족을 붙이려 하기가 무섭게 샤샤가 소리쳤다. 어느새 눈물까지 글썽이는 제 동생을 보고 카를은 입을 다물었다.

제 살 날이 얼마 남지 않았음을 카를은 느끼고 있었다. 동생이 마음의 준비를 할 수 있었으면 좋겠다고, 카를은 그리 생각했다. 사랑하는 이의 죽음은 어떻게든 상흔을 남기겠지만 그래도 그것이 깊지 않기를 바랐다.

"미안하다."

"뭐가 미안한데! 자꾸 이상한 소리 할래?"

제 동생에게 못할 짓만 하는 것 같아 카를은 마음이 미어졌다. 동생아, 네가 나를 불렀을 때, 네가 그 올망졸망한 눈으로 나를 응시했을 때, 네가 고사리같이 작은 손으로 나를 붙들었을 때, 네가 환한 햇살처럼 웃을 때, 나는 이미 알고 있었다. 내 죽음으로써 너에게 크나큰 아픔을 주리란 것을. 그래서 좋은 형이 되고 싶었다. 하지만 그래도 모자라. 차라리 내가 너를 멀리했으면 좋았을까. 카를의 눈이 동생을 샅샅이 훑었다. 별들이 총총히 박힌 심연의 하늘과도 같은 네 눈, 네가 없었다면 내 인생에는 아무것도 없었을 거야. 네가 없는 인생은 나에게 너무나도 끔찍한 형벌일 거야. 네가 없다는 상상만으로도 가슴이 찢어질 것 같았다.

"사랑하는 내 동생."

너는 이것보다도 훨씬 아프겠지. 다시 한번 가슴이 찢어졌다.

그날이 기점이었다. 카를의 건강이 조금씩 나빠졌다. 점점 더 사교 모임에 샤샤 혼자 참석하는 날이 많아졌다. 본디 카를이 사교 모임을 즐기는 편은 아니었던 터라 별말이 없는 것이 다행이라면 다행이었다.

하지만 카를의 열여덟 살 성인식을 열지 않을 수도 없었고, 카를이 참석하지 않을 수도 없었다. 올리비에가 전장에 나간 지 1년이 조금 더 지난 때의 일이었다.

카를은 건강해 보이려고 무던히도 애썼다. 아직은 무너질 수 없었다. 아직 건재해야 해. 동생은 아직 모르겠지만 쉬안 공작위는 절대 만만한 것이 아니었다. 그리고 차기 쉬안 공작이라는 자리도. 아직은 동생을 지켜 주고 싶었다. 건강한 모습으로 다른 이들의 앞에 나타나, 예정대로 장자가 쉬안 공작위를 물려받아 공작이 되리라고 생각하게 해서 동생을 그들의 시야에서 내보내 지켜 주고 싶었다.

'답답해.'

하지만 역시나 몸에 조금씩 무리가 가고 있었다. 성인식은 지나치게 길었으며 지나치게 성대했다. 꼭 인사를 받아야 할 귀족들의 인사만 받고 카를은 귀족들의 눈을 피해 자연스럽게 휴게실로 향했다. 휴게실에는 카를을 위해 책이 마련되어 있었다. 진짜로 읽으라는 것이 아니라 책을 읽는 척 쉬어도 이상해 보이지 않도록.

책 중간쯤을 아무렇게나 펼치고 자리에 앉아 숨을 고르니 어느 정도 안정이 되었다. 정말, 몸이 망가져 가고 있구나. 카를은 문득 올리비에가 사무치게 보고 싶었다. 죽기 전에 너를 볼 수 있을까. 아니, 넌 무사할까. 카를이 그리움에 눈물을 훔치기 전에 샤샤가 불쑥 들어와 그의 상념을 깼다.

"괜찮아?"

"괜찮다마다. 책이 재밌어서 조금만 더 읽고 나가려고."

샤샤가 걱정이 가득한 얼굴로 카를을 바라보았다. 순수하게 저를 걱정하는 마음에 카를이 감동할 새도 없이 또 다른 불청객이 찾아들었다.

짧게 자른 초록빛이 도는 금발, 다부진 몸. 프로테스티안 후작가의 장자. 프로테스티안가 또한 명문가 중에 하나인지라 영 모르는 사이라고는 할 수 없었지만 이렇게 굳이 찾아올 만큼 프로테스티안가와 쉬안가가 가까운 사이는 아니었다. 게다가 어딘지 모르게 흉흉한 눈빛이 결코 좋은 일로 찾아온 것은 아닌 것 같았다.

"쉬안 공작가의 연회에 쉬안가의 사람은 모두 어디 갔는지 찾기 힘들었는데 여기 두 분이나 계시다니 적군의 비밀 기지라도 찾아낸 것 같아 기분이 매우 좋습니다.”

거침없는 언사가 예감이 현실이 되어 가고 있다는 것을 말해 줬다. 갑자기 왜 시비인 거지?

프로테스티안 후작가는 바이에른 공작가와 마찬가지로 무공으로 이름을 높인 가문이었다. 기실 따지고 보면 바이에른 공작가나 프로테스티안 후작가나 무공에 있어서는 큰 차이가 없었음에도 불구하고 하나는 쉬안 공작가 다음가는 공작가가 되고, 하나는 후작가에 머물러 있는 것은 그저 사교 기술의 차이에 기인했다고 보는 편이 타당했다.

바이에른 공작가는 오만하기는 해도 사교적 예의는 다 차렸지만 프로테스티안 후작가는 예의는 밥 말아먹은 수준으로밖에는 지키지 않았다. 감히 쉬안 공작가의 두 아들이 있는 휴게실을 ‘적군의 비밀 기지’라고 표현하다니, 무례도 이런 무례가 없었다.

프로테스티안 영식은 거침없는 걸음으로 다가와 다리를 쩍 벌리고 맞은편 소파에 털썩 주저앉았다.

“프로테스티안 영식이 이리 걸음을 할 정도로 자리를 오래 비웠던 가요? 부끄럽게 되었습니다.”

상당히 무례한 행동과 언사였음에도 카를은 최대한 예의를 갖추었다. 비례(非禮)에 비례로 답하는 것은 스스로를 같은 야만인으로 만드는 것과 다르지 않아 스스로의 정당성을 없애는 것과도 같았으니.

“프로테스티안 영식이라니, 앞으로는 뤨른 경이라고 불러 주십시오. 일개 영식보다야 기사 작위로 불러 주는 것이 예가 아니겠습니까? 아니면 혹여 저를 모욕하려 일부러 영식이라 부른 것은 아니겠지요?”

시원한 웃음을 띠운 채로 우렁차게 말하는 모양새가 어찌 보면 이 제 막 기사 작위를 받은 힘만 센 어리보기 시골 촌뜨기 출신의 장정 같았다. 기실 외모도 귀족적인 외모는 아니었으니. 하지만 촌뜨기 기 사라 하기에는 퀠른 경의 언사는 꽤나 교묘했다. '기사'인 자신과 일 개 '영식'인 카를과 샤샤 사이의 급을 나눈 것이었으니.

"실례했습니다, 퀠른 경. 내 요즘 사교 모임이 뜸하다 보니 실수를 하였습니다. 작년 초에 무공을 인정받아 작위를 하사받았다는 이야 기는 들었습니다. 늦었지만 축하드립니다."

"축하할 것까지야 있겠습니까. 앞으로 더 큰 무공들을 세워 올 터 인데."

자신만만하게 제 가슴팍을 치며 말하는 품새가 자못 오만했다.

"좋은 참모가 있으면 전공을 올리기 더 쉬울 것 같은데 쉬안가의 장남이 탄신 연회에서까지 책을 읽으실 정도로 다독하시는 줄 알았 으면 진작 친해져서 참모로 오시기를 청할 것을 그랬습니다. 어디, 지금이라도 예를 갖춰 청하고 싶은데 생각이 있습니까?"

예를 갖추기에는 이미 늦은 것 같다만.

"청은 감사하지만 공작가의 후계자가 제도를 비울 수는 없는 노릇 이니 받아들일 수 없겠습니다. 게다가 저는 아직 전쟁을 겪어 보지 도 않은지라 그저 이론만을 알 뿐 실상은 모르니 저보다 더 나은 참 모가 많을 것입니다."

그 말에 퀠른 경은 무릎을 탁 치며 긍정했다.

"하긴사, 쉬안 공작가 공자님들은 아직 아무도 참전한 적이 없었 지요. 전쟁터란 곳이 말이오, 이게 직접 겪어 보지 않고서는 제대로 이해하기가 어렵습니다. 이번 전쟁도 말입니다―."

그렇게 시작된 퀠른 경의 말은 멈출 줄을 몰랐다. 퀠른 경은 꽤나 자세하게도 적군과 아군이 얼마나 죽었는지, 포로들을 어찌 죽였는지, 얼마나 많은 피가 흘렀는지 속이 메스꺼워질 정도로 말했다. 그것도 웃는 얼굴로.

"그만하지—."

더 이상은 듣기가 괴로워 카를이 말을 끊자, 퀠른 경이 무섭게 얼굴을 굳혔다.

"듣기 괴롭습니까? 겨우 듣는 건데?"

퀠른 경의 얼굴에서 타오르는 분노가 느껴졌다.

"그런 곳에 정적의 딸이기는 하지만 아직 어린 열네 살의 소녀를 밀어 넣을 생각을 하다니, 그것도 병사로! 그 잔인함에 내 치가 떨립니다."

카를도 샤샤도 단 번에 그 열네 살의 소녀가 누구인지 알아챘다. 올리비에. 퀠른 경의 무례함에 대해 화를 낼 틈도 없이 그녀의 존재는 카를과 샤샤의 심장을 두근거리게 했다. 카를의 심장은 그녀의 소식을 들을 수도 있다는 사실에 숨이 가빠 왔다.

"올리비에는 잘 있습니까? 다친 곳은? 아니, 살아 있습니까?"

"가증스럽구나! 너희가 그녀를 전쟁으로 몰아넣고 이제 와 걱정하는 척이라도 하면 마음이 조금이라도 편해지는가?"

분노한 퀠른은 최소한의 호칭조차도 지키지 않았다. 하지만 샤샤는 그럴 것을 따질 겨를이 없었다. 이게 도대체 무슨 대화란 말인가. 샤샤는 퀠른과 카를의 대화에 전혀 끼어들 수 없었다. 몰아넣어? 올리비에를 전장에 몰아넣었다고? 쉬안가가? 그런 적 없어. 나는 그런 적 없어. 그리고 아마 카를도.

"쉬안 공작가가 올리비에를 전장에 몰아넣다니 그게 무슨 말입니까?"

한참 뒤에야 머릿속을 진정한 샤샤가 소리쳤다.

"이제 보니 쉬안 공자님 두 분 모두 놀라우실 정도로 연기에 능합니다. 한 분은 올리비에를 걱정하는 척하고 한 분은 아예 아무것도 모른다?"

퀠른 경의 화가 부글부글 끓어올랐다. 가증스러운 것들.

* * *

퀠른은 처음 올리비에를 발견한 순간을 똑똑히 기억했다. 일개 병사라고는 믿기지 않을 정도로 깔끔하고 용맹하게 적들을 베어 넘기는 모습이라니. 그 무위가 놀라워 퀠른은 감탄했다. 감탄은 한차례의 전투가 끝나고 그녀가 투구를 벗었을 때 안타까움으로 변했다. 아무렇게나 자른 짧디짧은 금발 머리에 아직 앳된 얼굴.

'너 나이가 몇이냐?'

'열넷이다.'

그녀는 자못 퉁명스럽게 대답했다. 전쟁터에 열네 살의 소년병도 드문데 소녀병이라니. 지금은 이곳 동쪽 변방의 소요 사태를 제외하고는 심각한 마찰을 보기 어렵기에 소년병도 아주 드물었다. 아무래도 뭔가 착오가 있는 모양이라고, 퀠른은 순진하게도 그렇게 생각했다. 착오로 배치된 아이일 터이니 후방으로라도 아이를 빼내야겠다는 생각에 퀠른은 이름을 물었다.

'너 이름이 뭐냐?'

'올리비에.'

역시 퉁명스러운 대답이었다. 퀠른은 딸린 병사도 없이 일개 기사의 신분으로 참전한 몸이라 그녀를 후방으로 빼돌릴 수 있는 권한을 가지지는 못했기에 그녀를 통솔하는 장수를 찾아가는 수밖에 없었다. 하지만 어린 소녀병을 후방으로 빼내자는 그의 청은 누구 하나 제대로 들어주지 않았다.

'사령관님, 청이 하나 있습니다.'

퀠른이 그리 운을 떼면 그래도 사령관들이 들어 주는 척은 하였다. 퀠른이 아무리 자유 기사의 신분이라지만, 프로테스티안 후작가의 후계이니 무시할 수 없었던 탓이었다.

'말해 보시오.'

'보기에 안타까운 이가 있어 후방으로 빼내 주셨으면 합니다.'

'병사 하나 정도야 어렵지 않지. 누군가?'

병사 하나 빼내는 거야 정말이지 그리 어려운 일이 아니었다. 그래서 퀠른이 운을 떼면 대부분은 이리 호의적인 반응을 보이고는 했다.

'10대 중반의 소녀병인데, 이름은 올리비에입니다. 나이도 어리고 몸집도 그리 크지 않은 것이 아무래도 지금처럼 전방에 배치하는 것은 너무 가혹한 것 같습니다.'

하지만 퀠른이 올리비에에 대해 말을 하기가 무섭게 사령관들의 표정은 하나같이 굳었다. 그러고는 이내 설레설레 고개를 저으며, 그 청만은 들어줄 수 없다고 답했다. 거절의 이유조차 명확히 말해 주는 이가 없어 퀠른은 답답할 따름이었다. 목구멍까지 차오르는 답답함을 참아 가며 여러 사령관에게 청을 넣어 보았지만 달라질 것은 없었다.

'왜?'

퀠른은 사령관들이 하나같이 이리 단호하게 거절하는 것을 이해할 수 없었다. 아무래도 저 어린 계집애가 총사령관에게 크게 밉보이기라도 한 모양이었다. 언행이 병사 같지 않게 퍽이나 오만하고 방종하니, 충분히 있을 법한 일이었다.

이 정도로 여러 사령관에게 청을 넣었으니 퀠른은 해야 할 도리는 다 한 셈이었다. 그래도 역시나 올리비에를 그대로 두기에는 자꾸만 눈길이 가, 퀠른은 결국 올리비에를 불렀다.

'거기. 올리븐가 울랄란가 잠깐 나 좀 보지.'

올리비에를 찾는 것은 어렵지 않았다. 전투 중의 그녀는 너무나 용맹해 시선을 두지 않을 수 없었고 전투가 끝난 뒤 그녀가 투구를 벗으면 짧지만 빛나는 금빛 머리칼이 강렬했으니. 퀠른은 이미 그녀의 이름을 알고 있었지만 어쩐지 이름을 부르면 너무 마음을 쓴 것 같아 보일까 봐 일부러 이름이 기억나지 않는 척 그녀를 불렀다.

'왜 그러나?'

올리비에는 눈으로는 퀠른 경을 빤히 바라보면서 손으로는 자연스레 검을 갈고 있었다. 사악, 사악하는 소리가 규칙적으로 들려왔다. 보지도 않고 능숙하게 검을 가는 올리비에의 모습에 퀠른 경은 뱉으려던 말을 삼켰다.

너를 후방으로 빼내려고 했는데 실패했다, 미안하다, 라는 말은 어쩐지 그녀에게 어울리는 말 같아 보이지 않았다. 생각해 보면 그녀는 이중 어떤 병사들보다도 뛰어난데 후방으로 보내자는 말은 어쩌면 괜한 참견이었을지도 모른다.

'너는 아직 키가 작아서 시야가 좁고, 적이 위에서부터 머리를 향해 공격한다면 쉽게 막지 못할 것이다. 반면 나는 키가 크고 기골이 장대하나 덩치가 큰 만큼 몸이 굼떠 아랫부분의 수비가 녹록지 않으니 너와 내가 같이 다닌다면 적을 섬멸하기가 더 쉽지 않겠느냐.'

급조한 말이었지만 꽤나 그럴듯했고 다시 생각해 봐도 괜찮은 말인지라 퀠른 경은 어쩐지 스스로가 대견하게 느껴졌다. 자유 기사의 신분으로 참전한 것이라 운신이 자유로운 것이 다행이었다. 올리비에도 그의 제안이 나쁘지 않다 여겼는지 금방 수락했다.

'그러지.'

방금 전까지는 생각지도 못한 조합이었지만 의외로 괜찮은 조합이었다. 퀠른 경은 원래부터 용장이었지만 확실히 그녀와 팀을 이루고 나서부터는 움직임이 훨씬 자유로워졌다.

'이거 작은데 든든하구먼.'

전투를 마치고 퀠른은 그녀의 머리를 토닥이며 말했다. 올리비에는 그 손을 쳐 내며 물었다.

'네 이름이 뭔가?'

이제 와 이름을 묻는 그녀의 모습에 퀠른은 헛웃음을 지으며 대답했다.

'퀠른 경이라고 불러라.'

그 말에 그녀의 눈에 잠깐이지만 이채가 떠올랐다.

'기사인 걸 알아보기도 힘들 정도로 복장도 불량한 데다가 병사 나부랭이하고 같이 전투를 치르다니 너도 참 독특하네.'

그녀가 퀠른에게 말을 거는 경우는 정말 드물었다. 그녀와 함께 전투를 치른 지 1년여가 다 되어 가도록 퀠른이 그녀에 대해서 아는 것은 거의 없었다. 그저 훌륭한 무장이 될 만한 소녀라는 것밖에는.

'너 나중에 전투가 끝나거든 프로테스티안 후작가로 찾아와라. 내 너를 키워 주마.'

그랬기에 가문의 이름까지 들먹거리며 그녀에게 약속했다. 물론 그녀는 예의 퉁명스러운 표정으로 거절했지만. 아무래도 상관없다. 전투가 끝나고 끌고 가면 못 이기는 척 따라올 테니. 누가 프로테스티안 후작가가 키워 준다는데 거절하겠나. 뭐, 정 거절하면 보쌈이라도 해 갈까? 그만큼 올리비에는 탐나는 장수의 재목이었다.

하지만 모든 것이 퀠른 경의 생각대로 풀리는 것은 아니었다. 그날은 오랜만에 며칠 동안이나 전투가 없는 한가로운 날이었다.

'퀠른 경, 총대장님이 찾으시오.'

전쟁터에 와서 처음으로 받는 총대장의 호출에 퀠른은 의아했지만 지체 없이 총대장에게로 갔다.

'찾으셨습니까?'

'퀠른 경, 당장 짐을 싸서 영지로 돌아가게. 자네의 할머님이 위급하시다는 전갈이야.'

과연 총대장이 내민 편지에는 선명하게 프로테스티안 후작가의 인장과 함께 다급하게 쓰여진 문장들이 나열되어 있었다. 할머님. 늘 자신을 안아 주시던 포근한 품.

퀠른 경은 아무것도 생각할 수 없었다. 어려서부터 저를 돌봐 주던 할머니의 임종이 임박했다는 전갈은 퀠른 경에게 전쟁이고 올리비에고 생각할 틈을 주지 않았다. 아무리 나이가 들어 고요히 죽는 것은 호상이라 할지라도 제 사랑하는 이가 죽는데 어찌 평온한 마음이겠는가.

말을 달리고 또 달려 겨우 할머니가 임종하시기 전에 영지에 다다른 퀠른 경은 장례식을 끝내고도 한참이 지나서야 올리비에를 생각해 낼 수 있었다.

'저, 아버님 청이 하나 있습니다.'

부탁이라고는 거의 해 본 적 없는 아들의 청에 프로테스티안 후작이 관심을 보였다.

'이번 전쟁에서 눈에 띄는 아이를 하나 봤는데, 프로테스티안 후작가에서 키워 기사로 만들면 좋을 것 같습니다.'

'네 눈에 띌 정도라니 대단한 아이인가 보구나. 그래 내 한번 총대장에게 청을 넣어 무사히 귀환시켜 우리 가문의 기사로 키워 주마. 그 아이의 이름이 무어더냐.'

'올리비에라고 합니다.'

그 말에 아버지의 표정이 조금 미묘하게 변했다. 뭔가 잘못되었나?

'혹 그 아이 붉은색이 도는 금발에 나이는 열다섯 살이고 붉은 눈을 가지지 않았느냐?'

어떻게 아시지? 보시기라도 한 것처럼 정확한 묘사에 맞다고 고개를 끄덕이니 아버지가 한숨을 내쉬었다.

'네가 전쟁터를 쫓아다니느라 정계에 영 관심이 없는 줄은 알았다만 그래도 올리비에를 못 알아보다니 이거 공부를 좀 시켜야겠구나. 네가 만난 그 아이는 바이에른 공작가의 유일한 혈육으로 차기 공작위를 계승할 아이다. 우리 가문에서 키우고 말고 할 것도 없는 아이란 말이다.'

'아버님이야말로 뭔가 잘못 알고 계신 것 아닙니까? 그 귀한 공작

가의 유일한 후계자를 어린 나이에 장수도 아니고 일개 병사로 그런 위험한 전장에 보내다니요.'

'안 보낼 수 없었으니 보낼 수밖에.'

'무슨 뜻입니까 그게?'

프로테스티안 후작은 전쟁밖에는 관심 없던 제 아들이 그래도 정계에 대해 아주 조금이라도 관심을 가졌다는 사실에 기뻐하며 대답했다. 이 녀석도 벌써 스물두 살이니 정계에 대해서도 알 만큼 알아야 할 터인데.

'1년쯤 전이었지. 어전 회의에서 쉬안 공작이 요즘 바이에른가가 무가라는 명성에 맞지 않을 정도로 출정이 드물다고 운을 뗐다. 그러면서 바이에른 공작의 열네 살 먹은 여식을 들먹이더구나. 말인즉슨 네 여식을 전쟁에 내보내라는 거지.'

'겨우 그 정도에 어린 딸을 전쟁에 내보낸단 말입니까?'

'그럴 리가. 바이에른 공작은 당연히 차라리 자신이 전장에 나가겠다 했지만 다른 귀족들이 난리였지. 바이에른 공작도 겨우 열두 살의 나이에 전쟁에 나가 전공을 세운 적이 있었는데 유일한 혈육인 딸이 열네 살이나 되어서도 전공 하나 없으니 걱정이 많으시겠다느니, 역시 딸은 공작위를 잇기에는 무리가 있는 것이 아니냐는 등. 만약 거기서 바이에른이 한사코 딸을 전쟁에 내보내지 않았다면 공작위를 딸에게 물려준다 하더라도 지금의 반대가 후에 오명이 될 것을 알았으니 거절할 수 없었던 게지.'

'아무리 그래도 기사 작위 정도는 내려서 전쟁에 내보낼 수 있었던 것 아닙니까?'

'기사 작위를 사시사철 주는 것도 아니고 겨우 3년에 한 번 있는 진급 시험을 통과하거나, 추수제의 무투 대회에서 준우승 이상을 하거나, 전공을 세워야 하는데 바이에른 공녀는 어디에도 해당되지 않으니 작위를 내릴 수 없지.'

'아니, 겨우 오명 때문에 일개 병사로 딸을 전쟁에 내보내는 것이 말이 됩니까?'

'들리는 소문에 의하면 바이에른 공녀가 스스로 가겠다 제 아비에게 청했다고 하더구나. 어찌 되었든 허락한 것을 보면 바이에른 공작도 어느 정도는 자신이 있었던 게지. 그 안목이 틀리지는 않았나 보구나. 네가 눈에 띈다고 말하는 것을 보니.'

퀠른은 알면 알수록 올리비에가 그저 안타깝게 여겨졌다.

'허면 총대장에게 올리비에를 잘 돌봐 달라는 서신이라도 하나 써 주시지요. 가문의 기사가 되는 것이야 어렵지만 그 정도야 가능하겠지요?'

그 말에 아버지는 단호히 고개를 저었다.

'방금 전까지 한 말을 어디로 들은 게냐. 쉬안 공작가가 바이에른 공녀가 전쟁에 나갈 것을 주청했다는 그 중요한 정보를 어디로 흘려 들은 게야. 바이에른 공녀의 전투는 곧 쉬안 공작가와 바이에른 공작가의 전투, 나는 그 둘 사이에 껴서 등 터질 생각이라고는 눈곱만큼도 없다.'

'하아―. 그럼 저라도 전장으로 돌아가겠습니다.'

'무슨 소릴 하는 게야? 전장에서 나온 김에 제도로 올라가 영애들을 좀 만나 보아라. 네 나이가 벌써 스물둘이니 혼인을 올리기에 딱 적기가 아니냐? 마침 쉬안 공작 장남의 열여덟 번째 성인식에 황제 폐하의 탄신일까지 줄줄이 큰 연회들이 있으니 귀족 영애란 영애

는 다 만나 볼 터, 그중 하나 정도는 네 눈에 들겠지.'

퀠른 경은 제 아버지를 설득할 수 없음을 알았다. 제 아버지는 쉬안 공작가와 바이에른 공작가의 다툼에서 중립을 유지하며 그 둘이 싸우다 파멸하기를 기다릴 터였다. 지금까지 늘 그래 왔던 것처럼. 그렇다면 내게도 생각이 있지.

확실히 퀠른 경은 깨작깨작 글이나 써 대고 말이나 번지르르하게 하는 쉬안 공작가보다야 실제로 행동하고 검을 휘두르는 바이에른 공작가에 더 호감이 갔다. 물론, 이 호감은 모두 올리비에로부터 비롯된 것이었다.

'좋습니다. 제도로 올라가겠습니다.'

아버지는 방금 나쁜 수를 두신 거다. 쉬안 공작가 장남의 성인식이라. 가서 깽판을 쳐 주마. 그러면 제 아버지도 더는 쉬안 공작가와 바이에른 공작가 사이에서 중립을 유지하지는 못하리라.

그렇게 제도로 올라온 퀠른 경은 쉬안 공작가 장남의 생일에 참석해, 두 쉬안 공자를 눈앞에 두고 있었다.

"쉬안 공작 각하께서 어리디 어린 열네 살의 소녀를 전쟁터로 몰아넣었다지요. 참으로 치사한 일 아니겠습니까?"

"쉬안 공작 각하께서 그런 일을 했을 리가 없습니다!"

샤샤의 외침에 퀠른 경은 차갑게 웃었다.

"부정하더라도 바뀌는 것은 없습니다. 정 안 믿기시면 공자님의 형님께 여쭤보시오."

샤샤는 의문을 가득 담아 카를을 바라보았지만 카를은 퀠른 경을 노려볼 뿐 샤샤에게 어떤 말도 하지 않았다.

"퀠른 경 듣자 듣자 하니 언사가 지나치게 방종합니다. 내 성인식에 이런 말이나 듣자고 퀠른 경을 초청한 것은 아닌데 말입니다. 밖에 누구 있느냐?"

카를의 부름에 밖에서 대기하고 있던 시종 둘이 들어왔다.

"퀠른 경을 정중히 밖까지 모셔다 드려라. 분위기에 취하시기라도 한 것인지 더 계시다가는 돌이킬 수 없는 무례를 저지르실까 내 염려되는구나."

시종 둘이 퀠른 경 양쪽에서 정중히 고개를 숙였다. 퀠른 경은 두 시종이 보이지 않는다는 듯, 한참 동안이나 분노한 눈으로 카를과 샤샤를 노려보았다. 그 눈빛은 가히 야생의 짐승의 것과 비슷할 정도였다.

"무얼 하느냐, 어서 퀠른 경을 모시지 않고."

그 눈빛을 받으면서도 카를은 숨소리 하나 흐트러지지 않고 다시 한번 축객령을 내렸다. 두 시종이 한 걸음 더 퀠른 경에게 다가갔다. 잠시 두 시종을 번갈아 차갑게 내려다보던 퀠른 경은 이내 등을 돌렸다.

"쉬안 공작가에서 건네는 것은 조금도 받고 싶지 않으니, 나를 안내할 것도 없다."

"혹여 저택 안에서 길이라도 잃으실라 꼭 대문 밖까지 나가는 것을 정중히 보고 돌아오너라."

말이 걱정이었지 진짜로 퀠른 경이 밖으로 나가나 안 나가나 잘 감시하고 오라는 뜻이었다. 퀠른 경이 완전히 시야에서 사라지고 나서야 카를은 곧추세웠던 허리를 굽혔다. 숨이 막힌다. 답답해.

"방으로 데려다줄래?"

힘겹게 말하는 형의 모습에 샤샤는 묻고 싶은 말이 많았지만 집어 삼켰다. 형을 먼저 방으로 보내고 새벽까지 연회를 지킨 샤샤는 그 다음 날 아침이 되어서야 형의 침실로 찾아갔다.

"몸은 좀 괜찮아?"

가장 궁금한 것은 물론 올리비에에 관한 이야기였지만 샤샤는 독촉할 일이 아니라는 것을 알았다.

"푹 쉬었더니 괜찮아."

형은 자신을 쳐다보지도 않고 멍하니 앉아 대답했다. 두 번째 손가락을 까딱거리는 것이 아무래도 할 말을 고르고 있는 것 같았다.

"어제 퀠른 경이 말한 건 모두 사실이야."

마치 사형 선고처럼 형은 그리 암담하게 말했다.

"아버지가 올리비에를 출전시키자 주장하셨어. 하지만 아버님을 욕하지 마. 모든 것은 나 때문이니."

형은 형답지 않게 빠른 말로 급하게 덧붙였다.

"카를, 자책하지 마. 카를이 그랬을 리 없다는 것, 나도 잘 알아. 쉬안 공작 각하 역시 이유가 있어서 그러셨겠지."

샤샤는 형을 자극하지 않기 위해서 형이 앉아 있는 침대 옆에 같이 앉아 형의 손을 그러쥐며 부드러이 말했다.

"아버지는 올리비에가 위협적이라 판단했어. 네가 그녀와 친하고……."

그때에 이르러서야 형은 나를 바라보았다. 형의 눈에는 눈물이 그렁그렁했다.

"내가 그녀를 사랑했기 때문에."

눈물이 한 방울 툭 떨어졌다. 첫 한 방울이 어려웠지, 그 다음은 쉬웠다. 금세 시트가 눈물방울들로 어지럽혀졌다.

"숨기려 했다. 숨기려 했어. 사랑한다 한들 내가 가문에 해가 될 일을 할 리도 없었고, 그녀도 내게 해가 되는 일을 할 리 없으니까. 사랑은 아니겠지만 그녀도 나를 아끼고 귀히 여겼으니."

그리 말했어도 쉬안 공작이 납득하지 않으셨으리란 것은 불을 보듯 뻔했다. 올리비에는 어쨌든 바이에른가의 딸이었고 사람의 마음은 얼마든지 위장할 수 있는 것이며 설혹 진심이라 한들 변하기 쉬운 것이었으니. 그러니 카를은 쉬안 공작에게 매달려 애원하지도 못했을 터였다. 그리 매달리면 매달릴수록 쉬안 공작은 더욱 더 올리비에를 위험한 이라 생각하게 될 터였으니 말이다.

쉬안 공작은 열네 살의 소녀를 전쟁터로 내몬다는 다소 무리한 수를 쓰긴 했지만 열네 살 소녀의 이름 앞에 무가 바이에른 공작가의 유일한 후계자라는 이름을 덧대어 짐을 덜었다. 수많은 후계자들 중 하나를 죽이는 일이었다면 쉬안 공작은 그렇게까지 하진 않았을 터였다. 하지만 정적의 유일한 후계자를 없애는 일은 그 정도의 무리수는 감수할 만했다. 올리비에가 더 커서 사교계에서 자리를 잡기 전에, 제 아들 둘이 철없는 감정에 휘말려 올리비에를 비호하기 전에 끝장내기 위해서는.

"살아 돌아오지 못할 거야. 아버지가 그렇게까지 무리한 수를 두셨는데 올리비에를 살아 돌아오게 하실 리 없다. 살아서 돌아온다는 건 그저 살았다, 라는 것이 아니라 올리비에에게 바이에른의 후계로서의 입지를 더욱 공고히 해 주고 나아가 사교계에서 인정을 받게 해 주는 것일 테니. 살아 돌아온다 한들 아버님의 올리비에에 대한 공세는 더욱 거세질 게야. 다 내 잘못이다. 내가 제대로 숨기지 못했어. 애초에 친해지는 것이 아니었다."

"그러고 보니 서부 전선으로 간 사령관 대부분이 쉬안 공작가와 친분이 깊거나 중립파의 사람들이었지."

적에게 죽지 않더라도 아군에게라도 죽을 것이었다. 모든 것은 쉬안 공작의 계산대로. 거기에는 변수가 필요했다. 나라도 전쟁터에 갈까. 가서 그녀가 무사히 돌아오도록 옆을 지킬까. 아니 무리다. 자신은 무공이 뛰어나지도 않을뿐더러, 미안한 말이지만 그녀를 위해 목숨을 걸 정도로 그녀를 아끼지는 않았다.

"그녀는 죽을 거야. 나로 인해서."

샤샤가 생각에 잠긴 사이 카를은 절망에 잠겨 버렸다. 맹렬하게 머리를 굴리던 샤샤는 그래도 변수를 하나 찾아내긴 냈다.

"카를, 그런 일은 일어나지 않을 거야. 그러니 자책하지 마. 그녀는 살아 돌아올 거야."

샤샤는 절망에 빠진 카를을 건져 올리기 위해 최대한 환히 웃었다.

* * *

올리비에를 살릴 변수. 아주 작은 변수긴 하지만, 그래도 샤샤는 최선을 다할 생각이었다.

퀠른 경. 원래는 중립파로 알고 있었던 프로테스티안 후작가였지만 어제의 일로 샤샤는 프로테스티안 후작 가문은 중립일지 몰라도, 퀠른 경은 올리비에에게 꽤 호의적이라고 확신했다. 게다가 퀠른 경은 원래 그쪽 전선에 있다가 잠시 수도로 온 것이라 들었으니 다시 전쟁터로 돌아가는 것도 전혀 이상하지 않을 터, 옆에서 올리비에를 도와주기에 제격이리라.

샤샤는 그길로 수도에 있는 프로테스티안 후작저로 찾아갔다. 샤샤가 안내받은 곳은 응접실도 집무실도 아닌 연무장이었다.

"또 봅니다."

아침부터 수련을 하고 있었는지 퀠른은 흐르는 땀을 닦으며 샤샤를 맞이했다.

"할 말이 있어서 왔습니다."

"하시지요."

이런 탁 트인 연무장에서 그것도 아닌 척하면서 힐끔거리는 다른 이들이 있는 곳에서 쉬이 꺼낼 수 있는 말이 아니었다.

"중요한 이야기입니다. 시간을 내어 주시지요."

하지만 퀠른 경은 들은 척도 하지 않았다. 나는 너를 위해 어디까지 할 수 있을까, 올리비에? 너를 위해 목숨을 걸지는 못하겠지만 자존심을 한 움큼 내려놓을 수는 있을 것 같다.

"부탁입니다."

샤샤는 태어나 황족과 쉬안 공작을 제외하고는 굽혀 본 적 없는 허리를 깍듯이 굽혔다. 그 모습이 꽤나 간절해 보였는지 퀠른 경은 그제야 샤샤와 함께 응접실로 들어갔다. 듣는 귀가 없는 것을 확인하고야 샤샤는 용건을 말했다.

"제발 올리비에를 지켜 주십시오."

"이것 참 이상하군요. 올리비에를 전쟁터로 내몬 것도 쉬안 공작가, 그녀를 지켜 달라고 하는 것도 쉬안 공작가라니."

"아비와 자식의 뜻이 언제나 같은 것은 아니지 않겠습니까. 퀠른 경의 뜻이 프로테스티안 후작 각하의 뜻과 다르듯이 말입니다."

샤샤는 제 짐작을 하나 곁들여 답했다. 지금까지의 늘 중립을 지켜 오던 프로테스티안 후작의 행보로 보건대 이번 역시, 프로테스티안 후작은 중립을 지키려고 했을 터였다. 그러니 프로테스티안가의 퀠른 경이 서부 전선에 참전할 수 있었던 거겠지. 프로테스티안 후작가는 늘 관망하는 입장을 취해 왔었다. 쉬안가와 바이에른가가 싸워 둘 다 파멸하기를 기다리며. 하지만 어제의 퀠른 경은 명백히 쉬안 공작가에 적대적이었다.

"퀠른 경도 귀가 있다면 그간 올리비에와 쉬안가의 두 아들이 얼마나 친하게 지냈는지 알 겁니다. 분명 거짓이고 연기였다 생각하시겠지만 우리 셋 사이에는 단 한 치의 위선도 없었습니다."

평화로운 날들이었다. 열 살 때부터 열두 살 때까지 셋이 어울려 놀던 것이 그리 행복할 수 없었다. 다시 그런 날이 올까. 문득문득 엄습하는 그 불안을 애써 떨쳐 내고 샤샤는 최대한의 진심을 담아 말했다.

"그녀가 살아 돌아오기를 진심으로 바라고 있습니다."

다행히 그 마음이 전해진 걸까, 퀠른의 목소리가 한층 누그러졌다.

"어제의 일에 대해 사과는 하지 않겠습니다. 어쨌든 그대도 쉬안가의 일원이니."

그깟 사과를 바라고 온 것이 아니었으니 아무래도 상관없다. 샤샤는 그녀를 살리기 위해 자신이 무엇을 해야 하는지 아주 잘 알고 있었다. 프로테스티안가와 적대하는 것처럼 보일 것. 그래서 프로테스티안 후작이 바이에른을 선택할 수밖에 없도록. 퀠른 경의 생각과 정확히 일치했다. 둘 사이에 계획은 필요 없었다.

샤샤는 일부러 화난 척 발을 구르며 방문을 열어젖혀 모두가 잘 들을 수 있도록 소리 질렀다.

"어찌 사람이 그리 방종하단 말입니까! 내 어제의 축객령이 못내 마음에 걸려 정중히 사과를 하러 왔건만 이리 무례하다니! 정녕 대 귀족인 프로테스티안 후작가의 교육 수준이 이것뿐이란 말입니까!"

"사과하러 온 자의 목이 그리 뻣뻣해서야 어디 그걸 사과라고 할 수 있겠습니까? 아니면 쉬안 공작가는 몸은 움직일 줄 모르고 책 읽 는 것 밖에 할 줄 아는 게 없어서 목조차 움직일 줄 모르는 겁니까?"

"뭐라 하셨습니까? 머리에 든 것은 없이 몸만 단련하더니 역시 하 는 말이 상스럽습니다. 내 다시는 이 저택에 눈도 두지 않을 것입니 다!"

들리라는 듯 쿵쾅거리며 복도를 지나가자 뒤에서 퀠른이 지지 않 고 소리쳤다.

"난 이미 그쪽 저택 쳐다보지 않은 지 오래되었습니다!"

짧다면 짧은 말싸움이었지만 언사가 원색적인 데다 고용인들 다 들으라고 시끄럽게 떠들었던 터라 해가 지기도 전에 말싸움에 대한 소문이 수도에 쫙 퍼졌다. 거기에 더불어 분을 이기지 못한 퀠른 경 이 바로 말을 달려 제도를 벗어났다는 것까지. 프로테스티안 후작의 귀에 소식이 들어가는 것도 오래 걸리지는 않을 터였다.

게다가 소문은 원래 부풀려지기 마련인지라 쉬안 공작가와 프로테 스티안 후작가가 원수지간이 되었다는 소문까지 돌았다.

"이게 무슨 일이냐? 축객령은 또 무엇이고?"

쉬안 공작의 귀에 들어가는 것도 시간 문제였던 지라 황궁에서 돌 아온 쉬안 공작이 바로 샤샤를 불러 물었다.

"어제 연회에서 형님이 몸이 좋지 않아 휴게실에서 쉬고 있는데 퀠른 경이 들어왔습니다. 같이 있다가는 형의 건강 상태를 들킬 것 같아 정중히 축객령을 내렸는데 퀠른 경이 무례하다 오해를 한 것 같아 오늘 사과를 하러 갔습니다. 그런데 퀠른 경이 계속 빈정거리다가 아는 것인지 우연인 것인지 형의 건강에 문제가 있는 게 아니냐는 말을 해 흥분해 저도 모르게 고성이 오갔습니다. 면목이 없습니다."

어느 정도는 사실을 섞은 거짓이었다.

"어디서 들었는지 형이 성인이 되기 전에 요절할 것처럼 보이더니 용케 성인식을 올렸다며 빈정거리던데 그것이 사실입니까? 사실 안 그래도 요즘 형님의 건강이 좋지 않아 보여 걱정이 되었는데 그런 말을 들으니-."

샤샤는 영락없이 형을 걱정하는 동생의 얼굴로 말했다. 걱정하는 마음도 아끼는 마음도 사실이었으니 연기는 어렵지 않았다.

"퀠른 경이 그런 말을 했다고?"

거짓말은 필요했다. 퀠른 경이 형의 건강에 대해서 알고 있다면 쉬안 공작은 프로테스티안가를 경계할 수밖에 없으리라. 과연 쉬안 공작은 고민에 빠진 표정이었다. 그 사실을 안 프로테스티안가가 어떤 식으로 움직일지, 정말 아는 것인지, 어떻게 대응해야 할지.

"그렇다 한들 네 경거망동했다. 당분간 근신하며 몸을 사리거라."

"예, 공작 각하. 근심을 더해 드려 송구할 뿐입니다."

샤샤에게 있어 근신은 그리 큰 벌이 아니었다. 외려 카를과 같이 있을 시간이 늘어나 기쁘면 기뻤지. 다만 더 이상 올리비에를 위해 할 수 있는 것이 떠오르지 않는다는 것이 안타까웠지만.

"오늘 퀠른 경과 싸웠다면서?"

쉬안 공작에게 혼나고 카를의 침실로 가자 카를도 그 말을 했다.

요즘은 하루 종일 방 밖을 나가지 않는 카를까지 알 정도면 정말 소문이 많이 퍼지긴 퍼졌나 보다.

"샤샤, 퀠른 경을 서부 국경 지대로 보내기 위해서 일부러 그런 거지?"

쉬안 공작과는 달리 카를은 한 번에 샤샤의 의도를 눈치챘다.

"응, 퀠른 경이 올리비에에게 도움이 되어야 할 텐데."

"고마워, 샤샤."

카를이 한결 편안한 얼굴로 미소 지었다. 하지만 그 미소에는 어딘지 모를 서글픔과 씁쓸함이 서려 있었다. 당연한 일이었다. 카를은 스스로가 너무나도 부끄러웠으니까. 절망에 빠져 눈물이나 흘리고 소리만 지르는 자신이 못나 보였으니까. 하지만 샤샤는 카를이 지은 미소의 의미를 온전히 이해하지 못했다. 그저 카를이 웃는 것이 좋아서 따라 웃기만 할 뿐이었다. 백합 향이 코끝을 간질이는 것 같았다. 조금 서글픈 백합 향이.

* * *

그 후로 샤샤는 매일같이 언제쯤 소식이 당도할까 기다렸다. 얼마 지나지 않아 프로테스티안가가 출정한 아들의 비호를 명분으로 기사들과 병사들을 잔뜩 서부 전선으로 보냈다는 소식이 들어왔다. 올리비에의 안전이 어느 정도 확보된 것 같아 마음이 놓였지만 안심할 수는 없었다.

올리비에가 제도로 돌아온 것은 그로부터도 몇 달이 지나서였다. 출정한 지 2년도 넘게 지난 뒤였다.

그사이 전공으로 기사의 작위를 얻어 승전 행렬에 당당히 서 있는 올리비에의 모습은 샤샤가 알던 모습과는 상당히 달랐다. 많이 탄 구릿빛 피부와 짧디짧은 금발 머리카락, 그리고 사나워진 붉은 눈매. 그녀는 붉은 눈을 가진 표범 같았다. 매섭고도 강렬하고, 우아한.

어쩌면 그녀는 이제 자신이 알던 그 사람이 아닐지도 모른다는 생각에 샤샤가 침울히 고개를 숙였다. 그녀도 알겠지. 그녀를 사지로 내몬 이가 쉬안 공작이라는 것을. 그러니 그녀가 살아 돌아왔어도 예전처럼 지내지는 못할 거야.

그녀가 살아 돌아오기만을 바랐는데 살아 돌아오니 점점 더 많은 것을 바라게 된다. 네가 나를 미워하지 않기를. 네가 나를 좋아하기를. 우리의 행복한 시간이 돌아오기를.

그녀는 전쟁으로 많은 것을 거머쥐었다. 과연 바이에른가의 후계라는, 여자임에도 불구하고 바이에른의 후계로 인정하는 세간의 평, 적장의 목을 베어 왔다는 전공, 그 전공으로 수여받은 기사 작위, 그리고 병사들의 존경과 신뢰.

들리는 말에 의하면 올리비에는 퀠른 경과 단 둘이 야음을 틈타 적진으로 침투해 적장의 목을 베어 지리멸렬했던 전쟁을 종식시켰다고 한다. 새벽녘 첫 빛과 함께 적장의 수급을 들고 본진으로 돌아오는 올리비에와 퀠른 경의 모습은 퍽이나 인상적이었다고 한다. 어떻게 이런 무모한 계획을 실행할 생각을 했냐는 물음에 '이길 것을 알았다'라고 담담히 답했다는 이야기까지 하나의 영웅담처럼 거리에 떠돌았다.

물론 실제로 적장의 수급을 베어 온 후의 상황이 아름답지만은 않았다. 적장의 수급을 받아 든 총사령관은 올리비에와 퀠른 경에게 물었다.

'그대들은 어찌 이런 계획을 실행할 생각을 한 것인가!'

감탄하는 것 같기도, 질책하는 것 같기도 말이었다.

'전쟁이 끝나야 살 것이 아닙니까.'

올리비에가 답했다. 감정이라고는 조금도 싣지 않은 어투였지만 그 말에 뜨끔한 이는 한둘이 아니었다.

'어떻습니까, 이 정도면 전쟁이 끝날 수 있겠습니까?'

다소 불손한 어투였지만 그 누구도 올리비에에게 쉬이 무어라 할 수 있는 이가 없었다. 적장의 수급을 베어 온 지 얼마 지나지 않아 서부 국경 지대의 전쟁은 끝났다. 하지만 이제 또 다른 전쟁이 제도에서 펼쳐지리라는 것을 모두가 예감했다.

황궁에서 열린 전승 기념 연회에 올리비에도 퀠른 경도 샤샤도 카를도, 모두가 있었지만 그 누구도 서로에게 쉬이 다가가지 못했다. 퀠른 경과 올리비에는 그사이 많이 친해진 것인지 둘이 딱 붙어 사람들에게서부터 전승 축하 인사를 받고 있었다.

그 모습이 사뭇 낯설었다. 아마 올리비에는 자신과 카를에게 오지 않을 거라고 샤샤는 체념했다. 하지만 그녀는 왔다. 퀠른 경의 손목을 붙들고 그녀는 이제껏 공식 석상에서 지어 보이지 않았던 환한 미소를 지으며 샤샤와 카를에게로 다가왔다. 햇빛을 듬뿍 받은 그녀의 금발 때문인지 그녀는 마치 태양과도 같아 보였다.

"카를!"

그새 퀠른 경에게서 목청까지 닮은 건지 커진 목청에 귀족들이 전부 쳐다보았다. 아마 목청 탓만은 아닐 게다.

"어, 그리고 꼬-!"

꼬마라고 부르려다가 다른 귀족들도 있는데 아무래도 그건 아니라고 생각했는지 그녀가 애매하게도 꼬, 까지만 부르며 다가왔다.

"꼬라니 쉬안 공자 애칭은 참 독특하군."

올리비에에게 손목을 붙들려 오던 퀠른 경은 아는 건지 모르는 건지 빈정거리며 다가왔다.

"잘 지냈어?"

카를과 샤샤를 한 번씩 꼭 껴안은 올리비에가 다정한 얼굴로 물었다. 많이 바뀐 얼굴이었지만 그녀는 그녀였다. 그녀가 바뀌었으리라 생각한 자신이 한심할 정도로. 어쩐지 눈물이 날 것 같았지만 샤샤는 간신히 참아 냈다.

"여긴 내 전우, 퀠른 경. 퀠른 경, 여긴 내 친우 쉬안 공작가의 카를로스와 샤를로테야. 내가 퀠른 경에게서 듣자 하니 셋 사이에 안 좋은 일이 있었다면서. 내가 아는 세 사람은 그럴 사람이 아닌데 아무래도 무슨 오해가 있었던 모양이야."

샤샤는 왜 올리비에가 자신을 다른 귀족들이 다 고개를 돌릴 정도로 크게 카를과 꼬―라고 부른 건지 이해했다. 그녀는 자신으로 인해 틀어진 관계를 원상 복구시키려는 것이었다. 모두가 보도록 한 번에 말끔히.

"안 그래도 내 그 일이 계속 마음에 걸렸었는데 퀠른 경이 출정을 하여 안타깝게 여기고 있었습니다. 샤샤가 아직 어리고 미욱하여 퀠른 경에게 실례를 한 것 같은데, 부디 마음에 담아 두지 말아 주십시오."

상황 파악은 카를 쪽이 조금 더 빨랐다. 카를은 올리비에의 생각을 알아채고 먼저 인사를 건넸다. 가장 자연스러운 수순이었다.

"벌써 옛일이지 않습니까. 외려 나이도 많은 제가 어른스럽지 못한 모습을 보여 부끄럽다 생각하고 있습니다."

"아닙니다. 제가 어리석은 탓에 두 가문의 의를 깨게 한 것 같아 면목이 없습니다."

서로서로 화해하는 보기 드문 모습이었다. 아마 자극적인 소문이 아닌지라 늦게 소문이 돌겠지만 이미 어지간한 귀족은 다 여기에 있는 터라 굳이 소문이 돌 필요도 없었다.

"이리 화해를 하니 보기 좋네! 근 시일 내에 바이에른가의 저택에서 작은 티 파티를 열 생각이니 세 명 모두 참석해서 우애를 다지면 좋을 것 같아."

마무리는 역시 올리비에였다.

샤샤는 그렇게 모두가 함께 행복해질 줄 알았다. 올리비에가 돌아오고 나서 마음의 짐을 덜었는지 카를의 건강은 조금씩 돌아오고 있었다. 그뿐인가, 위태롭기는 하지만 쉬안가도 바이에른가도 프로테스티안가도 서로를 경계만 하고 있을 뿐, 쉬이 상대를 공격하지는 못하고 있었다. 그러니 위태롭지만 평화로울 수밖엔.

실제로 샤샤는 얼마간 평화로운 한때를 보낼 수 있었다. 올리비에가 초대한 티 파티에서 새로운 손님도 만나고. 올리비에가 따로 초청한 그녀는 초록빛이 감도는 금발을 양 갈래로 묶고 샛노란 드레스를 입고 왔다. 그녀는 스스로를 열네 살이라 소개했지만 그보다 두어 살은 어려 보였다.

"라리엘이에요."

그녀는 어딘지 약간은 부담스럽게 반짝이는 녹안으로 자기소개를 했다. 뒤늦게 도착한 퀠른 경은 라리엘을 보고 괴성을 질렀다.

"너! 너! 너!"

"아는 분이십니까?"

"내 동생이다!"

빠른 속도로 라리엘에게 다가간 퀠른 경은 얼른 라리엘을 붙잡아 물었다.

"너 허락도 없이 누가 오래!"

퀠른 경의 어깨 너머로 빠끔히 고개를 내미는 라리엘은 아무리 봐도 퀠른 경과 머리카락과 눈 색 계열이 비스름한 것 빼고서는 닮은 점이 없었다. 누가 봐도 우락부락한 퀠른 경과 여리고 발육도 덜 된 것 같은 라리엘, 역시 아무리 봐도 공통점 찾기가 힘들었다.

"퀠른 경, 본녀가 초대했는데 그리 말하니 민망하네."

뭐가 재밌는지 아까부터 싱글싱글 미소를 짓고 있던 올리비에가 슬그머니 끼어들었다.

"오빠가 안 된다고 하니까 올리비에 언니를 찾아가서 부탁했지! 나도 초대받은 몸이야 왜 그래."

제법 새침하게 오빠의 손을 쳐 낸 라리엘이 도도하게 제자리로 가 앉았다.

퀠른 경은 갑자기 머리가 아파지는 것 같았다. 저번 전승 기념회 때 잠시 라리엘에게 신경을 못 썼더니 그사이 라리엘은 익숙지 않은 구두로 걸어 다니다 드레스 자락을 밟아 넘어질 뻔했고 그걸 마침 지나가던 쉬안 공자, 그러니까 샤샤가 받아 줬단다. 그런데 어린 소녀의 마음이 무에가 그리 갈대 같은지 그 순간 한눈에 반해 버렸단다.

문득 샤샤를 본 퀠른 경은 라리엘의 마음을 어느 정도는 이해할 수 있었다. 반듯하니 곱상하게 생긴 저 낯짝을 보니 외모만으로도 충분히 소녀의 마음을 설레게 할 만한데, 외모뿐만 아니라 행동거지 역시 군더더기 없이 정중하고 어른스러우니 라리엘이 한눈에 반하는 것도 무리는 아니었다.

어찌나 심하게 반한 건지 전승 기념 연회 이후 며칠 동안 자기도 바이에른가에서 열리는 소규모 티 파티에 데려가 달라 조르던 걸 열심히 거절했더니 앙큼하게도 올리비에에게 가서 부탁할 줄이야.

퀠른 경의 눈에야 너무나 사랑스러운 동생이었지만 라리엘은 아직 부족한 점이 많았다. 집에서 오냐오냐 키운 탓에 눈치도 없고 계산에도 밝지 못하고 예법도 미숙하고 말실수도 잦아 오늘도 뭔가 실수를 할 게 분명했다.

제발 큰 실수만 아니어라. 퀠른 경은 속으로 빌었다.

"그래, 라리엘이 어제 아주 간곡히 부탁하기에 본녀가 초대했는데 카를이랑 샤샤도 괜찮지?"

올리비에의 물음에 카를과 샤샤 모두 고개를 끄덕였다. 처음 보는 이가 있다는 것이 그리 달갑지만은 않았지만 척 보기에도 아직 세상 물정 모르는 순수한 아이라 해가 될 리는 없어 보였다.

"한데 라리엘 양이 이리 간곡히 티 파티에 오고 싶어 한 이유가 궁금하긴 하군요."

저와 동갑인데도 한없이 맑고 어려 보이는 그 모습이 샤샤는 못내 신기했다. 아마 저 퀠른 경이 열심히 보호하며 키운 까닭이겠지. 마치 그 질문을 기다렸다는 듯 라리엘의 눈이 빛났다. 그 눈빛에 퀠른 경은 본능적으로 라리엘의 입을 막으려 했지만 라리엘이 빨랐다.

"당신을 좋아하거든요!"

너무나도 직설적이고 단호한 말에 샤샤의 얼굴이 발갛게 달아올랐다. 물어보지 말 것을. 난생처음 들어보는 고백에 샤샤의 얼굴이 터질 듯이 달아올랐다. 발갛게 달아오른 샤샤의 얼굴에 라리엘의 얼굴도 더 빨갛게 물들었다. 그 모습에 샤샤의 얼굴이 다시 한번 더 붉어졌다. 마치 경연이라도 하듯이 두 사람의 얼굴이 계속해서 붉어졌다.

"어-, 영애, 어-, 그 말은 조금 당황-스럽군요."

샤샤는 답지 않게 할 말을 찾지 못해 바보처럼 어벙하게 대답했다. 뭐가 그리 웃긴지 소리가 새어 나오지 않게 끅끅거리며 웃는 올리비에와 카를의 모습이 거슬렸다.

"당황스러울 것 없어요. 바라는 것 없으니까요! 그냥 보기만 해도 좋아요! 그래서 티 파티 오고 싶다고 했어요."

라리엘은 안 그래도 큰 눈을 동그랗게 뜨고 오물오물 작은 입으로 잘도 말했다. 계속 보다 보니 어쩐지 조금 예뻐 보이기도 하는 것 같다. 자세히 보니 피부에 티 한 점 없는 데다가 속눈썹도 길고 눈도 동그라니 크고. 자신도 모르게 라리엘을 살펴보던 샤샤는 이내 머리를 털어 냈다. 어쩐지 얼굴이 점점 더 화끈해지는 것 같았다.

"라리엘!"

당황스러움에 어찌할 바를 모르던 샤샤를 구해 준 것은 퀠른 경이었다. 그 역시 제 여동생의 직설적인 고백에 얼굴이 화끈 달아올라 있었다.

"레이디답지 못하게 이게 무슨 짓이야!"

제 오라비의 훈계에 라리엘은 볼을 부풀렸다. 제 오라비는 제가 언제나 어린아이인 줄로만 알지. 하지만 내 하녀 로사도 남자친구가 있고 전에 연회장에서 만난 귀족 영애들 중에서도 남자친구가 있는 사람이 얼마나 많은데!

"좋아하는 걸 좋아한다고 말하는데 그게 문제예요?"

볼을 부풀리고 입술을 쑥 내민 채 말하는 모양새가 퍽이나 귀여웠다. 이렇게 귀여우면 혼낼 수가 없잖아! 퀠른 경은 제 안의 팔불출을 느끼며 갈등에 빠졌다. 게다가 어쩐지 입을 다물게 하려다가 오히려 더 부끄러워진 것 같아.

이 와중에 즐거워하는 것은 올리비에와 카를뿐이었다.

"하기야 샤샤 정도면 아주 괜찮은 남자지요."

"그럼요, 제 동생이라서 이러는 게 아니라 정말 괜찮은 남자지요."

이 와중에 만담에 빠진 올리비에와 카를은 깔깔거리면서 샤샤를 놀리는 데 집중했다. 더 이상 달아오를 수 없을 정도로 발갛게 익은 샤샤의 얼굴은 확실히 볼만했다. 샤샤는 화두를 돌리려 무던히도 노력했지만 무슨 말을 하건 결국엔 라리엘과 샤샤의 이야기로 돌아와 버렸다. 힘겨운 티타임이 끝나고 샤샤는 바이에른 공작저를 나서며 올리비에에게 으름장을 놓았다.

"다음에도 이렇게 놀리면 같이 안 놀 거야."

그 말에 올리비에는 짐짓 과장되게 한 손으로 입을 가리며 놀란 표정을 지어 보였다.

"어머, 네 말은 라리엘은 더 이상 보기 싫다는 거니?"

그 말에 라리엘이 새끼 고양이 같은 눈망울로 샤샤를 바라보았다. 싫을 리가! 마음속에서 나온 강한 부정을 간신히 밀어 넣고 샤샤는 적절한 말을 찾아냈다.

"그런 뜻이 아니잖아."

"그럼 다음에도 라리엘하고 같이 보면 좋겠다."

샤샤는 올리비에 속에 사는 여우의 꼬리가 문득 보인 것 같았다. 저 얄미운 계집애. 혹 라리엘이 들을까 봐 쉬안 공자는 입 모양으로만 올리비에에게 말했다.

'정말 얄미워.'

그 입술 모양을 읽은 올리비에는 무엇이 그리 즐거운지 낮은 소리로 웃을 뿐이었다.

정말, 정말, 정말 얄미워!

* * *

집으로 돌아가는 마차 안에서 쉬안 공자는 카를에게 툭툭 말을 던졌다.

"카를은 라리엘이 올 거 알고 있었지?"

"그럼. 어제 올리비에가 허락을 구하기에 허락했지. 네 표정을 보니 기분이 상한 것 같지는 않다만 혹여 기분이 상했더라도 용서해줘. 나도 올리비에도 너를 걱정하는 마음으로 한 일이니."

"기분 상할 리가."

제법 귀엽던걸. 샤샤는 새어 나오는 미소를 굳이 숨기지 않았다. 카를과 단둘뿐일 때는 그 무엇도 숨기지 않아도 되니까.

"라리엘은 후계 구도하고는 아무런 관계도 없을뿐더러 금지옥엽 같은 독녀라 순진해. 그러니 그만큼 진실되고 너와의 관계에서 어떤 계산도 하지 않을 거야. 내 판단에 라리엘은 너에게 괜찮은, 꽤 좋은 친구가 되어 줄 수 있을 것 같아."

"그럴 것 같아."

나쁘지 않은 느낌이었어. 뭐랄까, 표현하자면 라리엘은 꼭 숲의 정령 같았다. 꽃잎 위를 천진난만하게 통통 튀어 다닐 것만 같은.

"이번 일로 너도 알겠지만 너와 올리비에 사이의 친애하는 감정이 변하지 않더라도 때로는 서로에게 힘이 되지 못할 수도, 해가 될 수도 있어. 그리고 나는 오래 살지 못할-."

"그만! 그런 말은 입에 담지도 마."

샤샤는 카를이 그런 나약한 말을 하는 것이 정말 싫었다. 설혹 그것이 사실이라 할지라도 샤샤는 카를이 남은 생 내내 그 사실을 생각하며 살고 싶지 않았다. 적어도 살아가는 지금 이 순간만큼은, 완벽하게 행복하기를 바랐다.

"그러니 네게 다른 친구도 필요하리라 여겼어."

하지만 카를은 늘 스스로의 죽음을 염두에 두었고, 자신이 사라진 뒤의 샤샤를 걱정했다. 라리엘을 소개해 준 것도 그런 이유겠지.

"그렇다고 그렇게 놀릴 필요는 없잖아. 다음에 또 놀리면 나도 확 올리비에한테 다 말해 버릴 거야!"

카를의 마음을 짐작했기에, 샤샤의 마음도 같이 가라앉았다. 하지만 그걸 티 내고 싶지 않아 샤샤는 더 짓궂게 받아쳤다. 그저 짓궂은 장난이었음에도 카를은 심장을 쥐어짜는 듯, 고통스러워하는 얼굴을 했다.

"말하지 마. 남는 것은 그녀일 텐데."

카를은 제 죽음이 제 동생에게도 올리비에에게도, 저를 아끼는 모두에게 상처가 될 것을 알고 있었다. 저는 잠시의 죽음의 고통에 몸부림치다 금방 영원한 안식에 빠지겠지만 남은 이들은 수십 년 상처를 안고 살아갈 터였다. 상처가 나는 것을 막을 수는 없었지만 그것을 구태여 더 깊게 하고 싶지는 않았다.

그러니 절대로 이 마음을 꺼내 보이지 않을 터였다. 비록 제 아비는 속이지 못했지만 자기보다도 어린 올리비에 정도는 속일 수 있으리라.

그 후로 샤샤가 올리비에를 만나거나 퀠른 경을 만날 적에는 언제나 라리엘이 따라 나왔다. 라리엘은 확실히 귀여웠다. 여동생이 있었다면 이런 느낌일까. 평화로운 날들이었다. 전쟁광 퀠른 경은 얼마 지나지 않아 다시 변방을 순례한다며 제도를 떠났지만, 이후로도 네 사람―카를, 올리비에, 샤샤 그리고 라리엘―은 동화 속에나 나올 법한 따뜻한 날들을 보냈다. 올리비에가 돌아온 후 반짝 좋아졌던 카를의 건강이 다시 악화되고 있다는 것 외에는 모든 것이 좋았다.

날이 쌀쌀해지면서 카를의 건강은 급속도로 안 좋아졌다.

'그는 이번 겨울을 넘기지 못할 거야'

샤샤가 그림자 사이를 거닐 때면, 어둠이 그렇게 속삭였다. 샤샤는 늘 그렇듯이 부정했다. 하지만 샤샤의 눈에도 카를이 나날이 말라가는 것이 보였다. 생명이 카를의 몸을 떠나는 것이, 샤샤에게도 선명히 보였다. 그래서 샤샤는 부정하면서도 속으로 울었다.

* * *

겨울이 됐다. 제국의 북부에서는 소요 사태가 생겼다. 마침 북부 근처를 지나던 퀠른은 황명을 받아 북부의 사령관으로 임명되었다. 올리비에 역시 얼마 지나지 않아 황명을 받아 북부로 가리라고 많은 이들이 예상했다. 그런 와중에도 바이에른 공작가는 철이 바뀌자 올리비에의 드레스를 맞췄다. 이번에도 올리비에는 드레스 맞추는 걸 도와 달라며 카를과 샤샤를 바이에른 공작저로 청했다. 카를은 몸이 좋지 않았음에도 올리비에의 청에 응했다.

"카를, 무리하지 않는 게 어때?"

샤샤가 카를을 만류했지만, 카를은 그저 고개를 저을 뿐이었다. 올리비에가 드레스를 맞추는 풍경은 평소와 다를 것이 없었다. 이번에도 올리비에와 샤샤 그리고 카를은 바이에른 공작저의 작은 연회장 쇼파에 앉아 소녀들이 드레스를 선보이는 것을 지켜볼 따름이었다. 다만 조금 다른 것이 있다면, 올리비에가 예전보다 조금 더 드레스에 관심이 많아 보였다는 것뿐이었다.

"카를, 내가 보기에는 저 드레스 색상이 선명해서 예뻐 보이는데, 너는 어때?"

카를은 신중하게 드레스를 살펴보다가 눈을 감았다. 올리비에가 저 드레스를 입은 모습을 상상하기 위해서. 눈을 감은 카를의 입가에 잔잔한 미소가 떠올랐다.

"너한테 잘 어울릴 것 같아, 올리비에."

올리비에는 평소보다도 더 많은 수의 드레스를 골랐다.

"올리비에, 이제 직접 입어 봐야 하지? 나랑 카를은 이만 가 볼게."

샤샤는 늘 그랬듯이, 올리비에가 옷을 갈아입을 시간이 되자 떠날 준비를 시작했다. 하지만 올리비에는 평소와는 달리 배웅을 하지도, 잘 가라는 말을 하지도 않았다. 카를의 인사에 잠시 침묵하며 앉아 있던 올리비에는 그녀답지 않게 머뭇거리며 입을 열었다.

"시간 괜찮으면, 보고 갈래?"

올리비에의 뺨에 언뜻 붉은 기가 맺혔다. 어쩐지 울 것 같은 올리비에의 얼굴에 카를도 샤샤도 우뚝 발걸음을 멈췄다. 아주 잠시, 시간이 멈춘 것 같았다.

"볼래!"

짙은 침묵을 카를의 외침이 깼다. 제 목소리가 너무 컸던 것을 깨달은 건지 카를의 얼굴이 부끄러움에 발갛게 익었다. 카를의 얼굴이 발갛게 익은 만큼 올리비에는 환히 웃었다.

올리비에는 쇄골이 훤히 드러나는 검푸른 드레스를 입고 나타났다. 드레스는 단순했다. 허리 아래로 퍼지는 드레스라인은 군더더기 하나 없는 직선을 이루고 있었고, 상체도 프릴장식 하나 없었다. 쇄골 아래 가슴팍에 촘촘히 박힌 작은 다이아몬드만이 거의 유일한 장식이었다. 검푸른 드레스에 촘촘히 박힌 다이아는 하늘에 총총히 뜬 별과도 같아 보였다. 올리비에가 마치 가슴에 밤하늘을 품고 있는 것만 같았다.

"어때-?"

드레스 차림이 어색한지 올리비에가 연신 드레스 자락을 만지작거리며 물었다.

"-예뻐."

한참 멍하니 있던 카를이 답했다. 긴장한 얼굴로 드레스 자락만 만지작거리던 올리비에가 그제야 배시시 웃었다. 마주 보던 카를이 답례하듯 웃자, 올리비에는 전에 없이 환히 웃었다. 그래, 이 웃음이면 되었다고 생각하며 올리비에는 차마 하지 못한 말을 삼켰다.

'바이에른가에 또 다른 후계가 생겼어.'

불가능하리라고 생각했건만, 어머니는 그 연약한 몸으로 사내아이를 출산했다. 사내아이는 바이에른 공작가, 달로아 후작가, 그리고 다른 여섯 가문의 증명을 받았다. 바이에른 공작은 크게 기뻐했다. 그리 기뻐하면서도 바이에른 공작은 사내아이의 탄생을 꼭꼭 숨겼다. 혹여나 누군가 아이를 해할까 두려워한 까닭이었다. 그러니 한동안은 사내아이의 탄생이 세간에 퍼질 일은 없을 터였다.

하지만 올리비에는 알았다. 이제 자신은 바이에른 공작가의 후계가 될 수 없음을. 제 남동생의 안위를 위해 앞으로도 몇 년간은 바이에른 공작가의 유일한 후계인 양 행동하겠지만, 절대로 자신에게 그 자리가 올 일은 없다는 것을. 씁쓸해하면서도, 올리비에는 마냥 슬퍼하지만은 않았다.

올리비에에게는 카를이 있었기 때문이었다. 카를이 웃는 것을 보며, 올리비에도 웃었다. 어쩌면 이편이 더 나을지도 모르겠다고 생각하면서. 올리비에가 속으로 무슨 생각을 하는지도 모르면서, 샤샤는 올리비에와 카를이 마주 보고 서로 웃는 모습이 참 사랑스럽다고 생각했다. 너무 사랑스러워서 가슴 한편이 아릴 정도로.

*　　*　　*

올리비에의 열여섯 번째 생일이 다가왔다. 생일이 되기 얼마 전 황제는 올리비에에게 북부로 출정할 것을 명했다. 하지만 그 와중에도 황제는 일말의 온정을 베풀어 올리비에의 출정일을 생일 연회 이후로 정해 주었다.

올리비에의 열여섯 번째 생일에 쉬안 공작가도 초대되었다. 차가운 날씨에 카를의 몸 상태는 평소보다도 더 안 좋았지만, 카를은 끝

끝내 올리비에의 생일에 참석하겠다 고집을 부렸다.

"네 몸 상태를 봐라. 고뿔에 걸렸다고 해라. 지금이면 그리 이상한 이유도 아니지 않느냐."

어지간해서는 형의 운신에 대해 참견하지 않는 쉬안 공작까지 나서서 만류할 정도였으니.

"예의에 어긋날까, 흠이 잡힐까 걱정에 무리해서 가는 것이 아닙니다. 제가 가고 싶기 때문에 가는 겁니다."

위태로울 정도로 몸을 떨며 형이 말했다.

"주치의의 말이 사실이라면 마지막으로 보는 생일 아닙니까."

제가 사랑하는 사람의―. 카를은 구태여 덧붙이지 않았지만 샤샤도 쉬안 공작도 그 소리를 들은 것만 같았다. 카를은 올리비에를 향한 마음을 쉬안 공작 앞에서 더 이상 숨기지 않았다. 이미 들킬 만큼 들키기도 했거니와, 카를은 제 목숨이 얼마 남지 않았음을 느끼고 있었기 때문이었다. 카를이 아는 쉬안 공작은 살날이 얼마 남지 않은 가련한 자식의 얼마 되지 않는 기쁨마저 앗아 갈 사람이 아니었다. 카를이 아는 아버지로서의 쉬안 공작은 그러하였다. 그러니 이제는 외려 올리비에에 대한 마음을 드러내면 드러낼수록 올리비에는 안전할 것이라고 카를은 생각했다. 적어도 자신이 죽기 전까지는.

덜덜 떨며 옷을 입었지만 연회장에 오자 마지막 힘이라도 끌어낸 것인지 카를의 움직임은 단정하고도 정갈해졌다.

"경과 같은 이가 제국에 있다는 것은 제국의 홍복. 태어나 주어 고맙소."

짧은 축하사였지만, 그 축하사를 위해 카를이 얼마나 많은 고통을 참아 냈는지 알았기에, 샤샤는 카를의 축하사가 너무나도 마음이 아팠다. 보면 볼수록 더욱 마음이 아파 와, 샤샤는 차라리 귀족 무리 속으로 제 한 몸을 묻어 버렸다.

귀족 무리와 어울리며 말을 하다 정신을 차리니 반짝이는 눈의 라리엘이 옆에 서 있었고 어느새 올리비에와 카를은 무도회장 어디에서도 보이지 않았다. 평소라면 라리엘을 데리고 카를과 올리비에를 찾아내 넷이 놀았겠지만 지금은 그러고 싶지 않았다.

카를은 아마 오늘 이후로 올리비에를 보지 않을 테니까. 카를이라면 분명히 그럴 터였다. 서서히 말라 죽어 가는 것을 올리비에에게 보이느니 차라리 마지막 순간까지 올리비에를 보지 않을 터였다. 그러니까 둘만의 시간을 마련해 주고 싶었다.

하지만 아무것도 모르는 라리엘은 두리번두리번 카를과 올리비에를 찾고 있었다.

"샤샤 옆엔 올리비에 언니랑 카를 오빠가 있을 줄 알았는데 여기에도 없네요. 샤샤는 올리비에 언니랑 카를 오빠가 어디로 갔는지 알아요?"

"글쎄, 모르겠는데? 카를이랑 올리비에는 둘 다 어디선가 잘 연회를 즐기고 있겠지. 둘은 신경 쓰지 말고, 라리엘, 우리 둘이서 저기 가서 맛있는 디저트도 먹고 잠시 얘기나 할까?"

올리비에와 카를에 대한 관심을 흐트러뜨리기 위해 다정히 눈을 맞춰 라리엘에게 말하자 라리엘의 얼굴이 급속도로 붉어졌다.

"그— 떨어지세요."

화들짝 놀라며 저를 밀쳐 내는 라리엘의 모습에 샤샤는 적잖이 놀랐다. 늘 좋아! 좋아! 거리며 따라다니기만 했는데 이렇게 밀쳐 내기도 하다니.

"아, 아까 올리비에 언니랑 카를 오빠가 테라스로 나가는 걸 봤어요."

라리엘은 말없는 순간의 어색함을 이겨 내지 못했는지 고저 없는 음성으로 다다닥 말을 뱉어 냈다. 아냐, 거기 가면 안 돼. 말리려고 했지만 라리엘이 더 빨랐다. 날다람쥐처럼 사람들 사이로 도도도 달려 나간 라리엘이 테라스의 문을 열었다. 새하얀 만월이 문틈을 가득 채웠다.

장막 뒤에 숨겨져 있던 세기의 연극이 무대에 오른다면 이런 광경일까. 만월의 달은 여느 조명보다도 현란하게 사람들의 눈을 유혹했고, 그 앞에 선 두 사람-카를과 올리비에-의 존재감은 비현실적일 정도로 도드라졌다. 정복을 차려입은 올리비에가 한쪽 무릎을 꿇고 카를을 향해 손을 뻗고 있었다. 예법서에 나올 정도로 흠잡을 데 하나 없는 단정한 자세였다.

"-하여 청혼을 하는 바이오."

서막부터 하기에는 참으로 파괴적인 말이었다. 그리고 불길할 정도로 행복한 말이었다. 본디 연극의 서막이 불행하면 종막이 행복하고, 서막이 행복하면 종막이 불행한 법이었으니. 그래, 제 가슴이 조이듯 아픈 까닭은 아마 이 불길함 때문이리라고 샤샤는 생각했다. 마치 얼음으로 만든 사슬이 제 심장을 조이는 것 같았다.

올리비에의 말은 한마디 마법과도 같았다. 연회장을 순식간에 얼려 버리는 마법.

연회장을 가득 채우던 음악 소리는 악기의 현이 전부 일시에 끊어진 듯 멈췄고, 모두 벙어리라도 된 듯 자그마한 속삭임조차 들리지 않았다. 연회장 중앙에서 춤을 추던 이들까지도 멈추어 서니 옷자락

스치는 소리조차 들리지 않았다. 무서울 정도의 고요함이었다. 눈썹 깜빡이는 소리마저 너무 크게 들릴 정도의.

소리조차 멈춘 공간에 유일하게 움직이는 것은 사람들의 눈동자뿐이었다. 수백 쌍의 눈동자가 오로지 테라스의 열린 틈만을 향했다.

"오-, 올리비에."

카를이 입술을 짓이겼다. 샤샤는 저도 모르게 같이 입술을 짓이겼다. 저 입술에서 무슨 말이 나올지, 샤샤는 두려웠다. 차라리 이 순간 시간이 멈췄으면 좋겠다고 바랄 정도로.

"올리비에, 올리비에 나는-."

천 길 낭떠러지 위 외다리에 서 있다 한들 저토록 조심스러울까. 샤샤의 심장이 절로 조마조마했다. 달빛을 받은 올리비에의 금빛 머리카락은 눈부시도록 찬란하게 빛나고 있었고, 염원을 담은 그 적안은 불꽃보다도 더욱 강렬하게 일렁였다. 그러니 카를의 눈에는 어찌 보였겠는가.

"그럴 수 없어. 지금은."

그럼에도 불구하고 거절의 말을 내뱉었어야 할 카를의 마음이 가히 짐작할 만했기에, 샤샤는 더없이 슬펐다. 몸이 저렇지만 않았어도 카를은 분명 기쁨의 눈물을 흘리면서 올리비에를 껴안았을 터였다. 아니 너무 기뻐서 차마 안지도 못하고 그 자리에 주저앉아 펑펑 울었을 터였다.

"아직 제국의 변방이 시끄러운데 어찌 제국의 기사로서 사사로이 애정을 추구할 수 있겠어, 올리비에."

청혼에 대한 답으로는 다소 생뚱맞은 말이었다.

"네가 황제 폐하의 명에 따라 북부 지역을 안정시키고 돌아온다면,

그때 나는 네 청혼을 받아들일게."

올리비에를 생각한다면 조금의 여지도 없이 단호하게 거절했어야 했다. 카를도 그 사실을 알았다. 그럼에도 불구하고 카를의 욕망이, 욕심이, 이기심이 끝내 그럴 수 없게 만들었다. 제대로 된 거절도, 승낙도 아닌 이 애매한 대답이 카를이 할 수 있는 최선의 답이었다.

어차피 카를은 올리비에에게 자신의 초라한 마지막 모습을 보여 줄 생각은 전혀 없을 터였다. 카를은 올리비에가 출정하면 쉬안 공작령으로 내려가 평온히 마지막을 맞이하겠지. 그리고 그 생각조차 카를은 올리비에에게 알리고 싶지 않을 터였다. 올리비에라면 분명 무슨 수를 써서라도 쉬안 공작령까지 따라 내려와 제 마지막을 지키고자 할 터이니. 까맣게 바스러져 가는 제 비참한 마지막을.

"네가 원한다면 하늘의 별인들 못 따다 주겠어?"

올리비에의 입이 큰 호선을 그리며 대답했다. 이제야 문이 열린 것을 발견한 건지 올리비에는 잠시 놀란 얼굴이 되었지만, 이내 개의치 않고 당당하게 모든 이들에게 혼약을 선포했다. 그들의 대화는 모든 귀족들이 증인이었다. 심지어 쉬안 공작과 바이에른 공작까지 포함해서.

"여기 계신 귀족분들이 모두 오늘 혼약의 증인이 되어 주시겠지요?"

올리비에가 도장 찍듯이 회장 안의 모든 이들과 눈을 마주쳤다. 샤샤와 눈을 마주친 올리비에가 설핏 조금 더 진한 미소를 지었다. 샤샤는 어쩐지 눈물이 날 것만 같았다. 기쁜 건지, 미안한 건지, 괴로운 건지 샤샤는 알 수 없었다. 한 마디로 정의하기에는 너무나도 많은 감정이 밀물처럼 샤샤를 덮쳤다. 휩쓸리지 않기 위해서 샤샤는 웃었다. 환히 웃었다.

* * *

올리비에는 카를의 말에 충실했다. 그녀는 며칠 지나지 않아 황제의 명을 받아 기사로서 가문의 병사들을 거느리고 북부 변방으로 출정했다. 주인공은 떠나갔지만 사교계는 한동안 카를과 올리비에의 일로 시끄러웠다. 역시 가장 중요한 문제는 누구에게 줄을 대느냐, 였다.

물론 손쉽게 양쪽으로 가를 수 있는 것은 아니었지만 흔히 황족의 권위를 드높이고 황제에게 충성하고 정통 귀족들로 이루어진 황당파의 수장이 쉬안 공작가였고, 신진 귀족들로 이루어진 귀족파의 수장이 바이에른 공작가였다. 그런데 바이에른 공작가의 유일한 후계가 쉬안 공작가의 장남과 혼인을 할 것이 거의 확실시되는 이 순간, 귀족들은 혼란에 빠질 수밖에 없었다.

누가, 누구에게 먹히는 것인가?

의견은 분분했지만 금세 하나로 가닥을 잡아 갔다. 쉬안 공작가가 바이에른 공작가를 이겼다. 어찌 되었든 후계를 잃은 바이에른 공작가는 방계에서 새로 후계를 데려온다 하더라도 육성하는 데 엄청난 시간과 노력을 다시 투자해야 할 터였고 그리해도 올리비에만큼 잘 성장할지는 미지수였다. 게다가 아무래도 청혼한 쪽이 조금 더 목을 맬 터이니 대부분의 일은 쉬안가의 의견대로 되지 않을까, 하는 것이 귀족 대부분의 생각이었다.

쉬안 공작가의 권력이 하늘을 찌르는 순간이었다. 감히 황제조차 고개를 숙여야 할 것이라고 그런 이야기들이 나오고 있었다.

"몸은 좀 어때?"

밖에서야 그러든지 말든지 카를과 샤샤의 일상은 어제와, 그제와, 또 그 전날과 그 전으로 이어진 수많은 날들과 크게 다르지 않았다. 심지어 카를은 원래 계획했던 대로 쉬안 공작령으로 내려가지도 않고 그대로 제도의 쉬안 공작저에 머물렀다.

"오늘따라 햇살이 밝네."

달라진 점이 하나 있다면, 그 후로 카를의 건강이 아주 조금씩 나아지고 있다는 점뿐이었다. 정말 더뎠지만 샤샤는 느낄 수 있었다. 카를은 희망을 품고 있었다. 아마도 카를 자신은 인지하지 못하고 있는 것 같았지만.

올리비에는 북부 변경에 도착하자마자 서신을 보내왔다. 북부에서 퀠른 경과 만났으며, 합류해 같이 소요 사태를 진정시키고 있다는 내용이었다. 북부 로쉐 왕국의 움직임이 심상치 않아 어쩌면 생각보다 시일이 조금 더 걸릴 수도 있다는 어찌 보면 딱딱한 내용이었지만 필체가 부드러워서인지 나긋나긋하게 이야기를 들려주는 것만 같았다.

카를의 몸을 볼 때면 위태위태했지만 그래도 우리는 다시 평화와 행복을 찾았다고, 샤샤는 생각했다. 물론 카를의 상태가 늘 좋지만은 않았다. 카를은 때때로 보기 안쓰러울 정도로 아팠다. 그러다가도 카를은 늘 종국엔 정신을 차리고 일어났다.

"죽어 가는 모습을 보이느니 차라리 만나지 않겠다고 생각했는데 지금은 이리 사무치도록 보고 싶으니 어찌해야 할지를 모르겠구나."

자리를 털고 일어난 카를은 쓸쓸히 말했다. 보는 사람의 입이 절로 쓰게 느껴지는 그 씁쓸함 사이에서도 카를은 어렴풋이 미소 짓고 있었다. 죄악감 가득한 희망이란 이런 것이겠지.

그 희망을 버팀목 삼아, 카를은 노력했다. 그는 희망을 불태워 대부분의 주치의들이 예상했던 것보다도 훨씬 오래 살았다.

하지만 희망이 모든 것을 덮을 수는 없었다. 카를은 다시 한번 심하게 아팠다. 이번이 정말 마지막일지도 모른다는 생각이 들 정도였다.

"-올리비에-."

열에 들떠 제정신이 아닌 상태에서도 카를은 올리비에를 찾았다. 샤샤는 카를을 사랑했다. 사랑하였기에 샤샤는 기꺼이 펜을 들었다. 샤샤는 펜을 들어 올리비에에게 서신을 썼다. 부디 제도로 돌아와 달라는 서신을.

물론 황명 없이 전쟁 중에 제도로 올라오는 것은 항명이기에 불가능한 일이었다. 다만, 들키지 않으면 감히 누가 죄가 있다고 할까.

그래, 사실은 알고 있다. 들키면 올리비에가 항명으로 죽을 수도 있다는 사실을 샤샤도 잘 알고 있다. 그래도 사그라지어 가는 카를을 그냥 지켜만 볼 수 없는 것이 자신의 마음인지라 이기적이란 것을 알면서도 어쩔 수가 없었다.

"카를, 올리비에가 곧 제도로 돌아올 거야."

올리비에에게 서신을 보낸 그날 밤, 샤샤는 식은땀을 흘리며 잠든 카를의 귓가에 그리 속삭였다. 잠결에 제대로 들었을 리 없지만, 카를은 그 이후로 조금 몸이 회복되었다. 여전히 침대를 벗어나는 것이 어렵기는 했지만 금방이라도 숨이 넘어갈 것 같지는 않았다. 그 모습을 보며, 샤샤는 제 선택이 옳다고 확신했다. 카를이 자신에게 소중한 만큼, 샤샤는 이기적이었다.

* * *

올리비에에게 서찰을 보낸 지 얼마 지나지 않은 어느 날, 황궁으로부터 갑작스레 쉬안 공작과 그 아들들 모두 은밀히 입궁하라는 서찰이 날아왔다. 워낙에 황실과 가까운 쉬안 공작가인지라 쉬안 공작이 예고도 없이 야밤에 황궁으로 드는 경우는 종종 있는 일이었으나 그 두 아들까지 함께 들라는 일은 전에 없던 명이었다.

"어인 일로 황궁에서 부르는 건지 아십니까?"

특히나 둘째인 샤샤는 장자도 아니었던 터라 한 번도 황궁에 이리 불려 간 적이 없어 더욱이 꺼림칙한 기분이 들었다.

"모르겠구나."

왠지 모를 꺼림칙한 기분은 샤샤만 느끼는 것이 아니었는지 쉬안 공작의 얼굴도 어딘지 모를 그늘이 서려 있었다.

"카를은 괜찮아? 몸도 안 좋은데 갈 수 있겠어?"

"황명인데 몸이 괜찮고 안 괜찮고가 무슨 관계가 있겠니. 황궁으로 가자."

쌔액, 쌔액 낮은 숨소리를 내뱉으며 카를이 말했다. 그 모습이 자못 불안해 보여 차마 같이 가는 것이 마음에 걸렸으나 어찌하랴, 카를의 말대로 황명인 것을.

사람들의 눈을 피해 들어간 황궁에서는 의외의 손님이 쉬안 공작가 일행을 기다리고 있었다. 바이에른가의 공작. 그가 황제와 함께 쉬안 공작가를 기다리고 있었다.

황제는 잔뜩 굳은 얼굴로 의자에 기대 있었고, 바이에른 공작은 황제의 발치에 머리를 댄 채로 읍고하고 있었다. 그 모습이 가히 기괴하여 샤샤는 더욱 불안했다.

"쉬안가의 가주와 그 식솔이 황제 폐하를 뵙습니다."

자그마한 응접실이라 셋이 한 번에 예를 차리기에도 좁아 보였다. 평소라면 바로 일어나라 할 터였지만 황제는 꽤 긴 시간 아무런 말도 없었다.

"폐하 부디 소신을 죽여 주시옵소서."

그 와중에 바이에른 공작은 엎드려 머리를 바닥에 댄 채, 침통한 목소리로 계속 외쳐 댔다. 무슨 일인지 머리를 굴려 보았지만 샤샤는 전혀 짚이는 것이 없었다. 애초에 샤샤는 정계에 아직 제대로 발을 들이지도 않았으니 생각해 봐야 답이 안 나오는 것이 당연했다. 추측하는 것을 반쯤 포기한 상태로 카펫에 그려진 원의 숫자를 다 셀 때쯤이 되어서야 황제가 입을 열었다.

"쉬안과 바이에른은 모두 고개를 들라."

감히 황제의 존안을 대놓고 바라볼 수는 없는 터라 힐끗거리며 눈치를 살펴보니 역시나 분위기가 심상치 않다. 황제는 대로한 것이 분명한 표정으로 한 손에는 잔뜩 종이를 구겼다.

황제는 손에 들고 있던 구겨진 종이를 바닥에 집어 던졌다. 말려 져 있던 서찰이 요란한 소리를 내며 카를 앞으로 펼쳐졌다. 굴러간 종이에 쓰인 내용이 궁금했지만 허락이 없어 아무도 함부로 움직이지 못했다.

"쉬안가의 카를로스, 네 저 서찰을 읽어 보라."

황제가 준엄한 목소리로 카를에게 명했다. 바스락, 종이가 조심스레 몸을 떨었다. 서찰을 펼치자마자 카를의 낯빛이 굳어졌다.

"얼굴을 보아하니 굳이 묻지 않아도 답을 알 것 같다만, 그 서찰이 너와 바이에른가의 올리비에 경이 주고받은 서찰이 맞느냐?"

마치 형이 있는 곳의 시간만 느리게 흘러가는 듯이 카를은 천천히 조심스레 서찰을 말았다. 카를은 고개를 숙인 채 서찰을 꾹 쥐었다. 바르르 떨리던 입술이 침통히 말을 뱉어 냈다.

"폐하의 짐작이 옳사옵니다. 다만 서찰을 주고받았다고는 하나 이 필체는 소인의 것, 올리비에 경은 그저 오랜 친우의 서찰을 의심 없이 받은 것밖에는 죄가 없고 소인과 뜻을 함께하는 것은 아니니 모든 벌은 제게 내려 주십시오."

도대체 무슨 내용의 서찰이기에 카를이 저리 말하는지 샤샤는 짐작조차 할 수 없었다.

"아니옵니다 폐하, 비록 필체가 쉬안가의 카를로스의 것이라고는 하나 제 여식의 방에서 나온 서찰이니 제 여식의 죄 또한 가볍지 않습니다. 부디 파발을 보내 제 여식을 제도로 불러들여 와 그 죄를 엄히 물어 주십시오."

바이에른 공작은 처절한 목소리로 부르짖었다. 그 발언은 언뜻 보면 제 여식을 벌하라는 말 같았지만 더 자세히 보면 카를을 엄히 벌하라는 말과도 일맥상통했다.

카를을 죽이기 위해서 제 딸인 올리비에조차 기꺼이 사지로 밀어넣는 바이에른 공작의 냉정함이 샤샤는 무서웠다. 동시에 이해할 수 없었다. 어떻게 바이에른 공작가의 유일한 후계자인 올리비에를 이렇게 써먹을 수 있지. 다른 후계자가 있는 것도 아닌데.

'아마 올리비에를 살릴 수를 생각해 놓은 것이겠지.'

어차피 올리비에는 제도에서 한참 떨어진 국경에 있었다. 파발을 보내 봤자 죽여 입을 막은 뒤, 받지 못했다 하면 그 누가 뭐라 하겠는가. 그렇다 한들, 이런 위험천만한 수에 제 딸을 밀어 넣는 바이에른 공작이 샤샤는 역시나 무서웠다.

"둘 다 시끄럽다!"

황제가 마침내 의자를 박차고 일어났다.

"그래서 정녕 이것이 사실이란 말인가! 내 믿고 의지하는 제국의 제1 충신 가문이라 불리는 쉬안 공작가의 차기 공작이, 장남이, 감히 모두가 평등하다는, 황제와 귀족, 평민과 천민 그 모두가 평등하다는 반역에 버금가는 주장을 한 것이 말이오! 쉬안 공작, 그대가 읽어 보시오, 과인이 잘못 읽은 것이라면 그렇다고 얘기해 주오! 짐은 아직도 믿을 수가 없구려! 어떻게 다른 이도 아니고 쉬안 공작가의 사람이!"

황제는 카를이 고이 말아 올린 서찰을 쉬안 공작의 면전에 던졌다. 그 행동이 황제라 한들 귀족의 수장이라 불리는 쉬안 공작에게 하기에는 다소 무례했지만 황제가 말한 내용이 내용인지라 아무도 감히 항의하지 못했다.

샤샤 또한 황제가 한 말에 경악을 금치 못했다. 모두가 평등? 어디서 그런 말도 안 되는 주장이 나왔단 말인가. 각자에게는 각자의 자리가 있는 법. 부모와 자식의 자리가 있듯이 귀족과 평민의 자리가 있는 법인데 어찌 그런 패륜과도 같은 주장을 카를이 한단 말인가. 문득 어린 시절, 카를과 함께 저잣거리에 나갔던 날이 스쳐 지나갔다. 그래, 그날도 카를은 그 허름한 꼬마 아이를 너무나도 관대하게 용서했었지. 아니, 용서가 아니었다. 애초에 카를은 꼬마의 무례를 용서할 만한 것이라고도 생각하지 않았었다. 그때, 그때부터였나.

"폐하—."

서찰을 한 줄씩 읽어 나갈 때마다 쉬안 공작의 눈이 금방이라도 사그라드는 촛불처럼 일렁였다.

"부디 죽여 주십시오. 자식을 잘못 키운 소신의 잘못이니 소신을 벌하여 주십시오."

전에 본 적 없는 쉬안 공작의 약한 모습이었다. 침통해 마지않는 목소리와 고개를 숙였음에도 느낄 수 있는 비통한 표정, 항상 꼿꼿하고 강하던 쉬안 공작의 모습과는 전혀 달랐다. 그 비통함이 샤샤의 마음을 찔렀다.

"그렇습니다 폐하. 소신도 벌하여 주십시오!"

바이에른 공작도 지지 않고 목소리를 높였다. 똑같이 차기 후계자가 얽힌 문제로 황제에게 고하는데 쉬안 공작의 목소리는 사그라들다 못해 비통했고 바이에른 공작의 목소리는 크고도 처절했다. 간신배 같은 것.

"파발을 보내 바이에른가의 올리비에를 수도로 불러들여라. 이유는 바이에른 공작의 건강이 위독한 것으로 하지."

밖에서 대기하고 있었는지 한 남자가 명을 받들겠다는 말과 함께 걸어 나가는 소리가 들렸다.

"바이에른 공작은 잠시 황궁에 머물러 있어 주어야겠소. 몸에 병이 중하니 황제의 은총으로 궁의가 돌보는 것으로 하지."

제도로 올리비에를 불러들인다. 그것도 거짓말로. 물론 샤샤는 올리비에가 오지 않을 것이라고 생각했다. 설마하니 바이에른 공작가가 미리 올리비에에게 언질도 하지 않고 이런 짓을 저질렀겠는가.

그러니 황제가 파발을 보내도 올리비에는 오지 않을 터였다. 그래서 샤샤는 올리비에를 걱정하지 않았다.

다만, 샤샤의 눈과 마음에는 오롯이 카를만이 자리했다. 황제가 손만 뻗어도 카를의 목줄기를 쥘 수 있을 터였다. 아니, 황제가 말 한 마디만 해도 카를을 죽일 수 있다. 어떻게, 어떻게 해야 하지. 머릿속이 새하얘졌다.

"폐하, 부디 재고하여 주십시오. 소인의 죄는 재고의 여지가 없이 명백하고도 참혹해 변명의 여지가 없습니다만, 올리비에는, 올리비에는 진정으로 죄가 없습니다. 다 소인의 어리석고도 짧은 손끝에서 나온 말일 뿐입니다. 올리비에는 이미 장수로서 제국의 이름을 드높인 전공도 있는 터, 부디 재고하여 주십시오."

그 와중에도 올리비에를 걱정하는 카를의 모습에 샤샤는 화가 났다. 평소에는 영민하더니, 왜 이럴까. 지금 위험한 것은 카를, 넌데. 올리비에는 제도로 돌아오지 않을 텐데. 네 살길을 찾으란 말이야. 카를이 올리비에를 구명하려는 것처럼 샤샤도 카를을 구명하고자 머리를 열심히 굴렸지만 답은 나오지 않았다.

못났다. 참으로 못났어.

"본래대로라면 삼대 구족을 멸하고 사지 육신을 갈가리 찢어야 맞는 것이지만-."

황제의 말 한 마디 한 마디가 무서웠다.

"쉬안 공작가와 황가는 이미 오랜 인연을 맺은 터, 게다가 쉬안 공자는 사사로이는 내 조카 되는 이가 아니지 않은가. 삼대 구족에서 짐조차 자유롭지 않은 데다가 그간 쉬안 공작가의 노고를 생각하면 내 적어도 그대의 귀족으로서의 명예는 지켜 줘야겠지."

황제가 작은 주머니를 카를 앞으로 던졌다.

"고통 없이 순식간에 죽을 수 있을 것이다. 일주일 시간을 주마."

그 안에 든 것이 독약임은 여기에 있는 모두가 눈치챘다. 황제는 쉬안가가 거부할 수 없으리라는 것을 알고 있었다. 쉬안가는 감히 그 드높은 명예를 내려놓고 황제에 대적할 수 없을 터였다. 동시에 이 결정은 황제에게도 좋은 결정이었다. 황제의 심복인 쉬안가에서 감히 반역을 꿈꾸었다는 것이 알려져 봐야 황권에 하등 좋을 것이 없었기 때문이다.

새하얀 카를의 손이 천천히 주머니를 향해 뻗어 갔다.

"하해와 같은 은혜에 몸 둘 바를 모르겠습니다."

누구도, 어떤 말도 할 수 없었다. 카를의 눈앞으로 성큼 다가온 죽음에 숨이 막혀, 그 누구도 말하지 못했다.

*　　*　　*

마차 안에 올라타고 아무도 듣는 이가 없으리라 여겨졌을 때에야 샤샤는 카를에게 말했다.

"카를, 차라리 도망쳐."

카를의 차가운 손이 샤샤의 손을 잡았다.

"어차피 얼마 남지 않은 목숨이었어. 여기서 내가 도망치면, 황명에 거역하게 되면, 일이 커질 것이고 나로 인해 선대부터 지켜 오던 황제에게 충성하는 만고 충신의 가문이라는 쉬안가의 명예가 더럽혀지겠지."

"카를! 어떻게 그런 말을 해! 가문이고 뭐고 무슨 상관이야. 내게 있어서 카를은 카를일 뿐인데! 쉬안 공작 각하, 뭐라고 말씀해 보십시오. 카를이 멍청하게 스스로 죽이는 것을 바라보실 참이십니까?”

창백한 얼굴로 맞은편에 앉아 아무 말도 하지 않고 있던 쉬안 공작은 샤샤의 외침에 그제야 눈에 초점이 돌아왔다. 쉬안 공작의 입이 작게 벌어졌다가 아무 말도 하지 못하고 다시 다물어졌다.

“왜 아무 말씀이 없으십니까! 차라리 제 목숨이 위태로운 거라면 이해하겠습니다. 하지만 공작 각하께선 카를을 그리도 아끼시지 않습니까. 그리 아끼는 자식이 죽을지도 모르는데 어찌 공작 각하께선 한 마디 말도 못 한단 말입니까.”

무례하고도 무례한 언사였지만 샤샤는 이미 그런 것을 분별할 정신이 없었다. 오, 나의 카를, 나의 안식처. 당신을 죽게 놔두지 않을 거야. 병도, 황명도, 당신에게 죽음을 가져다주도록 내가 가만히 앉아 있지 않겠어.

“샤를로테 데 쉬안, 내게는 너도 귀한 자식이다.”

쉬안 공작은 차마 카를의 얼굴을 바라볼 수 없었는지 고개를 숙이고 어렵사리 말을 뱉어 냈다. 평소에 카를만 챙기던 쉬안 공작이 그런 말을 하니 샤샤는 당황스러움에 할 말을 잃었다. 자신이 사교계에 데뷔했을 때에도 그 후 수많은 연회를 갔을 때에도 단 한 번도 자신을 챙긴 적 없던 쉬안 공작이 그런 말을 하다니.

“거짓말하지 마십시오.”

“샤샤, 아버님께 그 무슨 무례한 말이야.”

쉬안 공작 대신 카를이 나서서 샤샤에게 타박을 줬다. 입술을 잘근 깨물던 샤샤는 이내 고개를 저었다. 지금 이 순간, 저런 이야기가 다 무슨 소용이란 말인가.

"―지금 그게 중요한 건 아니니까. 카를, 정말로 이렇게 죽을 생각이야? 아니, 그 서찰 정말로 카를이 쓴 게 맞아? 올리비에가 아니라?"

"올리비에에게 뒤집어씌울 생각하지 마. 그녀는 정말 아무것도 몰라. 처음부터 끝까지 오로지 나로 인한 일이야. 외려 그녀가 나로 인해 곤경에 처한 거지."

한 치 흔들림도 없는 눈으로 카를이 샤샤를 바라보며 말했다.

"아버지, 그녀에게 파발을 보내 주십시오. 제도로 돌아오면 분명 죽을 겁니다."

카를은 곧바로 쉬안 공작을 바라보며 간절히 청했다. 하지만 쉬안 공작의 대답이 들려오기도 전에 샤샤가 먼저 답했다.

"늦었어. 며칠 전에 내가 올리비에에게 제도로 올라와 달라고 서찰을 보냈으니까. 그녀는 황제가 보낸 파발이 도착하기도 전에 이미 제도로 오고 있을 거야."

"왜 그런 짓을!"

카를의 역정보다도 샤샤의 역정이 빨랐다.

"내가 카를 말을 믿을 것 같아? 올리비에랑 관련이 없다고? 다 그녀를 감싸기 위해 카를이 하는 말이잖아! 만약 카를이 죽는다면 나는 기어코 올리비에도 죽여 버리겠어. 황제가 죽이든 내가 죽이든 그녀를 죽이겠어. 카를, 네가 죽는데 올리비에라고 죽음을 피해 갈 수 있을 것 같아?"

이것은 카를에게 하는 협박이자 샤샤, 자신에게 하는 다짐과도 같았다.

"사랑하는 내 동생, 올리비에는 진실로 아무 잘못이 없어."

93

샤샤의 역정에 주춤한 건지 카를이 다소 누그러진 목소리로 말했다.

"아니! 난 카를 말 못 믿어! 카를이 죽으면 올리비에도 죽일 거야!"

몇 차례 고성이 오가고 나서야 쉬안 공작이 끼어들었다.

"둘 다 조용히 해라"

쉬안 공작은 보기 드물게 미간을 찌푸리고 있었다. 공작이 그처럼 감정을 얼굴에 적나라하게 드러내는 일은 없었기에 카를도, 샤샤도 바로 입을 다물었다. 마침 마차도 쉬안 공작저에 당도한 참이었다.

"각자 방에 들어가 사숙의 시간을 가지도록 해라. 이 일에 대해서는 내가 해결하도록 하마."

쉬안 공작은 끝내 얼굴조차 제대로 보여 주지 않은 채 어둠 속으로 들어갔다. 흩날리는 망토 자락조차 어둠을 그득히 담고 있었다.

앞에서야 분노를 쏟아 내기는 했지만, 샤샤도 쉬안 공작의 마음이 얼마나 복잡할지 충분히 이해하고 있었다. 선대로부터 지켜져 온 쉬안 공작가의 드높은 명예, 지엄한 황명, 자식에 대한 사랑, 그 어느 것도 가벼운 것은 없었으니 말이다. 그래서 샤샤는 쉬안 공작을 믿을 수 없었다. 쉬안 공작에게는 이미 소중한 것이 너무나도 많았으니.

'내가 어떻게 하면 좋을까.'

올리비에를 위해 무엇인가를 할 수 있었던 것처럼 카를을 위해서도 분명 할 수 있는 일이 있을 거라고, 샤샤는 굳게 믿었다.

도망갈까. 아니야. 약한 카를의 몸이 버티지 못할 거야.

아니면 카를이 죽었다고 거짓말을 칠까. 아니야, 황제를 속일 수 있을 리 없어.

그렇다면 정면으로 황명을 거역할까. 하지만 어떻게.

고민에 고민을 거듭해도 답은 쉬이 나오지 않았다. 하지만 그럼에도 샤샤는 스스로를 믿었다. 분명, 어딘가에 형을 구할 수 있는 길이 있으리라고. 그리고 자신은 그 길을 찾을 수 있으리라고.

"카를, 나쁜 생각 하지 마."

샤샤는 카를의 손을 단단히 붙잡았다. 손가락 사이사이로 느껴지는 카를의 마디마디가 너무나도 가엾게 야위어 샤샤의 마음을 울렸다. 앙상하게 바짝 마른 겨울 나뭇가지 같은 손가락을 가지고도 카를은 새하얀 백합이 피어나는 것처럼 따뜻하게 웃었다.

"내 사랑하는 동생. 걱정 마. 나는 황제의 명 때문에 죽지는 않을 테니."

카를이 믿을 수 없을 정도로 단호하게 말했다. 황명을 거스를 수 있는 확실한 방법이 있는 것처럼, 그렇게.

"무슨 방법이 있는 거야?"

샤샤의 질문에 카를은 답하지 않았다. 다만 어느새 훌쩍 커 버린 제 동생의 머리를 쓰다듬으며 다정히 물을 뿐이었다.

"오늘 오랜만에 나랑 같이 잘래?"

밑도 끝도 없는 제안이었지만 샤샤가 마다할 리 없었다. 따뜻한 이불 속에서 형과 도란도란 대화하다가 스르르 잠에 들면 얼마나 행복할까. 샤샤는 그런 달콤한 밤을 꿈꿨다.

하지만 그날 밤은 샤샤에게 너무나도 잔인한 밤이었다. 그날, 카를은 숨을 제대로 쉬지 못해 발작을 일으켰고 주치의들과 시종들이 몰아쳤다. 혹시나 외부에서 이상한 낌새를 눈치챌까 봐 희미한 초롱불

하나만 밝힌 채로 발소리를 죽이고 쉼 없이 움직이는 주치의들과 시종들의 모습은 마치 어둠 그 자체가 춤을 추고 있는 것 같아 보였다. 형을 집어삼킬 춤을.

형은 눈을 반쯤 까뒤집고 입에는 거품을 문 채로 이해할 수 없는 말을 쉼 없이 내뱉었고 얼음덩이 위에 맨몸으로 내던져진 것처럼 사지를 떨었다. 그러다가도 어느 순간 잠잠해져서 잠에 들었나 싶으면 다시 똑같은 일이 반복되었다. 날이 밝을 때까지, 그렇게.

날이 밝아 잠에서 깨어난 카를에게 주치의는 너무나도 일상적으로 말했다.

"공자님, 오늘은 절대로 침대를 빗어나지 마십시오. 공자님께 필요한 것은 절대적으로 완벽한 휴식입니다. 그냥 가만히 누워서 복잡한 생각하지 마시고 편히 쉬십시오. 전에 보니 침대 밑에 책을 숨겨 놓으셨던데, 책도 조금만 읽으십시오. 읽는 와중에 조금이라도 어지럽거나 속이 메슥거리면 바로 읽는 것을 멈추셔야 합니다. 듣자 하니 얼마 전엔 거리의 악단을 불러와 연주를 하게 하였다던데, 그런 과한 음악도 건강에 좋지 않기는 마찬가지입니다."

주치의는 그 외에도 많은 것들을 카를에게 권했다. 아니, 하지 말라고 하였다. 그 어떤 것도. 마침내 주치의가 제 말을 다 끝내고 방을 나섰을 때 카를은 공허한 눈으로 한 줄기 눈물을 흘렸다. 눈물 한 줄기가 흘러내려 강이, 이승과 저승을 나눌 만큼 깊은 강이 되었다.

"고통스럽구나."

숨 한번 들이쉬고 마실 적마다 심장이, 폐가, 가슴이, 온몸이 찢길 듯이 고통스러웠다. 그 고통을 감내하여도 허락된 것이라고는 무거운 솜이불처럼 침대 위에 널브러져 있는 것뿐이라니, 존재가 찢겨져 나가는 것 같아 고통스러웠다.

"두렵구나."

이 고통에 언젠가 스스로를 놓게 될 것이 두려웠다. 아무것도 할 수 없는 삶을 연명하기 위해 사람이기를 포기할 것이 두려웠다.

"황제가 명했기 때문이 아니야. 황제의 권유는 그저 하나의 변명거리가 되었을 뿐, 이것은 오롯한 나의 선택이야. 샤샤, 너는 나를 이해해 줄래?"

지난밤, 카를이 고통에 몸부림치는 사이 샤샤는 이미 주치의에게서 모든 것을 들었다. 카를의 생명이 얼마 남지 않았음을, 하루하루 죽음이 카를의 몸을 잠식해 나갔다. 그 고통을, 샤샤는 감히 짐작조차 할 수 없었다. 감히 짐작할 수 없었기에 샤샤는 감히 판단하지 않았다.

"카를, 내 사랑."

형을 사랑해. 샤샤는 더 이상 아무 말도 하지 못하고 그저 카를의 손을 꾹 잡았다. 수많은 것들을 감내해야만 했다. 온 세상을 집어삼킨다 하더라도 이토록 목구멍이 찢어지게 아플까. 이토록 숨이 막힐까. 그럼에도 샤샤는 해냈다.

일주일간 형과 수많은 것들을 나누며 샤샤는 모든 것을 씹어 삼켰다. 황궁에 다녀온 지 꼭 일주일이 되던 날, 카를은 죽었다.

샤샤는 반듯하게 눕혀진 카를의 옆에 고요히 섰다. 고통이 별로 없을 것이라더니, 그 말이 사실이었는지 카를의 얼굴에는 고통이라고는 한 점 없었다. 언뜻 보면 봄볕을 맞으며 편안한 낮잠을 자는 것처럼 보일 정도로. 곱게 감긴 눈, 단정하게 포개진 두 손, 바람결에 살랑이는 부드러운 머리칼.

카를이 죽었다. 받아들일 수 없었지만, 카를이 죽었다. 돌이킬 수 없었다. 카를이 이해를 바랐기에 이해하려 했다. 그리고 이해했다. 그럼에도 감정은 어찌할 수 있는 것이 아니었다. 그가 죽은 것이 믿기지 않았고, 매순간 그의 부재를 느낄 적이면 세계가 암전되는 것 같았으며, 아무리 그가 선택한 것이라 하더라도 빌미를 준 황제와 바이에른이 찢어발기고 싶을 정도로 증오스러웠다. 그들이 카를을 죽이려 했어. 넘쳐흐르는 슬픔은 갈 곳을 찾지 못해 증오가 되어 흘러내렸다. 감정이 샤샤의 시간을 잠식했다. 감정에 먹혀 눈먼 시간이 흘렀다.

* * *

감정에 눈이 멀어 시간과 시간을 헤매던 어느 밤, 달조차 구름에 가리운 그 밤, 그녀, 올리비에가 찾아왔다. 검은 후드를 덮어쓴 그녀는 마치 사신과도 같았다. 갈기갈기 날리는 후드 자락과 초점을 잃은 그녀의 눈, 그녀는 스스로를 숨길 생각도 없는지 너무나도 당당하게 카를을 묻어 놓은 그곳 앞에 서 있었다. 그녀를 보기 전까지 샤샤는 이미 수십, 수백 번도 넘게 속으로 생각했다. 너도 죽어 버려, 올리비에. 하지만 막상 그녀를 보니 그런 생각은 할 수가 없었다.

"내가 보고 싶다면서ㅡ."

올리비에는 초점도 없이 그렇게 중얼거렸다.

"올리비에."

샤샤가 조용히 그녀의 이름을 읊조렸지만 올리비에는 눈길 한 번 보내지 않았다.

"누가 그를 죽였어?"

서리라도 내린 듯 날카로운 그녀의 음성이 심장을 파고들었다. 빌어먹을 황제, 빌어먹을 바이에른 공작. 상상에서도 꿈속에서도 몇 번이나 그 둘을 잘근잘근 씹어 먹고 갈기갈기 찢어발겼는지 모른다. 하지만 샤샤는 올리비에를 지키고 싶었다. 올리비에를 향한 카를의 마음을 알고 있었으니까. 카를은 고통을 이기지 못해 스스로의 죽음을 선택하면서도 올리비에를 염려했으니까.

'그녀를 지켜 줘.'

없는 힘도 쥐어짜 내 카를이 샤샤의 손을 부여잡았었다. 카를의 소망이 맞잡은 손을 통해 샤샤를 옭아맨다. 샤샤는 카를을 사랑했기에, 너무나도 사랑했기에, 제 자신이 옭아매어지는 것을 알면서도 기꺼이 감내했다.

"카를의 상태를 알고 있었잖아. 그냥 더 이상 몸이 견디지 못한 거야."

그래서 샤샤는 올리비에가 믿지 않을 것을 알면서도 거짓을 고했다.

"거짓말!"

올리비에의 붉은 눈이 샤샤를 응시했다. 붉은 눈. 세상이 오직 그녀의 붉은 눈으로만 가득 찬 것 같았다. 아, 카를 역시 올리비에의 눈을 보며 그리 생각했을까.

"카를이 나를 버리고 이렇게 먼저 죽을 리 없어! 누가 그를 죽이지 않고서는!"

그녀가 붉은 비명을 질렀다. 채 자라지 못한 금발 머리카락이 점화되는 불길처럼 솟아올랐다. 그녀의 온몸이 바들바들 떨리고 있었다. 차마 씻어 내지 못한 슬픔을 온몸이 발산하고 있었다. 눈물 한 방울 흘리지 않았지만 그녀의 발치에서 피눈물이 흘러내리는 것만 같았다. 갈 곳 없이 흔들리는 그녀의 몸이 황량한 곳에 자란 한 포기의 풀만 같았다.

"아무도 그를 죽이지 않았어."

올리비에. 그녀의 눈에 마르지 않는 감정이 비명을 지르며 넘쳐흘렀다. 카를 또한 너를 이런 눈으로 보았겠지. 그리 보았으니, 카를은 그런 소망을 품었겠지.

"속 보이는 거짓말 하지 마! 사실대로 말해. 내 아버ㅡ."

그녀가 미처 말을 다 끝내기도 전에 샤샤가 그녀의 얼굴을 양손으로 감쌌다. 양 엄지손가락이 그녀의 입술을 짓눌렀다. 붉디붉은. 하지만 미온조차 느껴지지 않는 차가운 그 입술. 얼마나 오랜 시간 그녀가 형의 무덤 앞에 서 있었는지 짐작할 수 있었다.

"말하지 마."

어찌 되었든 바이에른 공작은 올리비에의 아버지. 카를이라면 분명 이렇게 했겠지. 올리비에가 그녀의 아버지를 자신으로 인해 증오하지 않도록. 가족을 향한 증오로 스스로를 갉아먹기에 올리비에는 너무나도 소중한 존재이니.

그녀의 볼을 감싼 샤샤의 손 위로 얼음보다도 차가운 눈물이 흘러내렸다. 말하지 말라는 그 말, 그 말에 그녀는 이미 알아 버린 것이다. 그녀의 아비가 한 일을. 갈 곳 잃은 채 처연히 흔들리는 그 눈동자.

"올리비에, 그를 미워하지 마."

적어도 너는 미워하지 마. 그렇게 갈 곳 없는 눈으로 힘들어하지

마. 어찌 되었든 그는 너의 아비니까. 너를 이 세상에 있게 한 근본이니까.

"차라리 나를 미워해."

왜냐하면 나는 바이에른 공작을 죽일 테니까. 그에게 복수할 테니까. 너는 응당 너의 아비를 사랑하고 나를 미워해야 해. 네 아비는 너에게서 잘라 낼 수 없는 너의 단단한 혈육이지만 나는 그저 네가 사랑한 이의 동생일 뿐이니까.

샤샤의 엄지손가락에 눌린 그녀의 입술 사이로 나지막한 신음이 흘러나왔다. 그녀는 마치 인간의 고통을 모두 짊어진 것처럼 괴로워했다. 고통스러워하지 마. 올리비에는 마치 제 거울 같았다. 샤샤가 미처 표현하지 못한 괴로움마저도 올리비에가 모두 받아 발산하고 있는 것만 같았다. 그래서일까, 올리비에가 고통스러워하면 할수록 샤샤도 고통스러웠다. 스스로도 인식하지 못했던 괴로움마저 밀고 올라오는 느낌이 들었다. 샤샤는 괴롭고 또 괴로워, 이 괴로움을 안아 줄 누군가가 필요했다. 하지만 샤샤를 안아 줄 수 있는 이는 아무도 없어 샤샤는 스스로를 안았다. 그것으로 부족해 샤샤는 올리비에를 끌어안았다. 마치 자기 자신을 끌어안듯이. 고통으로 박동하는 혈관이 온몸으로 느껴졌다. 마치 곧 터질 것 같은 용암을 품에 안은 것만 같았다. 따뜻했지만 두려웠고, 고통스럽지만 평온했다.

어쩌면 이건 단순한 한순간의 욕망이었을지도 모른다. 그녀의 흔들리는 몸이, 고통에 찬 신음이, 샤샤를 불렀다. 조금씩 조금씩, 흔적도 없이 바닥에 흐트러지는 듯 보이지만 어느 순간 쌓여 있는 눈송이들처럼 샤샤는 그녀의 얼굴을 감쌌다. 아니 욕망이라고 그렇게 한순간의 마음이라 치부하는 것은 지금 이 순간, 불덩이에 뛰어드는 샤샤를 모욕하는 일일 터였다. 적어도 그 순간은. 샤샤의 모든 것이 거기에 있었다. 그녀의 입술을 막던 엄지손가락을 훔쳐 내고 누구의 숨결인지조차 헷갈릴 무렵 그녀가 말했다.

"안 돼."

작지만 단호했다. 눈물에 젖은 그녀의 눈이 샤샤를 바라보았다.

"나는 너와 함께할 수 없어. 라리엘이 너와 함께할 거야."

그녀가 제 볼을 감싼 샤샤의 손을 부드럽게 감쌌다. 그리고 한 치의 망설임도 없이 떼어 냈다.

"우린 이제 더 이상 보면 안 될 것 같아."

언제 눈물을 보였냐는 듯, 그녀는 차분한 얼굴로 말했다. 발갛게 익은 눈이 아니었다면 방금 일이 환영인 줄 알았을 정도로 그녀는 차분했다. 타오르는 불보다도 강렬한 붉은 눈에 그 무엇보다도 시린 얼음이 비쳤다.

그 차가움에 샤샤도 다시 현실로 돌아왔다. 이럴 시간이 없어. 우린 이럴 수 없어. 올리비에의 말이 맞아. 우리는 이제 더 이상 보면 안 돼. 서로에게 해가 될 뿐이니까. 그리고 너는 여기에 있으면 안 돼. 황제가 너를 본다면 카를처럼 너도 죽일 테니.

"그래."

샤샤는 이제 오랜 세월 그녀를 보지 못할 것을 직감했다.

"전장으로 돌아가. 돌아가서 다시는 제도로 돌아오지 마."

아주 오랜 기간, 모두가 너를 잊을 정도로 시간이 흐른 뒤에야 돌아와. 전승을 거두고 많은 군대를 거느려 황제가 너를 감히 죽일 수 없을 때, 그때 돌아와. 그리고 내가 너를 그저 바이에른의 후계자로 볼 수 있을 때. 그때, 우리가 아마도 서로를 공격하게 될 때, 그때 돌아와.

그녀는 안녕, 이라는 그 짧은 인사말 없이 다시 눈발이 날리는 어
둠 속으로 사라졌다. 그녀가 서 있던 곳의 신발 자국마저 내리는 눈
에 덮여 사라지고 나서야 샤샤는 다시 돌아갈 수 있었다. 모든 것이
씻겨 내려갔다.

chapter 2

시간은 녹아내리는 눈처럼 흔적 없이 사라졌다. 땅 위에는 새싹이 돋아났지만 샤샤의 마음은 아직 겨울에 머물러 있었다.

문득 제 시린 마음이 견디기 어려울 적이면 샤샤는 눈을 감았다. 눈을 감으면 푸르른 정원이 보인다. 정원 가득한 푸른 잎사귀들은 잎사귀 끝에 보석이라도 단 것처럼 반짝였다. 따사로운 햇살이 샤샤를 감쌌고 고개를 돌리면 거기엔 카를이 있었다. 흑진주를 감춘 조개처럼 아름다운 눈이 자신을 향해 웃는다. 은은한 백합 향기. 카를과 지독히도 어울리는 순백의 백합 향이 코를 간질인다. 그 모습이 참으로 아름다워 샤샤는 눈을 감고 웃었다.

하지만 눈을 뜨면. 눈을 뜨면ー. 새순이 채 돋아나지도 않은 황량한 카를의 무덤이 보였다. 그 황량한 무덤 앞에서 몇 밤을 지새웠는지 셀 수도 없었다.

처음에 샤샤는 제 속으로만 감정을 씹어 삼켰다. 황제와 바이에른 공작을 찢어발기면서. 하지만 그것만으로는 모든 슬픔을 떨어 낼 수 없었다. 넘쳐흐르는 슬픔에 괴로워하던 샤샤는 어느 날 밤 결국 쉬안 공작에게 향했다. 쉬안 공작을 향한 원망이 온당치 않다는 것을 알면서도, 샤샤는 넘쳐흐르는 제 슬픔을 더 이상 감당할 수가 없었다.

며칠 굶은 야수가 먹이를 찾듯이 공작저를 뒤지던 샤샤는 얼마 지나지 않아 쉬안 공작을 찾아냈다. 쉬안 공작은 카를의 방에서 불조차 밝히지 않은 채 숨죽이며 등을 잘게 떨고 있었다. 빛 한 점 들지 않는 짙은 그림자가, 아니 검은 눈물이 형의 방을 가득히 메우고 있었다. 그림자가 너무나도 짙어 샤샤는 소리 없이 뒷걸음질 쳐 카를의 방을 나왔다.

쉬안 공작은 달이 구름에 삼켜진 어두운 밤이면 정처 없이 공작저를 떠돌았다. 카를의 방을, 카를의 무덤을, 그리고 카를의 손이 닿은 공작저의 수많은 공간들을. 그럴 때의 아버지는 평소와는 무척이나 달랐다. 그래, 그는 마치 유령 같았다. 사람이 손을 대면 흔적도 없이 사라질 것 같은, 그런 위태로운 유령.

"조금 더 아껴 줄 것을."

어느 날 카를의 무덤 앞에서 쉬안 공작이 읊조렸다. 쉬안 공작의 속내를 엿듣고 싶은 마음은 없어 샤샤는 일부러 부스럭, 발걸음 소리를 냈다. 분명 소리를 들었을 텐데도 쉬안 공작은 미동도 없이 카를의 무덤만을 바라보았다.

"너는 몰랐겠지만 나는 너를 사랑했다."

쉬안 공작의 시선은 여전히 카를의 무덤을 향해 있었지만 그의 말은 샤샤를 향하고 있었다.

"네가 쉬안가의 차기 공작이 될 것이기 때문에. 가문을 책임지는 나는 너를 사랑할 수밖에 없었다. 너를 멀리하고 너를 엄하게 대한 것은 결코 너를 사랑하지 않아서가 아니다."

쉬안 공작의 말에도 샤샤는 큰 반응을 보이지 않았다. 이제 와 그렇게 말한다 한들 느껴 보지 못했던 아버지의 사랑이 갑자기 느껴질 리 없었다.

"그래서 나는 카를을 희생시켰다."

쉬안 공작은 힘없이 고개를 떨구었다.

"나는 카를이 공작이 될 수 없으리라는 것을 알았다. 그럼에도 나는 카를이 차기 쉬안 공작이 될 것처럼 굴었다. 그래서 사람들이 카를에게 관심을 가지도록. 그래서 진짜 후계자인 네가 사람들의 관심 밖에 있도록, 그래서 네가 조금이라도 더 안전하도록. 샤를로테 데 쉬안, 카를은 너의 방패였다."

샤샤도 어느 정도 예상했던 말이었다. 어렸을 적엔 쉬안 공작가의 그 누구도 자신을 신경 쓰지 않는다고 여겼던 적이 있었다. 하지만 지금의 샤샤는 어렴풋이나마 짐작하고 있었다. 얼마나 많은 것들이 샤샤, 자신을 위하여 희생되었는지.

"만약에 내가 카를을 너의 방패로 쓰지 않았다면, 그래서 카를이 조금 더 편히 살 수 있었다면, 그럼 이것보다는 더 오래 살 수 있었을 텐데. 카를을 방패로 사용하는 것이 못내 마음에 걸려서 호혜라도 베풀듯이 늘 카를에게는 관대하게, 상냥하게 대했지. 위선이다. 위선이야. 진짜 내가 카를의 아버지였다면 그래서는 안 되는 것이었다."

샤샤는 안다. 만약에 카를이 제 가림막이 되지 않았더라면, 카를은 바이에른 공작가의 공격을 받지 않았을 것이라는 사실을. 또한, 위협을 느낀 황제의 종용하에 죽을 일도 없었을 것을. 카를을 공격한 것은 바이에른 공작가와 황제가 맞다. 하지만 동시에 카를이 공격받게 만든 것은 샤샤, 자신이었다. 그러니, 카를을 죽인 것은─.

"카를을 죽인 건 나다."

쉬안 공작의 말과 샤샤의 마음이 일치했다. 황제를 증오하고, 바이에른을 증오한다. 그리고 이 비극이 자신으로 인해 벌어진 것이기에 더욱더 황제와 바이에른을 증오한다. 그러지 않으면 살아갈 수 없을 테니.

"그러니 바이에른을 죽여야지."

슬픔의 기운이 채 가시지 않은 목소리로도 쉬안 공작은 결의에 차 말했다.

샤샤 역시 속으로 바이에른 공작을 죽이리라 굳게 다짐했다. 그로 인해 올리비에와 척을 지게 되더라도. 그리고 샤샤는 더 높은 곳을 노렸다. 황제, 황제 역시 그냥 살려 둘 수는 없지. 반역이 되더라도, 샤샤는 두렵지 않았다.

어차피 샤샤는 더 이상 잃을 것도 없었다. 성공하면 성공한 것이고 실패하면 어차피 죽을 것, 남은 쉬안가의 사람도 없을 터이니 쉬안가의 명예가 사라지든 말든 샤샤가 알 바 아니었다.

올리비에. 샤샤가 잃을까 봐 두려운 것은 오직 올리비에 하나뿐이었다.

하지만 이 역시 감내해야 할 일이었다. 바이에른 공작과 황제를 죽이겠다는 다짐이 굳건한 이상, 샤샤는 평생을 올리비에와 대치하며 살아가게 될 터였다. 사실 생각해 보면 그런 관계가 당연했다. 외려 지금까지의 친밀한 관계가 이상하면 이상했지.

그러니 샤샤는 올리비에를 버리리라고 다짐했다. 그리 다짐하면 버릴 수 있을 줄 알고, 샤샤는 그리 다짐했다.

*　　*　　*

카를이 사라진 봄은 더욱 바빠졌다. 샤샤는 수많은 연회에 참석해야만 했다. 혼자서. 카를도, 올리비에도, 퀠른 경도 없이. 그 사실이 샤샤는 뼈저리게 괴로웠다. 앞으로도 혼자일 것을 알기에 더더욱.

물론, 아직 라리엘은 샤샤의 곁에 남아 있었다. 아무것도 모르는 순진한 라리엘은 조금의 의심도 없이 카를이 병 때문에 죽을 걸로 믿었고, 끝없이 샤샤를 위로했다. 라리엘은 한없이 샤샤를 걱정하며 단 한 순간도 혼자 두려 하지 않았다. 하지만 샤샤는 라리엘이 제 곁에 남기를 원치 않았다.

라리엘이 프로테스티안 후작가의 딸이자 퀠른 경의 여동생이기에. 물론, 지금 당장은 프로테스티안 후작가가 늘 그렇듯이 겉으로나마 중립을 표방하고 있었기에 큰문제는 없었다. 하지만 프로테스티안 후작가의 후계자인 퀠른 경의 마음이 이미 확연하게 올리비에에게 기울어져 있는 것을 샤샤는 알고 있었다. 그러니 결국엔 프로테스티안 후작가도 바이에른 공작가의 세력이 될 터였다. 프로테스티안 후작가의 일원인 라리엘 역시 바이에른 공작가의 세력이 될 테고.

그러니, 라리엘과 샤샤는 함께할 수 없었다. 물론, 샤샤도 안다. 올곧게 자신만을 바라보는 라리엘을. 자신이 마음만 먹으면 퀠른 경이야 어찌 되었든 라리엘만큼은 쉬안 공작가의 사람으로 만들 수 있음을. 그러나 그러기에는, 두 가문 사이에서 갈등하고 고통받게 하기에는, 라리엘이 너무나도 사랑스러웠다.

올리비에, 퀠른 경, 라리엘. 그중 샤샤가 조금이라도 덜 고통스럽게 만들어 줄 수 있는 사람은 라리엘이 유일했다. 그래서 샤샤는 라리엘을 지킬 생각이었다. 비록 찰나였을지라도, 그 생각은 진심이었다.

"공자님, 공작 각하께서 찾으십니다."

봄기운이 완연해진 어느 날 쉬안 공작이 샤샤를 찾기 전까지는 말이다. 이 늦은 밤에 쉬안 공작 각하가 어쩐 일이시지, 샤샤는 약간의 궁금증을 가지고 공작의 집무실로 향해 갔다. 문이 열리자마자 드러난 공작의 심상치 않은 표정을 보고 샤샤는 직감했다. 오늘도 잠은 다 잤군.

"무슨 일 있으십니까?"

쉬안 공작이 협탁 위 잔에 독하기로 유명한 리큐르 데모타를 따랐다. 검은 액체가 작은 잔의 바닥에 깔렸다. 손에 들고 한참 동안 잔을 돌리던 쉬안 공작은 한 입에 리큐르 데모타를 털어 넣었다. 마치 마시지 않고서는 말할 수 없다는 듯이, 그렇게.

"오늘 황제 폐하께서 네 혼사에 대해 얘기했다."

샤샤는 생각지도 못한 주제에 당황스러움을 감출 수 없었다. 혼사라니. 자신은 겨우 열다섯 살에 불과했다. 아주 결혼 적령기에서 벗어났다고는 할 수 없지만 본격적으로 혼사 이야기가 나오기에는 무척 이른 나이였다.

게다가 샤샤는 결혼할 생각이 전혀 없었다. 자신은 바이에른 공작을 죽이고 종래에는 황제를 죽일 테니. 그 위험한 길에 어찌 또 다른 생명을 끼워 넣겠는가. 샤샤는 구태여 애꿎은 이의 목숨을 위태롭게 만들고 싶지 않았다.

게다가 처자가 생기면 복수를 하겠다는 이 다짐이 흔들릴지도 모른다. 잃을 것이 두려워서. 카를을 잃고, 올리비에를 잃을 것에도 이리 마음이 아픈데 제 처자를 잃으면 그것은 또 얼마나 고통스럽겠는가. 잃는다는 상상만으로도 두려움에 떨겠지. 제 소중한 것들의 안위를 걱정하다가 결국엔 자신도 겁을 집어먹고 하라는 대로 하는 꼭두각시가 되어 버릴지도 모를 노릇이다. 그러니 샤샤는 결혼을 하지 않을 생각이었다.

"아직 이르지 않습니까."

"조금 이르기는 하지만 네가 유일한 후계자라는 것을 생각한다면 그렇게 이른 것도 아니지. 게다가 황제 폐하께서 거론하신 네 반려가―."

아버지는 말끝을 조금 흐리셨다. 찌푸려진 미간이 아버지도 이 상황이 퍽이나 마음에 들지 않는다는 것을 말해 주고 있었다.

"둘째 황녀님이니. 아무래도 조금 거절하기가 힘들구나. 우선 당장 내일 황녀님과의 티타임을 황제 폐하께서 주선하셨으니―."

"지금 뭐라고 하셨습니까?"

피가 거꾸로 솟았다. 뜨겁게 솟아오르는 제 피에 귀가 먹먹해질 정도였다. 둘째 황녀와 자신을 결혼시키겠다? 황가와의 결혼은 귀족이라면 누구나 영광으로 여길 법한 일이었지만 샤샤에게는 아니었다. 카를을 죽인 이의 딸과 결혼을 해라?

게다가 황제의 꿍꿍이라는 것이 아주 눈에 보이지 않는가. 분명 황녀는 자신의 일거수일투족을 황제에게 속살거릴 터였다. 상상만으로도 숨이 막힐 지경이었다.

"차라리 꼽추에 절름발이 창녀와 결혼을 하더라도 절대로 황녀와는 결혼할 수 없습니다!"

"네 지금 황녀님을 그런 천한 것에 빗대다니 그 무슨 망발―!"

"공작 각하께선!"

쉬안 공작의 고함은 샤샤의 고함에 허리가 잘렸다. 바들바들 떨려 오는 제 주먹을 샤샤가 꼭 쥐었다.

"어떻게 황제와 얼굴을 마주 본단 말입니까."

아무리 공작저라도 듣는 귀가 두려워 샤샤는 탄식과도 같이 속삭였다. 언제고 물어보고 싶은 것이었다. 샤샤는 더 이상 쉬안 공작을 원망하지는 않았다. 하지만 여전히 이해는 할 수 없었다. 제 자식을 죽인 이와 어찌 낯빛 하나 바꾸지 않고 대화하는 쉬안 공작을 샤샤는 정말이지 이해할 수가 없었다.

"그럼 달리 어쩐단 말이냐."

"저는 그럴 수 없습니다. 차라리 황제를 죽여 버리면 모를까."

샤샤는 처음으로 제 진심을 뱉어 냈다. 샤샤의 마음속 뿌리 깊게 박혀 버린 어두운 진심을. 질책할 거라 생각했던 쉬안 공작은 그저 잠시 놀란 표정을 짓더니 고개를 저었다.

"그런 말 하지 마라. 어찌 감히 황제 폐하를 죽인단 말이냐. 우리 가문이 건재한 것은 황제를 향한 흔들림 없는 충정의 결과, 황제 폐하를 죽인다는 것은 우리 가문을 죽인다는 것과 마찬가지다."

그런 짜증 나는 소리 그만하라고 소리 지르기 직전 쉬안 공작이 말을 이었다.

"새로운 황제를 옹립해야지."

나오려던 고함은 한 덩어리의 공기가 되어 벅차게 샤샤의 목구멍을 조였다. 한참이 지나고야 할 말을 고른 샤샤가 입을 열었다.

"하지만 대안이라 봐야 황제의 세 아들밖에 없는데 그들도 황제와 다를 바 없는 치들 아닙니까."

오만한 첫째 황자, 교활한 둘째 황자, 멍청한 셋째 황자.

차라리 황제의 형제라도 살아 있었으면 선택지가 더 많았으련만, 황제에게는 살아 있는 형제가 단 한 사람도 없었다. 애초부터 황가에 손이 많지 않아 황제의 형제는 손위 형과 손아래 누이가 전부였다. 손아래 누이는 산후열을 견디지 못해 죽어 버렸고, 손위 형—세바스티앙 전 황태자—는 성년이 된 지 얼마 지나지 않아 전장에서 눈먼 화살에 맞아 죽었다. 참으로 허망한 죽음이었다.

채 피지도 못하고 죽은 것은 참으로 안타까운 일이었지만, 채 피기도 전에 죽었기에 세바스티앙은 모두의 기억 속에 남았다. 인간인 이상, 분명 세바스티앙에게도 단점은 있었을 터였다. 하지만 그 모든 단점들은 세바스티앙이 전사한 순간 모두의 기억 속에서 지워져 버렸다.

더더군다나, 지금의 황제가 세바스티앙에 비하면 여러모로 비루하기 짝이 없었던 터라, 세바스티앙은 더욱 찬란하게 기억되었다. 만약 세바스티앙이 황제가 되었더라면—. 수많은 이들이 그런 가정을 상상했다. 아니, 최소한 세바스티앙의 피를 이은 자식이라도 황제가 되었더라면—. 하지만 세바스티앙에게는 후사가 없었기 때문에 그런 가정들은 모두 이룰 수 없는 허황된 꿈일 뿐이었다.

세바스티앙이 자식을 남기지 않은 탓에 황제의 자식들을 제외하면 황제의 손아래 누이가 낳은 자식인 샤샤, 자신이 황위와 가장 가까운 사람이었다.

"설마 저를 옹립하시려는 것은 아니겠지요?"

"그럴 리가 있겠느냐. 너를 옹립하는 것은 사사로운 이득을 추구하는 것으로밖에는 보이지 않을 것 아니냐. 따를 자도 별로 없을 것이다."

"그럼 누구를?"

"황제의 형, 세바스티앙에게는 아들이 하나 있었지."

처음 들어 보는 이야기에 샤샤는 혼란스러웠다.

"그럴 리가요. 그런 이야기는 처음 들어 보는 것을요."

"너도 이제부터 자주 듣게 될 것이다. 저잣거리에서 사람들이 체자레, 세바스티앙의 아들에 대해서 이야기하는 것을. 저잣거리의 소문은 빨리 도는 법이니까. 백성들은 세바스티앙의 아들에 열광하겠지. 지금의 무능한 황제와는 달리 언제나 전장의 선두에서 빛나던 그 아름다운 황태자 세바스티앙의 아들이라니. 예기치 않게 전사하지 않았더라면 황제가 되어야 했을 세바스티앙의 아들 체자레. 황좌의 진정한 주인의 도래가 아닌가 사람들은 생각하겠지."

쉬안 공자는 아버지의 말에서 무언가 기시감을 느꼈다. 이것을 물어봐야 하나 고민하던 그는 결국 뚜껑을 열어 버렸다.

"체자레는 진짜로 있는 사람입니까?"

"체자레는 세바스티앙 황태자의 옆에서 그를 보좌하며 용맹하게 싸우다 같이 전사한 여전사, 솔리시에 가문의 가주 사이에서 태어나 아버지와 어머니의 용맹함과 용기를 두루 갖춘 이지. 어머니의 붉은 빛 도는 금발과 아버지의 푸른 하늘을 닮은 눈을 가진."

113

"맙소사, 진짜로 세바스티앙에게 후사가 있단 말입니까? 그런데 어째서 지금까지 아무도 몰랐던 겁니까."

"체자레가 어미의 배 속에 있을 때 세바스티앙 전 황태자가 죽었으니 어쩔 수 없는 일이었지."

"그럼 지금까지 체자레는 어떻게 살아온 겁니까?"

"세바스티앙 황태자의 밀명을 받은 쉬안 공작가에서 체자레를 남몰래 후원했지. 체자레는 타고난 자질이 좋아 어린 나이에 바이에른 공작가의 기사가 됐다."

샤샤는 그제야 문득 평민 출신임에도 타고난 자질이 좋아 어린 나이에 바이에른 공작가의 기사가 되었다던 이의 이야기가 생각났다. 그러고 보니 그자의 이름이 체자레였던 것 같다.

"쉬안 공작가의 기사로 두는 것이 더 낫지 않았겠습니까?"

"마침 바이에른 공작가의 동향을 파악해 줄 이도 필요했던 데다가, 전공을 세우기엔 아무래도 무가의 기사가 되는 편이 나을 것이라 생각했다."

"체자레의 신분을 증명할 방법은 있는 겁니까?"

"현존하는 황족과 피의 검증을 해 보면 될 일이고, 그것이 여의치 않더라도 황태자의 인(印)이 내게 있다."

황태자의 인. 황태자의 신분을 증명하는 가장 대표적인 물건이었지만 세바스티앙 전 황태자의 죽음과 함께 소실되었던 그 황태자의 인.

"체자레는 자신의 신분을 알고 있는 겁니까?"

"혹 신분이 밝혀지면 위험할 수도 있어 체자레 본인조차도 스스로를 평민으로 알고 있다. 하지만 곧 알려 줘야겠지."

"하면 체자레는 지금 어디에 있는 겁니까?"

"체자레는 지금 북방에 있다. 바이에른가의 올리비에와 퀠른 경과 함께. 전공 정도는 가지고 와 줘야 위신이 설 테니."

쉴 새 없이 질문을 하던 샤샤는 그제야 숨을 돌렸다. 예상치도 못한 쉬안 공작의 선언에 샤샤는 이미 반쯤 넋이 나가 있었다. 쉬안 공작이 전 황태자의 숨겨진 아들을 데리고 있다니. 참으로 믿기 어려운 말이었다. 아마 쉬안 공작이 아닌 다른 이가 말했더라면 샤샤는 코웃음도 치지 않았을 터였다. 그 정도로, 샤샤는 지금 이 대화가 믿기지 않았다.

하지만 다른 이도 아니고 쉬안 공작이 그렇게 말했다. 그러니 어찌 믿지 않을 수 있을까. 어찌 두렵지 않을 수 있을까. 아마도 쉬안 공작은 처음부터 황제를 대체할 준비를 하고 있었던 것일 수도 있다.

"샤를로테 데 쉬안, 쉬안 공작가는 황제에게 충성하는 가문으로 이름이 높지. 그건 말이다, 쉬안 공작가가 기꺼이 충성을 바칠 수 있는 자를 황제로 만들기 때문이란다. 이걸 똑똑히 기억해 두거라. 쉬안 공작의 가장 큰 책무는 황제를 만드는 것이다. 설혹 네가 황제를 만들지 않더라도 네 후계자가 이 사실을 잊지 않도록 필요한 순간이 오면 언제든 황제를 만들 수 있도록 교육시켜야 될 것이다."

샤샤는 이제 막 쉬안 공작가가 자신에게 껍질을 하나 벗어 보여 준 것을 깨달았다. 앞으로 샤샤는 쉬안 공작가의 수많은 껍질들을 벗겨 나갈 터였다. 그것들은 어쩌면 하나같이 오늘처럼 충격적일지도 모른다.

"다만 어떤 일이든 시간은 걸리는 법이지. 체자레가 무사히 황좌에 오르기 전까지는 현 황제가 안심할 수 있도록 당분간 너도 황제의 말을 따라라."

무심코 고개를 끄덕이려던 샤샤는 날카로이 말했다.

"체자레를 황좌에 올리기까지는 시간이 많이 걸릴 터이니, 황제의 말을 따르다 보면 저는 황녀와 혼인을 한 상태겠군요?"

"그렇겠지."

아버지는 망설이는 기색 하나 없이 샤샤의 말을 긍정했다.

"새 황제가 옹립되면 저는 제 손으로 제 부인을 내쳐야 할 테고요."

"어쩌면 죽여야 할지도 모르지."

에둘러서 내친다고 표현했건만, 아버지는 가차 없이 죽인다는 말을 입에 담았다. 원치 않는 결혼을 하는 것은 감내할 수 있다. 하지만 아무리 사랑하지 않는 사람이라고 하더라도, 제 부인이었던 이를 죽음으로 인도하는 것은 아무리 생각해도 꺼려졌다.

"전 그렇게는 못 하겠습니다."

"이번 한 번은 어떻게든 황녀와의 혼담을 무산시킬 수도 있지. 하지만 다음엔, 또 그다음엔? 네가 혼인이라도 하지 않는 바에는 막을 수 없을 것이다."

"그럼, 혼인을 하면 되지요."

제아무리 황제라 한들, 이미 결혼한 이에게 여인을 들이밀 수는 없을 터이니. 다만, 누구와 혼인하느냐가 관건이었다. 쉬안 공작가에 위협이 되지 않는 제 나이 또래의 영애.

샤샤의 머릿속에 불현듯 한 인물이 스쳐 지나갔다. 녹음과도 같은 라리엘. 자신을 순수하게 좋아하는 라리엘의 마음과 그녀가 입을 상처를 조심스레 가늠해 보았다.

'널 이용해도 좋을까.'

그녀를 이용할까. 심장 속에서 날카로운 바늘이 찌르는 듯한 느낌이 들었다. 그저 푸르른 녹음만을 담고 있는 라리엘의 커다란 눈동자가 생각났다. 아냐, 그럴 수 없어. 라리엘은 순진무구하고 아무것도 몰라. 분명히 상처받게 될 거야. 샤샤의 양심이 힘겹게 그의 욕망에 맞섰다. 갈등은 하고 있었으나 샤샤는 자신이 어떻게 행동할지 이미 예감하고 있었다.

추가 조금씩 기울어졌다. 조금 기울어지자 바닥에 닿는 것은 순식간이었다.

"황녀와 결혼을 하느니 사랑에 빠져 앞뒤 분간도 못하는 머저리가 되는 것이 낫겠군요."

그래, 라리엘과 결혼하는 것이 나아. 자기 자신을 위해서도, 라리엘을 위해서도. 샤샤는 어느샌가 자신의 악의로 가득한 마음이 빠끔히 문을 연 것을 느낄 수 있었다. 스멀스멀 마음을 잠식해 나가는 그 검은 손길이 반갑지는 않았지만 이게 결국은 자신이 가야 할 길이란 것을 깨달았다. 쉬안 공작이 된다는 것은 아마도 그런 것이리라.

* * *

그래도 라리엘을 아끼는 마음이 그리 가볍지만은 않았는지 샤샤는 결심을 하고서도 며칠간이나 이렇다 할 행동을 보이지 못했다. 샤샤가 마음만 먹고 있던 사이, 황실에서는 쉬안 공작가로 친히 황실의 마차를 보내왔다.

정문에서 기다리고 있는 황실의 마차를 본 다음에야 샤샤는 비로소 자신과 둘째 황녀와의 혼담이 피부로 느껴졌다. 망설이지 말았어야 했다고, 결심했던 그날, 바로 라리엘에게 갔어야 했다고 후회했으나 이미 황실에서 보낸 마차의 문은 활짝 열린 뒤였다.

"황제 폐하께옵서 티타임 하나에까지 이렇게 신경을 써 주시다니 송구할 따름입니다."

결심하자마자 행동하지 못한 것이 후회되었지만, 어쨌든 지금은 황궁으로 가야 한다는 것을 샤샤도 알고 있었다. 굳이 이렇게 마차까지 보내 주는데 황궁에 한 번 못 들어갈 것도 없지. 어차피 황녀도 한 번은 봐야 할 사람이기도 하고. 황녀, 올리비에와 동갑인-. 아니, 올리비에는 생각하지 말자. 쉬안 공자는 마음의 틈새마다 비집고 들어오는 올리비에를 밀어냈다.

샤샤는 둘째 황녀가 어떤 사람인지 잘 알지 못했다. 둘째 황녀도 첫째 황녀처럼 다른 나라의 왕비로 가거나 그도 아니면 다른 명문가의 자제와 결혼하겠거니 생각해 자신과 접점이 있으리라고 생각하지 않았기 때문이었다. 꽤나 총명하고 아름다워 따르는 이가 많다고 스치듯이 들은 것이 전부였다.

그러고 보니 다른 나라로 시집간 첫째 황녀는 어떻게 됐었더라. 제 남편에게 죽었지. 첫째 황녀의 남편은 감히 제국에게 반기를 들었고, 제국은 소국의 도발에 냉정하게 대처했다. 제국의 분노가 두려웠던 왕국민들은 그들의 손으로 왕을 폐위시키기 위해 왕성으로 진격했다. 왕국민들이 왕궁으로 진격한다는 소식에 왕은 바로 첫째 황녀를 죽였다. 그리고 왕궁에 불을 질러 제 몸도 불살랐다. 그 누구도 제 몸에 손을 댈 수 없도록. 첫째 황녀 역시 왕과 함께 한 줌의 재로 변해 버렸다. 조금 처참한 최후였지만, 그다지 특별할 것은 없었다.

본디 수많은 왕녀와 황녀들이 그리 죽었으니.

황녀들은 이토록 가장 고귀하되, 가장 비참한 이들이었다. 정원의 한가운데에서 연보랏빛 드레스를 입고 다소곳이 앉아 있는 둘째 황녀 역시.

"고귀하신 황녀 전하를 뵙습니다."

샤샤가 허리를 제대로 숙이기도 전에 황녀가 그를 일으켜 세웠다.

"와 주셔서 감사합니다."

가벼이 일으켜 주는 손길이 서늘했다. 반쯤 풀어 내린 가느다란 금발이 황녀의 팔을 타고 내려와 샤샤의 손을 간질였다. 샤샤는 처음으로 가까운 곳에서 황녀의 눈을 바라보았다. 연한 갈색, 우기면 금색이라고도 할 수 있는 눈.

"공자께서 괜찮으시다면 앉아서 차를 마시는 것보다는 정원을 구경시켜 드리고 싶은데 괜찮으시겠습니까? 이제 막 꽃들이 피어나고 있어 상당히 아름답거든요."

황녀의 눈꺼풀이 눈동자를 반쯤 가렸다. 금빛 속눈썹에 반사된 빛들이 반짝거렸다. 그동안 멀리서만 봐서 몰랐는데 황녀는 꽤나 미인이었다. 외모뿐이랴, 나긋나긋한 목소리는 남자들의 귀를 간질이기에 충분했다.

"황녀 전하 뜻대로 하시옵소서."

황녀는 그 긴 드레스를 입고도 사박거리는 소리 하나 내지 않고 걸었다. 곧은 듯하면서도 유연한 선을 그리고 있는 저 허리, 바람에 살랑이는 머리카락마저 계산된 듯 우아했다. 둘째 황녀는 그야말로 '고귀함' 그 자체라고 할 만했다. 황녀의 내리깐 속눈썹 위로 또 햇빛이 떨어졌다. 빛나는 황금빛이 처연하게 흩어져 내렸다. 둘은 한참을 아무 말 없이 걸었다.

"쉬안 공자도 오늘의 티타임이 그냥 티타임이 아니라는 것은 알고 계시지요?"

여전히 나긋한 목소리였지만 그 속에는 굳은 심지가 들어 있었다.

"아마 저는 쉬안 공자와 결혼하지 않으면 서쪽 칼라일 부족의 칼리와 결혼하게 될 거예요."

칼리, 다음 대의 칼리파(부족장)가 될 수 있는 자격을 가진 사내. 하지만 칼리는 하나가 아닌 여럿이었으니, 칼리파가 되기 전까지의 길이 얼마나 험난할지는 구태여 설명할 필요조차 없었다. 풀 한 포기 자라지 않는다는 서쪽의 황량한 벌판, 사시사철 불어오는 모래바람, 그 황량한 곳에 뒤지지 않는 칼리 간의 끝없는 혈투. 그 무엇도 달가운 것은 없었다.

"사실 이미 예전부터 칼라일 부족과의 혼담이 오가고 있었거든요."

샤샤도 그 이야기에 대해서는 얼핏 들은 바가 있었다. 현재 제국의 서쪽 변방에는 왕국이라고 할 만한 것이 없었다. 대신 수많은 부족들이 서쪽 땅을 나눠 먹고 있었는데, 그중 가장 세력이 큰 할라사 부족이 맹렬하게 다른 부족을 흡수하고 있었다. 제국은 할라사 부족의 엄청난 성장세를 경계하여 서쪽 변경 프로테스티안령에 군사를 주둔시켰다. 하지만 그것만으로는 안심할 수 없어, 서쪽 부족들 중 하나인 칼라일을 지원하여 할라사와 대적하게 만들고 있었다. 황녀의 결혼 역시 칼라일 지원책 중 하나였다. 물론, 유라시아 황녀의 의사는 전혀 고려되지 않은 결정이었겠지만.

"단도직입적으로 말할게요. 저는 칼라일로는 가고 싶지 않아요."

아니나 다를까, 그녀는 한 치의 흔들림도 없이 말했다. 이 말은 곧 어떻게든 자신과의 혼인을 성사시키겠다는 말과도 동일했다. 이걸 어쩐담. 샤샤가 본격적으로 고민을 하기도 전에 황녀가 그에게 조용히 속삭였다.

"하지만 쉬안 공자와 혼인하기는 더더욱 싫어요."

"어째서―?"

너무나 당황스러웠던 터라 기쁨의 춤을 춰도 모자랄 판에 샤샤는 반문을 하고 말았다. 아차, 했지만 이미 쏟아진 물이었던지라 샤샤는 애써 덤덤한 표정을 지었다.

"어라, 의외네요. 쉬안 공자는 이렇게 말하면 좋아하실 줄 알았는데."

황녀는 처음부터 내내 잔잔한 미소를 띠고 있었다. 처음엔 그 미소가 참으로 상냥하다고 느꼈는데 지금은 살짝 두려웠다.

"고민을 좀 해 봤어요. 도대체 왜 나와 당신을 혼인시키려고 하는지. 냉정한 말이지만, 딸아이의 결혼은 정략적 목표 달성을 위한 아주 값진 도구잖아요. 그런데 왜, 도대체 왜, 황제에 대한 충성심이 이미 증명된 쉬안 공작가에 나를 내어 주려고 하는지."

아무 이득도 없는데. 황녀가 굳이 말하지는 않았지만 샤샤는 쉬이 그 말을 유추할 수 있었다.

"그리고 나서 생각해 보니 아바마마와 쉬안 공작님이 요즘 독대를 하시는 일도 없으시고 쉬안 공작가의 장례식에서도 아바마마가 금방 나오셨다는 사실이 생각나지 뭐예요. 그리고 당신 표정, 당신 처음부터 굉장히 굳은 표정이었어요. 쉬안가와 아바마마 사이에 무슨 일이 있는 거지요?"

샤샤는 입을 꾹 다물었다. 함부로 말할 수 없는 일이었다. 사안도

사안이거니와 샤샤는 아직도 생각만 하면 자신의 폐부를 찌르는 카를에 관한 이야기를 유라시아 황녀 앞에서 이성적으로 말할 자신이 없었다. 대화를 통해 자신에게 유리한 방향으로 이끌고 나갈 자신이 샤샤는 전혀, 전혀 없었다.

"무슨 일이 있었는지 말해 달란 것이 아니에요. 단지 어떤 일이 있었는지의 여부만 알려 달라는 거예요. 무슨 일이 있었다면 나는 필시 쉬안 공작가를 감시한다거나 일종의 덫을 놓는다거나 하는 일을 하게 되겠죠. 그렇죠?"

샤샤는 아직도 갈피를 잡지 못하고 있었다. 무엇보다도 '당황'이라는 것이 샤샤의 발목을 크게 잡고 있었다. 샤샤는 황녀가 이런 여자일 거라고는 전혀 예상하지 못했었다. 황녀는 총명하다는 말로 표현될 만한 이가 아니었다. 그녀는 날카롭고, 확신에 차 있었으며, 불친절했다. 이런 여자인 줄 알았더라면 이렇게 무방비하게 오지는 않았을 텐데.

"이봐요 쉬안 공자, 내 인내심은 길지 않아요. 우리 피차 피곤한 일이잖아요. 같이 상황 파악하고 해결하는 게 좋지 않아요? 무슨 일 있었죠? 그리고 난 쉬안 공작가를 견제하기 위해 가는 거죠?"

"무슨 일이 있기는 했습니다. 황녀님과 저의 결혼이 무엇을 위한 것인지는 저도 잘 모르겠습니다."

감시를 위한 것이란 것은 알았지만 샤샤는 확답을 피했다.

"솔직하지 못하시네요."

언젠가부터 예의를 한 꺼풀 벗어 버린 듯한 황녀의 말투조차 샤샤는 이제야 알아차렸다. 왠지 모를 부끄러움에 샤샤의 귀 끝이 붉게 물들었다.

"우리 이 혼인은 없었던 걸로 하기로 해요. 나는 겨우 쉬안 공작가를 견제하는 일에 내 평생을 바치고 싶진 않거든요."

황녀가 아주 담백하고 당당하게 말했다. 자신들의 혼사 문제는 자신들이 결정할 바가 아니었음에도 황녀는 너무나도 당당했다. 마치 자신이 황제라도 된 듯이.

"그건 우리가 결정할 일이 아니지 않습니까."

황녀의 금안이 반짝였다.

"정말 그렇게 생각하셔요?"

아니. 샤샤도 알고 있다. 라리엘을 이용하면, 샤샤 자신에게 정혼자가 생기면 황녀와의 혼사에서 벗어날 수도 있다는 것을. 그러니 지난 며칠 동안 내내 라리엘을 이용해 사랑에 빠진 머저리 노릇을 하며 황녀와의 혼사에서 벗어날 생각을 하지 않았던가. 황녀까지 이렇게 나온 마당에 머저리 노릇은 더욱 쉬워질 것이었다. 하지만 아직 샤샤는 황녀가 경계되었다. 조용히 샤샤를 지켜보던 황녀가 어쩔 수 없다는 말투로 말했다.

"쉬안 공자, 본녀와의 혼사를 막을 방법을 알려 줄게요. 지금 당장 황도의 프로테스티안 후작저로 가세요. 가면 바로 방법을 알 수 있을 거예요. 최대한 빨리 가세요."

안 그래도 라리엘 생각을 하던 차에 프로테스티안 후작저의 얘기가 나오자 샤샤는 흠칫 놀랐다. 샤샤에게 말을 하자마자 유라시아 황녀가 피곤하다는 표정으로 이마를 짚었다. 그녀의 눈이 반쯤 감겼다. 마치 한 송이 꽃이 이슬에 맞아 스러지듯 황녀의 몸이 천천히 바닥으로 내려앉았다.

"황녀 전하!"

조금 멀리서 수행하고 있던 시녀들이 놀라 황녀에게 다가왔다.

"아— 앤."

황녀가 한숨과도 같은 목소리를 내었다.

"햇볕을 오래 쬐었더니 어지럽구나."

뙤약볕을 쬐어 물을 갈구하는 듯한 꽃의 가련함으로 황녀가 속삭였다. 그 모습이 가히 가련함의 화신이라 할 정도라 주변의 시녀들이 한차례 부산을 떨었다.

"쉬안 공자님과는 다음 기회에 다시 뵙기를 바라겠습니다."

자태만 보면 가련함의 극치를 달리고 있었지만 샤샤는 황녀의 눈이 '얼른 당장 프로테스티안 후작저로 가지 못해?'라고 소리치고 있는 것이 보였다. 도대체 이 황녀가 무슨 꿍꿍이인지는 모르겠지만 황도의 프로테스티안 후작저라면 가서 위험할 일도 없는 곳이니 샤샤로서도 굳이 몸을 사릴 이유가 없었다. 게다가 이미 자신을 데리러 온 황궁의 마차를 보면서 라리엘에게 청혼할 결심을 굳히기도 했으니, 황녀가 등을 떠밀지 않더라도 샤샤는 프로테스티안 후작저로 가야만 했다.

샤샤는 그길로 바로 황궁에서 내준 말을 타고 프로테스티안 저로 향했다. 공자 체면에 수행인 하나 없이 달랑 말 하나만 타고 황도를 돌아다닌다는 게 다소 민망하기는 했으나 어쩐지 공작저에 들러 다시 채비를 하고 나가서는 안 될 것 같았다. 말이 채비지 공자가 외출하기 위해 채비를 하려면 시간이 꽤나 걸릴 터였다.

후작저의 대문을 막 지나선 순간 샤샤는 뭔가 이상하다는 느낌을 받았다. 뭐랄까, 집이 텅 비어 있는 듯한 기분이랄까.

"쉬안 공자님, 프로테스티안 후작가에는 무슨 일이십니까?"

프로테스티안 후작가의 집사가 샤샤를 맞이했다. 순간 샤샤는 말문이 막혔다. 그러고 보니 혼자서는 프로테스티안 후작가에 방문해본 적이 없어 이런 질문을 받아 본 적이 없었다. 아, 아니지. 아주 옛날에 올리비에를 구하기 위해 퀠른 경을 찾으러 왔을 때, 그때도 혼자였구나.

퀠른 경은 올리비에와 함께 북방에 있고, 그렇다고 샤샤가 프로테스티안 후작 내외를 뵐 일도 없었다. 대화 한번 제대로 나눠 보지 않은 프로테스티안가의 막내아들을 볼 일도 없었고. 남은 선택지는 역시 만만한 라리엘뿐이었다. 어쩐지 황녀가 짜 놓은 판에서 움직이는 기분이었지만 라리엘을 찾아서 손해 볼 일은 없었다.

"라리엘을 보러 왔소."

샤샤의 말에 집사가 난감한 표정을 지었다.

"라리엘 님은 방금 프로테스티안 후작령으로 떠났습니다. 앞으로 최소 3년간은 그곳에서 머무실 예정이십니다."

라리엘이 예정에도 없이 프로테스티안 후작령으로 떠났다는 것도 놀라웠지만 그보다 놀라운 건 3년은 족히 후작령에서 지낼 것이라는 말이었다. 라리엘 나이대의 영애들은 한창 사교계에서 활동하며 신랑감을 물색하기 시작할 시기인데 이 시기에 후작령이라니.

"갑자기 후작령에는 왜? 라리엘의 건강이 안 좋기라도 한 것이냐?"

집사는 곤란해하며 더 이상 말을 하지 않았다. 그래, 모시는 집안의 일은 외부인에게 함부로 알릴 수 없는 것이 고용인의 의무지. 외려 묻지도 않았는데 라리엘이 3년 동안 영지에서 머문다는 정보를 준 것만 해도 지나치게 많은 정보를 누설한 것이었다. 샤샤는 집사에게 물어봐야 더 이상 답 따위는 없다는 것을 깨달았다. 답은 라리엘에게 있겠지. 그길로 샤샤는 말을 달려 황도의 관문으로 향했다. 모든 것이 황녀의 계획대로라는 생각이 점점 더 확실하게 들었지만 말의 고삐를 늦출 수는 없었다.

"라리엘!"

저 멀리 막 황도의 문을 빠져나가려는 프로테스티안가의 마차가 보였다. 밖을 향하는 문이 열리기 시작하자 샤샤는 급한 마음에 라리엘의 이름을 크게 불렀다. 마차는 단지 천천히 멈추어 섰을 뿐, 라리엘이 마차에서 내리지는 않았다. 평소라면 샤샤가 있는 곳으로 쪼르르 달려왔을 텐데. 묘한 기분이었다. 샤샤도 말에서 내려 고삐를 쥐고 천천히 마차의 문으로 다가갔다.

"라리엘."

샤샤는 어쩐지 주변이 너무나 조용하다고 느꼈다. 마치 자신과 이 마차만 존재하는 것처럼 주변이 너무나도 고요했다. 긴장한 탓일까. 샤샤의 부름에 라리엘은 그제야 창문을 열었다. 문도 아니고 창문을. 심지어 라리엘은 샤샤를 바라보지 않고 정면을 응시했다. 화가 날 법도 했지만 붉은 기를 감출 수 없는 라리엘의 눈가를 보니 측은한 마음밖에는 들지 않았다.

"라리, 후작령으로 간다며. 무슨 일이야?"

샤샤는 최대한 부드러운 목소리로 라리엘에게 물었다. 라리엘은 대답 없이 그저 애꿎은 입술을 꾹 물었다. 충분한 시간을 기다린 후에 샤샤가 다시 말했다.

"가지 마, 라리."

쉬안 공자의 손이 마차의 문고리로 다가갔다. 이 문을 열면, 그곳에 라리엘이 있어. 샤샤는 지금 자신이 무슨 일을 하려는 것인지 똑똑히 인지하고 있었다. 자신은 사랑에 빠진 머저리가 될 작정이었다. 그것은 자신의 계획이기도 했고 황녀의 계획이기도 했다. 자신이나 황녀나 똑같은 생각을 하고 있었다는 것도, 황녀가 그런 자신의 계획을 미리 읽기라도 한 듯 등을 떠밀어 줬다는 것도 놀라웠지만 지금은 그런 것에 놀라워할 때가 아니었다.

샤샤의 양심을 계속 찌르던 날카로운 바늘은 이미 뭉툭해져 있었지만 그래도 그 바늘은 쉬지 않고 샤샤의 양심을 찔렀다. 정말 라리엘을 이 구렁텅이로 밀어 넣을 거야? 라리엘의 프로테스티안 가문을 쉬안가와 바이에른가 사이에서 갈등하게 만들고, 반역에 연루되게 만들 거야? 라리엘의 저 순진무구한 눈을 봐. 라리엘의 앳된 얼굴을 봐. 오롯이 너를 향해 뛰고 있는 저 순결한 마음을 봐. 네가 이용하기에는 너무나도 사랑스럽지 않니.

마차 문고리의 차가운 감촉에 샤샤가 잠시 손을 뗐다. 이토록 사랑스러운데, 그럼에도, 샤샤는 마차의 문을 열어젖혔다.

"가지 마, 라리."

그제야 라리엘이 샤샤를 돌아보았다.

"왜요?"

샤샤의 양심이 끝까지 외쳤다. 안 돼, 하지 마. 라리엘, 그녀를 바라봐. 그녀는 너의 도구가 되는 것 보다는 훨씬 나은 삶을 살 가치가 있어. 숲을 닮은 그녀를 봐. 그녀는 후작령에서 행복할 수 있을 거야.

"나는-."

마지막까지 영혼을 불사르는 그의 양심이 끝내 샤샤의 발목을 잡았다. 정말 이래도 되는 걸까. 하지만 샤샤의 조그마한 양심은 그의 복수심에 불살라졌다. 샤샤는 아주 천천히 무릎을 꿇었다.

"라리, 네가 필요해."

그의 양심은 불에 타면서도 끝까지 사랑이라는 말만은 입에 담지 못하게 했다. 그것은 그의 양심이 지킬 수 있는 마지노선이었다. 세상의 모든 것이 멈추었다. 오직 라리엘만이 잠에서 깨어난 듯 천천히 샤샤를 돌아보았다.

"나와 함께해 줘."

샤샤의 말이 무슨 신호라도 되듯이 라리엘의 큰 눈에서 눈물이 방울져 떨어져 내렸다. 그 눈물이 샤샤의 불타고 있던 양심에 물을 뿌렸다. 지금이라도 다시 거짓말이었다고 해. 라리엘, 너를 꾀어내기 위한 사탕발림이었다고 말해. 하지만 이미 너무 늦었다. 양심을 묶은 것은 복수심뿐만이 아니었다. 샤샤의 체면도 양심을 굳건히 묶고 있었다.

라리엘은 아무 대답도 없이 그저 샤샤의 품속으로 뛰어들었다. 나비가 날아들 듯 가벼웠다. 샤샤는 제게 안긴 라리엘의 머리카락 속에서 눈물을 떨구었다. 이를 본 이들은 그것을 사랑의 기쁨이 흘리는 눈물이라고 했지만 샤샤에게는 회한과 미안함의 눈물일 뿐이었다.

*　　*　　*

샤샤와 라리엘의 이야기는 금세 퍼져 나갔다.

쉬안 공작 역시, 샤샤가 귀가하기도 전에 이미 그 이야기를 알고 있었다. 모든 것을 다 아는 쉬안 공작은 귀가한 샤샤의 어깨를 두어 번 두드려 주고 지나갈 뿐, 샤샤의 행동을 질책하지 않았다. 그것은 샤샤의 행동에 대한 암묵적인 지지였지만 그렇다고 샤샤와 라리엘이 그날 바로 부부가 됐다거나 한 것은 아니었다.

그 둘은 상당히 오랜 기간 동안 연인으로 다양한 사교계의 모임에 참가했다. 샤샤의 공개 구애에 대한 이야기는 이미 모든 이가 다 아는 이야기였기 때문에 아무리 황제라 한들 대놓고 샤샤에게 다른 여자를 들이밀지는 못했다.

라리엘은 과연 답답한 구석이 많았다. 그녀의 예법은 다소 서툴렀고, 감정을 잘 숨기지도 못했으며, 눈치가 없는 것은 선천적이라 어떻게 고치기도 힘들었다. 그렇지만 샤샤는 라리엘이 그래서 마음에 들었다. 사랑은 아니었지만 이것도 분명 애정의 한 종류였다. 라리엘이 꿈꾸는 눈으로 자신을 바라볼 적에, 그 큰 눈에 오롯이 자신만이 들어가 있는 것을 볼 때, 한 마디 말에도 활짝 피어나는 그녀의 얼굴이, 참으로 아름다웠다. 그래서 샤샤는 종종 가슴이 쪼이듯이 아팠다.

연인이 된 이후로 둘은 때로는 프로테스티안 후작가와 쉬안 공작가의 서재나 정원에서 종종 시간을 가졌다. 오늘도 둘은 쉬안가의 서재에서 함께 시간을 보냈다. 이렇게 둘이 연인으로 지내는 것도 벌써 반년이 다 되어 가고 있었다.

해가 중천을 향해 가고 있는 시간, 고요한 서재에서 샤샤는 책장에 기대 책을 읽고 있었고 라리엘은 맞은편 책장에 기대 역시 책을 읽고 있었다. 아니, 자세히 보면 라리엘의 동그란 눈은 책과 샤샤 사이에서 떼구루루 굴러다니고만 있었다. 그 시선이 안 느껴질 리가 없었지만 샤샤는 모르는 척 책에 시선을 고정했다. 다만, 그 스스로도 모르는 새에 옅은 미소가 얼굴에 그려졌다.

둘 다 바닥에 털썩 앉은 모양새가 귀족가의 자제라고 하기에는 기품 없어 보였지만 아무려면 어떤가. 둘밖에 없는 데다가 이미 이렇게 서재 바닥에 앉아서 책을 읽는 것은 하루 이틀의 일도 아니었던지라 둘은 너무나도 자연스러웠다.

"쉬안 공자님."

라리엘이 다소 뚱한 표정으로 샤샤를 불렀다. 불만이라는 것을 숨길 생각도 없는지 한껏 볼을 빵빵하게 부풀린 모습이 꽤나 귀여웠다. 빛을 받아들이는 식물처럼 선명하게 빛나는 황금을 머금은 초록 머리카락. 평온한 방 안.

샤샤는 이 시간이 꽤나 기꺼웠다. 이 시간만큼은 아무 생각을 하지 않는 것 같은 라리엘과 같이 자신도 아무 생각도 하지 않아도 될 것만 같았다. 아무 생각 하지 않고 그저 바람에 흔들리는 나무처럼 그렇게 흔들리면 될 것 같았다. 라리엘이 만들어 주는 이 특유의 분위기를 샤샤는 참으로 좋아했다.

"왜, 라리?"

여동생이 있었다면 이런 기분일까. 귀여워서 볼을 깨물어 주고 싶은, 그런 간질간질한 기분을 느끼면서 샤샤가 대답했다.

"왜 쉬안 공자는 나를 라리라고 부르고 나는 쉬안 공자를 쉬안 공자로 불러? 나도 쉬안 공자 애칭 부르고 싶어!"

벌써 몇 달째 듣는 원성이었다. 애칭이라니. 샤샤는 생각해 본 적도 없었다. 카를이 죽은 이후로 그 누구도 샤샤를 애칭으로 부른 적이 없었다. 딱히 의도한 바는 아니었지만.

"난 쉬안 공자라고 부르는 게 편하다니까?"

이제는 자신의 이름조차도 낯설게 느껴질 만큼 샤샤는 진실로 쉬안 공자라 불리는 것이 편했다.

"하지만! 쉬안 공자라고 부르는 건 어쩐지 거리감 있어 보이잖아. 이름도 애칭도 허락 안 해 주면 꼬마라고 부를 거야. 이 꼬마야!"

한껏 화난 표정을 짓는다고 지은 모양인데 그게 오히려 더 귀여워 샤샤는 웃어 버렸다. 퀠른 경이 팔불출인 것이 이해가 가. 라리엘은 정말로 상당히 귀여웠다. 저 자그마한 몸집으로 자기보고 꼬마라고 부르면서 뾰루퉁해 있는 모습이라니.

"꼬마는 너지, 바보 라리."

계산하지 않은 행동이었다. 샤샤는 손을 뻗어 라리엘을 제 품 안으로 쏙 집어넣었다. 쏙 넣으니 쏙 들어오는 몸집이 참으로 귀여웠다.

"이것 봐, 이렇게 내 품에 쏙 들어올 정도로 작잖아."

품 안에서 쏙 고개를 든 라리엘의 얼굴이 붉게 상기되어 있는 것을 발견하고 나서야 샤샤는 실수했다는 것을 깨달았다. 콩콩콩 하고 빠르게 뛰는 라리엘의 심장 소리가 들리는 것 같아.

"자, 작지 않아."

묘하게 시선을 피하면서 말하는 라리엘의 부끄러움이 샤샤에게도 전해졌다. 중얼중얼 불만을 토하면서도 제 품에서 나갈 생각을 하지 않는 라리엘을 어찌해야 하지. 콩콩거리는 라리엘의 심장이 가까이 있어서인지 자신의 심장도 라리엘의 심장을 따라 같이 콩콩 뛰고 있는 것만 같았다. 라리엘의 중얼거리던 소리까지 사라지자 오직 숨소리와 심장 소리밖에 들리지 않는 적막이 둘 사이에 찾아왔다. 어색함에 둘 다 어찌할 줄을 모르고 있을 때 라리엘이 황급히 화제를 꺼내 들었다.

"아, 쉬안 공자님, 혹 내일 시간 돼? 같이 황궁에 갔으면 하는데."

황궁이라는 단어에 샤샤의 마음속 표정이 일그러졌다. 말만 들어도 치가 떨리는 공간이다. 하지만 겉으로 드러나는 샤샤의 표정은 전혀 변하지 않았다.

"유라시아 황녀 전하께서 곧 칼라일로 떠나시잖아. 그 전에 같이 얘기라도 나눴으면 하신다고 황궁에 들르라고 하시더라. 이왕이면 쉬안 공자도 같이 왔으면 한다고 말씀하시더라고."

황녀가 라리를 부를 일이 뭐가 있지? 마음 같아서는 황녀가 왜 라리 너를 불렀냐고 묻고 싶었지만 실례될 수도 있는 질문이었기에 묻지 않았다. 어쩌면 라리엘은 그저 눈가림용이고 실제로 보고 싶은 것은 자기 자신이 아닐까, 라는 생각을 샤샤는 어렴풋이 했다.

그러고 보니 벌써 황녀와의 티타임으로부터 반년이라는 시간이 흘러 있었다. 황녀의 행동이 예사 사람은 아니었던지라, 안 그래도 한 번쯤은 다시 만나 보고 싶었다. 그사이 유라시아 황녀는 칼라일의 칼리와 혼인을 하기로 결정되어, 얼마 지나지 않아 칼라일로 떠날 터였으니 이번에 보지 못하면 평생 보지 못하게 될 수도 있었다.

"그래, 내일 같이 가자."

마지막일 수 있다는 생각에, 샤샤는 오래 고민하지 않고 라리엘의 청을 들어줬다. 다음 날, 샤샤는 라리엘과 함께 황녀에게로 향했다. 정원이 환히 다 보이는 곳에서 황녀가 티타임을 준비하고 그들을 기다리고 있었다.

"고귀하신 황녀 전하를 뵙습니다."

유라시아 황녀는 자연스럽게 손짓을 해 둘을 자리에 앉혔다.

"이렇게 두 분을 뵙게 되니 기쁘군요. 급작스러운 초대에도 이리 응해 주셔서 감사합니다. 사실은 두 분께 부탁드릴 것이 있어서-."

그러면 그렇지. 샤샤는 역시 황녀가 아무 이유도 없이 둘을 불러들이지는 않았을 것이라 생각했다. 황녀가 주위의 시녀들을 물렸다. 시녀들이 물러간 것을 확인하자마자 황녀와 라리엘이 벌떡 자리에서 일어났다.

"라리!"

"시아 언니!"

기쁜 만큼 고음으로 올라간 목소리로 서로가 서로를 불렀다. 부둥 켜안기까지 하면서 만남의 기쁨을 나누던 둘을 샤샤는 멍한 표정으로 바라보았다. 이게 뭐지? 예의를 알 만한 여자 둘이 이렇게 격의 없이 부둥켜안고 꺅꺅거리는 것을 처음 본 샤샤는 작은 충격에 휩싸였다.

"라리, 내가 예식 준비를 하다 보니 말이야, 네가 예전에 종종 내 화병에 꽃을 꺾어 넣어 주던 게 생각나지 뭐야. 그래서 라리가 내 부케를 만들어 줬으면 해. 아, 물론 시녀들이 살짝 손을 보긴 할 거지만 그래도 라리가 기본적인 방향을 잡아 줬으면 좋겠어. 부케만큼은 내 소중한 친구인 라리한테서 받고 싶어서."

한참을 얘기하던 황녀가 그제야 하려던 부탁을 꺼내 들었다. 라리엘은 조금 곤란한 기색을 보였지만 황녀가 그런 라리엘에게 쐐기를 박았다.

"너한테 던질 부케이기도 하니까 더더욱 라리, 네가 해 줬으면 좋겠어."

유라시아 황녀의 말에 라리엘의 얼굴이 붉게 달아올랐다.

"아, 혹시 라리한테 부케 던지면 안 되나요, 쉬안 공자?"

황녀가 처음으로 샤샤에게 말을 걸었다. 통상 결혼을 앞둔 여자만 부케를 받았으니 황녀는 샤샤에게 곧 라리엘과 결혼할 거지? 라고 묻고 있는 것이나 다름없었다. 결혼 압박을 받는 기분에 샤샤는 조금 떨떠름하게 답했다.

"안 될 것이 뭐가 있겠습니까."

떨떠름한 샤샤의 대답에도 라리엘의 얼굴이 더욱 달아올랐다.

"쉬안 공자도 이렇게 말하는데, 안 될까, 라리? 네가 내 정원에서 적당한 꽃들만 좀 꺾어 오기만 하면 되는데."

라리엘은 붉은 얼굴로 고개를 끄덕이며 자리에서 일어났다.

"기다리고 있을게. 라리."

라리를 따라 샤샤도 같이 일어나려고 했지만 황녀가 눈짓으로 그를 잡아 앉혔다. 그러고 보니, 아까 처음에 부탁할 일이 있다고 했었지. 라리가 정원을 누비며 꽃을 찾기 시작하자 샤샤가 입을 열었다.

"부탁할 일이란 게 뭡니까?"

"아까 표정, 정말 멍청하더군요. 본녀와 라리가 친한 친구 사이일 거라고는 전혀 상상도 하지 못했나 보죠?"

약간의 비꼼이 들어간 대화의 시작이었다. 샤샤는 뭐라고 대꾸하고 싶었지만 사실이었던지라 할 말이 없었다. 이 황녀와 만나면 매번 놀라는 것 같다. 겨우 두 번째 만남이기는 하지만. 처음에는 그 당돌함에 지금은 저 거리낌 없는 언사에.

"언제부터 친분이 있었던 겁니까?"

샤샤의 질문에 황녀가 미세하게 얼굴을 찌푸렸다.

"본녀에게 물을 질문이 아니지요. 그대의 라리에게 물어봐야 하는 거 아닌가요?"

아주 잠시의 침묵이 있었다.

"본녀는 라리엘을 동생처럼 여기고 있어요. 쉬안 공자가 조금이라도 라리엘과 가까워지면 느낄 수 있겠지만 그녀는 사람을 편하게 해 주거든요."

분명 너는 모를 거야, 라는 투로 말하는 황녀가 적잖이 얄미워 샤샤는 이미 자신도 라리엘의 편안한 분위기를 느끼고 있다고 말하고 싶었지만 그럴 수 없었다. 아까부터 마음속을 불편하게 하고 있는 무엇인가가 느껴졌기 때문이었다.

"그래서 난 라리가 행복했으면 좋겠어요. 아, 오해는 하지 마세요. 라리의 행복을 바라는 마음만으로 공자와 라리를 이어 주고, 나는 칼라일로 향하는 것은 아니에요. 라리를 아끼기는 하지만, 나는 내가 제일 소중하거든요."

황녀의 금안이 오늘 처음으로 오롯이 샤샤를 바라보았다.

"공자는 라리엘이 누구와 친한지도 모르고, 무엇을 좋아하는지도 모르지요."

물음이 아니었다. 황녀는 단정 짓고 있었다. 그리고 불행히도 그 단정은 맞았다.

"그리고 공자는 왜 라리엘이 라리엘인지도 모르지요. 그렇죠?"

확신을 가진 말이었지만 황녀는 다정하게도 샤샤에게 부정할 기회를 줬다. 하지만 샤샤는 부정할 수 없었다. 망치로 머리를 얻어맞은 기분이었다. 라리엘이 왜 라리엘인지, 샤샤는 진정으로 단 한 번도 생각해 본 적이 없었다.

왜 라리엘이 프로테스티안 영애가 아니고 라리엘인지. 단 한 번도. 단 한 번도 라리엘은 스스로를 프로테스티안가의 영애라고 소개한 적이 없었다. 다른 누구도 라리엘을 프로테스티안가의 영애라고 소개한 적이 없었다.

"라리엘에 대해 알고 싶어 했으면 좋겠어요. 좋아하라거나 사랑하라거나 하는 말은 해 봤자 소용없으니 부탁하지도 않아요. 다만, 라리엘에 대해서 많이 궁금해해 줘요. 그게 본녀가 쉬안 공자에게 드리는 부탁이에요."

샤샤의 맥이 탁 풀렸다. 부탁이라기에 뭔가 정치적인 거나 금전에 관련된 것을 생각했건만 이런 부탁이라니. 허탈한 기분을 굳이 숨기고 싶지도 않았기 때문에 샤샤는 여과 없이 감정을 내보였다.

"생각보다 소소하신 분이군요."

내가 겨우 이런 부탁이나 듣자고 바쁜 시간을 쪼개서 황녀를 보러 오다니. 책상 위에 쌓여 있는 서류들이 눈앞에 아른거렸다.

"본녀가 친분도 없는 그대에게 무에 큰 부탁이라도 할 거라고 짐작한 건가요? 쉬안 공자야말로 기대가 과하네요."

샤샤의 툴툴거림에 황녀는 지지 않고 대꾸해 주었다. 황녀의 눈길이 작은 발로 정원을 도도도 뛰어다니는 라리엘에게 머물렀다. 황녀는 진실로 라리엘이 마음에 들었다. 다른 사람들 앞에서와는 달리 가면을 쓰지 않아도 된다는 점이, 라리엘의 수두룩한 허점들 덕분에 자신의 허점 또한 조금쯤은 내보여도 괜찮다는 안정감이. 기실 황녀가 라리엘을 좋아하는 이유와 샤샤가 라리엘을 제 반려로 고른 이유는 크게 다르지 않았다.

라리엘이 똑똑하지 않고 남을 속일 줄도 모르고 제 감정조차 제대로 숨길 줄 모르는 어수룩한 이였기 때문에. 라리엘이 결코 자신을 배신하고 자신을 해하지 못할 거라는 믿음, 그에 따른 마음의 평안. 기실 라리엘을 향한 그들의 애정은 라리엘을 향한 것이라기보다는 자신들의 안위를 향한 애정이었다. 아직 샤샤는 자각하지 못하고 있는 것 같았지만, 이보다 더 이기적인 애정이 있을까.

샤샤가 라리엘을 어떤 이유로 골랐는지 이미 짐작하고 있는 황녀로서는 라리엘의 결혼 생활이 결코 평안하지 않으리라는 것을 예감했다. 그리고 거기에 자신이 일조했다는 사실 또한 부정하지 않았다.

황녀에게도 양심이라는 것이 있기는 있었기에 그녀는 죄책감을 조금이나마 덜고자 했다. 그래서 황녀는 샤샤에게 부탁했다. 라리엘에게 관심을 가져 달라고. 관심을 가지고 또 가져, 종국에 쉬안 공자가 라리엘을 사랑하게 된다면 그보다 더 좋은 일은 없을 터였다. 하지만 만약 쉬안 공자가 라리엘을 사랑하지 않게 되더라도 상관없다. 어찌 되었든 황녀에게 중요한 사실은 그녀는 나름 라리엘의 행복을 위해 노력했다는 사실, 그뿐이었으니까. 그것으로 황녀, 자신은 죄책감을 덜 수 있으니까.

그래서 황녀는 꽃을 한 아름 안고 자신에게로 다가오는 라리엘을 보고도 한 치의 죄책감도 느끼지 않을 수 있었다. 죄책감은 오롯이 샤샤의 것이었다.

* * *

라리엘을 후작저로 데려다주는 길에 샤샤는 처음으로 라리엘에게 그녀에 대해서 질문을 하기로 마음먹었다. 이제 이곳을 떠나는 유라시아 황녀와는 달리 쉬안 공자는 평생 라리엘을 보아야만 했다. 그가 라리엘에 대해 느끼고 있는 책임감 내지는 죄책감은 유라시아 황녀의 것과는 비교도 되지 않을 정도로 컸다.

그래서 샤샤는 결심했었다. 최대한 라리엘에게 잘해 주기로. 적어도 라리엘이 공작 부인으로서 누릴 수 있는 것을 모두 누릴 수 있도록. 그런데 막상 라리엘에 대해서 하나도 모른다는 사실을 깨닫고 나니 그 책임감은 더욱 진해졌다.

"라리가 황녀 전하와 친분이 깊은 줄 몰랐어. 어쩌다 친해지게 된 거야?"

샤샤의 물음에 라리엘의 눈이 온 세상의 빛을 쏟아 낼 듯 반짝였다. 자신을 향한 샤샤의 관심을 라리엘은 그토록 맹렬히 반겼다.

"그냥 황녀 전하께서 관심을 가져 주셨어요. 가끔 티타임에도 초대해 주시고, 편지나 선물도 보내 주시고. 아, 몇 년 전에는 황녀 전하의 '첫 꽃'을 축하해 주는 자리에도 초대받았었어요."

라리엘은 특히 '첫 꽃'에 강점을 넣으며 뿌듯하게 말했다. '첫 꽃'은 여성의 첫 생리일을 뜻했다. 첫 생리일을 축하하며 또래의 여자 친구를 불러 소소하게 축하하는 것이 관례였는데, 보통 아주 소수의 손님만 초대했기 때문에 '첫 꽃'을 축하하러 갔다는 것은 그만큼 황녀와 가까운 사이라는 뜻이었다. 뿌듯함으로 달아오르던 라리엘의 얼굴이 순간 침울해졌다.

"황녀 전하께서 곧 떠나게 돼서 아쉬워요. 칼라일은 삭막한 곳이라던데, 황녀 전하께서 홀로 얼마나 힘드실지."

걱정이 가득한 라리엘의 얼굴에도 샤샤는 동의할 수 없었다. 기껏해야 두 번 본 것이 전부이기는 했지만 샤샤는 어쩐지 황녀가 칼라일에서 아주 잘 적응할 수 있을 거라는 확신이 들었다. 침울해진 라리엘을 달랠 겸, 샤샤는 빠르게 다른 주제로 넘어갔다.

"라리엘, 아까 보니까 꽃을 정리하는 솜씨가 보통이 아니더라고. 원예에 관심이 많았던 거야?"

샤샤는 처음으로 라리엘, 그녀의 개인적인 이야기를 많이 알 수 있었다. 그녀가 좋아하는 음식은 상큼한 레몬. 비 온 다음 날 약간 물기를 촉촉하게 머금고 있는 흙을 맨발로 밟는 것을 좋아하는 라리엘. 가장 좋아하는 동물은 털이 복슬복슬한 토끼. 좋아하는 꽃은 하나만 짚어 낼 수 없을 정도로 많고. 그렇게 시작한 라리엘이 좋아하는 것들에 대한 이야기는 마차가 후작저에 닿기 전까지 계속되었다.

마차의 문이 열리고 마차에서 내리기 직전 라리엘이 쉬안 공자를 해사하게 바라보며 말했다.

"그래도 역시 난 쉬안 공자님이 제일 좋아."

샤샤의 심장이 순간 쿵 하고 큰 소리를 내었다. 대가 따위는 모른다는 듯한 저 맹목적인 애정을 마주하면 샤샤의 심장은 언제나 쿵, 하고 소리를 내었다. 그것이 심장이 추락하는 소리인지 꺼내 달라는 아우성인지 샤샤는 알 수 없었다. 그래도 라리엘을 사랑해서 내는 소리는 아니라고 샤샤는 믿었다. 리엘의 말에 화답할 수 없었던 샤샤는 그저 애정을 담은 눈을 하고는 라리엘의 이마에 입맞추었다.

공작저에 도착한 샤샤는 라리엘에 대해서 알아볼 것을 제 직속 시종에게 명했다. 라리엘이 왜 라리엘인지. 어째서 그녀는 자신의 성으로 자신을 소개하지 않는지. 프로테스티안가의 일원이 아닌지. 그렇다면 왜 퀠른 경은 자신의 동생이라고 하고 라리엘이 프로테스티안 후작저에 사는지. 모두가 쉬쉬하고 있는 사실이었지만 모두가 알고 있는 사실이기도 했으므로 샤샤의 시종은 따로 조사할 것도 없이 바로 답했다.

"그건 라리엘 님이 프로테스티안 전 후작 부인이 살아 계실 때 태어나셨기 때문입니다."

아, 그제야 샤샤는 탄식을 내뱉었다. 제국의 법은 다른 나라에 비하면 상대적으로 여성의 지위가 잘 보장되어 있었다. 적어도 어머니로서의 여성, 부인으로서의 여성의 지위는 다른 어느 나라와 비교해도 최고라고 할 수 있었다. 제국의 결혼은 엄격한 일부일처제였고, 만약 남편이 밖에서 사생아를 낳아 온다고 하더라도 절대로 귀족가의 호적에는 올릴 수 없었다. 설혹 부인이 동의하고 후계자가 없는 경우에도 불가능했다. 정실부인이 살아 있는 동안에 정부가 낳은 아이는 절대로, 절대로, 가문의 성을 받을 수 없었다. 설혹 그 정부가 후에 정실부인이 되더라도 정실부인이 된 이후에 낳은 아이만 가문의 성을 받을 수 있고 정부의 신분일 때 낳은 아이는 절대로 가문의 성을 받을 수 없었다.

간혹 정부가 낳은 자식을 정실부인의 자식으로 둔갑시키려는 시도가 있었지만, 쉽지 않은 일이었다. 정실부인의 몸에서 태어난 아이는 태어나자마자 어머니 가문에서 두 명, 아버지 가문에서 두 명, 그 외의 귀족 가문에서 여섯 명의 증명을 받아야만 했다. 이토록 많은 이들의 증명을 받아야만 했기에, 귀족가에서 아이가 태어나면 숨기는 것은 거의 불가능에 가까웠다. 간혹 일부 귀족 가문에서 자식의 안위를 위하여 출생을 숨기려 한 적이 있었지만 길어 봤자 한두 해 정도가 지나면 출생에 대한 소문이 나기 마련이었다. 그러니 정부의 아이를 정실부인의 아이로 바꾸는 것은 불가능하다고 보아도 무리가 없었다.

"이런."

샤샤는 작은 탄식을 뱉었다. 프로테스티안 후작은 두 번 결혼했다. 첫 부인과의 사이에서 퀠른 경을 낳았고, 또 다른 여자를 품어 라리엘을 얻었다. 첫 부인은 라리엘이 태어났다는 사실을 알자마자 라리엘 모녀를 후작저로 불러들여 살뜰히 돌보았다. 어찌 보면 정부에게 베푸는 호혜로도 보였지만 사실은 라리엘이 정부의 소생이라는 것을 집안사람들에게 똑똑히 보여 주기 위한 일이었다. 이후 라리엘의 어미가 다시 아이를 임신했고 시기적절하게도 시름시름 앓던 첫 부인이 명을 달리했다. 제 아이를 다시 사생아로 만들기 싫었던 프로테스티안 후작은 첫 부인의 무덤이 채 만들어지기도 전에 라리엘의 어미를 정실부인으로 맞이했다. 그리하여 태어난 이가 현재 프로테스티안 후작가의 막내아들 자칼리였다.

비록 성을 받지는 못했지만 어찌 되었든 부모가 프로테스티안 후작 내외인 특수한 상황 덕분에 라리엘은 어느 정도 프로테스티안가의 영애로서 대접을 받았다. 물론 보이지 않는 차별들은 몇 있었겠지만. 예를 들어 괜찮은 귀족가에서는 혼담이 들어오지 않는다거나, 미혼의 몸으로 죽어도 프로테스티안 후작가의 묘지에는 묻힐 수 없다거나.

"도련님, 설마 모르고 계셨던 것은 아니지요?"

샤샤의 표정을 직속 시종 폴이 살뜰히 살폈다. 샤샤는 굳이 폴에게 거짓말을 하지 않았다.

"놀랍게도, 방금 알았다."

쓸쓸함이 샤샤의 얼굴에 맺혔다.

"지금이라도 혼담을 무를까요?"

시종 폴의 물음은 지극히 당연했다. 본디, 성이 없는 여인을 맞이하는 것은 몸에 장애가 있는 여인을 맞이하는 것만큼이나 불명예스러운 일이었으니. 신분을 속여 성이 있는 척하거나, 몸의 장애를 숨겨 혼인을 하더라도 발각되면 혼인은 무효가 되고, 법에 따라 처벌도 받았다. 본래 신분과 몸의 장애에 따라 처벌은 상이했지만 심한 경우 사형에 처해진 경우도 있었다.

그만큼이나 성이 없다는 것은 큰 결격 사유였으나, 샤샤는 단박에 고개를 저었다. 라리엘이 성이 없는데도 있다고 속인 것도 아니었고, 라리엘이 성이 없다고 하여 쉬안 공작가에 감히 손가락질을 할 귀족도 별로 없을 테니.

샤샤는 그저, 자신이 너무나도 라리엘에 대해서 모르고 있었다는 사실에 조금 충격을 받았을 뿐이었다. 자신의 시종마저 알고 있는 이런 사실을 몰랐다는 것에 대해.

그 후로 샤샤는 라리엘에 대해 많은 것을 알게 되었다. 그녀에 대해 알면 알수록, 샤샤는 자신이 괴로워질 것을 알고 있었다. 종국에 자신은 라리엘을 수렁에 빠뜨려 버릴 테니까. 자신은 올리비에의 아버지 바이에른 공작을 죽일 터였다. 올리비에의 분노는 자신과 자신의 가문 그리고 라리엘을 향할 것이었다. 아니, 올리비에가 대수겠는가. 자신은 종국에는 황제조차 갈아치울 텐데. 실패하면 사지가 뜯겨 나가 저잣거리에 까마귀 밥으로 뿌려지겠지. 그 순탄하지 않은 길을 아무것도 모르는 라리엘이 걸어야 한다니. 그래도 별 탈 없이 지나간다면 라리엘은 공작 부인으로서의 광영을 누릴 수 있을 것이었다.

샤샤는 제 죄책감을 버리기 위해 마음속으로 몇 번이나 라리엘에게 쉬안 공작 부인으로서의 공고한 지위를 약속했다. 라리엘이 원하던 것은 그런 것이 아니었음에도, 조금만 생각해 보면 라리엘이 원하는 것이 무엇인지 알 수 있었음에도, 샤샤는 마음속에서조차 라리엘에게 쉬안 공작 부인으로서 누릴 수 있는 것들만을 약속했다.

그게 라리엘을 향한 샤샤의 마음이었다.

* * *

"저잣거리에 체자레에 대한 소문이 돌고 있더군요."

쉬안 공작은 과연 유능했다. 반년 사이에 저잣거리에서는 체자레에 대한 이야기가 흘러나오기 시작했다. 아름답고 유능한, 황제가 되었어야 했을 세바스티앙의 아들, 체자레에 대한 이야기가. 체자레가 진실로 존재한다면 왜 아직까지 모습을 드러내지 않았느냐는, 소문의 진실성에 대해 의문을 품는 사람들도 물론 있었다. 하지만 그 의문은 또 다른 소문에 의해 금방 잊혀졌다.

세바스티앙의 죽음이 석연치 않았다는 이야기. 그렇게 용맹하신 분이었는데 큰 전투도 아닌 곳에서 그렇게 어이없이 명을 달리했다는 것이 이상하다. 혹 지금의 황제께서 무슨 일을 꾸민 것이 아니냐는 다소 민감한 이야기. 그렇기 때문에 체자레가 감히 모습을 드러내지 못하고 있다는 이야기.

"어떻게 하신 겁니까?"

아들의 질문에도 쉬안 공작은 그저 예의 그 미소를 지을 뿐이었다.

"별것 있겠느냐. 그저 소문을 흘린 것이지. 계속되는 전쟁과 팍팍한 살림살이에 과거의 광영에 대한 향수가 합쳐지니 그 이후엔 소문을 낼 것도 없더구나."

백성들은 지쳐 있었다. 그들은 새로운 세상을 원했다. 하지만 황제를 바꾸는 것은 그들이 품기에는 너무나도 위험한 꿈이었고, 언제나 주어진 대로 살아오던 그들이 그런 생각을 하는 것 자체가 거의 불가능에 가까웠다. 하지만 황좌를 원래의 주인에게로 되찾아 준다는 것은 그들이 쉽게 받아들일 만한 범위 안에 있었다. 그것은 반역이 아니고 그저 원래 세상의 순리대로 흘러가게 하는 것일 뿐이었으니까.

황제 또한 그 소문을 들었을 터였다. 황제는 분개했지만 소문의 근원지를 찾지는 못했다. 그렇다고 소문을 퍼뜨린 자들을 모두 잡아들여 벌하는 것 또한 불가능했다. 이미 제 형을 죽인 광포한 왕이라는 소문이 돌고 있는데 소문을 퍼뜨린 그 수많은 백성들을 모조리 죽여 버릴 수는 없었으니 말이다. 그리 수많은 사람들의 피를 보았다간 외려 소문에 부채질을 할 것이 뻔한지라 황제는 차라리 사람들의 관심을 다른 곳으로 돌리기로 마음먹었다. 어차피 이런 소문이 퍼진 건 현재에 만족하지 못해서 생기는 일, 잠시나마 현실을 잊게 해 주면 될 것이 아닌가? 마침 곧 유라시아 황녀의 결혼이 있으니 그날 도성의 모든 이들에게 풍족하게 먹을거리와 놀거리를 제공하리라. 축제는 며칠이고 계속되리라.

"황녀의 앞날에 축복을!"

황제가 제국의 제일 높은 곳에 올라 축배를 들었다.

동이 틀 무렵 시작한 결혼식은 해가 뉘엿뉘엿 지려고 할 때쯤에야 그 끝을 보이고 있었다. 결혼식의 마지막 차례로 황녀가 정원에서 한 무리의 영애들을 향해 부케를 던졌다. 영애들 대부분이 오래 교제를 한 영식이 있거나 곧 결혼을 앞둔 이들이었다. 부케를 받는 것은 일종의 축복을 받는 것과 비슷했기 때문에 많은 영애들이 들뜬 표정으로 황녀의 부케를 기다리고 있었다.

황녀는 라리엘에게 미리 말한 대로 라리엘을 향해 부케를 던졌지만 막상 부케를 받은 것은 다른 이였다. 간발의 차이로 부케를 놓친 라리엘은 울상을 지었다.

그 모습을 본 샤샤는 어쩐지 미소가 지어졌다. 문득 백합 향이 샤샤의 코를 간질였다. 제 지척에 피어난 백합을 발견한 샤샤는 백합을 한 송이 꺾어 등 뒤에 숨겼다. 본래라면 감히 허락도 없이 황궁 정원의 꽃을 함부로 꺾었다 하여 벌을 받을 터였지만 이 좋은 날 누가 그러겠는가. 그것도 쉬안 공자에게.

"부케를 못 받았어요."

부케를 받으려고 한 곳에 몰려들었던 영애들 틈을 라리엘이 힘겹게 빠져나와 샤샤에게로 다가갔다.

"이러다 쉬안 공자님하고 결혼 못 하면 어떡해요?"

라리엘은 톡 건드리면 금방이라도 눈물을 방울방울 쏟아 낼 것만 같았다. 진심으로 자신과 결혼하지 못할까 걱정하는 라리엘의 얼굴은 형용하기 어려울 정도로 사랑스러웠다. 샤샤가 다정히 라리엘을 얼렀다.

"부케보다는 덜할 테지만, 자."

그는 등 뒤에 숨기고 있던 백합을 라리엘의 품으로 밀어 넣었다. 단 한 송이 백합일 뿐이었지만 라리엘은 더없이 소중하다는 듯 백합을 양손에 꼭 쥐었다.

"순결, 변함없는 사랑."

라리엘이 고개를 숙여 제 손의 백합을 바라보며 조용히 속삭였다. 그러고는 이내 샤샤의 두 눈을 바라보며 말했다.

"백합의 꽃말이에요."

그런 뜻을 전하려던 건 아닌데. 하지만 그 말을 굳이 입 밖으로 낼 정도로 샤샤는 잔인하지 않았다.

"라리, 우린 어느 화창한 날에 결혼할 거야. 곧 다가올 차가운 겨울이 지나고 새순이 돋는 봄이 오면, 그날 나는 너를 행복한 봄의 신부로 맞이할 거야. 네가 쉬안 공작 부인으로서 누릴 수 있는 모든 것을 누리게 만들어 줄게. 그러니 부케는 신경 쓰지 마."

대신에 그는 라리엘이 기꺼워할 말을 했다. 샤샤는 스스로가 라리엘에게 못할 짓을 하고 있다는 걸 아주 잘 알고 있었다. 그랬기에 샤샤는 피해가 없다면 최대한 라리엘이 웃을 수 있는 방향으로 모든 일을 하기를 원했다. 그게 샤샤의 최선이었다.

과연 라리엘은 샤샤의 뜻대로 환히 웃었다.

황녀의 결혼을 축하하는 축제는 며칠이고 계속되었다. 그동안은 황제의 뜻대로 백성들 사이에서 세바스티앙이니 체자레에 대한 소문은 돌지 않았다. 백성들은 현재에 만족하고 있었다. 제 배가 부름에, 제 등딱지가 따스함에.

하지만 축제는 언제까지고 계속될 수는 없었다. 언젠가는 막을 내려야만 했다. 황녀가 제국을 떠나던 날, 축제는 그 자취만을 어렴풋이 남기고는 사그라졌다. 황녀의 결혼이 있었던 가을을 지나 첫눈이 왔다. 언젠가 이 눈이 자신의 발목을 잡을 줄은 꿈에도 모르고 샤샤는 하얗게 빛나는 저 눈이 백합 같다고 생각했다.

       *　　*　　*

카를의 무덤 위에 소복하게 쌓인 눈. 어느새 카를이 죽은 지도 일 년이 넘어가고 있었다. 샤샤는 생각보다도 자신이 멀쩡하게 살아간다는 사실에 놀랐다. 자신의 멀쩡함의 저변에는 황제와 바이에른 공작을 향한 복수심이 있다는 사실을 샤샤는 잘 알고 있었다. 만약에 자신을 지탱하는 이 복수심이 없었더라면 어떻게 살아갔을지 샤샤는 상상할 수 없었다. 어쩌면 이 복수심마저 저를 생각한 카를이 남기고 간 저를 위한 안배라고 생각될 정도로 그렇게 복수심이 샤샤를 지탱하고 있었다. 가끔, 아주 가끔은, 지금이 나쁘지 않다고 생각할 정도로.

하지만 나쁜 일은 언제나 그렇듯이 갑작스레 찾아들었다. 어디서부터 어떻게 달려온 것인지 알 수 없을 정도로 더러워진 파발이 황궁의 문을 두드렸다.

"황제 폐하!"

다급한 파발의 음성은 금세 황제의 귀로 들어갔다.

"북부의 정찰대가 실종되었습니다."

북부. 샤샤는 떠올리려 하지 않았던 이름을 다시 떠올릴 수밖에 없었다. 올리비에. 그녀가 있는 곳. 카를이 살아 있어 이 소식을 들었더라면 얼마나 걱정했을까. 그리 생각하니 샤샤 역시 걱정되었다. 하루 종일 올리비에의 안위밖에는 생각나지 않을 정도로. 퀠른 경과 체자레도 북부에 있다는 사실조차 잊어버릴 정도로.

북부는 눈이 참으로 많이 내리는 곳이었다. 이곳, 제도에 이 정도의 눈이 내릴 정도면 북부는 사람이 거의 파묻힐 정도로 눈이 내리고 있을 터였다. 북부의 정찰대가 왜 실종됐는지는 누구도 알지 못했다. 파발은 평소처럼 정찰대가 북부 산악 지대로 향했고 그 후로 돌아오고 있지 않다는 이야기밖에는 전달하지 못했다. 정찰이었기 때문에 병력의 상실이 많은 것은 아니었지만 실종된 것은 처음이었기 때문에 제국은 주의를 기울였다. 북부 지역을 한두 번 정찰한 것도 아니었기 때문에 지도도 제법 정확했고 군사들도 눈에 어느 정도 적응해 있었다. 분명 다른 무슨 이유가 생긴 것이라고 사람들이 입을 모아 말했다.

역시 가장 유력한 가능성은 북쪽의 끝에 자리 잡고 있는 로쉐 왕국이었다. 눈이 많이 내려 농사를 짓기에도 적절하지 않은 데다가 왕국 근처의 바다마저 사시사철 얼어 있어 바다로부터의 자원도 기대할 수 없는 땅이라 그저 팽개쳐 둔 로쉐 왕국.

땅도 보잘것없는데 정찰을 하자니 워낙에 기후가 척박해 제국에는 로쉐 왕국에 대한 정보가 거의 없었다. 공식적인 교역조차 하지 않았기 때문에 언어조차 달랐다. 기껏해야 정보라고는 왕가의 구성원과 왕의 초상화 정도뿐이었다. 얼마나 관심이 없었으면 이번에 북부에서 소요 사태가 일어나기 전까지는 로쉐 왕국의 인구수는 물론이요, 군사 수조차 제대로 파악된 적이 없었다. 어차피 보잘것없는 소국이니 굳이 견제할 필요조차 못 느낀 탓이었다.

이처럼 제국은 로쉐 왕국에 별다른 관심이 없었지만 로쉐 왕국은 끊임없이 제국을 견제했다. 아마 근래에 계속해서 북부 주변을 제국의 군사들이 맴돌자 경고 차원에서 병사들을 죽여 은폐한 것이 아니겠느냐는 설이 가장 유력했다.

쉬안 공작에게서 오늘 들어온 이 이야기를 들으며 샤샤는 끝내 묻고 싶은 것을 참았다. 그래서 그 몇 안 되는 정찰병들 안에 올리비에가 들어가 있나요 들어가 있지 않나요. 생각하지 않으려 해도 계속해서 올리비에가 생각났다. 하지만 시간이 지나면 괜찮아질 것이었다. 봐라, 오늘도 결국엔 목까지 차고 올라온 질문을 참지 않았는가.

"실종된 정찰대에 체자레가 속해 있습니까?"

대신에 샤샤는 아버지에게 다른 것을 물었다. 지금 그들에게 중요한 패 '체자레'에 대해서.

"올리비에 경을 따라 정찰에 나갔다더구나."

물으려던 이는 체자레였는데, 올리비에의 이야기를 들어 버렸다. 어리석은 놈. 그 자신을 향해 하는 말인지 올리비에를 향해 하는 말인지 샤샤는 끝내 알 수 없었다.

"무사할 것 같습니까?"

말을 뱉자마자 샤샤는 바보 같은 제 혓바닥을 꽉 깨물어 버리고 싶었다. 쉬안 공작이 그걸 어찌 알겠는가. 그리고 쉬안 공작은 제 물음이 '올리비에'가 무사할 것 같습니까? 라는 뜻이란 것을 금방 알아차릴 터였다. 만약 체자레에 대한 것이었다면 '계획에는 차질이 없겠습니까?' 정도로 물었어야지.

쉬안 공작은 큰 표정 변화 없이 샤샤를 바라보며 입을 열었다.

"글쎄다. 하지만 무사하지 않았으면 좋겠구나."

쉬안 공작의 목소리에는 애끓는 증오도 다른 이의 불행을 기꺼워하는 사악함도 들어 있지 않았다. 그저 너무나도 담백하고 담백한 목소리였다. 그저 사실을 말하는 듯한.

"물론, 체자레는 무사하면 좋겠지만."

샤샤는 다시 한번 날카로이 깨달았다. 쉬안 공작은 역시 바이에른 공작을 죽일 생각이었다. 나아가 바이에른 공작가를, 그리고 올리비에를. 바이에른 공작가를 멸문시키는 것은 쉬안 공작의 뜻이었고, 이제 곧 다가올 미래의 사실에 지나지 않았다.

나는, 나는 올리비에를 죽일 수 있을까? 샤샤는 스스로에게 물었다. 그도 알고 있다. 바이에른 공작을 죽이면서 올리비에는 죽이지 않는다는 것은 망상에 지나지 않는다는 것을. 혹여 가능하다 하더라도 위험의 싹을 남겨 놓는 일이라는 것을. 하지만 내가 너를 죽일 수 있을까. 네 목숨을 끊으려 네 새하얀 목을 조르다가도 나는 너에게 친애의 입맞춤을 해 버리지 않을까. 자신을 뒤흔드는 배덕감에 샤샤는 혼란스러웠다. 샤샤는 한 치의 흔들림 없는 쉬안 공작을 바라보았다.

'공작 각하, 우리는 같은 곳을 바라보고 있는 것이 맞을까요?'

샤샤는 묻지 못했고, 대답도 없었다. 만약 입 밖으로 질문을 내뱉었더라도 쉬안 공작은 절대로 긍정의 말을 내뱉지는 않았을 터였다. 쉬안 공작에게 올리비에는 아무런 의미도 없을 테니. 분명, 쉬안 공작과 자신의 목표는 어느 정도 일치했다. 하지만 샤샤는 어느 한순간에는 쉬안 공작과 자신이 다른 결정을 내리리라는 그런 예감이 들었다. 그래서 샤샤는 사무치게 외로웠다.

* * *

사무치게 외로웠던 샤샤가 떠올린 이는 자연스럽게도 라리엘이었다. 그녀는 샤샤를 맹목적으로 사랑했으니. 라리엘은 영리하지도, 교활하지도 못해 샤샤, 자신과 겨루지 못할 테니까. 그러니 라리엘은 샤샤에게 완벽하게 안전했다. 그날 이후로 샤샤와 라리엘이 함께하는 시간은 더욱 길어졌다.

1월. 겨울이 한창이었다. 날이 갈수록 눈은 소복하게 쌓여 갔고 샤샤는 눈을 볼 때마다 원치 않아도 올리비에를 계속 생각했다. 카를이 마지막 순간까지 올리비에를 지켜 달라, 그리 말하지만 않았어도 이러지 않았을 텐데. 그랬으면, 그랬으면, 정말로 이러지 않았을 텐데. 샤샤는 이 모든 것을 카를의 유언 탓이라 여겼다.

그리 여겨야만, 모든 것이 올바르게 돌아가고 있는 것이니. 특히나 늘 제 옆을 지키는 라리엘을 생각하면, 그리 여길 수밖에 없었다.

"쉬안 공자님, 무슨 생각을 그렇게 골똘하게 해요?"

오늘도 라리엘은 한 점 티 없이 맑은 녹안으로 샤샤를 응시했다. 라리엘의 눈은 그 누구의 손도 닿지 않은 태고의 자연을 닮아 있었다. 누구의 손길도 닿지 않은 그 순결한 눈 속에 자신의 얼굴만이 또렷이 비치면 샤샤는 더없는 안락함을 느꼈다.

잠깐 라리엘의 눈을 응시하던 샤샤는 고개를 돌렸다. 잠깐 동안의 꿈결이 지나가고 아득한 현실이 눈앞에 나타났다. 북부, 올리비에, 실종.

"퀠른 경이― 무사했으면 하고 생각하고 있었다."

올리비에와 퀠른 경, 그리고 체자레까지 샤샤가 신경 쓰고 있는 북부에 있던 사람들은 모조리 정찰에 나갔다. 그리고 지금껏 그 누구의 소식도 닿지 않았다. 퀠른 경의 이야기에 라리엘의 얼굴이 일순 어두워졌다. 하지만 라리엘은 월식을 이겨 내는 달처럼 이내 다시 환히 웃었다.

"그럼 난 올리비에 언니의 무사 귀환을 기원해야겠다."

망할 올리비에. 머릿속에서 뛰어다니는 것도 모자라서 라리엘의 입에서까지 '올리비에'란 이름을 듣자 샤샤는 정말 미쳐 버릴 것 같았다. 하지만 티를 낼 수는 없어 샤샤는 속으로만 앓았다.

샤샤의 기도가 효험이 있었던 것인지 얼마 지나지 않아 퀠른 경이 북부 전초 기지로 돌아왔다는 소식이 황도로 날아들었다. 하지만 어디에도 올리비에에 관한 이야기는 없었다. 퀠른 경이 무사히 돌아왔다는 소식을 듣자마자 라리엘은 울음을 터뜨렸다. 실종됐다는 이후로 눈물 한 방울 보이지 않았던 라리엘이었던지라 얼마나 마음고생이 심했는지 짐작돼 샤샤의 마음도 같이 찡해졌다.

"이제 괜찮아."

펑펑 우는 라리엘을 품에 안고 샤샤는 몇 번이고 속삭였다.

제도로 돌아온 퀠른 경은 황제에게 정찰을 나갔을 뿐인데 로쉐 왕국의 군대가 공격을 해 왔고 수적 열세를 감당하지 못한 제국의 군대가 후퇴를 하다가 눈사태를 만나 그대로 실종되었다고 보고했다. 황제를 알현해 사태에 대해 보고한 퀠른 경은 그길로 샤샤를 찾아갔다. 퀠른 경은 샤샤에게 해 주고 싶은 말이 아주 많았다.

"쉬안 공자!"

미리 연락도 하지 않고 찾아갔지만 샤샤는 퀠른 경이 올 것을 알았다는 듯 퀠른 경을 보고도 전혀 놀라지 않았다.

"퀠른 경."

솔직히 말해 샤샤는 자신과 퀠른 경이 그렇게 친밀한 사이라고는 생각한 적이 없었다. 맹세코, 단 한 번도. 그렇게 생각했음에도 퀠른 경을 보는 순간 샤샤의 가슴이 벅차올랐다. 그 순간 샤샤는 깨달을 수밖에 없었다. 제 마음이 얼마나 무른지. 제 자신도 모르는 사이에 누군가를 향한 애정이 둥지를 틀 수 있다는 사실을. 그 사실이 자신의 발목을 얼마나 밟게 될지 샤샤는 깨달은 순간 예감했다.

"고마워. 살아 돌아와 줘서."

꼴사납게 눈물을 흘릴 수는 없어 샤샤는 안면에 잔뜩 힘을 주고 퀠른 경을 껴안았다. 샤샤가 이토록 격하게 껴안을 줄은 몰랐는지 퀠른 경의 얼굴에 당황한 기색이 역력했다.

"고맙소. 걱정해 줘서."

이런 낯간지러운 말을 하는 것이 어지간히도 고역인지 퀠른 경이 구겨지는 표정을 감추지 못하고 말로만 예를 갖추었다.

"어디 다친 곳은 없습니까?"

"보다시피 멀쩡하네."

"제도로 오는 길은 불편하지 않았습니까?"

"보다시피."

"북부로는 언제 다시 돌아가십니까?"

"최대한 빨리 돌아갈 예정이네."

샤샤는 퀠른 경에게 많은 질문을 했다. 하지만 올리비에에 대한 이야기를 듣지 않으려 질문을 골라내고 또 골라내다 보니 얼마 지나지 않아 물을 것이 없어졌다. 올리비에와 관련된 것은 묻지 않을 거야. 그렇게 다짐을 했는데도 샤샤는 결국 물었다.

"어쩌다가 실종이 됐었던 겁니까?"

퀠른 경의 얼굴에 일순간 깊은 그림자가 드리워졌다.

"이야기가 좀 길어질 것 같은데 잠시 걸으면서 이야기를 나누는 것은 어떻겠나?"

"좋습니다."

사람들을 저만치 떨어뜨리고 단둘이서만 정원을 걷는데도, 퀠른 경은 한참 동안이나 말이 없었다. 참다못한 샤샤가 퀠른 경을 재촉했다.

"어쩌다가 실종됐었던 겁니까?"

"그게ㅡ."

　입을 연 퀠른 경은 상당히 혼란스러워 보였다.

"폐하께는 사실대로 고하지 않은 게 있네."

　퀠른 경이 다소 굳은 표정으로 입을 열었다.

"내가 올리비에를 죽게 만들었네."

　퀠른 경이 제 얼굴을 쥐어뜯듯이 감싸며 토해 냈다. 그 말에 샤샤는 속에서 불이 인다는 것이 어떤 것인지 느낄 수 있었다. 등골을 쭈뼛하게 타고 오른 살의가 퀠른 경을 향했다.

"그게 무슨 말입니까?"

　샤샤는 제 이성을 다잡고 퀠른 경에게 물었다. 샤샤가 아는 퀠른 경은 올리비에를 죽일 만한 사람이 아니었다. 설혹 죽였다 하더라도 어쩔 수 없는 이유가 있을 터였다.

"정찰을 하다가 로쉐 왕국의 군대를 만났네. 그리고 후퇴했지. 여기까지는 같네. 그런데 눈사태 말이네, 그거ㅡ."

　퀠른 경이 불안한 눈으로 바라보았다.

"그거 올리비에가 낸 걸세. 올리비에가 눈사태를 만들었네. 내가 무사히 후퇴할 수 있도록. 올리비에는 제 자신을 제물로 바쳐 눈과 함께 사라져 버렸어."

　퀠른 경은 그때를 회상했다. 로쉐 왕국의 군대가 바로 지척에 다가와 있었던 그때를. 아무리 눈에 익숙해지도록 훈련을 했다고는 해도 상대는 사시사철 눈과 함께 뒹구는 로쉐 왕국군이었고 수적 열세도 무시할 수 없었다. 다 죽겠구나 생각하는 순간 올리비에가 북부 전선에서 내내 만지작거리던 동그란 물체 여러 개를 품에서 꺼냈다. 퀠른 경이 말릴 새도 없이 올리비에는 후퇴하던 방향 반대로 달려 나가 그 물체들을 있는 힘껏 던졌다. 무슨 일이 벌어진 것인지 파악 하기도 전에 굉음과 함께 눈사태가 일어났다. 올리비에를 끌어올릴 틈도 없이 그녀는 눈과 함께 사라져 버렸다. 도망치라는 짧은 비명 과 함께.

다 변명이다. 퀠른 경은 알고 있었다. 자신은 살기 위해, 올리비에 가 자신을 희생하는 줄 알면서도 그대로 둔 것이었다. 어차피 그냥 있으면 모두 다 죽는 거였어. 나라도 사는 것이 맞는 선택이었어. 퀠른 경은 스스로를 다독였지만 그렇다고 죄책감이 사라지지는 않았 다. 퀠른 경은 올리비에가 반대로 뛰어갈 때 이미 이런 일이 생기리 라는 것을 알고 있었다. 올리비에가 북부로 내려온 뒤로 매일같이 만지작거리던 그것이 뭔지 퀠른 경은 알고 있었다. 물론, 그 물건의 작동 원리는 모르지만.

"눈사태를 내다니 그게 어떻게 가능하단 말입니까?"

퀠른 경은 고민했다. 하지만 이내 눈앞의 사내가 샤샤라는 사실에 믿음을 갖기로 결심했다. 샤샤는 올리비에를 아끼니까. 샤샤는 그녀 가 살기를 바라니까. 그러니 그는 비밀을 알더라도 절대로 올리비에 에게 해가 가게 하지 않을 거야.

"올리비에는 북부에 온 이후로 계속 무기를 개발하고 있었네."

"-그건 반역이지 않습니까!"

샤샤는 비명을 지르려던 자신을 겨우 진정시켰다. 사사로이 무기를 개발하는 것은 반역이었다. 신무기의 개발은 오직 황궁 소속 부서에서만 할 수 있는 일이었다. 물론 이미 널리 퍼진 칼이나 화살을 사사로이 만드는 것은 반역이 아니었지만 그조차도 양이 많으면 반역의 의심을 샀다.

"맞네. 반역이지. 그러니 내가 황제에게 고하지 못했고."

퀠른 경이 쓸쓸히 웃었다.

"그녀가 만든 건 '화약'이라는 건데 폭발력이 어마어마하네. 아직 제대로 만드는 법을 모르는 건지 성공하는 일이 거의 없기는 하지만."

"그걸 나한테 말하는 이유가 뭡니까?"

퀠른 경을 바라보는 샤샤의 눈에 경계의 빛이 어려 있었다. 퀠른 경은 그저 고개를 숙이고 한숨을 내쉬었다.

"그러게 말이야. 내가 왜 이런 말까지 네게 해 주고 있는 건지."

퀠른 경이 두 손을 꽉 쥐었다.

"올리비에가 나로 인해 죽었어. 나는 그걸 누구에게라도 고하고 싶었네. 그리고 그게 쉬안 공자, 너였어."

퀠른 경은 올리비에의 가족을 믿지 않았다. 그들은 올리비에를 어린 나이에 겨우 병사의 신분으로 전쟁터에 밀어 넣었으니까. 그러니 올리비에의 가족에게는 말할 수 없었다.

하지만 가족을 제외하니 올리비에와 가까운 이가 몇 남지 않았다. 자신, 카를, 라리엘 그리고 샤샤. 카를은 이미 죽었고, 순진무구한 라리엘에게 이런 말을 하는 것은 내키지 않았다. 그러니 퀠른 경에게 남은 선택지는 샤샤밖에 없었다.

"그리고 넌 올리비에에게 정말로 무슨 일이 일어났던 건지 알 자격이 충분해. 넌 그녀의 절친한 친우이니."

샤샤의 가슴이 욱신거렸다.

"뭘 믿고 이런 걸 말해 주는지 모르겠습니다. 올리비에와 개인적으로 친애하는 감정은 있을지라도 쉬안 공작가와 바이에른 공작가가 대치하고 있는 상황은 모두가 아는 사실. 어차피 올리비에도 죽은 마당에 내가 무기 제조를 빌미로 하여 바이에른 공작가에 반역의 죄를 씌워 멸문시킬지도 모르는데 그대, 퀠른 경은 너무 순진한 것이 아닙니까?"

어느새 말투조차 바뀐 샤샤의 말은 거의 진심이었다. 어차피 올리비에가 죽어 버렸다면 바이에른 공작가를 공격하는 데 더 이상의 망설임은 없었다. 게다가 무기 제조라니, 정말 좋은 건수가 아닌가. 같이 정찰을 나갔던 군사 몇 명만 족쳐도 될 일이었다.

퀠른 경은 샤샤의 발언에 적잖이 놀랐다. 애초에 정치에 관심이 없던 퀠른 경은 이 일이 이렇게 쓰일 것이라고는 생각도 하지 않았었다. 게다가 올리비에와 샤샤는 서로 친애하는 사이라면서 서로의 가문을 공격하겠다고? 퀠른 경은 정말이지 이해가 되지 않았다.

"진심이오?"

퀠른 경의 말에 샤샤가 설핏 미소를 지었다.

"진심입니다."

샤샤의 말에 퀠른 경이 얼굴을 굳혔다. 퀠른 경은 샤샤의 말이 진심이라는 것을 느꼈다. 문득 퀠른 경은 눈앞의 샤샤가 너무나도 낯설어 보였다.

"그렇다면 나는 지금 당장 정찰을 나갔던 군사들을 모두 죽이고 와야 되겠군."

전에 없이 흉흉한 기세로 퀠른 경이 자리에서 일어났다.

"퀠른 경은 왜 바이에른 공작가를 지키려는 것입니까? 올리비에에 대한 빚 때문에?"

자리를 박차고 일어나는 퀠른 경의 등에 샤샤가 질문을 던졌다. 샤샤의 물음에 퀠른 경은 뒤는 돌아보지도 않고 코웃음만 쳤다.

"바이에른 공작가를 지켜? 내 가문인 프로테스티안 후작가도 내팽개친 내가?"

퀠른 경이 천천히 샤샤를 향해 몸을 돌렸다. 성큼성큼 샤샤를 향해 걸어오는 퀠른 경의 모습은 참으로 위압적이었다. 어두운 숲 속에서 맹수를 만난다 한들, 이보다는 덜 위압적일 터였다.

"난 단지 올리비에의 자리를 지켜 주고 있을 뿐이오. 난 아직 그녀의 시체를 보지 못했으니까! 그녀가 살아 돌아올지도 모르는데 네 놈이 그녀의 자리를 망치도록 가만히 두고 보지는 않을 거야."

퀠른 경이 곰 발바닥 같은 손으로 탁자를 내리쳤다. 위협적으로 샤샤의 얼굴 바로 앞까지 얼굴을 들이댄 퀠른 경은 샤샤를 노려보았다.

퀠른 경은 온 힘을 다해서 올리비에의 자리를 지킬 생각이었다. 도대체 무얼 해야 지킬 수 있을지는 모르겠지만, 그 방법이 무엇이든, 퀠른 경은 기꺼이 감수할 것이었다. 올리비에의 자리를 지키는 것만이 자신을 살리기 위해 기꺼이 목숨을 건 올리비에를 위하여 퀠른 경이 할 수 있는 유일한 일이었으니. 만약 올리비에가 정말 죽어 버렸다면, 그래도 퀠른 경은 적어도 제 생이 다할 때까지는 그녀의 자리를 지킬 생각이었다.

"너를 올리비에의 친구로만 생각했는데 이제 보니 너는 정말로 '쉬안 공자'였군. 그 옛날 단신으로 프로테스티안 후작가의 문을 박차고 들어와 아비와 자식이 뜻이 다를 수 있다고 말하던 너는 어디 갔는가?"

샤샤는 아직 올리비에의 시체를 보지 못했다는 말에 그녀가 살아 있다면, 하고 희망을 갖는 자신을 발견했다. 쓸데없는 짓.

샤샤는 저를 향한 퀠른 경의 날 선 적의에도 굽히지 않았다. 라리엘도 퀠른 경도 언젠가는 알아야 할 일이었다. 올리비에와 자신은 더 이상 예전 같을 수 없다는 사실을. 쉬안 공작가와 바이에른 공작가는 영원한 적이라는 사실을.

"그렇습니다, 퀠른 경. 나는 쉬안 공자고 올리비에는 바이에른 공녀지."

퀠른 경의 얼굴이 분노로 물들어 가는 것을 보며 샤샤는 쐐기를 박았다.

"그리고 그대, 퀠른 경의 여동생 라리엘은 쉬안 공작 부인이 될 거고."

퀠른 경의 얼굴이 더없이 일그러졌다.

"개 같은 것."

전에 없이 험한 말이 퀠른 경의 입에서 흘러나왔다.

"너 따위 것과 라리엘이 결혼하게 놔둘 것 같으냐."

살기등등한 눈으로 샤샤를 노려보던 퀠른 경은 그대로 방을 빠져 나갔다. 쾅, 소리가 나며 닫힌 문을 바라보며 샤샤는 들릴 듯 말 듯 한 한숨만을 내쉬었다.

퀠른 경이 나가자마자 샤샤는 쉬안 공작을 찾아갔다. 샤샤에게는 이 사실을 쉬안 공작에게 고하기만 하면 공작이 깔끔하게 바이에른을 멸문시킬 수 있을 거라는 믿음이 있었다. 이토록 잘 벼려진 칼이 제 손아귀에 들어왔으니. 하지만 막상 쉬안 공작을 대면한 샤샤는 아무 말도 하지 못했다.

"할 말이 있어 온 것이 아니냐?"

올리비에가 살아 있을지도 몰라. 비록 희박한 가능성이지만. 만약 카를이었더라면, 카를이었다면 이 가능성을 무시하지 못했겠지. 무시하지 못해서 끝까지 희망을 가지고 올리비에를 기다렸겠지. 카를 역시 퀠른 경처럼 그녀의 자리를 지켰을 거야. 그래서 샤샤 역시 아무 말도 할 수 없었다.

혹시라도 올리비에가 살아 있을지도 모른다는 어리석은 희망 때문에. 빌어먹을 퀠른 경은 제게 희망의 씨를 퍼뜨리고 갔다. 망할, 망할. 결국 자신은 말하지 못하리라는 것을 샤샤는 알았다. 올리비에 고 계집애. 살아 돌아오기만 해 봐. 살았는지 죽었는지도 모를 이를 원망하는 것밖에는 샤샤가 할 수 있는 일이 없었다.

*　*　*

샤샤는 제 처지가 너무나도 답답했다. 할 수 있는 것이 없었다. 카를이 있을 때만 하더라도 이렇지는 않았던 것 같은데. 바이에른을 치자니 올리비에가 눈에 걸리고 황제를 치자니 아직 열매가 제대로 익지 않았고. 그러는 동안에도 시간은 착실히 흘러 샤샤는 어느새 라리엘과의 결혼식을 앞두고 있었다.

차가운 겨울이 지나고 새순이 돋는 봄이 오면, 그날 나는 너를 행복한 봄의 신부로 맞이할 거라는 샤샤의 약속대로 어느 화창한 3월,

샤샤와 라리엘은 결혼했다. 그날, 라리엘은 봄의 기운을 받은 듯 더욱 선명한 초록색으로 반짝였다. 쉬안 공자 역시, 소년의 태를 벗고 어엿한 청년의 모습을 했다. 그날, 쉬안 공작은 쉬안 공자에게 영지 '베로트'와 그 영지에 딸려 있는 백작위를 함께 수여했다. 이로써 쉬안 공자는 베로트 백작이 되었다.

길고 길었던 결혼식도 무사히 지나가고 연회가 시작되었다. 연회가 시작됨과 동시에 샤샤는 연회장을 빠져나가는 한 남자를 발견했다. 퀠른 경. 퀠른 경은 호기롭게 샤샤에게 라리엘과는 결혼하지 못할 거라고 말했지만 결국 막을 수 없었다.

막지 못한 정도가 아니었다. 퀠른 경은 막으려는 시도조차 하지 못했다. 라리엘이 샤샤와 결혼하는 것은 그야말로 천재일우와도 같았으니. 어떻게 성도 없는 여인이 쉬안 공작가의 일원이 될 수 있단 말인가. 게다가 라리엘은 샤샤를 사랑하고 있었으니 더더욱 좋은 일이었다. 그래서 퀠른 경은 결국 라리엘과 샤샤의 결혼을 축하해 줄 수밖에 없었다.

'라리엘을 행복하게 해 다오.'

그래, 샤샤가 말과는 달리 아직 올리비에의 신무기 제조 사실에 대해 떠들고 다니지 않은 걸 보면 어쩌면 우리 모두 공생할 수 있을지도 모른다고, 퀠른 경은 그리 스스로를 다독였다. 사람의 감정이라는 것은 형체가 없어 불안하기 이를 데가 없지만 기댈 곳은 서로를 귀애하는 그 마음밖에 없었으니.

'그리고 쉬안 공자, 자네도 행복했으면 좋겠네.'

퀠른 경은 진심을 담아 샤샤에게 말했다. 그것은 퀠른 경의 뜻이기도, 올리비에의 뜻이기도 했다. 처음 라리엘과 쉬안 공자의 교제 사실을 알았을 때 올리비에는 더없이 아련한 표정으로 둘의 행복을 빌었으니 분명 둘의 결혼도 축복할 터였다.

'올리비에의 뜻이기도 해.'

샤샤가 그녀를 기억해 줬으면 하는 마음으로 퀠른 경은 말했다. 그녀를 기억하고, 이 형체도 없는 감정을 간직하기를. 짧은 축하사였다. 퀠른 경은 이제 다시 북부로 가 올리비에를 찾아야겠다며 그렇게 떠나 버렸다.

새하얀 백합이 어지러울 정도로 예식장에 가득했다. 열린 창문 사이로 선선히 들어오는 바람결에마저 부드러운 봄기운이 물들어 있었다. 가식으로 이루어진 것이더라도 제 예식장에 있는 모든 이들의 얼굴에는 미소가 가득했다. 그중에서도 라리엘의 웃음은 새하얗게 피어나는 꽃같이 너무나 사랑스러웠다. 라리엘이 사랑스러운 만큼, 샤샤는 서글펐다.

봄은 금방 지나갔다. 여름이 오고, 모든 것이 스러지는 가을도 지나가, 모든 것이 하얀색에 뒤덮여 사라질 것 같은 겨울이 찾아왔다. 그 겨울에, 샤샤는 마침내 기다리던 소식을 들을 수 있었다.

올리비에.

올리비에는 사라졌을 때와 마찬가지로 쏟아지는 눈 사이를 헤치고 나왔다. 일 년이 흘렀음에도 그녀는 조금도 달라지지 않은 모습으로, 그렇게 눈 사이를 걸어 나왔다.

올리비에의 생환 소식은 금세 제도로 날아들었다. 하지만 올리비에는 제도로 오지 않았다. 그녀는 제 건강을 핑계로 북부를 떠나지 않았다. 그렇게 그녀는 꼬박 반년을 북부에서 시간을 보내고 나서야 다시 제도로 돌아왔다.

올리비에가 공식적으로 올린 보고에는 별다른 이야기 없이 그저 제도로 귀환하겠다는 이야기뿐이었다. 하지만 이미 거리에는 슬금슬금 올리비에가 북부에서도 큰 승리를 거두었다는 이야기가 돌고 있었다.

올리비에의 귀환 소식에 제도는 술렁였다. 죽은 줄로만 알았던 바이에른 공작가 후계자의 귀환이라니. 그것도 생각지도 못한 승전 소식과 함께. 승전이라고는 하지만 어느 정도의 승전인지 아직 제도에까지는 정확하게 전해지지 않아 사람들 사이의 의견은 분분했다.

바이에른 공녀가 빈손으로 돌아오는 것이 부끄러워 무늬만 승리인 승전을 보고하려 한다는 이도 있었고, 누군가는 그래도 반년이나 더 있다 온 것을 보면 어느 정도 면을 세울 정도의 승리는 하지 않았겠냐고 하기도 했다.

그래도 명색이 승전이니 황제는 올리비에를 위해 승전 연회를 준비했다. 그것도 황궁에서 가장 유서가 깊은 황금의 홀에서. 황금의 홀은 황제의 대관식, 몇몇 선택된 황족들의 성년식과 결혼식 등을 제외하면 늘 문이 닫혀 있었다. 황족도 아닌 귀족이 황금의 홀에서 열리는 연회의 주인공이 된다는 것은 참으로 영광된 일이었다.

언뜻 보기에는 엄청난 호혜였지만, 좀 더 면밀히 살펴보면 은근한 압박이기도 했다. 이렇게 황금의 홀에서 승전 연회까지 열어 주는데 별것 아닌 결과물을 황제 앞에 들이밀었다가는 황제의 분노를 사도 당연해 보일 터였으니 말이다.

샤샤는 확신했다. 이건 호혜가 아니라 압박이라는 것을. 그간의 화려함과는 비교도 되지 않을 정도로 화려하게 단장해 나가는 황금의 홀을 볼 때마다 더욱더 샤샤는 확신했다. 이 엄청난 화려함으로 올리비에를 압도하고, 그녀의 승리를 보잘것없는 것으로 만들어 버리겠지. 그리하여 종내 그녀를 조롱하고, 핍박하고, 처형하겠지.

황궁의 가장 화려한 황금의 홀에는 붉은빛 공단 카펫이 한쪽 끝에서 다른 쪽 끝까지 빈틈없이 놓인다. 제국에서 가장 큰 샹들리에가 천장에 달리고, 생화들이 황금의 홀 곳곳을 장식한다. 꽃향기에 정신이 아찔해질 만큼.

그래서 샤샤는 분명 오늘 올리비에가 패나 곤란한 상황에 처하게 되리라고 확신하고 있었다. 그토록 확신하고 있었지만, 샤샤는 할 수 있는 일이 아무것도 없었다. 그 와중에 오랜만에 올리비에 언니를 보겠다며 멋모르고 기뻐하는 라리엘 때문에 샤샤는 더욱 심란해졌다.

올리비에가 연회장에 들어왔다. 그녀가 걷는 걸음걸이마다 황금빛 꽃잎이 흩날렸다. 여신이 강림하였다 하여도 믿을 정도의 환대였다. 황금빛 꽃잎이 흐드러진 바닥에 올리비에가 정갈히 무릎을 굽혔다. 황제는 올리비에가 여기에 오기만을 기다렸다는 듯, 구태여 망토를 펄럭이며 황좌에서 일어났다.

"올리비에 경, 북부에서 그대가 승전을 거두었다는 소문이 이미 제도에까지 무성하더구나. 그대가 전해 줄 승전의 소식이 얼마나 기대가 되던지. 이렇게 제도에까지 먼저 승전의 소식이 도착할 정도면 그저 그런 승리는 아닐 것이야. 겨우 병사 몇을 죽였다든지, 로쉐 왕국의 유명한 장수를 죽였다든지, 약탈당했던 곡식을 되찾았다든지, 하는 그런 소소한 승리들은 아닐 것이라고 짐은 믿고 있네. 자, 올리비에 경, 짐에게 그대의 승리를 고해 보아라."

어떤 말을 내뱉더라도 황제의 성에는 차지 않을 거야. 올리비에가 로쉐 왕조를 완전히 무너뜨린 것이 아닌 다음에야. 하지만 올리비에가 겨우 반년 만에 로쉐 왕조를 무너뜨렸을 리는 없으니, 올리비에는 처벌당할 것이었다. 그래서 샤샤는 그냥 귀를 막고만 싶었다. 하지만 뚫린 게 귀인지라, 샤샤는 올리비에의 답을 들을 수밖에 없었다.

"예, 폐하. 폐하께 신의 승리를 바치나이다."

올리비에가 머리 위로 황금빛 작은 궤를 치켜들었다. 연회장이 잠시 정적에 휩싸였다.

"설마―."

정적을 깨는 누군가의 외침에 연회장이 잠에서 깨어난 듯, 소란스러워졌다. 샤샤 역시 그제야 올리비에가 치켜든 황금빛 작은 궤가 무엇인지 제대로 인식했다. 로쉐 왕가의 인장을 품고 있는 황금빛 작은 궤. 설마하니 올리비에가 들고 올 것이라고 상상조차 하지 못했던 물건.

"이제 북부에는 제국 외에는 그 어떤 나라도 없습니다, 폐하."

소란스러운 연회장 안에서 올리비에는 그렇게 담담하게 로쉐 왕조의 멸망을 입에 담았다.

* * *

올리비에는 살아남았다. 황제는 입술에는 자애로운 미소를, 눈에는 차가운 얼음을 머금고 올리비에를 치하했다. 물론, 곱게 치하하기만 한 것은 아니었다.

"비록 로쉐 왕국이 소국이라고는 하나, 소규모의 병력만으로 한 왕국을 온전히 복속시킨 점을 높이 살 만하다. 이에 경에게 남작의 작위와 과거 명장으로 명성이 높았던 코르키스의 성을 내리고 로쉐 왕국의 영토 중 최북단을 하사한다."

"폐하의 은덕이 이토록 크시니, 몸 둘 바를 모르겠나이다."

말을 이렇게 했지만 올리비에도, 황제도, 그리고 수 싸움을 할 줄 아는 몇몇의 귀족들도 모두 알고 있었다. 실상 황제가 올리비에에게 준 것은 별것이 아니라는 것을. 애초에 척박한 로쉐 왕국의 땅 중에서도 최북단을 하사하였으니, 그 땅은 사실상 쓸모없는 땅이나 다름없었다. 척박한 동토라 농사를 지을 수 없는 것은 당연하고, 요지에 있어 상업을 발달시킬 수 있는 것도 아니고, 인접한 바다는 사시사철 얼어 있어 어업을 할 수 있는 땅도 아니었으며 그렇다고 군사적 요충지인 것도 아니었다. 이리 쓸모없는 땅이니 지역민의 수도 많지 않아, 천여 명에 불과했다. 그나마 다행인 점이라면 지역민이 그다지 반항적이지 않다는 점 하나뿐이었다. 오히려 관리조차 제대로 하지 못했던 로쉐 왕국에 비해 제국에 편입되면 조금이라도 더 혜택을 받을 수 있지 않을까 하는 기대감마저 가지고 있었다. 하지만 최북단에 위치하고 있는 만큼 지역민들이 기대하는 만큼의 관리는 어려웠다. 그럼 얼마 지나지 않아 제국에 대해 불만을 가지게 될 터였으니, 그다지 쓸모없는 장점이었다.

선심이라도 쓰듯이 붙여 준 남작위도 쓸모없기는 마찬가지였다. 어차피 올리비에는 장차 바이에른 공작이 될 터였으니, 코르키스 남작은 장차 가신에게 허울뿐인 작위를 내리기 위한 용도로나 쓸 수 있을 것이었다. 빈센트-올리비에의 남동생-의 존재를 알고 있는 소수의 귀족들이 보기에도 코르키스 남작위는 쓸모없긴 마찬가지였다. 올리비에가 바이에른 공작은 되지 못하더라도, 최소한 후작 부인 정도는 될 터인데 남작위 따위가 무슨 의미가 있겠는가.

"공을 세운 자에게 상을 주는 것은 당연한 일이지. 짐은 앞으로도 코르키스 남작의 활약을 기대하겠다."

그토록 의미 없는 포상이었지만 황제는 한껏 올리비에를 압박했다. 어찌 되었든 치하를 받았으니 그에 걸맞게 행동하라고 말이다. 올리비에는 그런 황제의 의중을 명확하게 느끼면서도 그저 정중한 미소를 지을 수밖에 없었다. 그녀가 할 수 있는 것이 없었기에.

"자, 이제 본격적으로 연회를 시작해 보지. 코르키스 남작, 그대가 어떻게 로쉐 왕국을 멸망시켰는지부터 이야기해 주게. 연회의 흥을 돋우기에 적절한 아주 흥미로운 이야기일 거야. 그렇지?"

황제가 올리비에를 마치 광대처럼 연회의 한가운데에 떨어뜨렸을 때도, 올리비에는 흔들리지 않았다. 광대와 같은 비굴함 한 점 없이, 관객들의 반응이 좋지 않을까 전전긍긍하는 것 없이, 올리비에는 아주 담백하게 이야기를 시작했다.

이야기 속의 올리비에는, 올리비에와 퀠른 경과 그들의 병사들은, 더없이 용맹하고 더없이 애국적이었다. 올리비에는 산 채로 얼음산에 제물로 바쳐지고도, 포기하지 않는 끈기와 집념으로 얼음산을 내려왔다. 때마침 올리비에를 구하기 위해 얼음산을 헤매던 그녀의 정예병이 올리비에를 발견했다. 올리비에의 이야기에 처음으로 체자레의 이름이 들어갔다.

그들은 황폐하고 궁핍한 생활에 지쳐 있던 로쉐 왕국의 왕국민들을 설득해 냈다. 현지인의 도움으로 왕성으로 향하는 지름길을 알아낸 올리비에와 그녀의 정예병은 왕성으로 향했다. 올리비에가 앞장을 섰고, 체자례를 비롯한 정예병이 그녀의 뒤를 든든히 막았다. 이야기를 하던 올리비에는 중간중간 고개를 들어 군중 속의 한 사람을 바라보았다. 체자례, 체자례는 기사 작위 하나 없는, 일개 공작가 사병의 신분에도 전공을 인정받아 연회에 초대되었다. 체자례를 바라보는 올리비에의 눈에 전우를 향한 믿음과 고마움이 서려 있었다. 올리비에의 이름에 묻혀 세간에 잘 전해지지는 않았지만 체자례의 공이 적지 않은 모양이었다.

체자례를 비롯한 정예병의 도움을 받아 올리비에는 로쉐 왕의 수급을 베었다. 그것이 올리비에가 사람들에게 들려준 이야기였다. 사실과는 다소 달랐지만.

올리비에는 살아 숨 쉬는 단 하나의 존재였다. 그녀 혼자만 빛을 받고, 나머지 군중은 어둠 속에 누가 누구인지도 모르는 채로 고요히 숨죽이고 있는 것만 같았다. 샤샤 역시 어둠 속 수많은 군중 중 하나가 되어 올리비에를 바라보았다.

'저기와 여기.'

올리비에와 자신 사이에 수많은 사람들이 있는 지금이 적당한 것 같다고 샤샤는 생각했다. 언제까지나 이 정도 거리를 유지했으면 좋겠다고, 그렇게.

* * *

올리비에의 승전을 축하하는 연회 후 한동안은 마치 폭풍 전야처럼 고요하기만 했다. 그 와중에도 간혹 올리비에의 소식은 들려왔다. 제일 처음으로 들려온 소식은 올리비에가 황제에게서 하사받은 '코르키스 남작령'을 퀠른 경에게 선물했다는 소식이었다.

퀠른 경이 전쟁에서 고생을 하고도 제대로 된 포상을 받지 못한 터였던지라 크게 논란을 만드는 사람은 없었다. 황제가 노여움을 표시하며 올리비에에게 근신령을 내리기는 했으나 그저 그뿐이었다. 샤샤도 상관하지 않았다. 자신과 관계없는 일이라고 생각했기에.

올리비에에게서 영지를 선물 받은 지 오래 지나지 않아 퀠른 경은 결혼 축하 선물로 '코르키스 남작령'을 라리엘에게 선물했다. 라리엘이 이미 쉬안 공작가의 성을 받은 뒤였기 때문에 자연스레 '코르키스 남작령'은 쉬안 공작가의 재산 목록에 추가되었다.

"라리! 이게 어떻게 된 일인지 설명해 주겠어?"

재산 목록에서 코르키스 남작령을 발견한 날, 샤샤는 바로 라리엘을 찾아갔다. 평소와는 다른 거친 목소리에 라리엘의 큰 눈이 더 커다래졌다. 본능적으로 무언가 잘못했다고 느낀 것인지 맑은 초록빛 눈동자가 정처 없이 흔들렸고, 새하얀 작은 두 손은 의지할 곳이 없어 꼭 깍지를 꼈다.

"오빠가- 줬어요."

라리엘은 늘 그렇듯이 눈치 없이 대답했다. 누가 퀠른 경이 라리엘에게 준 것을 몰라서 물었겠나. 퀠른 경이 눈가림용이라는 것은 너무 뻔하지 않나. 처음부터 올리비에는 라리엘에게 저 코르키스 남작령을 주려고 했었던 것이 분명했다. 아니, 어쩌면 자신에게, 쉬안 공작가에 저 영지를 주려고 했었던 것일지도 모르지.

"분명 코르키스 남작령은 올리비에의 것이었어."

"하지만 올리비에 언니가 오빠에게 줬는걸요."

"그러니까-."

답답함을 이기지 못하고 화를 내려던 샤샤는 마지막 순간에 숨을 참았다. 라리엘에게 화를 낼 일이 아니었다. 처음부터 라리엘이 이런 사람인 것을 알고, 그 점이 좋아서 결혼한 것이 아니었는가. 라리엘을 붙잡고 물어볼 일이 아니었다. 물어본다면 올리비에에게 물어야지.

"언성 높여서 미안해, 라리."

샤샤는 답답함을 눌러 삼키고 문을 향해 걸어갔다. 그대로 나갔으면 좋았으련만, 삭이지 못한 마지막 답답함이 결국에는 내뱉어졌다.

"라리, 순진한 것이 꼭 좋은 것만은 아니야."

샤샤의 뒤로 문이 빈틈없이 무겁게 닫혔다.

*　　*　　*

샤샤는 제 앞으로 날아온 수없이 많은 초대장을 뒤적였다. 이 중 어디에 참석해야 가장 자연스럽게 올리비에를 만나고, 그녀와 대화를 나눌 수 있을까. 개중 가장 적당해 보이는 것을 골라낸 샤샤는 옆에 서 있는 시종 폴에게 초대장을 건넸다.

"쉬안 공자가 이 연회에 참석한다고 소문을 흘려라."

그래서 제도의 모두가 알 수 있도록. 만약 올리비에가 그냥 코르키스 남작령을 넘긴 것이 아니라면 알아서 나타나겠지.

샤샤의 짐작대로 그가 고른 연회에 올리비에는 물론, 퀠른 경도 나타났다. 연회가 무르익을 즈음 올리비에는 자취를 감추었고 퀠른 경이 쉬안 공자에게 접근해서 조용히 올리비에의 위치를 속삭였다.

'연회장 2층 서쪽 제일 끝 테라스.'

샤샤가 테라스에 도착했을 때 올리비에는 머나먼 곳으로 시선을 던진 채로 난간에 걸터앉아 있었다.

"바이에른 공녀."

먼 곳을 바라보고 있던 그녀가 천천히 시선을 돌렸다. 원래부터도 청초한 매력이 돋보이는 얼굴은 아니었지만, 전쟁의 때가 묻은 것인지 그녀의 얼굴은 한층 야생적으로 변해 있었다. 미동 없이 응시하는 그녀의 눈은 사냥 직전 맹수의 눈과 닮아 있었다. 말하는 것도 잊을 정도로 숨 막힐 것 같은 시선이 샤샤에게로 박혔다.

미동 없던 시선에 천천히 감정이 불어 들었다. 잔잔한 수면에 안료가 풀어지듯이. 천천히 그러나 꾸준하게. 눈이 감정에 완전히 물들자 그녀가 설핏 웃었다. 왜인지 너무나도 마음이 아리는 웃음을.

"샤샤."

아주 오랫동안 듣지 못했던 애칭이 불려졌다. 샤샤가 주춤 반 발자국 물러났다.

"바이에른 공녀, 우리가 이럴 사이는 아니지 않나. 공녀도 나를 쉬안 공자라 불러 줬으면 좋겠네."

올리비에는 긍정의 표시도, 부정의 표시도 하지 않은 채 말을 이어 나갔다.

"제국에 전쟁의 신 이든과 이두나의 전설이 있듯이 로쉐 왕국에는 시간의 마녀 트리와 우사의 전설이 있어. 전설에 따르면 트리와 우사에게 사람을 바치면 로쉐 왕국에 황금기가 도래한다고 하더라고. 제국과 한창 전쟁 중이던 로쉐 왕국은 그 전설에 매달렸어. 그래서 적군조차 죽이지 않고 꼭 생포해서 트리와 우사에게 바치고는 했지. 나 또한 그렇게 설산 한복판에 산 채로 버려졌어."

온통 하얀 곳. 올리비에는 자신이 분명히 죽으리라고 생각했다. 올리비에는 그 무엇도 쉽게 포기하는 성격이 아니었다. 외려 무엇이든 마지막 순간까지 제 손에서 놓지 않으려 하는 탐욕 혹은 끈기를 가지고 있었다. 그럼에도 불구하고 흩날리는 세찬 눈보라며, 감각을 마비시키는 절대 영도에 가까운 기온에 올리비에는 이곳에서 제 마지막을 맞이하겠구나, 그리 생각했다. 마지막 순간까지 정신을 잃지 않으려 애썼지만 한 번 눈을 깜빡인 순간, 그녀는 정신을 잃고 말았다.

"정신을 잃는 순간 그대로 죽을 줄 알았는데, 나는 다시 정신을 차렸어."

정신을 차리고 보니 그녀의 앞에는 얼음으로 깎아 만든 것 같은 신전이 있었다. 결코 사람이 만든 것 같아 보이지 않는 거대한 신전이. 아마도 거센 눈보라에 얼음덩어리가 깎여 나가 투박한 기둥이 만들어지고, 그 위에 얼음이 차곡차곡 쌓여 지붕을 만들어 낸 것일 테지. 그런 우연의 산물로 만들어졌다기엔 너무나도 정교했지만.

"그리고 나는 전설 속의 트리와 우사를 만났어. 그들은 전설 속의 모습과는 사뭇 달랐어. 그들은 로쉐 왕국의 부흥 같은 것에는 전혀 관심이 없었어. 그들의 관심사는 오로지 방문자가 시간을 돌리는 것, 그것뿐이었지."

"시간을 돌린다니?"

"말 그대로야. 트리와 우사는 방문자를 방문자가 원하는 과거의 시간대로 보내 줄 수 있어."

올리비에의 대답에 샤샤의 얼굴에 진한 걱정이 드리워졌다.

"이런. 바이에른 공녀. 그런 말도 안 되는 말을 하고 다니다간 마귀에게 씌었다는 소리를 들을 것이네."

"비웃을 것을 알아. 하지만 진짜인걸."

"공녀가 그것을 어찌 아는가?"

"내가."

올리비에가 입술을 잘근 깨물었다. 올리비에의 머릿속으로 수많은 환영들이 밀려들어왔다. 어쩌면 정말 마귀에 씐 것이 아닐까 싶은 생각이 들 정도로 머리를 어지럽히는 수많은 환영들이.

"내가, 이미 셀 수도 없이 많은 시간을 돌렸으니까. 내가, 시간을 돌리는 권능의 증거니까."

올리비에는 자신이 그저 운이 좋은 사람이라고만 여겼었다. 가끔 미래를 예측해 낼 때면, 자신에게 예지력이 있는 것은 아닌가 살짝 고민하기도 했지만 그저 그뿐이었다. 올리비에는 스스로를 충분히 합리적인 사람이라 여겼기에, 예지력 같은 것은 믿지 않았다. 그저 제 자신이 타고난 운이 좋은 것이라 생각할 뿐.

하지만 올리비에는 틀렸다. 그녀는 단순히 운이 좋은 것이 아니었다. 수많은 시간을 돌려, 그 기억들이 습관처럼 영혼에 남은 것뿐. 기억을 모두 잃었음에도, 올리비에가 버린 생들은 마치 잠재의식 속의 트라우마처럼 그녀의 현생에 영향을 미쳤다. 이유를 알 수 없는 불길함에 신경을 곤두세우면, 그곳에는 늘 위험이 있었다. 물론, 그렇다고 모든 위험을 피할 수 있었던 것은 아니었다.

샤샤와 친해진 지 얼마 되지 않았을 때, 올리비에는 종종 샤샤에게 경고를 줬다. 무언가를 알아서 그랬던 것은 아니었다. 그저 왜 인지 모를 강렬한 불길함을 느꼈기 때문이었다.

'샤샤, 오늘은 승마를 하지 않는 게 좋을 것 같아.'

하루는 승마하러 나가는 샤샤에게 올리비에가 그리 조언했다. 특별한 이유는 없었다. 그저 불길했을 따름이었다. 그날, 샤샤가 타려던 말의 말발굽에는 가시가 깊이 박혀 있었었다고 한다. 그 이후로도 올리비에는 이유 모를 불길함이 들 때면 샤샤에게 조용히 일러주었고, 늘 올리비에의 불길함은 틀리지 않았다.

그렇게 올리비에가 샤샤를 구해 낸 것이 한두 번이 아니었다. 올리비에는 처음에는 다행이라고만 생각했다. 하지만, 일은 예상치 못하게 흘러갔다. 말을 타기 전 말발굽을 확인하는 샤샤의 모습에서, 새로 맞춘 옷을 입기 전 안감에 묻은 가루를 확인하는 샤샤의 모습에서, 잘 보이지도 않는 정원 구석에서 독초를 찾아내는 샤샤의 모습에서 쉬안 공작은 무언가 이상함을 느꼈었나 보다. 샤샤의 행태를 이상하게 여긴 쉬안 공작은 결국 샤샤의 이상 행동이 올리비에의 말로부터 비롯되었다는 것을 알게 되었다.

합리적인 것으로 둘째가라면 서러워할 쉬안 공작이 그걸 보고 무슨 생각을 했겠는가.

'바이에른 공작이 쉬안 공작가를 공격하고 있구나.'

그래도 거기에서 생각이 멈추지 않은 것이 올리비에에게는 다행이었다.

'그리고 올리비에가 미리 그 사실을 샤샤에게 일러 주고 있구나.'

올리비에는 계속해서 샤샤와 어울릴 수 있었다. 그리고 동시에 바이에른 공작가를 향한 쉬안 공작가의 공격도 시작되었다. 올리비에는 샤샤에게 다가올 위험은 막아 주었으나, 그로 인해 자신에게 올 위험은 막지 못했다.

기억은 나지 않지만, 아마 올리비에가 포기한 다른 수많은 생들에서도 다르지 않았을 것이었다. 아마 한 가지 위험을 피하면, 다른 위험이 다가왔겠지. 그러니 올리비에는 정말로 많은 생을 포기할 수밖에 없었다.

올리비에는 매번 북부의 마녀 앞에서 제 생을 마감했다. 마녀들은 생에 지친 올리비에에게 그녀가 버린 수많은 생들을 보여 주었다. 그 생들은 참으로 고독하고, 치열하고, 괴로웠다. 바이에른으로 태어난 올리비에는 늘, 단 한 번의 생도 빠짐없이, 쉬안 공작가와 대립했다. 그리고 항상 패배했다. 져서 쫓기고 쫓겨 북부로 도망친 올리비에에게 마녀들은 항상 시간을 되돌리겠냐고 물었다.

돌아간 시간은 늘 똑같았다. 열두 살, 사교계 데뷔를 한 그해 사냥 대회 날. 사냥 대회에 참가한 카를이 피로를 이기지 못하고 나무 밑동에 기대어 식은땀을 흘리며 반쯤 정신을 잃고 있는 걸 발견한 순간. 올리비에는 몇 번이나 그걸 보고도 그냥 지나쳐 갔다. 쉬안 공작가와는 상종하는 것이 아니라고 생각하면서. 그것이 카를과 자신이 가까워질 수 있는 처음이자 마지막 기회라는 것도 모르고. 그리고 바이에른과 쉬안 공작가는 끊임없이 대립했다.

몇 번이나 시간을 돌렸을까, 올리비에는 단 한 번 승리했다. 쉬안 공작가를 꺾어 내고 제국 제일의 귀족가가 되었다. 그토록 바라던 것이었으니 오래도록 행복할 것이라고 생각했다. 하지만 그토록 원하는 것을 이루어 내었는데도 올리비에는 행복하지 않았다. 행복하지 않은 긴 생의 끝에서 올리비에는 가장 고요한 곳을 찾았다. 제 생을 고요히 마무리하고 싶어서. 아니, 어쩌면 본능적으로 찾았던 걸지도 모른다. 시간을 돌리기 위해. 북부를 찾은 올리비에는 수많은 생에서 그러하였듯, 지쳐 있었다. 너무나도 지쳐 있어 시간을 돌리고 싶다는 생각조차 명확하게 하기 힘들 정도로.

'시간을 돌릴래?'

그 물음에 답을 하지 않고 마지막 숨을 쉬었던 것 같다. 하지만 올리비에는 다시 한번 늘 돌아갔던 그 시간으로 돌아가 있었다. 물론, 올리비에 자신은 스스로가 시간을 돌렸다는 사실조차 잊어버린 채였다.

그렇게 돌아간 이번 생에서 올리비에는 처음으로 그 전과는 다른 선택을 했다. 올리비에는 카를에게 다가가 모포를 덮어 주고 깨어날 때까지 그의 곁을 지켰다. 마지막 생의 끝없는 공허함이 올리비에를 그리 이끈 것일지도 모른다.

올리비에가 한 일은 작은 일이었다. 하지만 그 작은 일은 큰 변화를 가져왔다. 카를과 올리비에는 가까워졌고, 그 전의 생에서는 한 번도 얽힌 적 없던 인연들이 얽혔다. 수많은 인생들이 지나가고 나서야 비로소 만들어진 새로운 인생이었지만, 지금의 올리비에에게는 이 생이 유일한 생이었다. 그러니 올리비에에게는 이 관계들이 너무나도 당연하고 자연스러운 것들이었다.

그러니 예기치 못하게 북방의 마녀를 만나 그 수많은 생들을 보고 난 올리비에는 너무나 무서웠다. 지금 자신이 누리고 있는 이 생이 그토록 치열한 과정을 거쳐서 나온 것이었다니, 자신이 당연하게 누렸던 것들이 이토록이나 희박한 확률의 것이었다니.

'시간을 돌릴래?'

그러니 올리비에는 마녀의 물음에 긍정의 말을 할 수가 없었다. 모든 걸 다 버리고, 제 생의 기억들마저 모두 버리고 싶어 하는 그 마음은 얼마나 공허하고 얼마나 괴로웠겠는가. 만약에 시간을 다시 돌렸는데, 자신이 카를에게 다가가지 않는다면? 다시 한번 바이에른과 쉬안 공작가 사이의 치열한 정쟁을 한평생 지속해야 한다면? 위안이 될 어린 시절의 추억 하나 없이 평생을 그렇게 살아야 한다면? 샤샤는, 퀠른은, 라리엘은?

올리비에는 두렵고 또 두려웠다. 카를을 다시 볼 수 있다고 하더라도, 올리비에는 도저히 다시 과거로 돌아갈 수 없었다. 다시 시간을 돌렸다가 예전과 똑같이 평생 치열하고 공허하게 살아야 한다면? 올리비에는 그날 카를을 완벽히 과거 속에 묻으며 마녀에게 거절의 말을 뱉었다.

'아니.'

그토록 많은 생을 포기했건만, 올리비에는 이번 생은 포기하지 못했다.

"샤샤, 나는 정말로 수많은 시간을 돌렸어."

올리비에가 어렵사리 뱉어 낸 말에도 샤샤의 걱정은 짙어지기만 할 뿐이었다.

"바이에른 공녀. 정말로 신관이라도―."

"너는 이상하다고 생각하지 않았어? 나는 이미 몇 번을 죽었어도 이상하지 않을 인생을 살아왔어. 나는 도대체 어떻게 이렇게 살아남을 수 있었던 걸까?"

올리비에의 눈에 눈물이 맺혔다. 생각하는 것만으로도 올리비에는 괴로워했다. 그 수많은 시간들 사이에서 헤매고 또 헤맸던 수많은 자신들. 죽고, 또 죽어 영혼에조차 죽음의 길을 새겨 낸 수백만의 자신들. 어느 것이 처음이고 어느 것이 마지막인지 분간조차 되지 않을 정도로 반복된 인생들이 지금의 올리비에를 이끌었다.

"바이에른 공녀, 그건 공녀가 뛰어나―."

"아니, 내가, 이미 셀 수도 없이 시간을 돌렸기 때문이야."

"공녀, 아무리 생각해 보아도 신관이라도 만나러 가는 것이-."

"제발! 내 이야기를 끝까지 들어. 나는 네게 이 이야기를 하기 위해서 코르키스 남작령을 아무런 대가도 없이 너에게 넘긴 거야. 알아. 코르키스 남작령은 아무런 쓸모도 없는 땅이라는 걸. 하지만 그건 내가 내 힘으로 얻은 유일한 것이었고, 나는 그 유일한 걸 모조리네게 준 거야. 단지, 네게 시간을 돌리는 마녀가 있다는 이야기를 전하기 위해서! 네가 그 마녀들이 있는 곳으로 가도 아무런 의심도 받지 않도록!"

올리비에가 숨 쉴 틈도 없이 말을 뱉어 냈다. 한 번도 보지 못했던 모습에 샤샤는 더 이상 말을 잇지 못하고 입을 살짝 벌린 채 멈추었다. 샤샤는 올리비에의 말을 믿지 않았다. 시간을 돌리는 마녀라니, 그런 것이 있을 리가 없다.

올리비에처럼 총명한 이가 어쩌다가 저런 말도 안 되는 이야기를 열렬하게 믿게 되었을까. 지나간 시간이 너무나도 후회돼서 시간을 돌릴 수 있다는 희망이라도 있어야 살아갈 수 있기 때문은 아닐까. 아마 후회하는 그 지난 시간은 카를과 관련된 것이겠지. 그러니 어떻게 안타깝지 않을 수 있을까. 어떻게 가엾지 않을 수 있을까. 어떻게 애달프지 않을 수 있을까.

"그래서 시간을 돌렸나?"

샤샤가 한층 누그러진 목소리로 물었다. 그의 물음에 올리비에는 우는 것도, 웃는 것도 아닌 그 애매모호한 표정으로 그녀는 고개를 저었다.

"나는 이미 수십 번, 수백 번, 아니, 셀 수 없을 만큼 많이, 시간을 돌렸다. 그런데 이번에는 돌리지 못했다."

올리비에의 눈이 젖어 들었다.

"그렇게나 시간을 돌렸었는데, 내가 너와 네 형과 인연을 맺게 된 것은 이번이 처음이었거든."

올리비에는 눈물을 삼키더니 아무렇지도 않은 듯, 어깨를 으쓱했다.

"믿지 않아도 좋아. 그저, 너도 나만큼 힘들었을 테니까, 너에게 새로운 방법을 하나 알려 주고 싶었을 뿐이야."

허황된 이야기에도 그는 더 이상 비웃음을 짓지 않았다. 다만 그는 다정히 그녀에게 물었다. 북부에서 무슨 일이 있었었는지. 그녀가 만난 마녀들은 어떠하였는지. 마녀들의 이름이 무엇이었는지. 그녀는 심지어 북부의 지도까지 그에게 넘겨주었다. 그녀는 그의 물음에 답하다가 때때로 몸을 돌리고 고개를 젖혀 하늘을 바라보았다. 그렇게도 눈물이 삼켜지지 않으면 그녀는 고개를 숙였다. 그녀는 그에게 눈물을 보이지 않았다. 그래서 그도 그녀가 운 것을 모르는 척했다.

그도 알고 있다. 바이에른 공작가를 공격하기로 결심한 이상 이렇게 그녀와 보내는 시간들이 결국 나중에 모두 독이 되리라는 것을. 그럼에도 불구하고 지금 이 순간, 그에게는 그녀가 바이에른 공녀로 보이지 않았다. 올리비에. 아마 카를도 늘 올리비에를 바이에른 공녀가 아니라 올리비에 그 자체로만 보았겠지. 겉으로는 강인하나 이토록 연약한 그녀를 카를은 사랑했겠지.

수많은 이야기를 뱉어 낸 올리비에의 얼굴이 일그러졌다.

"나는 정말 마귀가 씐 걸지도 몰라."

샤샤는 바로 부정의 말을 해 주지 못했다. 그는 공감하고 안타까이 여겼을 뿐, 그녀의 말을 믿지 못했으므로. 잠깐의 침묵이 영겁보다도 무거워 올리비에는 도망치듯이 테라스를 뛰쳐나갔다.

*   *   *

그 후로 올리비에는 샤샤를 피했다. 샤샤로서도 차라리 그 편이 나았다. 쉬안 공작가와 바이에른 공작가는 끊임없이 서로를 견제했고, 그사이에 수많은 귀족 가문들이 몰락하고 부흥했다. 가끔은 정말 말도 안 되는 일로 한 가문이 몰락하는 일도 있었다. 예를 들면 메를린 남작가의 경우, 메를린 남작 부인이 감히 황후보다 피부를 하얗게 칠했다는 이유만으로 몰락하기도 했다.

그렇게 되도 않는 이유로 서로를 헐뜯고 몰락시키는 모습은 샤샤가 보기엔 퍽이나 좋지 않았다. 올리비에 역시 마찬가지였는지 그녀는 제도로 돌아온 지 반년이 채 지나지 않아서 북방에서 오래 지냈더니 건강이 좋지 않아졌다면서 요양을 청했다.

그녀가 요양지로 청한 곳은 서부 국경 지대에 위치한 프로테스티안령이었다. 잠시 고민하던 황제는 윤허를 내려 주었고, 올리비에는 체자레를 비롯한 소수의 호위만 거느린 채로 프로테스티안령으로 향했다. 올리비에가 프로테스티안령에서 요양을 한다는 소식에 퀠른 경이 함께 떠난 것은 놀랄 일도 아니었다.

퀠른 경과 올리비에가 떠난 지 얼마 지나지 않아 제도로 칼라일로 시집간 유라시아 황녀의 소식이 들려왔다. 남, 여 쌍둥이를 순산했다는 소식이었다.

다음 대 칼리프가 될 가능성이 있는 남아가 태어났다는 소식에 황제는 흡족해하며 연회를 열었다. 하지만 기쁜 마음으로 열린 연회에서 또다시 귀족 몇이 몰락했다. 누군가는 박수 소리가 작았다는 이유로, 누군가는 감히 유라시아 황녀님의 순산을 기뻐하는 자리에 얼마 전 유산한 부정한 몸으로 왔다는 이유로, 누군가는 내내 웃고 있지 않았다는 이유로. 이 말도 안 되는 광경을 보고 있자니 서부로 떠나 버린 올리비에가 참으로 현명했다고까지 느껴질 정도였다.

"언제까지 이런 소모적인 견제를 해야 하는 겁니까?"

하루는 참다못한 샤샤가 쉬안 공작을 찾아가 그리 물었다.

"수많은 가문들이 몰락했지만 어차피 그들은 피라미들뿐 아닙니까. 그깟 소가문 몇 개 몰락시킨다고 하여 바이에른 공작가에 타격을 줄 수 있는 것도 아닌데, 이제 이런 소모적인 일은 그만두는 것이 어떻겠습니까?"

그 말에 쉬안 공작이 인자하게 웃었다.

"샤를로테 데 쉬안. 적의 눈을 가리는 것은 기본 중의 기본이다. 대수롭지 않은 일이라 하여 중요한 것에만 매달리다 보면 적이 너의 의중을 쉽게 알게 되겠지. 쉬안 공작가가 이토록 쓸데없는 견제들을 하고 있으니 바이에른 공작가는 쉬안 공작가의 의중을 쉬이 파악하기 어려울 것이다."

쉬안 공작의 말이 옳았다. 만약 쉬안 공작가가 아무것도 하지 않고 가만히 있으면 바이에른 공작가와 황제는 이상하다고 생각할 터였다. 그러니 그들이 이상하게 생각하지 않도록 적당히 소모적인 견제들을 해 가면서 최후의 일격을 준비하는 것이 옳았다. 비록 그 소모적인 견제들에 수많은 가문이 몰락하더라도.

그 모든 것을 샤샤는 감내할 수 있었다. 이 모든 소모적인 견제가 그와 쉬안 공작가에게 미치는 영향은 크지 않았으므로. 실제로 사교계에서의 소모적인 견제와는 전혀 상관없이 샤샤의 일상은 평화로워 보였다.

그는 매일 아침 라리엘보다 먼저 일어나서 라리엘을 위해 손수 활짝 핀 꽃을 띄운 물동이를 준비했다. 물동이를 준비하고 나면 그제야 샤샤는 제 몸을 단장했다. 단장하는 와중에도 샤샤는 꼭 라리엘의 시녀를 불러 라리엘에게 부족한 것은 없는지 물었다. 드레스든, 보석이든, 식물의 종자든, 그 어떤 것이든 라리엘에게 부족한 것이 있다면 샤샤는 바로 그날 집사에게 그 모든 것을 준비하라 명을 내렸다.

혹 라리엘의 시녀가 말하지 않더라도 제도에서 유행하는 것이 있다면 샤샤는 알아서 집사에게 명령을 내려 라리엘에게 갖다 바쳤다. 집사에게 명령을 내리고 나면 샤샤는 엄선해서 올라온 초대장들을 뜯어보며 갈 곳과 가지 않을 곳을 정했다. 이후에는 제 집무실에서 서류 작업을 하다가 때때로 정원을 내려다보았다. 라리엘이 정원을 좋아했기 때문에 샤샤는 적어도 하루에 한 번은 정원을 거니는 라리엘을 볼 수 있었다. 가끔 여유가 있으면 샤샤는 서류를 덮어 두고 라리엘을 쫓아 정원으로 나가 담소를 나누기도 했다.

그날도 그런 날이었다. 어떤 화창한 날, 여유가 있었던 샤샤는 정원에 나갔고 우연히 라리엘이 눈물방울을 떨어뜨리는 것을 보았다. 그 작은 눈물방울에 어찌나 놀랐는지 샤샤는 한달음에 라리엘의 곁으로 달려가 그녀의 어깨를 감쌌다.

"라리, 무슨 일 있어?"

세상에, 무슨 일이 있기에 라리엘이 우는 거지? 부족한 것 없이 차기 쉬안 공작 부인으로서 누릴 수 있는 것은 부족함 없이 누릴 수 있도록 해 주고 있는데.

"─공자님."

샤샤의 갑작스러운 등장에 라리엘이 황급히 눈물을 훔쳐 내고는 고개를 반쯤 반대로 돌렸다. 대화하기 싫다는 무언의 표현에도 샤샤는 그녀의 곁을 떠나지 않았다. 그녀는 꼭 아이 같아서 쉬이 서러워하다가도 적당한 애정과 관심을 보여 주면 금세 풀려 속에 담은 것을 모두 쏟아 내곤 했기 때문이었다.

"아무 일도 아니니 개의치 마세요."

라리엘의 대답에 쉬안 공자는 적잖이 놀랐다. 저 새침한 말이라니. 무슨 일이 있는 것이 분명했다.

"세상에나, 라리. 왜 그래. 정말로 큰일이 있는 거지?"

"아무 일 없어요."

샤샤는 제법 단호하게 말하는 라리엘의 모습이 낯설었다. 하지만 그는 크게 걱정하지 않았다. 결국 라리엘이 제 마음을 털어놓으리라고 생각했으므로. 하지만 그날은 달랐다. 한참을 샤샤가 라리엘의 곁에서 어르고 달랬지만 라리엘은 끝내 입을 열지 않았다.

"정말 말해 주지 않을 거야?"

"별일이 아니라서 말씀드릴 수가 없어요."

"네가 눈물을 쏟는 일이 어떻게 별일이 아니겠어. 아무리 사소한 일이더라도 네가 눈물을 흘린 그 순간부터 더 이상 사소한 일이 될 수 없어."

그제야 라리엘이 장난스럽게 샤샤를 흘기며 희미하게 미소 지었다.

"정말로 별일이 아니라서 말씀드리려니 부끄럽네요."

쉬안 공자가 입매 양끝을 양손으로 단단히 부여잡고는 진중한 표정을 지었다.

"부끄러워하지 마. 어떤 엉뚱한 말이더라도 진지하게 들을 테니까."

그래도 한참 우물쭈물거리던 라리엘이 어깨를 으쓱였다.

"그냥, 올해에는 꽃이 좀 덜 피는 것 같아서 속상해서 그랬어요."

라리엘의 말에 샤샤는 그 자리에서 핑그르르 한 바퀴 돌았다. 하지만 동서남북 어디를 보아도 쉬안 공자의 눈에는 꽃이 흐드러지게 피어 있는 정원밖엔 보이지 않았다. 하지만 꽃에 관심이 많은 라리엘이 덜 피었다면 덜 핀 것이겠지.

"꽃이 덜 피었다니, 왤까? 흙을 한번 갈아 줘 볼까?"

라리엘이 고개를 저었다.

"음, 그럼 물을 더 자주 줘 볼까?"

역시 라리엘은 고개를 저었다.

"그럼 정원사를 더 고용할까?"

라리엘은 다시 고개를 저었다.

"아니에요. 늦게 피는 꽃이 원래 가장 탐스럽고 아름답다고 들었어요. 어느 꽃이든 제철은 있는 법이니 항상 아끼고 가꿔 주면 언젠가는 꽃을 피워 내겠지요. 그러니 시간이 꽃을 활짝 피워 줄 거예요."

라리엘이 몸을 틀어 샤샤를 바로 바라보았다. 그를 바라보며 그녀가 천천히 얼굴에 미소를 그려 냈다.

"공자님도 그리 생각하시지요?"

라리엘은 샤샤의 미소를 바랐다. 과연 쉬안 공자는 라리엘의 뜻대로 미소 지으며 고개를 끄덕였다.

*　*　*

평화로워 보이는 일상은 꽤 오랜 기간 지속되었다. 서부의 할라사 부족과 유라시아 황녀가 시집간 칼라일 부족 간에 소소한 마찰이 있다는 소식이 지속적으로 제도로 들려오기는 했지만 역시나 샤샤의 일상과는 크게 관계가 없었다. 다만 그 소식을 들을 때마다 왜인지 모르게 찝찝한 기분이 들기는 했지만. 마치 잡을 수 없는 날파리가 내내 얼굴 근처를 날아다니는 것만 같은 그런 찝찝함이.

찝찝함을 느끼는 사람은 샤샤 한 사람이 아니었다. 쉬안 공작도 서부에서 무언가 일어나고 있다는 사실을 일찍부터 감지하고 있었다. 어느 새벽, 샤샤는 조용히 아버지의 부름을 받았다.

"왔느냐."

주먹만 한 자그마한 궤새─소식을 전해 주는 새─가 쉬안 공작의 열어젖힌 창가에 앉았다. 하늘과 똑같은 푸른빛을 띠던 궤새의 깃털은 창틀에 앉은 지 얼마 지나지 않아 창틀의 색과 비슷한 깊은 갈색으로 변했다. 궤새는 보호색을 가지고 있는 데다가 몸집이 작아 은밀히 서신을 주고받기에 제격인 새였다.

이미 궤새를 통해 여러 번 쪽지를 주고받은 것인지 책상 위에는 자그마한 쪽지들이 이미 여러 개 펼쳐져 있었다.

"모두 서부에서 보내온 정보들이다. 보겠느냐?"

샤샤는 자신에게 가장 가까이에 있는 쪽지부터 집어 들었다.

「칼라일 부족이 제국의 수족이 되어 서부 부족들을 감시하고 있다는 소문이 파다합니다.」

「칼라일 부족에 대한 서부 부족들의 경계가 나날이 날카로워지고 있습니다.」

「할라사 부족의 높은 사람이 서부 국경의 사내 몇을 높은 값을 주고 고용하고 있다는 소문이 돌고 있습니다.」

「사람을 하나 잠입시켰습니다.」

「칼라일 부족의 옷을 입고 할라사를 습격하는 임무를 받았습니다.」

「칼라일의 칼리 간의 불화가 심각한 수준에 이른 것 같습니다.」

수많은 쪽지 중 몇 개에는 올리비에와 퀠른 경의 이야기가 적혀 있기도 했다.

「바이에른 공녀가 변복을 하고 성을 나가는 일이 많습니다.」

「바이에른 공녀와 퀠른 경이 함께 사냥을 나갔습니다.」

「바이에른 공녀와 퀠른 경이 밤나무 묘목을 사들이고 있다고 합니다.」

「바이에른 공녀의 정예병 중 체자레라는 자가 있는데, 무위가 평민 출신이라는 것이 믿겨지지 않을 정도로 뛰어납니다.」

아버지가 따로 지시를 내린 것인지 올리비에에 관한 이야기는 사소한 것까지도 시시콜콜하게 적혀 있었다.

"어떠냐?"

쉬안 공작이 방금 궤새에게서 풀어낸 쪽지를 책상의 가장 끝에 놓으며 시선을 돌렸다. 공작은 샤샤가 읽던 쪽지를 힐끔 보고는 샤샤 앞에 놓인 쪽지들의 순서를 조금 조정했다.

"곧, 할라사 부족과 칼라일 부족의 전쟁이 시작될 것이다. 제국도 두 부족의 전쟁에서 자유로울 수는 없다. 원래도 비옥한 땅이 아니었던 서부는 전쟁으로 인해 급속도로 황폐화될 테고, 먹을 것이 부족해진 군소 부족들이 서부 국경을 침략하게 될 테니 말이다."

"제국은 칼라일 부족의 편에 서겠군요."

애초에 유라시아 황녀를 칼라일 부족으로 보냈을 때부터 제국이 누구의 편에 설지는 정해진 일이었다.

"애초에 할라사 부족의 힘이 너무 강대했으니 이참에 꺾어 버리면 제국에게도 나쁠 것이 없지요."

쉬안 공작은 고개를 저었다.

"샤를로테 데 쉬안. 강자가 사라진 곳에는 언제나 새로운 강자가 나타나기 마련이다. 할라사 부족이 약해지면 아마도 칼라일 부족이 강해지겠지. 그때에는 어떻게 할 것이냐?"

"제국의 편이 되어 줄 또 다른 부족을 찾아야겠지요."

"서부 지대에서는 할라사 부족과 칼라일 부족을 제외하면 모두 그 세가 크지 않다. 칼라일을 견제할 부족을 찾는 것은 어려울 것이다."

쉬안 공작의 말이 옳았다. 할라사 부족과 칼라일 부족을 제외하고는 서부에서 세를 키우고 있는 부족이 마땅히 없었다. 할라사 부족이 멸망한다면 제국의 서쪽은 칼라일 부족이 모두 차지하게 될 것이 자명했다.

"할라사와 칼라일의 전쟁이 오래도록 계속되게 만들어야겠군요."

"정답이다. 이 전쟁에서는 누구도 승리해서도, 누구도 패배해서도 안 된다."

쉬안 공작이 오랜 전쟁을 예고했다. 이번 전쟁은 한번 시작하면, 그 누구도 끝낼 수 없으리라고.

그리고 그해 겨울, 전쟁이 시작되었다.

제국, 그리고 쉬안 공작가는 적어도 겉으로 보기에는 칼라일을 지원했다. 그러니 대부분의 사람들은 금방 칼라일 부족의 승리로 전쟁이 끝날 것이라고 예상했다.

봄이 지나갔다. 하지만 전쟁은 계속되었다.

여름이 되자 서부에는 모래바람이 불었다. 사나운 모래바람에 전쟁은 잠시 소강상태로 접어들었다. 같은 여름, 쉬안 공작가의 정원에는 꽃이 피었다. 그해에도 라리엘은 꽃이 별로 피지 않았다며 서글퍼했다.

여름이 지나갔다.

가을에는 전쟁 때문에 궁핍해진 할라사 부족의 민간인과 탈영병들이 제국의 서쪽 변경을 침략했다. 이로써 할라사 부족과 제국은 공식적으로 전쟁을 시작했다. 황제는 서부 국경 프로테스티안령에 군대를 보냈다. 프로테스티안령에 머물고 있는 퀠른 경과 바이에른 공녀에게도 자연스레 출정 명령이 내려졌다.

가을이 지났다.

겨울에도 전쟁은 계속되었다. 몇 명이 전사하고, 몇 명이 부상당했는지, 전황이 어떠한지, 제도에는 쉴 없이 소식이 들어왔다. 그리고 전쟁은 끝나지 않았다.

겨울이 지났다.

쉬안 공작의 예고대로 전쟁은 끝날 기미가 보이지 않았다. 그래서 샤샤는 앞으로도 이런 해가 몇 번이고 반복되리라고 생각했다.

작년과 같을 것이라고 예상했던 봄이 다시 찾아왔다. 그리고 제도에 평소와 같이 서부의 소식이 들려왔다.

"바이에른 공녀가 할라사 부족의 땅을 점령하였습니다."

예상치 못했던 소식이었다. 하지만 그다지 놀랄 만한 소식도 아니었다. 본디 전쟁을 하다 보면 전선이 움직이는 것은 드문 일이 아니었으니.

그리고 며칠 지나지 않아 아버지의 집무실로 궤새가 서부에서 쪽지를 가지고 왔다. 아버지는 쪽지를 훑어보고는 신경질적으로 쪽지를 구겼다.

"서부 국경에서는 바이에른 공녀를 '이두나'라 일컫고 있다는구나. 황실의 핏줄도 아닌 자가 이두나라 일컬어지다니, 흔치 않은 일이구나."

쉬안 공작의 말이 옳았다. 이든과 이두나의 신화는 바르디아 제국의 건국 신화, 달리 말하면 이든과 이두나는 바르디아 제국의 태조(太祖)나 마찬가지였다. 그러니 현세에 이든과 이두나가 다시 나타난다면, 이든과 이두나의 피를 받은 황실에서 나타나는 것이 마땅했다.

물론, 과거에도 황실과 전혀 관계가 없으나 이든이나 이두나의 이름을 받은 자들이 있기는 하였다. 특히, 전쟁이 끊이지 않던 시기에는 더욱 자주 있었다. 그러니 올리비에가 이두나의 이름을 받게 된 것도 이상하지는 않았다. 올리비에만큼 전쟁에서 공을 세운 이도 드물었으니. 물론, 황실에서는 달갑게 여기지 않겠지만.

봄이 지났다.

그리고 작년과 마찬가지로 다시 여름이 찾아왔다. 서부에는 모래 바람이 불었고, 라리엘은 피지 않는 꽃을 보며 서글퍼했고, 샤샤는 라리엘을 위로했으며, 올리비에는 할라사 부족의 땅을 점령하고 있었으며, 제도에는 서부의 소식이 날아 들어왔다.

"칼로하 몰타가 인질로 잡혔다가 사살당했습니다."

칼로하 몰타. 유라시아 황녀가 낳은 딸이었다. 역시 예상치 못했던 소식이었으나 놀랄 만한 소식은 아니었다. 본디 전쟁 중에 부족장의 친인척이 인질로 잡혀 죽는 일은 흔한 일이었으니.

그것으로 여름이 지날 줄 알았다. 하지만 그해 여름은 길었다.

"할라사 부족이 멸망했습니다."

한 부족이 멸망할 정도로.

믿기지 않는 소식이었으나, 사실이었다. 할라사 부족은 여름의 모래바람과 함께 흔적도 없이 사라져 버렸다. 어떻게 할라사 부족이 멸망했는지는 그 누구도 명확하게 알지 못했다. 다만 거리에는 올리비에가 소수의 정예 부대만을 데리고 부족을 몰살시켰다는 소문이 들었다.

정작 전공을 세운 당사자인 올리비에는 침묵을 지켰다. 체자레를 비롯한 그녀의 정예 부대원들 역시 침묵을 지켰다. 다만, 체자레는 아버지에게만은 쪽지로 답했다.

「거리의 소문 대부분이 사실입니다. 바이에른 공녀는 놀라울 정도로 용맹하며 영웅적입니다. 그녀와 같은 장수가 제국에 있다는 것은 제국의 큰 복입니다.」

쉬안 공작은 체자레의 쪽지를 구겨 버렸다. 잔뜩 구겨진 쪽지를 손에 쥐고, 쉬안 공작은 눈을 감았다.

"내 체자레가 올리비에를 이리 보게 될 것을 알았더라면, 체자레에게 바이에른 공작가가 어떤 가문인지 미리 일러 줄 것을."

"체자레는 우리 가문과 바이에른 공작가의 관계를 모르고 있는 겁니까?"

"다른 이들이 아는 만큼만 안다."

바이에른 공작가가 카를의 죽음에 일조했다는 사실은 모른다는 말이었다. 카를의 죽음으로 인해 쉬안 공작이 바이에른 공작가를 얼마나 증오하는지 모른다는 뜻이었다. 아무것도 모르니, 체자레는 천진하게도 한 번 더 올리비에를 칭송하는 쪽지를 보내왔다.

「그녀는 타고난 지배자입니다. 그녀는 드높은 긍지를 타고났으며, 신의를 지키며, 겸양을 알고, 모든 것을 굽어볼 줄 압니다.」

역시나 쉬안 공작은 바로 쪽지를 구겨 버렸다.

"백지의 눈으로 보면 올리비에 경이 그리 보인단 말인가."

쉬안 공작이 나직이 탄식했다. 사실 쉬안 공작도 머리로는 알고 있었다. 올리비에가 얼마나 대단한 사람인지. 제아무리 무가에서 태어났다고는 하나, 거리에서 말하는 정도의 무위는 어지간한 노력이 있지 않고는 가질 수 없는 것이었다. 노력과 능력도 감탄할 만했지만 쉬안 공작은 올리비에의 성품 역시 높이 샀다.

옛날, 아직 카를이 살아 있던 아주 먼 옛날, 올리비에가 카를과 친해져서 쉬안 공작저를 드나든 지 얼마 지나지 않았을 무렵, 쉬안 공작은 우연을 가장해 회랑을 지나는 올리비에 앞에 나타난 적이 있었다.

'바이에른 공녀, 오늘도 초대받았나?'

쉬안 공작은 자신보다 한참 작은 올리비에를 날카로이 내려다보았다. 어지간한 어린아이라면 그 눈빛에 얼어 제대로 된 문장은커녕 단어조차 내뱉지 못할 정도로 날카로운 눈빛이었다. 하지만 올리비에는 그런 쉬안 공작에게 말갛게 웃어 보였었다.

'공작 각하께서는 제가 쉬안 공작저를 방문하는 것이 탐탁지 않으시지요?'

그리 말갛게 웃는 얼굴로 이리 당돌한 말을 하리라고는 쉬안 공작도 예상치 못했었다.

'초대받은 몸이지만, 공작 각하께서 저를 탐탁지 않게 여기시니 쉬안 공작저의 모든 것이 저를 밀어내는 것만 같습니다. 공작 각하, 저를 조금만 어여삐 봐 주시지요.'

'어찌하여 그래야 하지?'

되묻는 쉬안 공작의 얼굴은 처음보다도 더 차가웠다. 쉬안 공작의 얼굴이 차가운 만큼, 올리비에는 더욱 말갛게 웃었다.

'저는 바이에른 공작가와 쉬안 공작가가 한마음 한뜻으로 널리 세상을 이롭게 하기를 꿈꾸고 있으니까요.'

티 한 점 묻지 않은 어린아이처럼, 올리비에가 환한 얼굴로 말했다. 쉬안 공작은 미동도 하지 않고 그런 올리비에를 응시했다. 아주 오래전, 제 젊은 시절이 생각난 탓이었다. 한순간, 쉬안 공작은 올리비에가 바이에른 공작가의 사람이 아니었으면 좋았을 것이라고 그리 생각했다.

'네 꿈이 가히 순수하구나.'

가히 순수한 그 꿈에, 쉬안 공작도 아주 잠시나마 꿈을 꾸었었다. 그래서 올리비에가 쉬안 공작저에 오는 것을 허락했다. 하지만 이미 어린 시절에 깨달았듯, 순수한 꿈은 현실 앞에서는 아무런 의미도 없는 것이었다. 올리비에의 뜻이 곧고 아름다우면 무얼 하나, 바이에른의 목표는 그렇지 아니한데. 그러니 올리비에 그녀 홀로는 완벽한 사람일지 모르나, 바이에른가의 올리비에는 완벽할 수 없었다.

그러나 지금, 제도의 복잡한 사정을 떠나 올리비에 그녀 자체로서 있을 수 있는 전장에서, 올리비에는 참으로 빛날 것이었다. 그러니 체자레가 이리 올리비에에게 큰 감흥을 받은 것도 이상한 일은 아니었다.

체자레뿐이 아니었다. 서부에 있는 다른 정보원들의 소식에 따르면 올리비에를 칭송하는 이들이 한둘이 아니라고 했다.

「대부분의 사람들이 그녀를 이두나로 일컫고 있습니다.」

쉬안 공작은 올리비에가 전장으로 갈 때부터 일이 이렇게 될 수도 있다고, 어느 정도 예상하고 있었다. 그가 겪은 올리비에는 충분히 뭇사람을 사로잡을 수 있을 만한 사람이었으니까. 역시나 쉬안 공작의 안목은 틀리지 않았다. 올리비에는 자연스레 이두나의 이름을 얻었다. 그래서 쉬안 공작은 만족스레 웃었다.

"바이에른 공작가는 곧 후계를 잃겠구나."

황제는 올리비에에 대한 이야기를, 올리비에를 이두나라 일컫는 거리의 소문을 듣자마자 대로했다.

"어찌 신하 된 자가 신이 될 수 있단 말인가. 올리비에 경의 공은 치하할 만하나, 칭송이 과하구나."

그래도 처음에는 제법 점잖게 경고를 하는 것으로 끝났다. 하지만 황제의 경고에도 올리비에를 향한 거리의 칭송은 기묘할 정도로 멈출 줄을 몰랐다. 사람들이 올리비에를 칭송하면 칭송할수록, 올리비에는 점점 더 위험해졌다.

사람들의 칭송이 정점을 향해 가던 어느 날, 한 화공이 경애의 뜻을 담아 바이에른 공작가에 올리비에를 그린 화폭을 진상했다. 소식은 무서우리만큼 빠르게 사교계에 퍼져 나갔다. 바이에른 공작은 이름도 없는 화공이 그린 별 의미 없는 그림이라면서 그림을 보여 주지도, 별다른 해명을 하지도 않았다. 아마, 무관심하게 대하면 금방 소문이 사그라지리라 기대한 것이었을 터였다.

하지만 호기심 탓인지 소문은 사그라질 기미를 보이지 않았고, 제 손목이 아깝지 않은 몇몇의 화공들이 올리비에의 그림을 그리기 시작했다. 다만, 황제를 의식한 탓인지 그림들의 크기는 대부분 매우 작았으며, 거래 또한 비밀리에 이루어졌다.

샤샤 역시, 사람을 시켜 비밀리에 올리비에의 그림을 산 사람 중 하나였다. 겨우 손바닥만 한 크기의 작은 그림은 황금을 녹인 것 같은 강렬한 금빛과 산 사람의 피를 칠한 듯한 붉은빛으로 가득 차 있었다. 그림 속 올리비에는 사체가 즐비한 전장에서 검을 바닥에 꽂고, 한쪽 무릎을 꿇은 채 부상당한 병사를 품에 안고 있었다. 참으로 기묘한 그림이었다. 참혹한 현장 속에서도 살아남은 올리비에의 강인함과 잔인함이 느껴지면서도, 병사를 안고 있는 모습에서는 성모 (聖母)와도 같은 자애로움이 느껴졌다.

참으로 올리비에다운 그림이었다. 잠시 그림 속 올리비에를 쓰다듬던 샤샤는 이내 카를의 무덤 근처에 작은 구멍을 파, 그림을 묻어 주었다. 카를이 이걸 볼 수 있으면 좋았을 텐데.

올리비에의 그림은 시간이 가면 갈수록 더욱 많이 퍼져 나갔다. 그 소식에 쉬안 공작은 기꺼워했다.

"어쩌면 이번 기회에 바이에른 공작가를 없앨 수도 있겠구나."

쉬안 공작의 생각은 옳았다. 올리비에를 향한 황제의 분노는 나날이 거세어져만 갔으니, 조금만 충동질하면 올리비에는 물론 바이에른 공작가를 없애 버릴 수도 있는 좋은 기회였다. 다행히, 아니 어쩌면 불행히도, 바이에른 공작은 상황이 그대로 흘러가도록 두지 않았다. 바이에른 공작은 황제와 대귀족들이 모인 황궁 대회의 시간에 황제에게 죄를 청했다.

"신하 된 자는 감히 황제 폐하의 그림자도 밟아서는 안 되는 법입니다. 하지만 소신의 미욱한 딸이 감히 큰 무례를 범하였으니 폐하께옵서는 엄히 벌해 주십시오."

죄를 청하는 바이에른 공작의 말에 황제는 처음으로 어렴풋이 만족스러운 미소를 지었다.

"어찌 죄를 짓지 않은 자에게 벌을 준단 말이냐. 바이에른 공녀는 할라사 부족과의 전쟁의 영웅이며 최고의 공신이다. 지은 죄는 없이 공만 크거늘, 어찌 벌을 준단 말이냐."

황제는 너그러이 말했지만 모두가 황제의 본심을 알고 있었다. 황제 자신이 바이에른 공녀에게 벌을 주는 것은 모양새가 좋지 않으니 누군가가 나서서 바이에른 공녀를 벌하기를 바라는 그 마음을. 그리고 놀랍게도, 올리비에의 친부인 바이에른 공작이 직접 황제의 가려운 곳을 긁어 주었다.

"폐하께서 아무리 너그러이 보아주시더라도 소신의 딸이 불경을 저지른 것은 부정할 수 없는 사실입니다. 이에 소신의 딸을 향후 5년간 영지에 유폐하고자 하오니 폐하께오서는 부디 윤허하여 주십시오."

황제는 짐짓 너그러운 척 공작을 만류했고, 공작은 끝없이 벌을 내려 달라 청했다. 종국에 가서는 황제는 못 이기는 척 공작의 청을 받아들였다.

"공작의 뜻이 이리 굳건하니 내 어찌 막을 수 있겠는가. 공작의 뜻대로 하게."

그리 말하는 황제는 마치 뙤약볕에 드러누운 배부른 고양이 같았다. 황제가 그리 윤허하는 순간 샤샤는 올리비에의 정치적 생명이 끝났음을 직감했다. 제아무리 한때 드높은 이름을 가졌었다 한들, 잊혀지는 건 순간이었다. 영지에 유폐되어 죽은 듯 살아가다 보면 분명 오래지 않아 모두가 올리비에를 잊을 것이었다. 몇 년 뒤 황제의 진노가 풀리면 올리비에는 정계로 복귀할 수도 있을 터였다. 하지만 황제의 진노를 산 올리비에를 가까이할 귀족이 얼마나 있겠는가. 바이에른 공작위를 물려받는다 하더라도, 지금의 공작만큼의 권한은 누리지 못할 터였다. 아니, 어쩌면 공작이 아니게 될 수도 있을 터였다. 작위가 강등당하는 일이야 그리 드문 일은 아니었으니. 잊힐 올리비에가 안타까워 샤샤는 홀로 침울했다.

올리비에는 정말로 제도에 한 발자국도 들이지 못하고 바로 바이에른 공작가의 영지로 이송되었다. 들리는 소문에 의하면 퀠른 경과 올리비에의 정예병들이 바이에른 공작 성의 문을 몇 날 며칠이나 두드렸지만 올리비에의 머리카락 한 올도 보지 못했다고 한다. 바이에른 공작은 강경했다. 그는 정예병들의 항명에 몹시 노여워하며 그들 모두를 바이에른 공작가의 적(籍)에서 지워 버렸다. 그로써 올리비에는 그녀의 강력한 지지 기반이었던 정예병을 한순간에 잃어버렸다.

그 소식에 황제가 기뻐하는 것은 당연한 일이었다.

"바이에른 공녀가 고락을 함께한 병사들을 잃어버렸으니 상심이 크겠구나. 내 위로의 의미로 바이에른 공녀에게 드레스를 짓기에 좋은 귀한 옷감을 보내야겠구나."

말로는 위로를 했으나 뜻은 참으로 저열했다. 어린 나이부터 평생을 전장에서 굴러오던 자에게, 그것도 얼마 전 정예병을 잃은 자에게 드레스를 지어 입을 옷감을 보낸다는 사실만으로도, 위로라기보다는 조롱에 가까웠다. 심지어 올리비에는 유폐되어 있기 때문에 드레스를 지어 입어 보아야 연회에 참석도 할 수 없었다. 저열하고도 저열한 조롱에도 바이에른 공작은 한없이 감격한 얼굴로 황제에게 감사를 표했다.

"폐하의 은덕이 하해와 같습니다."

그 모습이 보기 좋은 것은 아니었지만, 샤샤는 바이에른 공작의 행동을 이해했다. 바이에른 공작가를, 올리비에를 살리기 위해서는 바이에른 공작도 어찌할 수 없었을 것이니. 납작, 더욱 납작하게 엎

드려서 황제의 눈에서 벗어나지 않아야 황제가 올리비에를 향한 노여움을 풀 것이고, 그래야 올리비에가 살아날 수 있을 것이니. 물론, 그 납작 엎드리는 과정 중에 올리비에의 정치 생명이 끝장나게 생긴 것은 참으로 안타까운 일이었지만.

샤샤는 올리비에의 이름이, 이두나의 이름이 금방 거리에서 사라지리라고 예상했다. 분명 그러는 것이 순리에도 맞았다. 하지만 애석하게도 올리비에의 이름도, 이두나의 이름도 한 달이 지나도록 거리에 울려 퍼졌다.

차라리 그것뿐이었으면 괜찮았을지도 모른다. 하지만 어느 순간부터 사람들은 황제의 옹졸함을 비난하기 시작했다.

"배포가 개미 허파보다도 작으니 잘난 신하는 품을 수가 없나 보지."

"순리대로 세바스티앙 황태자 전하가 보위에 올랐더라면 바이에른 공작도 정당한 포상을 받았을 터인데 안타깝구만."

"생각해 보면 말이네, 세바스티앙 황태자 전하의 죽음도 썩 석연치 않았네."

"황제의 비루한 성정을 생각하면, 어쩌면 세바스티앙 황태자 전하의 죽음에 황제가 연루되어 있을지도 모르는 일이지."

"그러게. 황제의 성격을 생각해 보면 그러고도 남지."

한창 숙덕거리던 이들 중 하나가 목소리를 한층 더 낮추며 운을 떼었다.

"사실 내 들은 소문이 있는데 말이네, 세바스티앙 황태자 전하에게 아들이 하나 있었는데, 세바스티앙 황태자 전하가 전사하고 나서 황제가 그 아들을 죽이려 했다는 소문을 들었네."

"나도 옛날 남진 전쟁에 참전했던 은퇴 병사한테 이야기를 들은 게 하나 있는데 말이야, 전 황태자 전하와 솔리시에 여백작 사이에 아이가 하나 있었다고 하더구만."

"그게 정말인가? 얼마 전에 서부에서 온 상인 중 하나가 전 황태자 전하와 똑 닮은 젊은이를 봤다며 신기해하던데―."

소름 끼치는 침묵이 잠시 사람들 사이에 맴돌았다. 그 침묵에 갑작스러운 두려움이라도 인 건지, 한 사람이 굳은 얼굴에 어색한 웃음을 띠며 이야기를 마무리지었다.

"설마― 어디까지나 다 소문일 뿐 아닌가."

그렇게 소문일 뿐이라면서도, 이야기는 참 빨리도 퍼져 나갔다. 처음에는 올리비에를 벌한 것에 대해서만 비난하던 사람들은 점점 더 황제를 향한 비난의 수위를 높여 갔다. 수십 년도 지난 세바스티앙 전 황태자의 죽음, 그리고 존재도 명확하지 않은 전 황태자의 아들에 대해까지.

황제는 처음에는 분노했다. 하지만 마냥 분노만 하기에는 상황이 좋지 않았다. 결국 황제는 얼마 지나지 않아 쉬안 공작을 황궁으로 불러들였다. 황제와 독대를 하고 온 쉬안 공작은 그날 밤, 바로 쉬안 공자를 불렀다.

"곧 올리비에 경이 제도로 돌아올 것이다."

참으로 안타까운 일이었다. 샤샤는 저도 모르게 낮은 탄성을 내뱉었다.

"황제에 대한 비난의 수위가 높아져 가니 황제로서는 그녀의 유폐를 풀어 주어 자신의 관대함을 보여 줄 수밖에 없었던 것이겠군요."

그렇게 올리비에를 제도로 불러와 진짜로 관대함을 보여 주면 좋으련만. 그런 일은 일어나지 않을 것이었다.

"제도로 불러오면 뭐하겠습니까. 어차피 황제의 눈 밖에 났으니 올리비에 경은 사교계에 초대받지 못할 것 아닙니까. 그저 유폐당하는 장소가 바이에른 공작령에서 제도로 바뀐 것뿐이겠군요."

쉬안 공작은 무언가 더 말하기를 기다린다는 듯 잔잔한 미소를 띤 채 샤샤를 바라보았다. 하지만 더 이상 할 말이 없었던 샤샤는 그저 묵묵히 쉬안 공작을 바라볼 수밖에 없었다. 한참이 지나도 샤샤가 아무 말을 하지 않자 쉬안 공작이 천천히 입을 열었다.

"샤를로테 데 쉬안, 너는 아직 더 많은 것을 보아야겠구나."

＊　＊　＊

올리비에는 유폐당한 지 3개월도 채 지나지 않아 황제의 부름을 받자마자 제도로 올라왔다. 물론, 전쟁 영웅에 대한 승전식 같은 것은 전혀 준비되지 않았다. 하지만 그녀가 제도로 발을 들이자마자 몇몇의 시민들이 자발적으로 건물 위에서 꽃과 색색깔의 종이를 뿌렸다. 꽃과 종이들이 올리비에가 탄 마차 위로 무겁게 내려앉았다.

영웅을 향한 축복이로되, 당사자에게는 저주와도 같았다.

올리비에는 제도로 들어오자마자 공작저에 들르지도 않고 바로 황궁으로 향했다. 황궁에 들어간 올리비에는 황제와 독대를 했다고 한다. 때문에 샤샤도 황제와 올리비에가 정확하게 어떤 말을 주고받았는지는 아는 바가 없었다. 들리는 소문으로는 올리비에가 이마를 찧어 가며 황제의 자비를 구했다는 말이 있었지만, 그 누구도 정확한 사실은 알지 못했다.

황제는 올리비에와의 독대 이후 얼마 지나지 않아 황실 주체의 사냥 대회를 개최할 것이라고 선포했다. 초겨울에 사냥 대회라니, 참으로 이례적인 결정이었다.

사냥 대회 개최 소식에 쉬안 공작은 허허로이 웃었다.

"땅에는 살얼음이 껴 있고, 산세는 험하며, 배를 곯는 짐승들은 사나울 것이니 참으로 어려운 사냥이 되겠구나. 누가 죽어도 이상하지 않겠어."

분명, 그 '누가' 죽어도 이상할 일이 없을 터였다. 어울리지 않는 초겨울의 사냥은 짐승을 사냥하기 위한 것이 아니었다. 사람, 황제의 눈 밖에 난 사람, 올리비에. 그녀가 황제에게 진상될 가장 귀한 사냥 감이 될 터였다.

'아니야. 황제가 그렇게 뻔한 수를 쓰겠어? 불의의 사고로 올리비에가 죽어 버리면 황제가 가장 의심을 받을 텐데.'

샤샤는 잠시 그리 부정도 해 보았다. 하지만 쉬안 공작은 샤샤의 부정을 단호하게 깨뜨렸다.

"올리비에 경이 죽겠구나."

쉬안 공작이 한 글자씩 뱉어 낼 때마다 샤샤는 막다른 골목으로 밀어 넣어지고 있는 것만 같은 기분이 들었다. 부정하고 싶었다. 인지하고 싶지 않았다. 그러나 쉬안 공작은 단호했고, 샤샤는 인정하고, 인지해야만 했다.

올리비에가 죽는다.

'안 돼.'

짧고도 즉각적인 진심이 샤샤의 속을 울렸다. 물론, 샤샤도 머리로는 알고 있었다. 머리로는 그 누구보다도 잘 알고 있었다. 진정한 복수를 위해서는 황제도 바이에른 공작가도 모두 파멸해 버려야 한다는 것을. 그리고 올리비에는 바이에른 공작가의 미래 그 자체라는 사실을. 그러니 진실로 바이에른 공작가를 파멸시키려면 올리비에를 파멸시켜야 했다. 샤샤는 바이에른 공작가를 철저하게 파멸시키기를 원하면서도 올리비에만은 무사하기를 바랐다. 논리적으로도, 현실적으로도 전혀 말도 안 되는 이야기였다. 그럼에도, 샤샤는 그리 원했다.

차라리 올리비에가 전사(戰死)라도 해 버렸다면 나았을지도 모른다. 그건 샤샤가 어찌할 수 없는 일이니까.

아니, 차라리 이번 사냥 대회에서 올리비에가 위험하다는 사실을 몰랐더라면 나았을지도 모른다. 그랬더라면 이 역시 샤샤가 어찌할 수 없는 일이니까.

하지만 애석하게도 샤샤는 더 이상 스스로를 위한 변명을 할 수 없었다.

*　　*　　*

제도 주변은 평탄한 평야가 대부분이었던 터라, 사냥 대회를 위해서는 제도에서 제법 말을 달려야만 했다. 이번에는 반나절 정도 말을 달려야 다다를 수 있는 레포텐령의 리비제 산이 선택되었다. 리비제 산은 몇십 년 전까지만 해도 제국—당시에는 왕국—의 남쪽 경계를 이루는 산이었다. 국경이 될 정도의 산이었으니, 그 험함은 대충 짐작할 만했다.

사냥 대회의 날이 밝았다. 각 가문의 명예를 대표하는 이들이 한 명씩 출발선에 섰다. 바이에른 공작가를 대표하는 올리비에와 쉬안 공작가를 대표하는 샤샤가 귀족들의 한가운데에 섰다.

올리비에의 말은 잔등에 붉은색 긴 공단을 드리우고 있었는데, 공단에는 바이에른 공작가의 상징인 창과 검이 수놓아져 있었다. 바로 옆에 서 있는 쉬안 공자의 등잔에는 만개한 백합이 수놓아진 짙푸른 공단이 등잔에 드리워져 있었다. 아마 평소라면 말 등잔에 드리워진 공단은 죄다 청색 아니면 적색이었을 터였다. 하지만 황제의 분노를 의식한 탓인지 올리비에와 비슷한 붉은 계열의 공단을 드리운 자는 아무도 없었다. 청색과 녹색의 파도 속에서 올리비에만이 홀로 또렷한 붉은색을 띠고 있었다.

마치 깊은 바다에 떨어진 한 방울의 피처럼.

올리비에가 홀로 고립된 것이 그리 즐거운지 황제의 얼굴은 근래에 보기 드물게 부드러웠다. 출발선에 선 귀족들 등 뒤에서 황제가 짧은 개회사를 시작했다.

"피가 끓는 전사들 앞에서 긴 개회사는 필요 없겠지. 모두 가라. 가서 짐을 흡족하게 할 가장 귀한 사냥감을 가져오너라."

귀를 관통하는 것 같은 째지는 피리소리와 함께 출발선에 서 있던 말들이 일제히 내달리기 시작했다. 매번 그랬듯이 수많은 말들이 발을 구르는 바람에 서로 뒤엉켜서 넘어지는 말들이 속출했다. 오죽하면 출발선과 조금 떨어진 그늘 아래서 대기하고 있던 낙마자의 가족들과 의원들이 우르르 달려 나오는 소리와 말들이 발 구르는 소리가 비슷하게 들릴 정도였다. 온통 뒤엉켜 넘어지는 소리에 샤샤는 내심 기대했다. 그래, 올리비에, 여기서 넘어져 버려. 어차피 매번 말들끼리 뒤엉켜 넘어지는 일은 있었으니까. 잠깐 조롱을 받기는 하겠지만

적어도 오늘 죽지는 않을 거 아니야. 가족들과 의원의 손아래에서
적어도 오늘은 평안할 거 아니야.

'올리비에도 머리가 있다면, 제 목숨이 위험한 줄 안다면, 일부러
라도 넘어졌을 거야.'

하지만 그리 소망하는 샤샤의 지척에서 붉은빛을 띤 짧은 금발이
휘날렸다.

'멍청한 것.'

뭐가 그리 잘났는지 홀로 앞서 나가는 올리비에를 샤샤는 죽을힘
을 다해서 쫓았다. 하지만 제아무리 샤샤가 말을 즐겨 탄다 하더라
도 전장을 누비던 올리비에와 비견할 수는 없었다. 어느새 벌어지는
거리에 샤샤는 초조해졌다.

올리비에는 작정하고 홀로 산을 누비려는 듯 속도를 늦추지 않은
채로 좁고 가파른 길만을 골라 내달렸다. 까딱 잘못했다가는 말과
함께 구를 법한 지형에 샤샤는 혀를 내둘렀다.

'잘못하다가는 올리비에 살리겠다고 내가 말이랑 함께 죽겠네.'

정말이지 한순간이라도 한눈을 팔았다간 죽기 딱 좋았다. 난생처
음 해 보는 극한 승마에 자그마한 욕지기가 나오기도 했지만 샤샤는
의외로 지금 이 상황이 꽤 즐거웠다. 다른 그 어떤 것에 신경 쓸 필
요 없이 단 한 가지만을 향해 가는 지금이. 멀어져 가지만 잡을 수
있다는 희망을 가지고 있는 지금이. 그의 모든 것이 올리비에만을
향했다.

말이 박차 오를 적이면 올리비에의 몸이 단단하지만 부드럽게 휘
어졌다. 짧은 금발 머리카락은 온 빛을 머금기라도 한 듯, 금빛을 사
방에 흩뿌렸다. 마치 온 세상의 생명력을 움켜쥔 듯, 그녀만이 이 세

계에서 살아 움직였다. 아, 이토록 강렬하게 살아 숨 쉬니 아마도 카를은 올리비에를 동경할 수밖에 없었겠지.

올리비에만이 살아 숨 쉬고 있었기에, 올리비에밖에 바라볼 것이 없었다. 단 한 가지만을 보기 시작하자 아찔했던 돌부리들도, 질은 흙바닥도, 피부를 할퀴는 날카로운 식물 줄기들도, 아무렇지도 않게 느껴졌다. 그저 공간만이 있었다. 올리비에와 자신을 양 끝점으로 하는 단 하나의 직선으로만 이루어진 단순한 공간만이. 더, 조금만 더 나아가면 금방 올리비에를 잡을 수 있을 것만 같은 기분. 누군가가 가슴에 손을 집어넣고 온통 헤집는 듯한 이 기분. 눈물이 날 것 같기도 하고 기뻐 웃어야 할 것 같기도 한 알 수 없는 이 기분. 알 수 없는 감정으로 벅차올라 이름 하나조차 제대로 부르지 못할 만큼.

하지만 그 순간은 오래갈 수 없었다. 제아무리 다른 이들의 시선에서 떨어진 험한 산속이라 한들, 이곳은 현실이었으니. 내달리던 샤샤의 말은 갑자기 나타난 거대한 가시덤불에 놀란 것인지 크게 울음소리를 내며 앞다리를 치켜세워 허공을 찼다. 샤샤의 몸이 기우뚱 옆으로 기울었다. 고삐를 놓치지 않은 덕에 굴러 떨어지지는 않았지만, 참 아찔한 순간이었다. 고삐만 잡고 다시 말 위에 올라타는 것이 불가능할 정도로 몸이 옆으로 기울어져 샤샤는 차분히 한 발씩 바닥으로 내려왔다. 훈련받은 말이라 놀랐다고 사방팔방으로 뛰어다니지 않아 가능한 일이었다.

말에서 내려선 샤샤의 제 길을 가로막은 가시덤불 앞에 섰다. 가시덤불의 높이는 성인 남성인 샤샤의 키와 거의 비슷했다. 누군가 의도하고 기른 것이 분명했다. 몇십 년 전까지만 해도 국경이었으니, 적침을 막아 내기 위해 길렀었던 걸지도 몰랐다.

샤샤는 살벌하고 압도적인 가시덤불 앞에 주저앉았다. 나아갈 방도를 쉬이 생각해 낼 수 없는 탓이었다. 샤샤가 그렇게 주저앉아 있는 사이, 올리비에는 말을 돌려 다시 가시덤불을 넘어 샤샤에게로 돌아왔다. 자신은 넘지 못한 덤불을 너무나도 쉽게 다시 한번 넘는 올리비에를 샤샤는 반쯤 넋을 놓고 바라보았다.

"괜찮아?"

올리비에는 말에서 내리자마자 샤샤에게로 달려왔다. 그렇게 도망쳤던 사람이라고는 믿을 수 없을 정도로. 샤샤가 손을 뻗어 올리비에의 손을 잡았다. 사그라들 것 같은 희미한 따스함이 느껴졌다. 그 작디작은 따스함이 샤샤는 슬프고, 고통스러웠다. 샤샤의 얼굴이 일그러졌다.

"많이 아파? 못 일어서겠어?"

아파서 그런다고 생각했는지 걱정 어린 올리비에의 목소리가 귀를 파고들었다. 올리비에는 찬찬히 샤샤의 몸을 살폈다. 가시덤불에 가려 말의 울음소리밖에 못 들었으니, 샤샤가 낙마한 줄 알았던 탓이었다. 샤샤는 이 상황이 참으로 이상하게만 느껴졌다. 이렇게 쉽게 잡히는 거였나. 이렇게 쉽게.

"가지 마라."

이 순간이 오래도록 이어진다면 얼마나 좋을까. 이 순간이 지나면 올리비에, 너는 다시 죽을 위기에 처하겠지. 네가 만약에 그 위기를 벗어나더라도, 너는 다시 위기에 처하겠지. 지금까지 늘 그래 왔듯이.

"가지 마."

알고 있다. 이리 손을 붙잡고 있는다 한들, 그 무엇도 나아지지 않는다는 것을. 쉬안 공작가와 바이에른 공작가가 적대하는 이상, 올리비에도 자신도 끝없이 죽을 위기에 처해야 한다는 것을.

그 명확한 사실을 알고 있음에도 한 손으로는 올리비에의 손을, 다른 한 손으로는 쉬안 공작가를 움켜쥐고 있는 자신의 멍청함도.

"네가 죽지 않았으면 좋겠어."

그러면서도 복수를 내려놓을 수는 없어.

"황제가 너를 죽일 거야."

그리고 쉬안 공작가 역시 너를 죽일 거야.

"너도 알잖아. 초겨울에 황제가 굳이 너를 초대하면서까지 사냥 대회를 연 이유를 너도 알고 있을 거 아니야. 근데 왜, 왜 멍청하게 혼자 앞서 나가. 사람들 틈에 숨어서 안전하게 있었어야지, 왜."

샤샤의 목소리가 굽이진 골짜기에 메아리쳤다. 몇 번이고 울리던 메아리가 잦아들 때까지도 올리비에는 한 마디도 하지 않았다. 바람이 분다. 차가운 바람이.

"그렇게 숨어 있으면?"

차가운 바람보다도 더 차가운 목소리였다.

"이번엔 안전하겠지."

"그럼 다음엔?"

"다음에도 어떻게든 살아 나갈 방법이 있겠지."

"그럼 그다음엔?"

"그다음에도."

올리비에가 맞잡은 손에 힘을 주어 샤샤를 일으켜 세웠다. 반 강제로 마주하게 된 그녀의 얼굴은 일렁이는 투명한 얼음으로 뒤덮인 호수 같았다. 차갑고도 차가웠지만 투명하고도 투명해, 깊고 깊은 호

수 바닥에 숨겨져 있던 감정이 일렁이며 얼굴에 나타났다. 금방이라도 이지러지고 사라져 버릴 것만 같이. 차가운 얼음 앞에 선 감정이 쿵, 쿵 맨손으로 얼음을 친다.

"다음도, 그다음도 없으면 안 되는 거야? 나는 꼭 계속 그렇게 계속해서 죽을 위기에 처해야만 하는 거야?"

쿵, 쿵. 감정이 얼음을 두드릴 적마다 세상이 울렸다. 그럼에도 샤샤는 아무 대답도 하지 못했다. 얼음 앞에서 힘차게 두드리던 감정이 익사하듯이 다시 저 바닥으로 가라앉는다. 올리비에가 맞잡은 손을 비틀었다. 대답은 할 수 없으면서 손을 놓을 수도 없어서 샤샤가 맞잡은 손에 힘을 줬다.

"놔."

올리비에가 신경질적으로 외쳤다. 올리비에가 다시 한번 손을 비틀자 샤샤는 다시 한번 더 손에 힘을 줬다. 다시 손을 비틀던 올리비에는 이 상황이 견디기 힘들었는지 단번에 허리춤에 차고 있던 단검을 하나 뽑아 들어 칼등으로 샤샤의 손목을 내리쳤다.

아찔한 통증에 샤샤의 손힘이 풀리자 올리비에는 기다렸다는 듯 손을 빼냈다. 올리비에는 아주 잠시 샤샤의 손목에 시선을 두었으나, 그야말로 잠깐이었다.

"돌아가!"

올리비에가 매몰차게 돌아섰다. 이 이상 같은 장소에 있는 것이 견디기 힘들다는 듯, 올리비에는 쏜살같이 말에 올라타 멀어져 갔다. 잠시 멍하니 있던 샤샤는 올리비에가 완전히 시야에서 사라지고 나서야 덜컥 무서워졌다. 이대로 영원히 올리비에를 보지 못할 것만 같은 예감이 들었다. 아니, 예감이 아니다.

'올리비에는 모든 것을 다 알고 있어.'

황제가 그녀를 죽이려 하는 것도. 쉬안 공작가가 그녀를 죽이려 하는 것도. 방금 전의 그 말은 그녀의 마지막 부탁이며 마지막 애원이었겠지. 그래, 그토록 영민한 올리비에가 이 사냥 대회가 자신을 위해 만들어진 무덤이라는 것을 모를 리 없었다. 그걸 알면서도 올리비에는 어찌할 수 없었던 것이겠지. 도망칠 수 없는 것을 아니, 그저 당당하게라도 걸어가는 수밖엔.

늘 죽음에 삶을 뜯어 먹히면서도 당당히 걸어가야 하는 삶을 산다는 건 어떤 기분일까. 그러다가 결국에 죽음에 져 버리면 그 얼마나 끔찍할까. 샤샤가 가슴을 움켜쥐었다. 상상만으로도 이토록 고통스러울 수 있다니. 아마 자신은 견디지 못할 터였다. 그러니 이대로 놔둘 수 있을 리 없었다.

"올리비에!"

메아리가 울려 퍼졌지만 대답은 없었다. 샤샤는 말을 달렸다. 달리다 보면 가시덤불이 좀 낮아지는 데가 있겠지. 올리비에의 이름을 부르며, 샤샤는 올리비에의 자취를 따라 말을 달렸다.

* * *

올리비에의 자취가 인도한 곳은 절벽 옆의 공터였다. 아래로는 강이 흐르고 옆으로는 폭포가 내리치고 주변에는 수풀이 우거진 공터. 바람이 불면 나무가 울었고, 바람이 불지 않으면 폭포가 울었다. 수풀과 폭포가 우는 소리가 어찌나 컸던지 사람 한 명 소리를 지르며 죽어 가도 아무도 들을 수 없을 것만 같았다.

그러니 아마도 여기가 올리비에의 마지막 장소로 선택되었을 테지. 올리비에는 다섯 명의 복면인에게 둘러싸인 채로 검을 겨누고 있었다. 그것도 절벽 끝에서.

"……."

입을 벙긋거리는 것을 보니 올리비에가 무언가 말을 하고 있는 것 같았지만 폭포 소리에 제대로 들을 수 없었다. 복면인들은 눈을 제외하고는 얼굴을 모두 가려 놓아 대답하는지조차 알 수 없었다.

말소리는 하나도 들을 수 없었지만 하고 있는 폼만 보더라도 긴박한 상황이라는 것쯤은 쉬이 짐작하고도 남았다. 샤샤는 수풀 속에 몸을 숨기고 그가 할 수 있는 최선의 방책을 생각했다.

자신과 올리비에가 수적 열세인 것은 확실했다. 게다가 올리비에라면 몰라도 평생 교양 검술만 배워 온 자신이 암살자와 일대일로 싸워 이길 수 있을 것 같지도 않았다. 자신에게 있는 기회는 단 한 번뿐. 수풀 속에서 튕겨져 나와 단 한 명의 암살자에게, 단 한번 검을 찔러 넣을 기회가 있을 뿐.

샤샤의 눈이 암살자들의 가운데에 선 가장 덩치 큰 사내에게로 향했다. 아마도 저 자가 암살자들의 장일 것이었다. 샤샤가 떨리는 손으로 검을 그러쥐었다.

두려웠다. 하지만 샤샤는 도망칠 생각이 없었다. 만약 카를이 이 광경을 보았더라면, 절대로 도망치지 않았을 테니까.

'단 한 번뿐이야.'

검술로만 치자면 미숙하고도 미숙한 자신에게 있는 단 한 번의 기회. 샤샤는 믿어 의심치 않았다. 적어도 자신에게 이 단 하나의 기회 정도는 있으리라고.

그러니 결연한 의지로 양손으로 검을 그러쥐고 온 힘을 다해 암살자를 향했을 때, 그는 설마하니 암살자가 반보(半步)만 움직여 제 검을 피하리라 생각지 않았다. 예상치 못했기에 암살자를 향해 달려나갔던 샤샤는 제 걸음을 멈출 수 없었다. 샤샤를 잡으려는 손길이 튀어나왔지만 그저 스칠 뿐이었다.

"공자님!"

누군가의 고함이 폭포 소리조차 뚫었지만, 샤샤가 절벽으로 떨어지는 것을 멈출 수는 없었다.

멈추지 못한 샤샤의 몸이 공중에 떴다. 세상 모든 것의 시간이 느려졌다. 공중에 뜬 순간부터 모든 시간이 느리게 흘러가기 시작했다. 폭포에서 물이 튀는 것이 보인다. 저 까마득한 아래에 흐르는 강물이 보인다. 그리고 자신을 향해 뻗어 오는 누군가의 손이 보인다. 자신을 안아 온몸으로 감싸는 한 사람이 보인다. 그 품에 모든 것이 가려진다.

그 품에서는 오직 한 가지 소리만이 들려올 뿐이었다.

쿵, 쿵.

올리비에의 심장 소리, 둘 사이에 세워진 얼음벽을 두드리는 듯한 맨손의 소리가.

쿵, 쿵, 쿵.

혼자서는 깰 수 없다고, 이 단단한 얼음을 깰 수 없다고, 올리비에의 심장 소리가 말하는 것 같았다.

쿵, 쿵, 쿵, 쿵.

올리비에의 심장 소리 위로 샤샤의 심장 소리가 겹친다.

쿵, 쿵, 쿵, 쿵, 쿵.

둘의 심장 소리가 서로 얽혀 들었다.

* * *

샤샤는 눈을 떴다. 정신을 잃고 있었던 시간이 얼마 되지 않았던 것인지 아직 해가 하늘에 떠 있었다. 비릿한 내음에 샤샤는 절로 물을 토했다. 눈앞이 빙글빙글 돌아 샤샤는 물을 토하자마자 다시 바닥에 쓰러졌다.

그나마 다행인 건 어디 심하게 아픈 곳이 한 군데도 없었다는 점이었다. 상당히 높은 곳에서 떨어진 줄 알았는데 물 위에 떨어져서인지 조금 욱신거리는 것 외에는 크게 고통스러운 곳이 없었다.

아니, 잠깐-.

긍정적으로 생각하던 샤샤는 그제야 고개를 돌려 제 주변을 살폈다. 제 몸을 끌어안던 그 품. 쿵, 쿵, 울리던, 그 품.

'설마, 설마-.'

그럴 리 없어. 그녀가 그럴 리가 없어. 어린 시절의 친분만으로 몸을 던지기에는 그간 쉬안과 바이에른 사이에 쌓아 올린 것들이 너무 많지 않은가. 하지만 샤샤의 눈에 들어온 것은 붉은 기 도는 금발, 거뭇하게 그을린 피부, 감고 있음에도 날카로이 치켜 올라간 눈. 부정할 수 없는 올리비에였다.

"올리비에!"

샤샤는 대번에 기어서 올리비에에게 다가가 심장에 귀를 댔다. 다행히 그녀는 아직 숨을 쉬고 있었다. 비록 얼굴은 정신을 잃은 와중에도 고통으로 일그러져 있었지만.

"올리비에!"

얼른 일어나. 샤샤는 몇 번이고 올리비에의 몸을 흔들었지만 그녀
는 일어날 기미가 보이지 않았다. 도저히 정신을 차릴 것 같아 보이
지 않아 샤샤는 우선 홀로 일어서서 주변을 둘러보았다.

우거진 수풀만 사방에 가득했다. 아무리 눈을 찌푸리고 두리번거
려도 절벽이 보이지 않는 것을 보니, 아마 상당히 멀리까지 떠내려
온 것 같았다. 멀리 떠내려온 데다가 주위에는 수풀밖에 없으니, 수
색대가 오늘 내로 자신들을 찾지 못할 가능성이 꽤 높아 보였다.

수색대가 오늘 내로 자신들을 찾지 못할 상황을 대비해야 해. 샤
샤는 야영을 실제로는 해 본 적이 없었지만 그래도 만약을 대비해서
글로는 배운 적이 있었다. 그는 충실하게 배운 대로 야영 준비를 시
작했다.

그는 우선 바람을 막아 줄 수 있을 만한 동굴부터 찾았다. 다행히
도 동굴은 어렵지 않게 찾을 수 있었다. 비록 두 사람 들어가기도 비
좁을 정도로 폭은 좁았지만 길이는 꽤 있어서 몸을 누이는 것은 별
문제가 없었다.

올리비에부터 들어 올려 동굴 속에 뉘인 샤샤는 불을 붙일 만한
나뭇가지며, 동굴을 은폐할 잎사귀들을 사방에서 끌어 모았다.

그리고 집사가 몸조심하라고 신신당부하면서 샤샤의 품속에 넣어
준 시지포의 배설물도 꼼꼼히 동굴 입구에 뿌렸다. 인생에서 처음
맡아 보는 지독한 냄새에 인상이 찌푸려졌지만 그래도 참아야 했다.
냄새는 지독하지만 짐승을 쫓아내는 데에는 이만한 것이 없었으니.

"무, 물……."

가끔씩 올리비에가 정신을 잃은 상태에서 그리 속삭일 때는 물도

날랐다. 한 방울씩, 그녀의 입으로 물방울들이 흘러 들어갔다. 그녀에게 물을 다 먹이고도 샤샤는 잠깐씩 그녀의 곁에 머물렀다. 통통 부어 있는 오른 다리에서 시선을 떼지 못한 채로.

샤샤는 의학적 지식을 전혀 가지고 있지 않았지만 올리비에의 오른 다리가 심상치 않다는 것쯤은 짐작하고 있었다. 심상치 않아 보이는데도, 샤샤는 아무것도 해 줄 수가 없었다.

'왜 그랬어.'

올리비에의 다리가 눈에 들어올 적이면 샤샤는 속으로 그리 질문을 던졌다. 올리비에, 다 알고 있었으면서 왜 나를 잡겠다고 몸을 던졌어. 이해하기 어려워 질문을 던졌지만, 동시에 올리비에라면 충분히 그럴 만하다는 생각도 들었다. 일전에 퀼른 경이 북부에서 죽을 위기에 처했을 때도 올리비에는 제 몸을 던져 퀼른 경을 구했다고 하지 않았는가.

참으로 용감하고, 참으로 헌신적이었다. 아마 카를은 그래서 올리비에를 사랑했겠지.

'하지만 쉬안 공작가는 올리비에를 공격했지.'

그리고 앞으로도 그러겠지. 카를이 알면 참으로 고통스러워할 터였다. 그리 생각하니 고통이 배가 되었다. 괴로워하다가도 샤샤는 이내 정신을 차리고 다시 나뭇가지며 나뭇잎들을 긁어모으러 바깥으로 나갔다.

하지만 그것도 잠시였다. 겨울의 해는 짧았다. 샤샤가 몇 번 들락거리기도 전에 이미 해가 졌고, 샤샤의 짐작대로 그들을 찾는 수색대는 근처에도 나타나지 않았다.

"괜찮아, 괜찮을 거야."

미열이 있는 올리비에의 이마를 연신 쓰다듬으며 샤샤가 연신 속삭였다. 그러다가 샤샤는 저 자신도 모르게 잠이 들었다. 하지만 그 잠조차 선잠이라, 올리비에가 제 이마에 얹어져 있는 샤샤의 손을 건드리자 샤샤는 불이라도 닿은 것처럼 화들짝 놀라며 눈을 떴다.

"올리비에? 올리비에, 정신이 들어?"

올리비에가 반쯤 감긴 눈으로 중얼거렸다.

"꿈인가 보네. 네가 나를 올리비에라 부르는 것을 보니."

올리비에가 뱉어 내는 숨결에서조차 미열이 느껴졌다.

"올리비에, 난, 난-."

올리비에가 기절해 있는 동안, 어두운 동굴 속에서 샤샤는 홀로 긴 시간 생각에 잠겨 있었어야만 했다. 그 긴 시간 속에서 샤샤는 어두운 동굴보다도 더욱 어두운 진실 속으로 파묻혔다.

'공자님!'

자신이 떨어지는 순간 복면인 중 한 명이 자신을 다급한 목소리로 그리 불렀었다.

'왜 나를?'

답은 이미 정해져 있었다. 암살자들이 황제의 사람들이 아니라 쉬안 공작가의 사람들이기에. 왜 생각하지 못했을까. 황제가 올리비에를 죽이지 않더라도 쉬안 공작가가 올리비에를 죽이리라는 것을. 이번 사냥 대회에서 올리비에가 죽는다면 어차피 사람들은 황제가 올리비에를 죽였다고 생각할 테니, 쉬안 공작가로서는 주저할 이유가 없다는 것을.

쉬안 공작가가 올리비에를 죽이려고 했다. 그리고 자신은 그것도 모르고 멍청하게 하지도 못하는 칼질을 하겠다고 돌진하다가 멍청하게 절벽으로 몸을 날려 버렸고. 그리고 자신보다도 더 멍청한 올리비에는 그런 자신을 살리겠다고 같이 몸을 날려 버렸다.

같이 공중에 몸이 뜨고 나서야 올리비에도 '공자님'이라고 부르던 그 소리를 들었겠지. 그 순간 그녀가 얼마나 분노하고 얼마나 절망하였을까. 제 몸을 날려가면서까지 살리려고 한 자가 자신을 죽이려고 한 가문의 사람이었다는 사실에.

샤샤는 최대한 올바른 말을 찾기 위해 노력했다. 하지만 그 어떤 말도 지금과는 어울리지 않아 보였다. 몰랐다는 말은 너무 무책임했고, 미안하다는 말은 너무 가벼웠으며, 용서해 달라는 말은 너무 이기적이었다.

샤샤가 적당한 말을 찾지 못하고 침묵하는 사이, 꿈결 속을 보고 있는 것 같던 올리비에의 눈에 천천히 초점이 돌아왔다. 올리비에의 눈동자에 샤샤가 비쳤다. 올리비에가 천천히 샤샤의 머리카락으로 손을 뻗었다. 샤샤의 머리카락 끝에 온기가 퍼지기도 전에 올리비에가 마치 닿아서는 안 될 것에 닿았다는 듯 황급히 손을 거두었다.

"꿈이 아니구나."

마지막 남은 꿈결을 뱉어 내는 듯, 올리비에의 목소리는 한없이 몽환적이고도 슬펐다.

*　　*　　*

올리비에가 숨을 한 번 크게 내쉬었다. 달큰한 기운이 느껴지는 숨결을 따라 마지막 남은 꿈결이 내뱉어졌다.

"왜 나를 쫓아왔지?"

완전히 정신을 차린 올리비에가 다시 한번 입을 열었을 때는 냉정함만이 그득했다.

"올리비에, 너는 왜 나를 따라 뛰어내렸어?"

냉정한 올리비에와는 달리 샤샤의 목소리에는 열기가 서렸다.

"나는―."

입을 열었던 올리비에가 다시 입을 닫았다. 무언가 가슴 깊숙한 곳에서부터 올라오는 듯, 올리비에는 두 눈을 꼭 감은 채 깊은 숨만을 내쉬었다. 다시 눈을 뜬 올리비에는 더 이상 샤샤를 바라보지 않았다. 그를 바라보는 것이 견딜 수 없는 것인지 그녀는 아무것도 그려져 있지 않은 동굴의 벽만을 응시했다.

"네가 내 가문에게 복수를 하겠다면, 이해해. 바이에른 공작가가 한 일은 잊으려 해도 잊을 수 없고, 용서를 구한다고 해도 용서받을 수 없어. 그러니, 나는 너와 네 가문이 무슨 짓을 하더라도 이해해."

괴롭지만, 올리비에는 샤샤를 이해했다. 정말로, 이해했다. 카를이 묻힌 무덤을 본 그날, 그 밤, 온몸으로 차가운 눈을 맞으면서 올리비에는 생각했다. 이제 바이에른 공작가와 쉬안 공작가는 건널 수 없는 강을 건넜다고. 둘 중 하나가 멸문하기 전에는 끝나지 않으리라고. 그러니 쉬안 공작가가 바이에른 공작가를, 자신을 공격하는 것은 이해할 수 있었다. 괴롭지만, 진실로 이해할 수 있었다.

하지만, 이번만은 이해할 수 없었다. 쉬안 공작가가 자신에게 암살자를 보내는 것은 예상했고, 이해도 했다. 하지만 왜, 왜 샤샤가 자신을 따라왔는가.

"나는 너에게 아무것도 해 준 것이 없어."

만약 카를이 쫓아왔다면 이해할 수 있다. 그와 자신은 수많은 것들을 나누었으니. 그러나, 샤샤는 아니었다.

"나는 네게 내 약점을 얘기해 준 적이 없어."

카를에게는 말했지만.

"나는 네게 내 가장 비열한 부분을 보여 준 적도 없어."

카를에게는 보여 주었지만.

"나는 너와 꿈을 나눈 적도 없어."

카를과는 나누었지만.

"나는 너에게 한 것이 아무것도 없어."

진실로 그러했다. 애초에 만난 것도 카를의 동생이었기에 만나게 되었으며 친해진 것도 카를이 원했기에 그리되었으며, 시간을 같이 보낸 것도 카를이 있었기에 같이 보낸 것에 불과했다. 다만, 물이 흐르면 자국이 남듯이 시간이 흘러 감정이 남는 것은 당연한 일이기는 했다. 하지만 이리 깊은 자국이 남은 줄은 몰랐다.

"그런데 너는 왜 한 손으로는 내게 검을 겨누고, 다른 한 손으로는 나를 감싸는 거야? 차라리 양손으로 단단히 검을 잡고 겨눠."

진실로, 올리비에는 그리 바랐다.

"네가 나를 놓지 않으면 나도 너를 놓을 수가 없어."

올리비에가 괴로이 눈을 감았다. 카를, 죄책감의 근원. 카를이 그리 죽은 순간, 올리비에에게는 선택의 여지가 없었다.

"양손에서 검을 놓아 버리는 건?"

샤샤가 조용하지만 단단하게 속삭였다. 그 작은 진심에도 올리비에는 조소만을 머금었다.

"너는 놓을 수 있을지 몰라도, 쉬안 공작은 놓을 수 없어."

이상은 하늘에 닿아 높을지라도, 현실은 땅에 그 발을 디디고 있어 따라갈 수가 없다. 바이에른 공작가와 쉬안 공작가가 사이좋게 손을 맞잡고 제국의 두 기둥이 되는 미래를 올리비에라고 꿈꿔 보지 않았을까. 제 소중한 사람들을 모두 지키면서도 제 원하는 바를 모두 손에 넣기를 올리비에라고 희망하지 않았겠는가. 올리비에는 스스로를 믿었었다. 제 자신의 영민함을, 용맹함을, 운을.

하지만 세월이 올리비에를 한 조각, 한 조각 깎아 냈다. 손에 쥐었던 제 것들을 하나씩 잃어 가며 올리비에는 천천히 인정하고 받아들였다. 제 원하는 것을 모두 얻는 것은 불가능하다는 사실을. 모두 얻는 것이 불가능하다면 올리비에는 버리는 순서라도 제 뜻대로 하기를 희망했다.

"쉬안 공자, 대답해 봐. 너는 왜 나를 쫓아왔지?"

샤샤는 대답 대신 되물었다.

"올리비에, 그러는 너는 왜 나를 따라 뛰어내렸어?"

못 들은 듯, 숨만 내뱉던 올리비에가 고개를 돌렸다. 그 눈에는 원망인지, 그리움인지 모를 것이 담겨 있었다.

"네가, 네가 카를의 동생이니까."

"단지 그것뿐이야?"

샤샤가 반문했다. 알고 있다. 카를이 없었더라면 샤샤는 올리비에를 이토록 아끼지 않았을 것이었다. 아마 올리비에도 마찬가지겠지.

기억하고 있다. 분명 처음에 샤샤에게 있어 올리비에는 카를의 친한 친구 그 이상, 그 이하도 아니었다. 아마 올리비에도 처음엔 샤샤 자신을 그저 카를의 동생으로만 여겼을 터였다.

하지만 샤샤는 믿었다. 올리비에와 자신이 나눈 시간의 무게를.

올리비에가 고개를 홱 돌려 샤샤를 노려보았다. 물기로 얼룩진 눈에는 감정의 찌꺼기들이 타오르고 있었다.

"그래, 단지 그것뿐이야. 네가 카를의 동생만 아니었어도 나는 이미 너를 몇 번이고 죽였을 거야.. 네가 나를 죽이려 들었듯이 말이야."

올리비에가 창백한 입술을 짓이겼다. 타오르는 감정의 찌꺼기들 사이로 얼핏 연민이 그림자를 내비쳤다.

"네가 내 이름에 이두나의 이름을 덧씌워 저잣거리에 퍼뜨린 것처럼. 네가 이름 없는 화가들을 조종해서 내 그림을 그리게 한 것처럼. 네가 내게 암살자들을 보낸 것처럼."

샤샤의 눈동자가 혼란으로 뒤흔들렸다. 하지만 혼란도 잠시였다. 너무나도 갑작스러운 말이었지만 샤샤는 올리비에의 말을 어렵지 않게 이해할 수 있었다.

그래, 올리비에의 이름에 이두나의 이름이 참으로 질기게 덧씌워져 이상하다고 생각했었다. 아무리 비밀리에 거래를 한다고 한들, 수많은 화가들이 황제를 두려워하지 않고 올리비에의 그림을 그리는 것이 이상하다고 생각했었다.

쉬안 공작가가 올리비에를 계속해서 궁지로 몰아넣고 있었던 거야. 올리비에의 이름에 이두나의 이름을 덧씌워서, 올리비에를 황제의 눈 밖에 나게 하고 그리하여 황제가 올리비에를 제거하도록. 샤샤는 너무나도 쉽게 올리비에의 말을 납득해 버렸다. 납득한 순간, 샤샤는 너무나도 처참하고 너무나도 괴로워 이 자리를 벗어나고만 싶었다.

"올리비에, 나는, 나는 몰랐어."

말을 내뱉자마자 샤샤는 제 비겁함에 부끄러워졌다. 제 손으로 하지 않았다 한들 무엇이 달라지나. 제 이름 뒤에 '쉬안'이 붙어 있는 한, 쉬안 공작가가 한 일은 곧 자신이 한 일과 다를 것이 없는데.

게다가 몰랐다는 저 치졸한 변명. 정말, 몰랐나. 알고 싶지 않아서 외면했던 것은 아니고?

"비겁해."

올리비에의 눈꺼풀이 바르르 떨렸다. 고통을 참으려는 듯, 미간이 좁아진다. 하지만 그것도 잠시, 반쯤 뜨고 있던 눈을 더 이상 뜨고 있기가 버거웠는지 올리비에의 눈이 감긴다. 눈을 감음과 동시에 잇새로 뜨거운 숨이 한 줄기 새어 나온다.

"올리비에?"

올리비에의 이마가 뜨거웠다. 이미 부어 있던 다리는 눈에 띌 정도로 더 부어 있었다. 위험해. 샤샤의 본능이 외쳤다. 이대로 두면 올리비에는 죽을지도 몰라.

"올리비에?"

그사이 정신을 잃은 건지 올리비에는 아무런 대답이 없었다. 어두워 한 치 앞을 알 수 없는 동굴의 바깥을 바라보던 샤샤는 자리에서 벌떡 일어났다. 온갖 짐승들이 날뛰고 있을 야밤에 바깥을 돌아다니는 것이 얼마나 위험한지는 익히 들어 알고 있었다. 하지만 이대로 아무것도 하지 않고 가만히 있을 수는 없어. 샤샤는 올리비에를 등에 들쳐 업고는 동굴 밖으로 발을 떼었다.

'마을은 보통 강 주변에 만들어지니까, 줄기를 따라가다 보면 마을이 나올 거야.'

강줄기를 따라 걷던 샤샤의 눈에 어느 순간 저 멀리, 공중에서 빛나고 있는 불빛이 하나 보였다. 마치 살아 있는 생명체처럼 이리저

221

리 움직이던 불빛이 빠른 속도로 샤샤를 향해 날아왔다. 그 희미한 불빛 뒤로 또 다른 불빛들이 함께 빠른 속도로 샤샤를 향해 달려오고 있었다.

갑작스러운 불빛에 멍하니 서 있던 샤샤는 이내 불의 정체를 알 수 있었다. 발목에 반딧불이가 든 작은 함을 매단 궤새가 샤샤의 옥빛 팔찌에 내려앉았다. 그 뒤로 횃불을 든 쉬안 공작과 쉬안 공작가의 기사 몇 기가 따라붙고 있었다.

"샤를로테 데 쉬안."

어둠 속에서 얼굴을 드러낸 쉬안 공작이 엄중한 목소리로 샤샤를 불렀다. 샤샤의 몸을 훑던 쉬안 공작의 눈이 이내 샤샤의 등에 업힌 올리비에에게 머물렀다. 그 눈빛으로부터 올리비에를 보호하기 위해 샤샤가 몸을 틀었다. 쉬안 공작의 눈이 샤샤를 향했다. 인간의 내면을 낱낱이 파헤칠 것같이 집요한 눈으로 샤샤를 바라보던 쉬안 공작은 한참 후에야 몸을 돌렸다.

"배고픈 짐승이 공격해 다친 것으로 하자."

그 말. 차가운 바람이 샤샤의 등골을 타고 올라오는 것만 같았다. 무엇이라도 말해야 할 것 같아 입을 열었던 샤샤는 이내 입을 다물었다. 올리비에를 등에 업고, 샤샤는 쉬안 공작의 뒤를 따라 걸었다.

chapter 3

　올리비에를 쉬안 공작가로 데리고 온 쉬안 공작은 바로 그녀를 주치의에게 보였다. 잠시 올리비에를 살핀 주치의가 공작에게 무어라 속삭이자, 그는 바로 바이에른 공작가로 사람을 보냈다. 그사이 다른 방에서 처치를 받고 온 샤샤가 올리비에가 있는 방으로 들어섰다.

　"올리비에는 괜찮은 겁니까?"

　쉬안 공작은 한 박자 쉬고 답했다.

　"며칠 쉬면 금방 정신을 차릴 것이라 하는구나."

　그제야 샤샤는 깊은 숨을 내쉬었다. 머뭇거리며 방을 나가지도, 올리비에의 곁에 서지도 못하는 샤샤를 보고 쉬안 공작이 먼저 권했다.

　"곧 바이에른 공작가에서 사람을 보내올 터이니, 그 전까지 여기 있고 싶으면 있어도 좋다."

참으로 놀라운 말이었다. 샤샤 역시 제대로 들은 것인지 믿기지 않아 두어 번 느리게 눈을 깜빡이고 나서야 올리비에의 머리맡에 놓인 의자에 앉았다. 의자에 앉은 이후에도 한참을 고민하던 샤샤는 결국 답을 찾지 못해 쉬안 공작에게 물었다.

"공작 각하께서 평소와 다르신 것 같습니다."

사실 샤샤는 산에서 쉬안 공작을 만난 순간, 쉬안 공작이 올리비에를 버리고 오라고 할 줄 알았다. 올리비에를 데리고 쉬안 공작가로 온 이후에도 혹여나 해를 끼치지 않을까 마음을 졸였다. 그런데 의외로 쉬안 공작은 올리비에를 멀쩡히 쉬안 공작가로 데리고 와서 치료도 멀끔하게 해 놓고 샤샤가 올리비에의 곁에 머무는 것도 막지 않았다.

"샤를로테 데 쉬안. 쉬안 공작가는 필요 없는 살육은 하지 않는다."

"하지만—."

샤샤는 쉬안 공작의 말을 이해할 수 없었다. 필요 없는 살육이라니? 필요 없는 살육이라면 왜 애초에 암살자를 보냈단 말인가. 잠시 머뭇거리던 샤샤는 떨리는 마음을 부여잡고 쉬안 공작을 똑바로 바라보았다.

"그동안 쉬안 공작가는 계속해서 올리비에를 죽이려 하지 않았습니까."

쉬안 공작이 희미하게 미소 지었다. 어쩐지 만족스러워 보이는 얼굴이었다.

"쉬안 공작가가 어떻게 바이에른 공녀를 죽이려 했지?"

쉬안 공작의 목소리는 누군가를 죽이려 들었던 일에 대해서 이야기하는 것이라고는 전혀 생각할 수 없을 정도로 자상했다.

"암살자들을 보냈습니다."

"그리고?"

쉬안 공작은 당연하다는 듯이 물었다.

"화가들을 이용해 올리비에의 그림을 그리게 했습니다."

"그리고?"

"올리비에의 이름에 이두나의 이름을 덧씌웠습니다."

"그리고?"

더 있었단 말이야? 샤샤는 제 무지함이 참으로 수치스러웠다. 귓불이 발갛게 달아오를 정도로. 빛이 제 얼굴을 환히 비추는 것을 견디기 어려워 샤샤가 고개를 모로 틀었다. 그림자에 얼굴이 가리어진다.

"그 정도만 알아도 훌륭하다. 샤를로테 데 쉬안, 너는 이제 제법 많은 것을 보았구나."

기나긴 침묵 뒤에 쉬안 공작이 만족스러운 목소리로 말했다. 쉬안 공작의 칭찬에 샤샤는 더욱 수치스러웠다. 수치스러움에 눈가에 눈물이 어리었다.

참으로 어리고도 어리석어라. 멀겋게 눈을 뜨고도 백치처럼 아무것도 보지 못하였으니, 이보다 더 어리석을 수 있겠는가.

샤샤가 아랫입술을 잘근 베어 물었다. 수치스러움은 이만하면 되었다. 더 이상, 이런 일이 반복되는 일은 없어야 할 것이었다. 알면 알수록, 이러지도 저러지도 못해서 고통스러울 것을 안다. 하지만 외면하여 얻을 수 있는 것이 무지와 수치뿐이라면 차라리 고통이 낫지 않겠는가.

"아니요, 아직 충분하지 않습니다. 쉬안 공작가는 또 어떻게 올리비에를 죽이려 하였습니까?"

빛이 샤샤의 얼굴을 환히 밝혔다. 쉬안 공작을 정면으로 바라보는 샤샤의 눈에는 일종의 투지가 타오르고 있었다.

"샤를로테 데 쉬안, 너는 바이에른 공작가를 멸문시킬 마음의 준비가 되어 있느냐?"

쉬안 공작은 대답 대신 샤샤에게 되물었다. 잠시 멈칫했던 샤샤는 이내 고개를 저었다.

"아니요. 저는 바이에른 공작가를 멸문시킬 생각이 없습니다. 바이에른의 성을 단 다른 이는 모두 다 죽여도 괜찮습니다. 다만, 올리비에가 있는 이상 바이에른 공작가를 멸문시킬 수는 없습니다."

말을 내뱉는 샤샤의 혀가 바싹바싹 탔다. 샤샤는 쉬안 공작이 분노할 것이라고 생각했다. 자신의 뜻과 같지 않다고, 그동안 자신을 기만했다고 배신감에 치를 떨 것이라 생각했다. 그럼에도 샤샤는 사실을 고했다. 올리비에의 말마따나 한 손으로는 올리비에에게 검을 겨누고 한 손으로는 올리비에를 감싸는 것이 너무나도 괴로웠기에. 또한 얼마나 모순적인지도 알았기에.

"그렇구나."

하지만 샤샤의 생각과 달리 쉬안 공작은 분노하지 않았다. 그는 그저 담담한 얼굴로 고개를 끄덕일 뿐이었다. 왜, 라는 그 흔한 질문조차도 쉬안 공작은 하지 않았다.

"샤를로테 데 쉬안, 네 마음이 그러하다면 내 더 이상 올리비에 경의 목숨을 위협하지 않겠다고 약조하겠다."

외려 쉬안 공작은 참으로 순순히 올리비에의 안전을 약조했다.

"어째서-?"

그 약조가 믿어지지 않아 샤샤는 저도 모르게 반문해 버렸다. 샤샤의 물음에 쉬안 공작의 시선이 올리비에의 얼굴을 향했다.

"올리비에 경은 참으로 대단한 이지. 더 이상 죽일 이유가 없으니, 살려 둬도 이상할 것이 없지."

그리 말하는 쉬안 공작의 눈에는 일종의 경외가 담겨 있었다. 그는 기억 속, 벌써 옛날이 되어 버린 시절, 올리비에와 자신이 정원에서 대화를 나누었을 때를 떠올렸다.

어렸던 올리비에는 그에게 말했었다. '바이에른과 쉬안이 함께 세상을 이롭게 만들기를 원한다'고. 올리비에의 능력도, 노력도, 그리고 함께 나아가고자 했던 그 의지를 쉬안 공작은 모두 다 알고 있었기에 가질 수 있는 눈빛이었다.

순수한 눈으로 함께 세상을 이롭게 만들겠다고 말하던 올리비에의 모습이 다시 한번 쉬안 공작의 뇌리에 스쳤다. 이미 한참 전에 그런 꿈은 다 버렸을 줄 알았는데, 이리 몸을 던져 샤샤를 감싼 것을 보면 올리비에는 아직도 그 순수한 꿈을 버리지 않았었던 모양이었다. 그러니 이렇게 어리석은 선택을 했겠지.

올리비에의 선택을 어리석다 말하면서도, 쉬안 공작은 그 수많은 풍파 속에서도 아직까지 그 순수한 꿈을 품고 있었던 올리비에에게 일종의 경외를 표했다. 그 꿈을 지키는 것이 얼마나 어려운 일인지 쉬안 공작도 너무나 잘 알고 있었으니.

샤샤의 눈에도 쉬안 공작이 올리비에에게 보내는 일종의 경외가 보였다. 그래서 샤샤는 쉬안 공작의 말에 무턱대고 거짓말이라고 할 수 없었다. 당황스러운 상황에 떨떠름한 얼굴로 있는 샤샤를 두고 쉬안 공작은 그대로 방을 나섰다. 공작이 방을 나선 지 얼마 지나지 않아 바이에른 공작가에서 마차를 몰고 와 올리비에를 데려갔다. 마차가 고요히 어둠 속으로 사라졌다.

* * *

사냥 대회에서 쉬안 공자와 올리비에 경이 실종되었었음에도, 크게 공론화되지는 않았다. 실종된 지 하루도 되지 않아 돌아왔으며, 두 사람 모두 크게 다치지 않았고, 무엇보다도 황제의 말이 있었기 때문이었다.

"쉬안 공자와 올리비에 경의 혈기가 역시 남다르구나. 짐의 말에 충실하게 가장 귀한 사냥감을 잡으려다 짐승의 공격을 받았다지? 충심은 칭찬할 만하나 혈기를 다스려야 이리 경솔히 다치는 일이 다시는 없어야겠구나."

황제는 칭찬의 탈을 쓰고, 모든 잘못을 샤샤와 올리비에의 경솔한 행동 탓인 양 말했다. 일개 개인의 잘못으로 몰아가는 황제의 의중을 이해한 귀족들은 구태여 둘의 실종을 입에 담지 않았다.

제도는 마치 아무 일도 일어나지 않았던 것처럼 평소와 똑같았다. 샤샤의 일상도 마찬가지였다. 여기저기 타박상을 입어 잠시 사교 활동을 중단한 것과, 매일같이 바이에른 공작가에 문병 허락을 요청하는 서신을 보내는 것 외에는 모두 평소와 같았다.

오늘도 샤샤는 어김없이 바이에른 공작가에 문병 허락을 요청하는 서신을 보냈다. 그리고 오늘도 바이에른 공작가에서는 분명 올리비에의 건강이 좋지 않다는 이유로 거절의 서신을 보내올 터였다.

"공자님의 요청을 계속 거절하는 것이 패씸하지도 않으십니까. 그만두시지요."

샤샤에게서 서신을 건네받은 시종 폴이 분통을 터뜨렸다.

"몸이 좋지 않아 거절하는 것인데 패씸하게 여길 이유가 없다."

"공자님의 요청만 거절하는 것, 공자님도 잘 알고 계시지 않습니까. 퀠른 경은 이미 몇 번이나 바이에른 공작저에 방문하지 않았습니까."

시종 폴의 말에도 샤샤는 그저 씁쓸히 웃으며 얼른 가라고 손을 흔들기만 했다. 불만을 터뜨리던 시종 폴도 결국에는 서신을 들고 평소와 같이 길을 나섰다.

폴이 출발하는 것을 보고 샤샤는 고개를 돌렸다. 아마 오늘도 폴은 거절의 답신을 받아서 올 테지. 샤샤도 귀가 있으니 퀠른 경이 바이에른 공작가를 드나든다는 이야기는 이미 들어 알고 있었다. 올리비에 경이 사냥 중 잠시 실종되었다는 소식에 퀠른 경이 바로 제도로 돌아왔다지.

틈만 나면 변경으로 나다니던 퀠른 경답지 않게, 퀠른 경은 오랜만에 제도에 진득하게 머물고 있었다. 하지만 머릿속에서 전쟁 생각을 털어 낼 수 없는지 제도에서 하는 일도 전쟁과 관련이 되어 있었다. 퀠른 경은 전쟁으로 인해 장애를 얻은 이들을 지원했다. 작게는 식량을 나누어 주기도 했고, 크게는 혼사를 주선해 주기도 했다. 퀠른 경은 행적은 대체로 평이 괜찮았다.

다만, 한 가지 일에 대해서만은 아니었다. 퀠른 경이 장애가 있는 여기사의 혼사를 주선한 일이었다. 그나마 남기사의 경우에는 장애가 있어도 나름의 훈장처럼 여겨지는 경우가 있었지만 여기사의 경우는 아니었다. 애초에 남자와 여자의 역할이 명확하게 나뉘어 있는 제국에서 여기사의 처우는 그다지 좋은 편이 아니었으며, 부상을 당한 여기사의 처우는 최악이었다.

'제자리도 모르고 설쳐 대다가 화를 입은 것이지.'

여기사가 부상을 입으면 대부분의 이들이 이리 말했다. 부상을 입은 여기사는 기사로서도, 여자로서도 모든 가치를 부정당했다.

일생을 전쟁터에서 구른 퀠른 경이 이 사실을 모를 리가 없는데도, 그는 굳이 장애를 가진 여기사의 혼사를 주선했다. 사람들의 손가락질에도 퀠른 경은 당당히 응했다.

"똑같이 조국을 위해 몸을 던졌건만, 누군가의 상흔은 명예가 되고 누군가의 상흔은 불명예가 된다니 모순이지 않은가."

사람들의 손가락질은 여전했다. 하지만 손가락질을 하면서도 누군가는 퀠른 경의 응수에 물들어 가고 있었다. 여자라 하더라도 나라를 위해서 싸우다 저리되었는데 이리 손가락질하는 것이 맞는가, 누군가는 의심을 품었다. 조용하지만 꾸준히, 몇몇의 생각이 변해 갔다. 그래서 퀠른 경은 손가락질을 받으면서도 멈추지 않았다.

퀠른 경은 계속해서 나아갔고, 샤샤는 계속해서 바이에른 공작가에 문병을 요청했고, 바이에른 공작가는 계속해서 거절했다. 그렇게 겨울이 깊어 갔다.

* * *

신년이 다가왔다. 매해 첫날, 황궁에서 개최하는 신년회는 제국의 주요 행사 중에 하나였다. 게다가 황실에서 직접 신년회에서 중대

발표를 할 예정이라고 밝힌 이상, 어지간한 사유가 아니고서는 불참할 수가 없었다. 한동안 건강을 이유로 사교 활동을 끊었던 샤샤도 신년회에는 참석하겠다는 뜻을 진작에 밝혔다.

"올해 신년회에는 불참하는 귀족가가 없겠구나."

샤샤가 은근히 시종 폴을 떠보았다. 늘 샤샤의 곁을 지켜온 폴은 샤샤가 두루뭉술하게 말해도 원하는 대답을 시원하게 들려주었다.

"예, 사냥 대회 이후로 줄곧 칩거하고 있던 올리비에 경도 신년회에는 참석한다 하니 귀족 전부가 참여한다 하여도 과언이 아니겠지요."

원하던 대답을 들은 샤샤는 만족스럽게 고개를 끄덕였다. 드디어 올리비에를 만날 기회가 생겼다. 사냥 대회 날 이후로 샤샤는 늘 가슴 한편이 불편했다. 미처 끝내지 못한 동굴에서 나누었던 대화가 계속 생각났고, 올리비에가 정신 차린 모습을 보지 못해 늘 건강이 염려되었다. 샤샤는 신년회를 기다렸다. 어떤 일이 일어날 줄도 모르고.

샤샤는 신년회 당일이 되어서야 무언가 이상하다는 것을 감지했다. 올리비에가, 늘 사내처럼 각 잡힌 정복을 입고 다니던 올리비에가, 그날은 이상하게도 드레스를 입고 나왔다. 충격적이었던 것은 샤샤 혼자만이 아니었는지 올리비에가 연회장에 등장하는 순간 모두의 눈이 그녀에게로 몰렸다. 악단마저도 연주하는 것을 잊은 것인지 음악이 느리게 흘러갔다.

쇄골을 훤히 드러낸 붉은 드레스는 허리까지 매끄러운 곡선을 그리며 빈틈없이 올리비에의 몸을 감쌌다. 올리비에가 한 걸음 움직일 때마다 잘 단련된 몸이 여느 무희의 몸놀림보다도 더 유혹적으로 곡선을 그려 냈다.

적나라하게 드러난 상체와는 달리, 허리 아래로는 폭이 좁은 찻잔이 뒤집어진 것 같은 형태를 하고 있어 다리의 실루엣은 전혀 보이지 않았다. 하지만 그 역시 나쁘지 않았다. 드레스 자락으로 완전히 가려진 다리의 움직임을 완전히 가린 탓에, 올리비에는 걷는 것이 아니라 미끄러지는 것만 같았다.

"드레스가 아름답네요."

누군가의 감탄에 다른 이가 대꾸했다.

"아니, 바이에른 공녀가 아름다운 거겠지."

과연, 그 말이 옳았다. 올리비에는 참으로 아름다웠다. 올리비에의 눈 아래에 어른거리는 붉은빛은 그녀가 눈을 아래로 내리깔면 가련하고 애처로워 보이게 만들었으며, 반대로 눈꼬리에 선명하게 그려진 붉은빛은 그녀가 눈을 치켜뜨면 도발적이고 유혹적으로 보이게 만들었다. 고아하게 위로 틀어 올려 진주로 장식한 황금빛 용암 같은 머리며, 반듯하게 드러나 있는 쇄골에 흩뿌려진 금가루, 은빛 구름 같은 얇고 부드러운 숄로 감싸 어렴풋이 드러나는 팔의 실루엣까지.

흔히들 아름다운 여인을 꽃에 비유하고는 하였지만 올리비에에게는 비견될 만한 꽃이 없었다. 차라리 솟아오르는 용암이라고 하는 편이 그녀를 묘사하는 데 더욱 어울릴 것이었다. 어찌나 강렬하고 압도적인지 누구도 감히 그녀의 곁에 다가서지 못했다. 그녀 역시 그다지 다른 이들과 어울릴 의지가 없는지 평소보다도 더욱 조용히 몇 명의 측근과 두런두런 이야기를 나눌 뿐이었다. 다만, 그녀를 둘러싸고 있는 원은 작은 만큼 단단하여 샤샤는 차마 그들 사이로 끼어들 수가 없었다.

"－제국의 유일한 태양, 황제 폐하 납십니다."

올리비에를 둘러싸고 있던 원이 흐트러진 것은 황제가 연회장에 들어온 이후였다. 으레 그렇듯이 기나긴 소개와 함께 등장한 황제는 역시나 기나긴 축사를 건넸다. 축사 중간중간 귀족들은 허리와 무릎을 굽혀 가며 추임새를 넣었다.

"오늘, 짐은 온 제국에 널리 알리고픈 소식이 하나 있네."

긴긴 축사 중간에 황제가 운을 떼었다. 황제는 한 단 아래에 서 있던 3황자에게 손짓했다. 그 손짓에 3황자가 황제의 오른편에 섰다. 그리고 황제는 다시 한번 손을 뻗었다.

'올리비에?'

황제의 손끝에는 올리비에가 있었다. 조용히 숨죽이고 있던 그녀는 어느새 황제의 바로 아랫단 단상에 서 있었다.

"황자가 성년이 된 지도 벌써 몇 해가 지났는데, 마땅한 반려를 찾아 주지 못해 아비로서도 황제로서도 마음이 편치 않았었네. 하지만 본디 꽃도 가장 나중에 피는 꽃이 아름답고, 창검도 가장 오래 담금질한 것이 날카롭다 하지 않는가. 짐은 황자의 혼사가 늦어진 것 역시 가장 축복받기 위한 기다림이라고 믿어 왔네. 그 기다림의 끝에 바이에른가의 올리비에와 같은 총명하고 아름다운 영애를 황자와 맺어 줄 수 있게 되었으니, 짐의 믿음이 옳았던 것이지."

황제가 한 손에는 3황자의 손을, 한 손에는 올리비에의 손을 잡고 두 손을 모았다.

"올해 여름에 두 사람의 약혼식이 거행될 예정이네."

무슨 말을 할 수 있을까. 귀족들이 한목소리로 내는 축하의 말을 샤샤는 입으로만 따라갔다. 앞다투어 축하의 말을 건네는 귀족들이 불락(不落)의 성벽처럼 샤샤와 올리비에의 사이에 세워졌다.

* * *

올리비에와 대화를 할 수 있으리라는 기대를 안고 갔건만, 샤샤가 신년회 날 올리비에에게 건넨 말은 뭐라 했는지도 기억나지 않는 축하의 인사뿐이었다. 그리 건넨 축하의 인사조차 진부하기 짝이 없어 기억나지 않았다. 함께 축하의 인사를 건넨 이들 중 오직 라리엘만이 진심으로 웃었다. 집으로 돌아가는 마차 안에서도 오직 라리엘만이 흥분해 있었다.

"세상에, 올리비에 언니가 연회장에 들어오는 순간 저도 가슴이 두근거렸지 뭐에요. 뷔셰 부인의 살롱에서 맞춘 드레스라던데 한동안 뷔셰 부인은 즐거움의 비명을 지르겠어요. 게다가 엘로망 부인의 살롱에서 맞춘 그 장신구들은 또 어떻고요."

부인들과 적잖이 조잘거린 건지 라리엘은 올리비에가 걸친 모든 것이 어디서 온 것인지 알고 있었다. 안 그래도 골이 지끈거리는데 계속 떠들어 대는 것이 거슬리다가도 그나마 이 상황에서 누군가라도 쾌활하게 재잘거리는 것에 위안을 받기도 했다. 순간마다 요동치는 기분에도 샤샤는 라리엘과의 결혼을 결심한 순간의 다짐을 잊지는 않았다.

"라리 마음에 들었어? 원한다면 집사를 시켜서 바로 내일 뷔셰 부인을 쉬안 공작저로 부를까? 엘로망 부인도 같이 불러 줄게."

별로 관심도 없는 시답지 않은 이야기에도 샤샤는 최선을 다해서 대답해 줬다. 드레스부터 시작해서 숄, 장신구, 하다못해 얼굴에 바른 분에 대해 얘기할 때도 샤샤는 최선을 다해 응대했다. 비록 제 기분은 무어라 표현조차 하기 어려울 정도로 엉망이었음에도.

라리엘의 흥분은 쉬안 공작저에 거의 다다라서야 가라앉았다. 거의 처음으로 잠시 침묵한 라리엘은 붉은 기가 채 가시지 않은 얼굴로 물었다.

"황자님은 올리비에 언니를 사랑하고 있는 거겠죠?"

성실하게 라리엘의 이야기에 맞장구치던 샤샤도 그 순간만큼은 바로 대답할 수 없었다. 대답하지 않는 샤샤를 보던 라리엘이 씁쓸한 얼굴로 제 약지에서 빛나고 있는 고귀한 반지를 바라보았다. 기도하듯이 두 손을 맞잡은 라리엘이 발랄히 재잘거렸다.

"전 황자님이 올리비에 언니를 사랑했으면 좋겠어요. 올리비에 언니가 행복할 수 있도록."

그 짧은 재잘거림 이후에 또다시 침묵이 찾아왔다. 이번에는 라리엘도 다시 재잘거리지 않아 결국 샤샤는 그가 할 수 있는 최선의 대답을 뱉어 냈다.

"사랑하지 않더라도 행복할 수 있어."

샤샤의 대답에 라리엘이 씁쓸히 읊조렸다.

"정말 그럴까요?"

누구도 대답하지 않았다.

*　　*　　*

신년회에서 돌아오자마자 쉬안 공작은 샤샤를 제 집무실로 데리고 들어갔다. 사냥 대회 이후로 샤샤는 쉬안 공작이 더욱 불편했다. 쉬안 공작을 이해할 수 없었기 때문이다.

쉬안 공작을 대할 때면 샤샤는 암흑이 내린 깊은 산골짜기 속에 있는 것 같았다. 손을 뻗으면 무언가 잡히는 것 같았지만, 끝내 그것이 무엇인지 볼 수는 없었다. 진한 어둠에 가리어진 눈을 아무리 부릅떠 보아도 아무것도 보이지 않기는 마찬가지였다. 그래서 샤샤는 쉬안 공작이 편치 않았다. 하지만 샤샤는 쉬안 공작을 피하지는 않았다.

피해 보아야 나아질 것이 없었기에. 차라리 쉬안 공작 옆에 붙어 있는 편이 그를 더 잘 알 수 있는 방법일 테니까. 그가 어떤 식으로 이 모든 일들을 꾸미는지 실마리라도 잡을 수 있을 테니까. 혹 아는가. 쉬안 공작의 곁에 붙어 있다 보면, 쉬안 공작의 손에 들린 수많은 패들 중 하나를 제 손에 넣게 될지도. 그러니 샤샤로서는 쉬안 공작을 기피할 이유가 없었다.

쉬안 공작의 집무실은 늘 그렇듯이 차갑고 어두웠다. 어스름한 빛이 드리워진 방에 카펫에 수놓아진 만개한 새하얀 백합이, 모든 것을 삼켜 버릴 듯 아가리를 잔뜩 벌린 새하얀 백합만이 빛나고 있었다.

화롯불 옆에 선 쉬안 공작을 따라 샤샤 역시 자연스레 화롯불 옆에 섰다. 타닥, 타닥 타오르는 주홍 불꽃을 바라보던 샤샤의 눈에 문득 까맣게 타들어 가고 있는 장작이 보였다. 새까만 장작을 바라보는 쉬안 공작의 눈에 설핏 서러움이 어린 것 같았다.

"이 새까만 장작도 한때는 새하얀 눈이 덮인 나뭇가지였을 터인데."

쉬안 공작이 고개를 돌려 창밖을 바라보았다. 차가운 겨울바람에 떨고 있는 새하얀 나뭇가지를. 하지만 그것도 잠시, 쉬안 공작은 무 감한 얼굴로 샤샤를 돌아보았다.

"샤를로테 데 쉬안. 네 먼저 말해 보아라. 3황자와 바이에른 공녀 의 결합이 어떻게 이루어진 것이고 어떤 결과를 불러오리라 보느냐."

3황자와 올리비에. 황가의 입장에서는 참으로 수지맞는 장사였을 터였다. 올리비에는 바이에른 공작가의 유일한 후계자. 3황자와 혼 인하게 되면 올리비에는 황가의 성을 따르게 되어 더 이상 바이에른 공작이 될 수 없을 터였다. 물론, '바이에른'이라는 그 성 외의 모든 재산은 상속받을 수 있겠지만.

이대로 두면 그녀가 바이에른 공작이 될 수 없는 것이 자명한데도, 바이에른 공작가에서는 감히 다른 후계자를 데려올 수 없을 터였다. 직계가 아닌 이를 후계로 세우려면 황가의 허가가 있어야 하는데 황 가가 이를 허용할 리 없었기 때문이다. 그렇다고 이제 와 나이 든 바 이에른 공작 부인이 아이를 낳는 것도 여의치 않기는 마찬가지였다.

"우선, 황실 입장에서는 손해 볼 일이 없는 거래였을 겁니다."

당연한 일이었다. 반발 없이 바이에른 공작가의 모든 것을 황실이 차지할 수 있게 되었는데 이보다 더 좋은 일이 어디 있겠는가.

"다만 바이에른 공작가가 왜 그런 선택을 했는지는 잘 이해가 되 지 않습니다."

샤샤가 벽난로 옆에 앉은 쉬안 공작을 바라보았다. 불길의 너울거 림에 따라 쉬안 공작의 얼굴에 그림자가 아른거렸다.

"어차피 멸문할 것이라면 차라리 황실의 일원이 되어 폐문하는 것 이 나리라고 생각했는지도 모르지."

일리 있는 말이었다. 황실과 바이에른 공작가의 결합으로 더 이상 바이에른 공작가는 황실로부터 위협을 받지 않게 되었으니.

"이제 황실의 화살이 쉬안 공작가를 향하겠군요."

그동안은 황실이 바이에른 공작가를 견제하느라 쉬안 공작가를 그다지 신경 쓰지 못했지만 이제는 이야기가 달라질 터였다. 황실뿐이겠는가. 바이에른 공작가도 쉬안 공작가를 공격할 것이 뻔했다.

"어떡하는 것이 좋겠습니까?"

샤샤의 손이 긴장으로 인해 차가워졌다. 쉬안 공작은 타오르는 장작불을 보며 천천히 입을 떼었다.

"너는 다른 것은 신경 쓰지 않아도 좋다. 네가 해야 할 것은 단 한 가지뿐이지."

쉬안 공작이 처음으로 고개를 돌려 샤샤를 바라보았다. 쉬안 공작의 왼쪽 눈 속의 불꽃이 주홍빛으로 매섭게 타올랐다.

"샤를로테 데 쉬안. 라리엘의 첫 꽃이 피어난 지도 꽤 되었지."

첫 꽃. 첫 생리일. 쉬안 공작이 자신에게 전하려는 의미를 샤샤는 명확하게 이해했다. 아이. 쉬안 공작가의 미래를 책임질 아이. 하지만 샤샤는 아이를 낳을 생각이 전혀 없었다.

"저는 아이를 낳을 생각이 없습니다."

쉬안 공작이 천천히 고개를 기울였다. 마치 아무리 생각해도 전혀 이해가 되지 않는다는 것처럼. 그 눈을 견디기 어려워 샤샤는 다급히 이유를 덧붙였다.

"쉬안 공작가의 미래를 알 수 없는데 어떻게 아이를 낳겠습니까. 만약 일이 잘못되기라도 하면 애꿎은 생명 하나만 더 죽는 꼴이 될 텐데요. 아이는 쉬안 공작가의 미래가 안정되고 난 뒤에 낳아도 늦지 않을 것입니다."

"하나는 알고 둘은 모르는구나. 위험하니 더더욱 '쉬안' 성을 가진 아이가 필요한 것이다. 둘을 죽이는 것보다는 셋을 죽이는 것이 더 어려울 테니 말이다."

사실 쉬안 공작의 말이 더 일리가 있다는 것을 샤샤도 알고 있었다. 후계는 참으로 중요한 문제였다. 하지만 샤샤는 두려웠다. 제 소중한 것이 제 발목을 잡을까 봐. 제 소중한 것이 제 자신을 어느 곳으로 몰고 갈지 모르게 될까 봐.

카를과 올리비에를 보아라. 소중한 이는 제 자신을 끝없는 낙원으로 인도하기도 하고 바닥없는 고통으로 인도하기도 하지 않는가.

카를과 쉬안 공작을 보아라. 소중한 이는 제 자신을 끝없이 비열하게도 만들고 끝없이 용감하게도 만들지 않는가.

그래서 샤샤는 두렵고, 또 두려웠다.

"―저는 두렵습니다."

쉬안 공작의 미간이 좁아졌다.

"네 두려움의 값을 라리엘이 대신 치르고 있구나."

라리엘. 샤샤는 할 말이 없어 고개를 더욱 깊숙이 숙였다. 결혼한 지 3년이 지났는데도 아이를 낳지 못한 귀부인. 라리엘을 다른 귀족들이 어찌 대할지 샤샤는 구태여 보지 않아도 짐작할 수 있었다. 심지어 라리엘은 순수하기만 하니, 귀부인들의 공격을 제대로 받아 내지도 못할 터였다. 아니, 어쩌면 순수한 것이 나을지도 모른다. 그러면 귀족들의 은근한 빈정거림을 제대로 이해하지 못해 상처받지도 않을 테니.

"언젠가 라리엘이 고통의 대가를 요구한다면 너는 합당한 값을 치러 줄 수 있겠느냐."

고개를 숙인 샤샤는 한참이나 답하지 않았다. 침묵이 무거웠다.

"예. 그것이 합당하다면."

무거운 침묵만큼이나 무거운 대답이 내뱉어졌다. 그 대가를 치를 날이 가까운 줄 모르고.

* * *

쉬안 공작가의 가장 연약한 부분은 단연코 라리엘이었다. 그녀가 막 쉬안가의 이름을 얻었을 때, 그녀는 아무것도 가진 것이 없었다. 그녀의 혈관에 흐르는 피는 고귀하지 못했고, 혀 위를 구르는 말은 매끄럽지 못했으며, 상대의 약점을 파고드는 지략은 날카롭지 못했으며, 하다못해 육체적 능력조차 부족했다. 그나마 그녀가 가진 것이라고는 '쉬안', 그 찬란한 성 하나뿐이었다. 그조차도 아이를 낳지 못해 위태로운 것에 지나지 않았지만. 그러니 그녀는 얼마나 먹음직스러운 먹잇감이었겠는가.

귀족들은 늘 라리엘을 뜯어먹을 기회만을 호시탐탐 노렸다. 카르카롯사 백작 부인의 티 파티에 초대받은 오늘도, 라리엘을 뜯어먹기 위한 자리였다. 여섯 명의 귀부인이 분홍빛 장미꽃이 활짝 핀 유리 정원 안 흰 원형 탁자에 앉아 담소를 나누는 모양새는 멀리서 보기에는 퍽 사랑스러웠지만, 그것이 사랑스러움의 전부였다.

라리엘을 향해 공격을 시작한 사람은 카르카롯사 백작 부인이었다. 곧 다가올 다른 귀족가의 혼사에 대해 얘기하던 카르카롯사 백작 부인은 마치 지나가는 말인 양 운을 떼었다.

"이렇게 얘기하다 보니 베로트 백작 부인의 결혼식 날이 생각나네요. 정말 얼마 전의 일 같은데, 그게 벌써 몇 년 전이죠?"

베로트 백작. 샤샤가 결혼식 날 쉬안 공작으로부터 받은 작위였다.

"이제 곧 결혼한 지 3년이 되지 않나요?"

막상 질문받은 라리엘은 침묵하고 있었건만, 곁에 앉은 다른 콜린 남작 부인이 부채를 살랑거리며 답했다.

"어머, 3년이나 되었는데ㅡ."

주근깨 탓에 나이보다 어려 보이는 다른 귀부인이 실수인 척 운을 떼었다가 눈을 내리깔며 부채를 퍼덕였다. 끝까지 말하지 않아도 여기에 앉아 있는 모두가 3년이나 되었는데도 아이 소식이 없는 라리엘을 비웃는 것을 알았다. 부채가 퍼덕이는 소리 사이로 자그마한 웃음소리가 섞여 들었다.

익숙한 시비였다. 정말로, 익숙한. 처음에는 이런 도발을 제대로 이해하지도 못해 순진무구한 얼굴로 '생각보다 시간이 빨리 가지요?'라고 답했더라지. 그것도 멀쩡게 웃는 얼굴로.

하지만 저 밉살스러운 귀부인의 말마따나 이미 3년에 가까운 시간이 흘렀다. 그사이 라리엘은 참으로 많이 변했다. 이제 이런 뻔한 도발에는 꿈쩍하지 않을 정도로.

"예, 이제 곧 3년이 되네요."

라리엘이 여유로운 미소를 지으며 손가락 끝으로 찻잔의 테두리를 쓸었다. 팔목에 걸린 옥빛 팔찌가 약 올리듯이 귀부인들의 시선을 모았다. 자그마한 에메랄드를 알알이 이어붙인 팔찌는 라리엘의 팔을 넝쿨처럼 감싸고 있었다. 한눈에 보기에도 최상품으로 보이는 팔찌는 자세히 보면 '엘로망'이라는 글자가 음각으로 새겨져 있었다.

"어머, 그 팔찌는 엘로망 부인의 살롱에서 맞춘 거 아닌가요?"

평소 라리엘과 친분이 있던 제르망 자작 부인이 통통 튀는 높은 목소리로 감탄했다.

"어머."

라리엘은 부끄럽다는 듯, 부채로 얼굴을 반쯤 가렸다. 물론, 팔찌는 다른 부인들의 눈에 잘 보이게 그대로 탁자 위에 뻗어져 있었다.

"예, 그저 스쳐 지나가는 말로 한 마디 했을 뿐인데 베로트 백작님이 바로 그 다음 날 엘로망 부인을 공작저로 불러 주시지 뭐예요. 벌써 3년이 다 되어 가는데 어찌나 이리 한결같으신지."

3년이나 지났는데 자식 소식이 없냐는 빈정거림을, 3년이나 지났는데도 변함없이 사랑받는 여인이라는 자랑거리로 바꾸는 것은 순식간이었다. 라리엘의 말에 제르망 자작 부인과 키리엔 자작 부인이 호들갑을 떨며 부러워하는 것은 당연한 일이었다.

"처음 프러포즈를 하실 때도 로맨틱하시더니, 백작님은 참 한결같으시네요."

"전 그날 우연히 거리에 나왔다가 베로트 백작님이 프러포즈하시는 걸 직접 봤는데 정말, 제가 받는 것도 아닌데 두근거렸다니까요?"

두 부인은 한때 제도를 떠들썩하게 했던 샤샤의 프러포즈 이야기까지 꺼내 들었다. 실상은 그저 샤샤가 라리엘이 타고 있던 마차 앞에 가서 몇 마디 말을 한 것뿐이었지만.

'네가 필요해.'

그날, 그 말 한마디에 제 순진한 심장이 얼마나 뛰었는지 라리엘은 기억하고 있었다. 그리고 이제는 그 말이 얼마나 잔인한 말인지도 이제는 알고 있다.

'그는 나를 사랑하지 않아. 다만 필요로 할 뿐.'

어느 순간 찾아온 깨달음은 라리엘의 마음을 찢어 놓았다. 찢어진 마음을 스스로 기우고, 또 기우면서 라리엘은 스스로를 위로했다.

'언젠가는 그가 나를 사랑해 줄 거야.'

그래, 마치 제일 마지막에 피어나는 꽃이 가장 아름답듯이, 기나긴 인내 끝에 피어난 사랑 역시 얼마나 찬란하겠는가. 하지만 그렇다고 하여 인내의 시간이 기꺼운 것은 아니었다. 괴롭고, 또 괴로워 꽃이 피지 않는 것에도 얼마나 슬퍼했는가.

'어쩌면 그는 평생 나를 사랑하지 않을지도 몰라.'

흰 달이 뜬 추운 새벽에 라리엘은 그리 생각했다. 그 달은 라리엘의 첫 꽃이 핀 달이었다. 꽃이 지는 동안 잠시 각방을 썼던 샤샤가 다시 라리엘과 함께 침대를 쓴 날, 라리엘은 남몰래 긴장했었다. 하지만 그날도 그 전의 날들과 다를 것이 없었다.

'그는 평생 나를 사랑하지 않을지도 몰라.'

놀랍게도, 그 생각이 그리 슬프지는 않았다. 다만, 하늘에 뜬 시린 달처럼 마음이 차갑게 가라앉을 뿐이었다.

그날을 기점으로 라리엘의 변화는 더욱 가팔라졌다. 그녀는 넘쳐 나는 쉬안 공작가의 부(富)를 이용해서 주변에 제 사람들을 놓기 시작했다. 처음에는 멋도 모르고 적진에 홀몸으로 뛰어들었지만, 그 이후로는 어느 파티에 초대를 받든지 꼭 제 사람들을 이끌고 갔다. 자신이 공격을 당하면 방패가 되어 주고, 자신이 공격을 하면 옆에서 같이 날카로운 말을 휘둘러 줄 이들을. 오늘 티 파티에 데리고 온 제르망 자작 부인과 키리엔 자작 부인도 그런 귀부인들 중 하나였다.

물론, 제 사람들을 데리고 온다고 하여 라리엘이 완벽하게 안전한 것은 아니었다. 제 사람을 데리고 온들, 화법을 연마한들, 엘로망 부인의 살롱에서 맞춘 귀한 팔찌를 흔들어 대든, 라리엘은 아직 약했다. 가리려고 해도 가릴 수 없는 크나큰 결함이 있었기에.

"아무리 팔찌가 귀하다 한들, 후계자만 하겠어요?"

아이가 없는 귀부인. 라리엘이 그 무엇으로도 극복할 수도 가릴 수도 없는 큰 결함. 그리도 큰 결함이었으니, 라리엘은 이 직설적이고 무례한 언사에도 화를 낼 수 없었다. 그러니 라리엘은 이 무례한 언사조차도 묵묵히 참아 왔고 앞으로도 참아야만 했다. 버겁더라도.

"사랑이 극진하니 후계도 시간문제지요."

키리엔 자작 부인의 궁색한 편들기를 끝으로 이 지겨운 신경전이 끝났다. 뒷맛이 썼다.

* * *

'앞으로 얼마나 더 참아야 할까?'

쉬안 공작저로 돌아가는 마차 안에서 라리엘은 홀로 씁쓸히 물었다.

'기다리면 언젠가는 해결될 문제야.'

그리고 늘 그랬듯이 그녀는 스스로에게 답했다. 이 모든 것 또한 그저 지나가리라. 라리엘은 믿었다. 어찌 되었든 샤샤는 쉬안 공작가의 유일한 후계자였고, 좋든 싫든 아이를 만들어야 할 사명이 있었다. 그러니 이 수모도 언젠가는 다 지나갈 일이었다.

'하지만 도대체 언제?'

기약할 수 없는 기다림은 참으로 잔인했다. 라리엘은 이미 마음속으로는 몇 번이나 샤샤에게 욕하고 또 애원했었다. 자신에게 아이를 달라고. 만약 자신이 그에게 아이를 달라고 한다면, 그는 두말없이 그 뜻을 이루어 줄 것이라고 라리엘은 믿었다. 그의 사명감과 그의 책임감을 믿었기에.

하지만 라리엘은 차마 쉬안 공자에게 아이를 달라 청하지는 못했었다. 아마도 어린 소녀의 수줍음과 부끄러움, 기다림이 길지 않을 것이라는 희망, 견딜 수 있을 것이라는 이유 없는 긍정 때문에. 그런 것들 때문에 라리엘은 샤샤에게 차마 아이를 달라고 청하지 못했었다.

그래. 못했'었'다.

하지만 지금은, 지금은 어떠한가. 기다림은 어느새 '세월'이라 불릴 수 있을 정도로 길어졌고, 세월 속에서 수줍음도, 부끄러움도, 희망도, 긍정도 모든 것이 닳아 갔다.

'제가 쉬안 공작가의 일원으로서 맡은바 의무를 다할 수 있게 해 주세요.'

라리엘은 몇 번이고 혀끝에 맴돌았던 그 말을 다시 한번 속으로 되뇌었다. 오늘은, 오늘은 정말로 이 말을 입 밖으로 내뱉으리라. 기 필코.

라리엘의 굳은 다짐을 알 리 없는 샤샤는 평소와 똑같은 모습으로 라리엘을 맞이했다. 샤샤는 늘 그렇듯이 푸르스름한 빛이 감도는 흰 옷을 단정하게 걸치고 꼿꼿한 자세로 벽난로 앞 의자에 앉아 있었다. 손에는 늘 그렇듯이 얇은 책을 쥐고.

라리엘이 몇 걸음 다가가자 샤샤는 그제야 책을 덮고 라리엘을 돌아보았다. 얼굴에 그려진 한결같은 반듯한 미소.

"라리엘, 기다리고 있었어."

그리고 저 반가워하는 듯한 말. 인사를 건넸으니 이제 쉬안 공자는 오늘 있었던 일을 이야기할 터였다.

"오늘 카르카롯사 백작 부인이 주최한 티 파티에 다녀왔다면서?"

역시나.

"예, 평소 사교계 활동이 활발한 분이셔서 그런지 흥미로운 이야기를 많이 알고 계시더라고요."

이리 대답하면 마치 관심 있다는 듯, 대화를 이어 나가겠지.

"그래? 어떤 흥미로운 이야기를 들었어?"

역시나.

"요즘 사교계에서 모든 귀족들의 조롱거리가 되고 있는 귀부인이 하나 있다더라고요."

예상을 벗어나지 않는 샤샤의 반응에 라리엘이 천천히 운을 떼었다.

"그런 귀부인이 있다는 이야기는 처음 들어 보는걸. 어느 가문의 누구야?"

저 순진무구한 물음이라니. 정말 모르는 것이 아닐 텐데. 분명 모든 것을 알고 있을 텐데.

"제게 맞춰 보라며 끝까지 이야기해 주지 않았어요. 공자님이 한번 들어 보시고 누구신지 맞춰 보시겠어요? 저는 끝까지 누군지 모르겠더라고요. 다른 분들은 모두 알고 계신 것 같았는데 말이에요."

쉬안 공자의 미소가 미세하게 어그러졌다. 아마도 이제부터 나올 이야기를 짐작한 것이겠지.

"성은 고귀하나 핏줄은 미천하며, 머리는 황금만큼 찬란한 금발로 뒤덮여 있으나 순수라는 이름의 무지로 더럽혀져 있으며, 매달 꽃을 피워 내나 열매를 맺지 못하는 여인이라 하더라고요."

라리엘은 아무것도 모르겠다는 듯, 말갛게 샤샤를 향해 웃어 보였다. 평생을 지어 온 말간 웃음은 더없이 완벽했다.

"백작님은 이 불쌍한 귀부인이 누구인지 아시겠어요?"

샤샤의 눈동자에 죄책감이 선명하게 어린다. 왜 예전에는 저것을 몰랐을까. 이리도 빤히 보이는 것을. 이리도 이용하기 쉬운 것을.

"아니. 라리엘, 나도 모르겠어."

단아한 음성 사이로 스며드는 떨림. 이리도 선명한 것을 왜 몰랐을까.

라리엘의 녹빛 눈이 쉬안 공자를 응시했다. 그의 눈 속에 한없이 순수해 보이는 자신이 비쳤다. 아무것도 모른다는 듯, 동그란 눈에 애정만을 담고 있던 소녀의 눈이 한순간 차갑게 가라앉았다.

"백작님, 저를 더 이상 욕되게 하지 말아 주세요."

라리엘은 더 이상 순진한 소녀를 연기할 생각이 없었다. 3년, 3년이면 충분했다. 그 정도 지났으면 이제 할 만큼 했다. 라리엘은 순진한 소녀의 거죽을 벗는 것이 조금은 두려웠'었'다. 샤샤가 자신을 곁에 둔 이유가 무엇인지 순진하지 않은 라리엘은 짐작할 수 있었으니.

자신이 순진한 소녀이기에, 참으로 무해하고도 연약한 존재이기에, 샤샤는 자신을 곁에 둔 것이겠지. 그래서 어느 순간 순진하지 않게 된 라리엘은 지금 이 순간에 이르기까지 순진한 소녀를 연기할 수밖에 없었다. 그렇지만 이제는 아니었다. 그러니 이 순진한 소녀의 거죽은 그저 벗으면 그만인 거추장스러운 가면일 뿐이었다. 아마 샤샤는 자신이 한순간에 바뀌었다고 생각하겠지. 하지만 아니다. 3년의 세월이, 세월 속에 같이 흐른 제 눈물이 자신을 바꿔 놓았을 뿐이었다.

그 눈물이 남긴 길이 얼마나 고통스러웠는지, 쉬안 공자는 모르겠지. 한때는 그것이 참으로 원망스러워, 쉬안 공자가 자신을 사랑하게 되면 제 자신이 얼마나 괴로웠는지 미주알고주알 이야기해 줄 생각이었었다. 하지만 지금의 라리엘은 그조차 바라지 않았다.

"라리?"

순식간에 바뀐 라리엘의 모습에 샤샤는 어수룩하게 라리엘의 이름을 불렀다. 한때, 저 음성이 형용할 수 없을 정도로 달콤하게 들렸었지. 하지만 지금의 라리엘은 그저 단조로이 제 하고자 하는 말을 뱉어 낼 뿐이었다.

"베로트 백작님, 제가 쉬안 공작가의 일원으로서 맡은바 의무를 다할 수 있게 해 주세요."

어린 소녀는 어디로 가고 어느새 완연한 여인이 자리하고 있었다.

* * *

샤샤는 방금 자신이 들은 말을 쉬이 받아들일 수 없었다. 라리엘이, 저런 말을 한다고? 그 순수한 라리엘이? 피곤해서 헛것을 들은 것이 분명해.

"라리엘, 방금 뭐라 그랬어?"

"제가 쉬안 공작가의 일원으로서 맡은바 의무를 다할 수 있게 해 달라 청했어요."

라리엘은 특유의 어눌함 없이 분명하고 또렷하게 한 음절씩 내뱉었다. 그 모습이 참으로 낯설어 샤샤는 한참 동안 라리엘을 응시했다. 그러고 보니, 참으로 많은 것이 변해 있었다. 동글동글하던 얼굴은 어느새 볼살이 빠져 날렵한 선을 그리고 있었고, 세상 근심이라고는 전혀 모르는 것 같았던 눈에는 어느새 그림자가 드리워져 있었다.

"백작님, 저는 더 이상 어린 소녀가 아니에요."

엷은 분홍빛 장미 같던 입술 역시, 여느 귀부인과 다르지 않은 붉은빛으로 채워져 있었다.

"그리고, 더 이상 순진한 멍청이도 아니에요. 백작님이 모르는 척, 아무것도 가르쳐 주지 않아도 저는 이제 다 알아요. 세간에서 저를 무어라 일컫는지."

점잖게 표현하면 향기 없는 꽃. 조금 원색적으로 표현하면 천한 태(胎). 그리고 차마 입에 담지 못할 표현들. 샤샤는 그 모든 것을 알고 있었다. 그럼에도 아무것도 하지 않았다. 그러니 라리엘이 자신을 원망한다 하더라도, 샤샤는 할 말이 없었다.

"라리엘, 미안해."

라리엘은 고개를 저었다.

"내게 필요한 것은 사과가 아니에요."

라리엘의 서늘한 손끝이 샤샤의 목덜미를 쓸어내린다. 서늘한 체온에 온 감각이 곤두선다. 서늘한 손가락은 조금의 망설임도 없이 상의를 동여맨 끈을 잡아당겼다. 차가운 바람이 샤샤의 가슴을 스쳤다.

"라리엘, 나는–."

위선이라는 것을 안다. 그럼에도 샤샤는 라리엘을 상처 주고 싶지 않았다. 그러니, 샤샤는 이 말만은 하고 싶지 않았다. 가슴께에 있던 라리엘의 손이 넝쿨처럼 샤샤의 목을 옭아맸다. 귓불을 스쳤던 엄지손가락이 다시 목젖을 스친다. 엄지손가락에 힘이 들어간다. 살짝 숨이 막힐 정도로. 숨 쉬는 것이 버거워 샤샤가 제 목을 누르는 라리엘의 손을 감쌌다.

"저를 사랑하지 않죠. 알아요."

차가운 말이 얼음 사슬처럼 심장을 옥죈다.

"그러니, 백작님은 더욱 저를 거부하시면 안 되는 거예요."

라리엘의 말이 옳았다. 샤샤는 더 이상 라리엘을 막을 수 없었다. 라리엘의 손을 감쌌던 샤샤의 손이 힘없이 떨어졌다. 라리엘은 더욱 억세게 샤샤의 목을 짓눌렀다. 숨 쉬는 것이 버거워진 샤샤가 그저 살기 위해 입을 벌렸다.

그 순간, 샤샤의 숨길을 따라 붉은 입술이 다가왔다. 붉고 붉되, 차갑고도 차갑다. 붉고도 차가운 숨결이 샤샤를 온통 헤집어 놓았다.

그날, 처음으로 라리엘은 지지 않는 붉은 꽃을 피워 냈다.

처음이 어려웠지, 그다음은 쉬웠다. 샤샤는 라리엘이 상처받으리라고 생각했다. 하지만 라리엘은 그날도, 그다음 날도, 그 다음다음 날도 아무렇지 않아 보였다.

라리엘은 아침이 되면 여상스레 하얀 나신에 보드라운 가운을 둘렀다. 어깨가 반쯤 보일 정도로 어설프게 덮여진 가운이 바닥에 끌리는 소리가 나고, 이내 방문이 열렸다가 닫힌다. 침실에 홀로 남아 귀를 기울이고 있으면 라리엘이 시녀들을 부르는 벨을 흔드는 소리가 들린다.

라리엘의 부름을 받은 시녀들을 아마도 몸을 데울 따뜻한 목욕물

을 준비할 터였다. 라리엘이 목욕물에 몸을 담그고 있는 동안 옆에
선 시녀는 라리엘 앞으로 온 초대장을 하나씩 읊을 것이었다. 초대
장을 골라낸 라리엘은 잠시간 정원을 산책하면서 생각을 정리할 테
지. 일정이 있는 날이면 슬슬 나갈 준비를 시작할 것이었고, 일정이
없는 날이면 집사에게서 쉬안 공작가의 재정에 대해서 배우겠지. 그
리고 밤이 되면 다시 침실로 돌아올 거야.

그 모든 일정을 지내면서 라리엘은 아주 가끔 입으로만 웃었다.
그것도 소리 없이 고요히.

그런 라리엘이 샤샤는 낯설었다. 순진하게 올망졸망하던 눈동자도,
한없이 환히 웃던 미소도, 경쾌하게 총총거리던 발걸음도 모두 사라
진 라리엘은 더 이상 샤샤가 아는 라리엘이 아니었다.

다시 밤이 돌아왔다. 라리엘의 서늘한 손끝이 샤샤의 옷깃을 푼다.
그 서늘함이 견디기 어려워 샤샤는 결국 라리엘의 손을 낚아챘다.

"라리엘, 정말 괜찮겠어?"

샤샤는 진심으로, 라리엘이 상처받을 것이라고 생각했다. 라리엘
의 눈동자에 제 자신이 오롯이 차오를 때까지도 그리 생각했다. 차
분하게 가라앉은 라리엘의 눈동자에 천천히 상처가 차오르는 것이
보였기에. 천천히, 천천히.

그것이 안타까워 샤샤는 라리엘의 눈을 응시했다. 그리고 한참이
지나서야 샤샤는 라리엘의 눈동자에 들어찬 상처의 크기만큼, 자신
이 비춰지고 있다는 것을 깨달았다.

상처받은 것은 자신인가, 라리엘인가.

"백작님, 저는 괜찮아요."

샤샤가 혼란에 흔들릴 즈음, 라리엘이 차분히 말했다. 정말로, 아

무렇지도 않은 것처럼.

＊　＊　＊

괴로운 밤들이었다. 한밤의 괴로움이 샤샤의 하루를 온전히 흔들 정도로. 익숙해지리라고 다독이던 날들도 있었다. 하지만 밤이 반복될수록 괴로움은 깊어졌다. 두 달이 채 지나지 않아 라리엘이 아이를 품었다는 말을 들었을 때, 샤샤는 안도했다. 더 이상 괴로운 밤을 지내지 않아도 된다는 생각에.

과연 샤샤의 생각대로 그날 이후로 라리엘이 밤에 샤샤를 찾는 일은 없었다. 아니, 애초에 복중 태아를 위하여 몸조리를 해야 한다며 라리엘은 아예 각방을 쓰겠다고 선언했다. 그뿐이 아니었다. 낮에도 라리엘은 샤샤를 찾지 않았다. 그가 먼저 라리엘을 찾지 않는 이상, 라리엘은 샤샤에게 다가오지 않았다.

샤샤는 인식하지 못하고 있었지만, 라리엘은 샤샤의 인생에 꽤 많은 부분을 차지하고 있었다. 아침에 일어나자마자 라리엘의 잠든 얼굴을 보는 것이, 시녀들에게 라리엘의 이야기를 듣는 것이, 시간이 날 때면 라리엘과 시답잖은 이야기를 하면서 정원을 걷는 것이, 밤이 되면 그날 무슨 일이 있었는지 이야기를 나누는 것이. 샤샤에게는 너무나도 사소하고, 너무나도 당연한 것이었다. 그 사소하고 당연한 것들이 사라지자 샤샤의 하루는 너무나도 고요하고, 너무나도 적막해졌다. 어느덧 괴로운 밤은 괴로운 하루가 되었다.

"라리엘, 가끔은 같이 차라도 마시는 것이 어때?"

괴로움이 턱 끝까지 차오른 날, 샤샤는 조심스레 라리엘에게 청했다. 유리 정원에 피어난 장미꽃 향을 맡던 라리엘이 돌아보지도 않고 되물었다.

"왜 그래야 하죠?"

라리엘의 물음에 샤샤는 쉬이 답할 수 없었다. 그 어떤 말도 적절하지 않아 보였다. 침묵이 내려앉자, 라리엘이 다시 입을 열었다.

"백작님 이 붉은 장미의 꽃말이 무엇인지 아시나요?"

라리엘의 손아귀에 사로잡힌 붉은 장미가 파르르 떨었다. 금방이라도 꽃잎들을 떨굴 것처럼. 살려 달라는 것처럼. 하지만 샤샤는 라리엘의 물음에 답하지 못했다. 라리엘은 오래 기다리지 않았다.

"열망, 사랑."

파르르 떨리던 장미 꽃대가 툭, 꺾였다. 꽃대가 축 늘어지고 힘을 잃은 꽃받침이 벌어진다. 의지할 곳을 잃은 붉은 꽃잎이 핏방울처럼 바닥에 흐트러진다.

"백작님, 저는 더 이상 백작님을 사랑하지 않아요."

라리엘의 눈이 바닥에 흐트러진 붉은 꽃잎들을 향했다. 그 눈에 얼핏 서글픔이 담긴 것도 같았다.

"언제부터였는지 모르겠는데, 그냥 그렇게 되었어요."

붉은 꽃잎을 잠시 응시하던 라리엘은 고개를 들어 샤샤를 바라보았다. 이렇게 되기까지 얼마나 괴롭고 얼마나 고통스러웠는지, 라리엘은 구태여 샤샤에게 설명하지 않을 터였다. 아무리 구구절절이 설명해도, 샤샤는 제 고통의 반의반도 느끼지 못할 터이니.

"그러니 백작님도 곧 괜찮아지실 거예요."

라리엘은 샤샤가 제 반의 반의반의 반만이라도 고통스럽기를 바랐다. 아니, 그것의 반의반의 반이라도. 그러니 라리엘은 샤샤가 괴로

253

워하더라도 그를 도와주지 않을 터였다. 라리엘은 냉정히 몸을 돌렸다.

마음이 아렸다.

*　　*　　*

한동안 샤샤는 고통에 몸부림쳤다. 그럼에도 샤샤는 꾹꾹 제 고통을 삼키며 제 할 일들을 해 나갔다. 그는 아무렇지도 않은 척 사무를 처리했고, 쉬안 공작에게서 가르침을 받았고, 또래의 귀족들과 친분을 나누었다.

물론, 라리엘과도 아무 일 없는 것처럼 다정한 모습으로 외부 모임에 참석했다.

외부 모임에 참서할 적이면 귀부인들은 아직도 공공연히 라리엘을 무시했다. 혹여나 누가 해를 끼치지 않을까 하는 두려움에 라리엘의 임신 사실을 외부로 알리지는 않았기 때문이었다. 하지만 라리엘은 그저 잔잔히 웃으며 평소와 다름없이 응수해 줄 뿐, 더 이상 괴로워하지 않았다.

여름, 3황자와 올리비에의 약혼식이 있던 날도 샤샤는 라리엘과 함께 황궁 연회에 참석했다. 1황자와 2황자의 약혼식은 '황금의 홀'에서 이루어졌던 데에 반해, 3황자의 약혼식은 '환희의 홀'에서 이루어졌다. 그간 대관식이며 황태자의 국혼 등이 모두 '황금의 홀'에서 이루어졌음을 감안하면, 황실 내에서 3황자의 위상을 짐작할 만했다.

그뿐이 아니었다. 1황자와 2황자의 약혼을 축하하는 연회는 1주일이나 계속되었지만 3황자의 약혼식을 축하하는 연회는 겨우 3일에 불과했다. 3황자는 1황자나 2황자에 비할 바가 아니라는 명백한 신호였다. 애초부터 둔한 머리 탓에 황권과는 거리가 멀었던 3황자였던지라, 놀라는 사람은 없었지만 그래도 약간의 술렁임은 어쩔 수 없었다.

"환희의 홀이 지어진 지 얼마 지나지 않아 아직 제국의 역사를 품지는 못했지만, 오늘 3황자의 약혼식을 시작으로 하여 역사를 품어 나간다면 이 아니 기쁘겠는가."

황제도 귀족들의 술렁임을 의식한 것인지 3황자의 약혼식 축사에 그럴싸한 변명을 끼워 넣었다. 하지만 겨우 그 정도의 변명에 귀족들이 설득당할 리 없었다. 1황자비 역시 마찬가지였다. 이로뱃사 후작가의 영애였던 1황자비는 자애롭게 웃는 얼굴로 올리비에에게 조잘거렸다.

"환희의 홀이 역사는 짧지만 지어진 지 얼마 지나지 않아, 화려하고 볼거리가 많지요. 정원의 분수대는 어찌나 하얀지 밤에도 홀로 빛을 내고, 2층에 있는 거울로 만든 미로는 방문하는 사람마다 감탄을 금치 못할 정도로 환상적이라고 하잖아요? 이처럼 아름다운 곳에서 약혼식을 올린다니, 올리비에 경은 참으로 좋겠어요."

그리 말하는 1황자비의 눈에는 숨기지 못한 우월감이 깔려 있었다. 올리비에는 그 저열한 우월감을 보고도 하얗게 웃었다.

"1황자비 저하께서 그리 권해 주시니, 이번 기회에 꼭 구경해 봐야겠습니다."

올리비에의 공손한 대답에 1황자비의 눈에 깔린 우월감이 더욱 진해졌다. 1황자비의 저열한 우월감을 빤히 알고 있을 텐데도 올리비에는 그저 예의 바르기만 했다.

"올리비에 경이 하루빨리 결혼식을 올려 황실의 일원이 되면 얼마나 좋을까요?"

'그러면 확실히 내 아랫사람이 될 테니 정말 좋을 텐데.'

구태여 입 밖으로 내지 않아도 1황자비의 속마음이 들려왔다. 그럼에도 역시나 올리비에는 웃었다. 옆에서 아무것도 모르는 어린아이처럼 웃고 있는 3황자처럼.

연회 첫째 날은 그리 지나갔다. 올리비에는 돌아가며 황족과 귀족들의 축하 인사를 들었고, 쉬안 공자와 라리엘도 올리비에에게 축하의 인사를 건넸다. 올리비에는 하루 종일 이어지는 축하 인사 내내 3황자와 비슷한 미소를 지었다. 그런 그녀를 보고 몇몇의 귀족들은 수군거렸다.

"올리비에 경도 별수 없군."

"제아무리 뛰어난들 어찌할 수 없는 것이 있는 것이지."

"차라리 바이에른 공작가의 후계자로 남는 것이 나았을 터인데."

대화에 끼어들지는 않았지만 샤샤 역시 그들의 말에 동의했다. 황제가 될 가능성도 없는 덜떨어진 3황자와 결혼하느니, 위세 당당한 바이에른 공작이 되는 편이 훨씬 나았을 텐데. 물론, 올리비에라고 그걸 몰라서 3황자와 약혼한 것은 아니겠지만. 그저 어찌할 수 없었을 뿐.

모든 것을 알고 있을 올리비에는 그저 아무것도 모르는 것처럼 하얗게 웃었다.

연회 둘째 날에도 올리비에는 웃었다. 득실거리는 귀족들 사이에서 이질적일 정도로 하얗게. 우연히 올리비에와 눈이 마주치면, 그녀는 역시나 하얗게 웃었다. 그 모습에 숨이 막혀 샤샤가 고개를 돌렸다. 고개를 돌리니 올리비에를 바라보는 라리엘의 옆모습이 눈에 들어왔다. 그 역시 차마 바라볼 수 없어 샤샤는 고개를 돌렸다. 고개를 돌리니 이번에는 구석에 홀로 서 있는 퀠른 경이 보였다. 그림자에 반쯤 몸을 숨긴 퀠른 경은 간혹 술을 들이킬 때 외에는 미동도 없이 올리비에를 바라보고 있었다. 한없이, 한없이.

연회의 마지막 날이 시작되었다. 모든 연회가 그러하듯이 연회의 마지막 날은 가장 화려했다. 꺼지기 직전의 촛불이 가장 밝듯이.

3황자와 올리비에의 약혼식은 그렇게 별 일 없이 끝날 것 같았다.

"백작님, 잠시 올리비에 영애에게 다녀와도 될까요?"

말로는 허락을 구하고 있었지만 라리엘은 이미 샤샤의 팔에서 손을 떼어 낸 상태였다. 샤샤가 뭐라 대답할 틈도 없이 라리엘이 올리비에를 향해 발을 떼었다. 라리엘의 뒤로 키리엔 자작 부인을 비롯한 그녀의 무리들이 잽싸게 따라붙었다. 세 귀부인이 올리비에를 향하자, 올리비에를 둘러싸고 있던 귀족들은 갸녀린 유리 꽃을 지키는 기사들처럼 더욱 단단히 올리비에를 감쌌다.

올리비에와 라리엘이 가까워진다. 라리엘의 얼굴에 그려진 미소가 더욱 환해졌다. 라리엘의 걸음걸이가 더욱 가볍고 급해졌다. 라리엘은 마치 오랫동안 기다리던 선물을 향해 다가가는 어린아이 같았다.

"올리비에 언니!"

지척에 이르자 라리엘은 경쾌한 목소리와 함께 한껏 속도를 올렸다. 어린아이처럼 주변의 시선을 신경 쓰지 않은 채 뛰어드는 라리엘 앞에서 올리비에를 둘러싼 귀족의 벽은 아무런 쓸모가 없었다. 뭔가 불길함을 느끼고 라리엘의 앞을 막아서려 한 귀족도 있었지만,

역시 이미 늦은 뒤였다. 라리엘은 전쟁에서 살아 돌아온 아버지를 맞이하는 나이 어린 소녀처럼 한없이 행복한 얼굴로 올리비에의 품 안으로 뛰어들었다. 그 모습이 퍽이나 순수해 보여 그 누구도 감히 무례하다 말하기 어려울 정도였다.

아무리 라리엘이 어린아이처럼 행동한다 한들, 몸은 성인이었다. 기습적으로 라리엘의 무게를 감당하게 된 올리비에의 몸이 무게를 감당하지 못하고 뒤로 젖혀졌다.

"올리비에 경!"

곁에 있던 이가 올리비에를 부축하여 손을 뻗었지만, 이미 늦은 뒤였다.

쿵─.

제법 둔탁한 소리와 함께 제국에서 손꼽히는 귀한 두 여인이 바닥에 떨어졌다. 올리비에의 젖혀진 드레스 사이로 보여서는 안 되는 발목이 보였다.

"베로트 백작 부인!"

"올리비에 경!"

호들갑스러운 외침은 잠깐이었다. 라리엘의 측근, 키리엔 자작 부인이 눈을 동그랗게 뜨고는 올리비에의 발목을 빤히 쳐다보았다. 그시선에 다른 귀족들의 시선 역시 자연스레 올리비에의 발목을 향했다.

무언가, 무언가 정말로 이상한 것이 올리비에의 발목에 있었다. 나무로 만든 그 물체는 올리비에의 다리를 족쇄처럼 꽉 조이고 있었다. 나무로 된 족쇄는 두 개의 기다란 나무 막대에 연결되어 있었는데, 두 개의 기다란 나무 막대의 끝에는 솜을 넣은 것인지 폭신해 보이는 주머니가 꽂혀 있었다. 뒤늦게 올리비에가 드레스 자락을 내려 제 다리를 감췄지만 이미 볼 사람들은 다 본 뒤였다.

"세상에―."

침묵 속에 누군가의 한숨 같은 탄성이 흘러나왔다. 그것이 시발이었다. 갑작스러운 상황에 어찌할 바 모르던 귀족들이 웅성거리기 시작했다.

"저거, 목발을 개조한 거 아닌가요?"

"얼마 전에 부상으로 퇴역한 기사가 저것과 비슷한 것에 의지해서 다니는 것을 본 적이 있어요."

"그럼 설마 바이에른 영애가 장애를―."

"장애를 가진 몸으로 황자 저하와 결혼하려 한 건가요?"

"설마요, 뭔가 잘못 본 것이겠지요."

귀족들의 눈이 올리비에를 향했다. 눈으로 사람을 태워 죽일 수 있다면, 올리비에는 이미 한 줌의 재가 된 뒤일 터였다. 올리비에가 고개를 숙였다. 그녀의 눈에도 지지대를 묶어 놓은 제 다리가 보였다. 이렇게 되어 버린 것이 원망스럽지 않다면 거짓말일 것이었다. 하지만 지금 이 순간, 올리비에가 할 수 있는 일은 더 이상 없었다. 그녀는 늘 매순간 최선의 노력을 다했다. 다만 그 결과가 지금은 좋지 않을 뿐이었다. 지금 그녀에게 있어서 최선은 담담히 제게 내려질 처분을 받아들이는 것뿐이었다. 분명 이 순간 이후 올리비에의 처지는 그리 좋지 않아질 터였다. 하지만 올리비에는 그것이 제 인생의 끝이 되리라고는 생각하지 않았다. 늘 그랬듯, 준비하고 기다리다 보면 다시 한번 일어날 기회가 생길 거라고, 올리비에는 스스로를 믿었다. 그럼에도 지금 이 순간이 조금은 버티기 힘들어 올리비에는 꽤 오랫동안 고개를 숙이고 있었다.

샤샤는 그 모든 것을 넋을 놓고 바라보았다. 참으로 현실 같지 않았다. 한순간에 일어난 예상 밖의 상황들. 샤샤의 눈에도 올리비에의 드레스 자락 사이로 나온 지지대가 빤히 보였었다.

'올리비에의 다리가 성하지 않아.'

샤샤가 한 걸음씩 올리비에에게 다가갔다.

'전쟁에서 다친 것이 아니야.'

샤샤는 사냥 대회 날 절벽에서 멀쩡한 두 다리로 암살자들과 대치하고 있던 올리비에를 기억했다. 그러니 다쳤다면 그 이후인 것이 분명했다. 더 정확하게는, 자신을 감싸고 추락했던 그 순간.

"바이에른 영애, 무어라 말을 해 보시지요."

"그래요, 해명을 해 보십시오."

"우선 드레스 자락으로 가린 그것부터 다시 한번 보여 주시지요."

"어서요."

올리비에를 몰아붙이는 귀족들의 기세가 자못 사나웠다. 굶주린 승냥이 떼 사이에 홀로 떨어진 초식 동물처럼, 올리비에는 차가운 땅바닥에서 숨죽이고 멸시 어린 눈빛을 받아 냈다.

'올리비에.'

생각할 틈도 없이 샤샤의 몸이 올리비에를 향했다. 그는 올리비에를 대신해 저 경멸 어린 시선을 막아 내고 싶었다. 그는 쉬안 공작가의 문장이 수놓아진 망토로 그녀의 다리를 가리고 싶었다. 그리고 올리비에를 가장 안전한 곳으로 인도하고 싶었다.

하지만 샤샤가 올리비에의 지척에 다다랐을 즈음, 한 사내가 샤샤

의 팔목을 잡아끌었다. 퀠른 경. 3일간의 연회 내내 연회장 구석의
그림자 속에서 미동도 하지 않던 퀠른 경이 어느새 샤샤의 옆으로
다가와 그의 팔을 잡아끌고 있었다.

"베로트 백작, 더 이상 올리비에를 욕되게 하지 마라."

퀠른 경은 지저 속에서 끓어 나온 것 같은 낮고 어두운 목소리로
샤샤에게 속삭였다. 어디 목소리뿐이겠는가. 붉은 기가 감도는 퀠른
경의 눈에는 심연과도 같은 고통과 분노가 피어오르고 있었다. 참으
로 차가운 고통과 분노였다.

'더 이상 올리비에를 욕되게 하지 마라.'

눈앞의 상황에 매몰되어 조급하게 굴었지만, 조금만 생각해 보면
이 상황에서 샤샤가 나서는 것은 그림이 상당히 좋지 않았다. 조금
이나마 남아 있던 올리비에의 명예조차도 시궁창에 뒹굴게 될 것이
었다.

샤샤가 할 수 있는 최선은 그저 조용히 이 모든 사태를 관망하는
것뿐이었다. 제 옆에서 휘몰아치는 감정을 눌러 참으며 서 있는 퀠
른 경처럼.

* * *

"올리비에 경, 무어라 말을 해 보시오!"

귀족들의 계속된 추궁에, 단상 위에서 내려다보고만 있던 황제는
황제의 홀로 쿵- 무겁게 바닥을 내리쩍었다. 그 소리에 올리비에를
물어뜯던 귀족들이 일시에 입을 다물고 황제를 향해 고개를 숙였다.

"올리비에 경, 짐도 궁금하구나. 방금 짐이 본 것이 무엇인지 설명

해 주겠나.”

황제의 물음에 그제야 올리비에는 천천히 얼굴을 들어 올렸다. 그리 들어 올린 올리비에의 얼굴은 생각보다도 담백했다. 그녀가 황제를 바라보았다. 그 눈에는 분노도, 고통도, 원망도 담겨 있지 않았다. 담겨 있는 것은 오로지 처연할 정도의 체념뿐. 물끄러미 황제를 바라보던 그녀가 고개를 모로 돌려 제 다리를 바라보았다.

“폐하께서 궁금하시다면.”

그녀가 스스로 드레스 자락을 거뒀다. 거둬진 드레스 자락 사이로 예의 그 목발 비슷한 것이 드러났다.

“처음 보는 것이로구나.”

“목발을 개조한 것입니다, 폐하. 신은 할라사 부족과의 전투에서 돌이킬 수 없는 부상을 입었습니다. 처음에는 병사들의 사기를 위해서 부상당한 사실을 숨겨야만 하였습니다. 그 이후에는 밝히는 것이 두려워 밝히지 못했습니다. 이 모든 괴이한 사태는 신의 책임이오니, 폐하께오서는 부디 신을 죽여 주십시오.”

거짓말, 샤샤는 속으로 그리 외쳤다. 할라사 부족과의 전투에서 다친 것이 아니라 나를 구하다가 다친 거잖아. 샤샤는 진실을 알고 있었지만 감히 고할 수 없었다.

거짓을 말하면서도 올리비에는 한 치의 흔들림도 없었다. 아니, 거짓이라고는 생각하지 못할 정도로 묻지 않은 것조차 망설임 없이 답했다. 올리비에는 당장이라도 목을 내놓을 것처럼, 고개를 숙였다. 타오르는 금발이 자연스레 한쪽으로 흘러내려 거뭇하게 그을린 목이 드러났다.

“황제와 황족을 능멸하다니, 그대의 죄가 크다.”

꽤나 날카로운 말과는 달리, 올리비에를 내려다보는 황제의 얼굴은 참으로 무감했다.

"본래대로라면 참형에 처해 본보기를 보이는 것이 옳겠으나, 그간 경이 제국에 바친 공이 적지 않지."

황제가 천천히 단상을 걸어 내려왔다. 올리비에의 바로 앞에 선 황제는 자상하게 허리를 굽혀 올리비에에게 손을 내밀었다.

"일어나라."

올리비에가 숙였던 고개를 천천히 들어 올려 황제의 손을 물끄러미 바라보다 다시 고개를 숙였다.

"큰 죄를 짊어진 몸으로 어찌 감히 황제 폐하의 신성한 몸에 손을 대겠습니까. 허하신다면, 몸을 기댈 예식용 검 한 자루만 내어 주십시오."

황제가 내밀었던 손을 천천히 접었다. 올리비에의 정수리를 내려다보던 황제는 이내 곁에 서 있던 기사에게 손짓했다. 기사는 제 허리춤에 있던 예식용 검을 검집째 올리비에의 앞에 내려놓았다.

올리비에는 한 손은 바닥을 짚고, 다른 한 손으로는 검 손잡이를 굳게 잡아 몸을 일으켰다. 휘청거리는 모양새가 당장이라도 쓰러질 것만 같았지만 올리비에는 기어코 제 혼자 힘으로 일어섰다.

"바이에른가의 올리비에."

일어선 올리비에의 머리 위로 황제의 음성이 떨어졌다.

"짐은 경에게 죄를 묻지 않겠다."

참으로 파격적인 말이었다. 제 귀를 의심하는 귀족이 한둘이 아니었기에 연회장은 술렁였다. 정작 당사자인 올리비에는 처음과 다름없는 담담한 얼굴로 황제에게 깊숙이 고개를 숙일 따름이었다.

"황제 폐하의 은혜가 이토록 하해와 같으니 어찌 이루 말할 수 있겠습니까. 폐하께서 베풀어 주신 은혜를 뼈에 새기고 또 새기겠습니다."

올리비에의 말에 다른 귀족들이 하나, 둘 황제의 자비로움에 대해 아낌없는 찬사를 보냈다. 그 찬사에 황제가 얼마나 만족스러운 웃음을 그려 내었는지. 황제의 만족스러운 웃음을 본 순간, 샤샤의 뇌리에 불현듯 쉬안 공작의 말이 스쳐 지나갔다.

'샤를로테 데 쉬안. 쉬안 공작가는 필요 없는 살육은 하지 않는다.'

사냥 대회 날, 다친 올리비에를 쉬안 공작가로 데려와 치료해 주며 쉬안 공작은 그리 말했었다. 샤샤는 이제야 그 말을 이해할 수 있었다.

회복할 수 없는 부상을 당한 올리비에. 제아무리 드높은 명성을 가졌던 무장이라 할지라도, 이제 그녀는 아무런 쓸모가 없어졌다. 저 몸으로는 바이에른 공작위조차 물려받지 못할 것이었다. 여자가 공작위를 물려받는 것도 드문 일인데, 그것도 장애를 가진 여자가 공작위를 물려받는다? 그것도 황족을 능멸했던 이가?

황제는 올리비에를 벌하지 않겠다고 말했지만, 이미 올리비에에게는 끔찍한 벌이 내려진 뒤였다. 그녀는 앞으로 평생, 바이에른 공작저에서 숨죽여 살아갈 수밖에 없을 터였다. 올리비에는 목숨을 건졌다. 오로지 목숨만을 건졌다. 목숨만을 건졌기에, 올리비에는 앞으로도 영원히 안전할 것이었다. 그녀는 그 누구에게도 위협이 될 수 없었으니. 올리비에는 완전하게 안전했으나, 완벽하게 몰락했다.

올리비에의 남동생, 빈센트의 존재를 모르는 이들은 올리비에뿐만 아니라 바이에른 공작가의 몰락 또한 돌이킬 수 없게 되었다고 생각했다. 유일한 후계자였던 올리비에는 공작위에 오를 수 없는 몸이 되었고, 방계의 후계를 데려오는 것은 황제가 허할 리 없었다. 그러니 바이에른 공작가는 이번 대를 마지막으로 폐문하게 될 것이라고.

황제 역시 바보는 아니니, 이 정도는 생각했겠지. 이 정도는 생각을 했으니 저렇게 자애로운 얼굴로 올리비에와 바이에른 공작을 내려다볼 수 있는 것이겠지.

"참으로 이상해."

제 눈앞에 펼쳐진 광경이 샤샤는 참으로, 참으로 이상했다. 지난 몇 년간 그토록 괴로워하였건만, 생각지도 못한 순간에 바이에른 공작가가 몰락했다. 그리고 놀랍게도, 그 와중에 올리비에의 목숨만은 멀쩡했다.

샤샤의 눈이 쉬안 공작을 향했다. 샤샤와 눈이 마주친 쉬안 공작이 잔잔히 미소 지었다. 모든 것을 알고 있다는 하는 듯한 그 미소에 샤샤는 소름이 돋았다. 이 모든 것이 쉬안 공작이 안배한 일이라면. 정말 그런 것이라면.

'샤를로테 데 쉬안, 네 마음이 그러하다면 내 더 이상 바이에른 영애의 목숨을 위협하지 않겠다고 약조하겠다.'

실종됐던 날, 쉬안 공작이 이리 말했던 순간 이 모든 것이 이미 예정되어 있었던 것이 분명했다. 아니, 어쩌면 더 전에.

샤샤의 눈이 제게 기댄 라리엘을 향했다. 한순간의 소란으로 모두에게 잠시 잊혔지만, 오늘 이 소란의 주범이었던 라리엘. 어쩌면, 어쩌면. 오늘 있었던 이 사건도 아버지와 라리엘의 합작이라면? 샤샤는 온몸을 감싸는 한기에 잘게 몸을 떨었다.

＊　＊　＊

그날 밤, 샤샤는 쉬안 공작과 독대했다. 쉬안 공작은 침실에 들어오자마자 아주 홀가분한 얼굴로 안락의자에 몸을 기대었다. 샤샤는 지금까지 쉬안 공작이 그 정도로 흡족해하는 것을 본 적이 없었다. 배부른 맹수와도 같이 나른하게 몸을 기댄 쉬안 공작 앞에 샤샤는 잔뜩 가시를 부풀린 초식 동물처럼 섰다.

"기분이 좋지 않아 보이는구나."

나른하게 깔리는 쉬안 공작의 목소리에 샤샤는 울컥했다. 어떻게 기분이 좋겠는가. 이토록 완벽하게 몰락한 올리비에를 보고 어떻게 기뻐할 수가 있겠는가.

"샤를로테 데 쉬안, 네가 원하는 대로 올리비에 경은 온전히 두면서 복수는 이루어 냈단다. 그런데 너는 왜 그리 불만스러워하는 것이냐. 너에게 더 좋은 수라도 있었느냐?"

샤샤도 이 사실을 또렷하게 인식하고 있었기에 차마 화를 낼 수는 없었다. 비록 올리비에가 쌓아올린 모든 것이 무너지기는 했지만, 올리비에의 목숨은 이제 안전했다. 올리비에의 안전과 바이에른 공작가의 몰락. 샤샤는 생각조차 못했던 수를 제 아버지는 무리 없이 완수해 내었다.

비록 샤샤가 원하던 모습 그대로는 아니었지만 이보다 나은 수가 있었을까. 생각하고 생각해 보아도, 샤샤는 다른 수를 생각해 낼 수 없었다. 그 사실이 샤샤를 더욱 괴롭게 하였다.

"더 좋은 수가 있었느냐?"

쉬안 공작의 거듭된 물음에 샤샤가 고개를 저었다.

"아니요."

참으로 뼈아픈 인정이었다.

"샤를로테 데 쉬안, 네가 불만을 가질 자격이 있다고 생각하느냐?"

샤샤가 고개를 숙였다. 참으로 부끄러운 일이 아닌가. 자그마한 그림자 속에서 샤샤는 제 얼굴에 떠올랐던 불만을 완벽하게 지워 냈다.

"아니요."

누군가의 선택을 비난하는 것은 쉽다. 누군가의 선택에 불만을 가지는 것은 쉽다. 그런 건 누구나 할 수 있는 일이었다. 하지만 그토록 부질없는 일이 또 있겠는가. 대안 없는 비판은 공허하며, 목적 없는 불만은 무의미하다.

침묵하는 샤샤에게 쉬안 공작은 다정한 얼굴로 담담히 말들을 뱉어 내었다. 그동안 어떻게 바이에른 공작가를 멸문시키려 해 왔었는지. 샤샤의 짐작보다도 더 치밀하고 더 집요한 수들이었다. 샤샤가 짐작조차 하지 못했던 것들마저, 모두 바이에른 공작가를 무너뜨리기 위해 이용되고 있었다. 심지어, 라리엘, 라리엘마저도.

"라리엘을 쉬안 공작가의 일원으로 받아들인 것 역시 이 계획의 일부였단다."

"무슨 말씀이십니까."

가만히 가르침을 구하는 자세로 듣고만 있던 샤샤도 이 순간에는 쉬안 공작의 말을 자를 수밖에 없었다.

"라리엘은 제가 원해서, 쉬안 공작가의 일원이 되었습니다. 제가, 제가 원했던 사람입니다."

쉬안 공작은 이해한다는 듯, 자애롭게 미소 지었다.

"그래, 네가 원하도록 내가 이끌었지."

소름 끼쳐. 제 몸의 솜털이 모두 곤두서는 것만 같았다. 그래, 돌이켜 생각해 보면 쉬안 공작의 말이 틀리지 않았다. 황녀와의 약혼을 이야기하며 충동질을 한 것도, 혼인을 하지 않으면 막을 수 없을 것이라 운을 뗀 것도 모두 쉬안 공작이었다.

"제가 라리엘을 선택할 것이라고 어떻게 확신하셨습니까?"

"네게 라리엘 외에 다른 선택지가 또 있었느냐?"

폭발 직전의 활화산처럼 분노가 속에서 끓어올랐다. 다만 그 분노가 누구를 향하는 것인지는 샤샤, 자신도 알 수가 없었다. 교묘하게 자신마저 이용해 먹은 쉬안 공작을 향한 분노인 것인지, 이용당하는 줄도 모르고 멍청하게 살아온 자신을 향한 분노인지. 금방이라도 폭발할 것처럼 끓어올랐던 분노는 쉬안 공작의 차가운 얼굴 앞에서 차갑게 식었다.

"왜 라리엘이었습니까?"

그래서 속에서는 끓어오르는 분노와는 달리 목소리는 차갑기만 했다.

"두 가지 이유가 있단다. 첫 번째로는 라리엘이 순진하고 어리숙하기 때문이었다. 두 번째로는 라리엘이 가진 것이 없었기 때문이었다."

차라리 쉬안 공작이 라리엘을 통해 프로테스티안 후작가를 포섭하려 했다고 말했더라면 샤샤는 이해했을 터였다. 하지만 저 이유들이라니. 샤샤는 이해할 수 없었다.

"샤를로테 데 쉬안, 라리엘이 지금껏 순진하고 어수룩하게 굴었기에 오늘 올리비에 경에게 채신없이 뛰어든 것에 대해서 그 누구도 이상하다 여기지 않았다. 그뿐이냐. 순진하고 어수룩한 이미지 때문에 사람들이 라리엘을 덜 경계했고, 덕분에 라리엘이 무사히 올리비에 경에게 달려들 수 있었던 것이 아니냐."

"오늘 일은 아버지와 라리엘이 꾸민 일이셨군요."

"그럼. 세상에 완벽한 우연이라는 것은 없단다, 샤를로테 데 쉬안."

샤샤는 정말, 정말 화가 났다. 하지만 이상하게도 겉으로 뱉어 내는 말은 차가웠고, 그려 내는 표정은 무감했으며, 앉아 있는 자세 역시 한 치의 흐트러짐 없이 단정하기만 했다. 정도를 넘은 화를 제 몸이 차마 담아 내지 못해 거부하는 것만 같았다.

"라리엘이 아버지의 계획에 동의한 것입니까? 라리엘이 왜 그런 짓을 한단 말입니까."

"라리엘이 가진 것이 없었기 때문이란다. 가진 것이 아무것도 없었기에 그녀에게 주어진 단 한 가지에 매달릴 수밖에 없었던 거지. 그 한 가지가 라리엘에게는 전부니까."

라리엘은 가진 것이 없었다. 비록 온갖 귀한 것들에 둘러싸여 지내왔으나 그 어떤 것도 진실로 라리엘의 것이었던 적은 없었다. 프로테스티안 후작가의 것도, 쉬안 공작가의 것도, 그저 가진 자들이 거두어들이면 라리엘은 무어라 항의할 수도 없는 위치였다.

라리엘은 형체 없는 호의에 기생하여 사는 불쌍하디 불쌍한 생명체였다. 라리엘의 밝음과 사랑스러움조차 약한 자가 살아남기 위한 최선의 몸부림이었을 터였다. 적어도 쉬안 공작은 그렇게 생각했다.

하지만 이제는 달랐다. 비록 외부에 알려지는 않았지만 라리엘은 쉬안 공작가의 후계를 가지고 있었다. 그녀가 오롯하게 가진 유일한 권력이자 권한. 그러니 라리엘은 제 배 속의 아이를 위해 무엇이든 감수할 수 있을 터였다.

쉬안 공작은 틀리지 않았다. 라리엘은 제 아이의 탄탄한 미래를 위해 망설임 없이 올리비에와의 우애를 저버렸다. 제 생각이 틀리지 않아 쉬안 공작은 흡족했다.

"샤를로테 데 쉬안, 라리엘은 쉬안 공작가만을 위해서 살아가게 될 거란다."

그녀의 배 속 아이가 쉬안 공작가의 후계인 한, 영원히. 쉬안 공작은 확신했고, 샤샤는 반박도, 분노도 하지 못했다.

* * *

쉬안 공작 앞에서 아무것도 하지 못했던 샤샤는 제 방에 돌아와 홀로 새벽을 삼켰다. 숨 막힐 정도로 적막한 새벽이 모두 지날 때쯤, 샤샤는 금빛 종을 울려 시종 폴을 불렀다.

"부르셨습니까."

종소리가 울리자마자 밖에서 대기하고 있던 시종 폴이 들어왔다. 자세는 늘 그렇듯이 단정했지만, 샤샤와 마찬가지로 밤을 지새운 탓에 얼굴에 피곤이 묻어 있었다.

"바이에른 공작가에 이 서신을 전달해 다오."

샤샤가 건넨 봉투에는 쉬안 공작가가 아닌, 베로트 백작가의 문장이 선명하게 찍혀 있었다.

"백작님께서는 쉬안 공자님이시기도 하십니다. 아무리 베로트 백작가의 문장을 쓴다 한들, 쉬안 공작가로부터 자유로울 순 없으시지요. 공작 각하께서는 알고 계신 겁니까?"

폴은 샤샤에게서 봉투를 건네받고도 쉬이 품에 넣지 못했다. 폴의 짧은 식견으로는, 샤샤가 바이에른 공작가에 서신을 보낸다는 사실을 쉬안 공작이 알면 진노할 것 같았기 때문이다.

"모르신다."

"공작 각하께서 진노하실 겁니다."

샤샤는 아직도 바깥에 나와 있는 서신을 빼 들어 손수 폴의 앞섶에 여며 주었다.

"아니, 공작 각하는 이런 작은 일에는 분노하지 않을 것이다. 혹 분노하시더라도, 내 네게는 피해가 가지 않도록 할 터이니 이제 그만 가 보아라."

머뭇거리던 폴은 샤샤의 손짓에 결국 길을 나섰다. 샤샤가 바이에른 공작가에 서신을 보냈다는 사실은 폴이 쉬안 공작저를 떠나기도 전에 쉬안 공작의 귀에 들어갔다. 하지만 쉬안 공작은 샤샤의 예상대로 별다른 반응을 보이지 않았다.

"조금, 시끄러울 수는 있겠구나."

그저 그뿐이었다. 바이에른 공작가는 이제 더 이상 쉬안 공작가에 아무 위협이 되지 않았으니. 저 서신 하나로 샤샤의 마음이 편해진다면 쉬안 공작으로서도 굳이 막을 이유가 없었다.

아침 일찍 쉬안 공작저를 나섰던 시종 폴은 오래 지나지 않아 답신을 가지고 샤샤에게로 돌아왔다. 사실, 샤샤는 큰 기대를 하지 않고 있었다. 사냥 대회 날 이후로 올리비에는 방문을 청하는 서신에 한사코 거절의 서신을 보냈었기에.

하지만 놀랍게도 폴이 받아 온 서신에는 허락의 문구가 적혀 있었다. 당장 오늘 방문하여도 된다는 답신에 샤샤는 바로 쉬안 공작저를 나섰다.

오랜만에 찾은 바이에른 공작가는 참으로 고요했다. 샤샤를 응접실로 안내하는 시종의 발걸음 소리가 북소리처럼 크게 들릴 정도로. 온 저택이 숨조차 참고 있는 것 같아, 샤샤 역시 평소보다 더 고요하게 걸었다.

"공녀님, 베로트 백작님께서 찾아오셨습니다."

시종이 문 앞에서 고하자 안에 있던 시녀가 문을 열었다. 열린 문 사이로 올리비에가 보였다. 창문을 등지고 앉은 올리비에는 마치 한 폭의 풍경화 같았다. 그녀의 존재는 그토록 고요하고, 그토록 희미했다.

"너희는 이만 나가 보아라."

짧은 목례가 끝나자마자 올리비에가 주위 사람을 물렸다. 단둘만 남고도 샤샤는 할 말을 찾지 못해 올리비에를 바라보기만 했다. 올리비에 역시 아무 말도 하지 않았다. 그 침묵이 무겁게 느껴질 법도 했건만, 샤샤는 어쩐지 편안하기만 했다. 마치 따뜻한 물에 둥둥 떠다니는 것처럼.

"하실 말씀이 있으시니, 방문을 청하셨겠지요."

잔잔하던 물에 얇은 파동이 치기 시작했다. 샤샤가 천천히 고개를 숙였다. 전에 없이 깍듯한 올리비에의 경어에 살짝 숨이 막혔다.

"미안해."

샤샤는 말을 뱉자마자 눈을 질끈 감았다. 스스로가 생각하기에도 참으로 보잘것없는 말이었다. 받아들이는 올리비에 역시 다르지 않을 것이었다.

"참으로 가볍고, 무책임한 말이네요."

날카로운 말과는 달리, 올리비에의 어조는 참으로 담담했다. 그저 사실을 말한다는 듯이.

"하지만 아무 말도 하지 않는 것보다는 낫겠지."

올리비에는 답하지 않았다. 다시 찾아온 침묵은 처음의 침묵과는 달랐다. 참으로 무겁고, 참으로 숨 막혔다. 샤샤는 질끈 감았던 눈을 뜨고 천천히 고개를 들어 올렸다. 올리비에는 처음과 달라진 것 하나 없는 얼굴로 샤샤를 응시하고 있었다.

"한때, 꿈을 꾸었었어요."

올리비에는 높은 긍지와 선한 마음을 가지고 태어났다. 어리고 순진했던 올리비에는 다른 이들 또한 자신과 다르지 않을 것이라 생각했다. 그러니 올리비에의 꿈은 그에 걸맞게 높고 선할 수밖에 없었다.

"권력이니, 가문이니, 그런 것에 구애받지 않고 모두가 한마음 한 뜻으로 세상을 널리 이롭게 하는, 그런 꿈을 꾸었었어요."

하지만 시련에 높은 긍지는 꺾이고, 선한 마음은 더럽혀지기 마련이었다. 그래도 올리비에는 이미 꺾인 긍지와 더럽혀진 마음을 회복시키려 노력했다. 자신을 해하려 한 이들조차 이해하려 했고, 감당할 수 없는 고난이 들이닥쳤을 때도 제 노력으로 이겨 내려 했다.

"하지만 부질없는 짓이었죠."

제아무리 노력한다 하더라도, 한번 망가진 것은 절대로 처음으로 돌아갈 수 없는 법이었다. 올리비에의 높은 긍지와 선한 마음 역시 마찬가지였다. 다른 닳고 닳은 귀족들처럼 더러운 술수는 쓰지 않겠노라, 권력과 안위를 위해서 술수를 쓰지 않겠노라 다짐했지만 어느새 올리비에도 그들과 다를 바 없는 사람이 되어 있었다.

사냥 대회 전, 황제가 올리비에를 제도로 불렀던 날, 올리비에는 어쩌면 황제의 부름이 자신에게 기회가 될 수도 있겠다고 생각했다.

황제가 자신을 핍박하는 것은 황실에 위협이 되기 때문이라는 것을 올리비에는 아주 잘 알고 있었다. 그렇다면, 자신이 황실의 일원이 된다면? 어차피 남동생이 태어난 순간부터 올리비에는 바이에른 공작이 될 수 없는 몸이었다. 황족이 되는 것은 올리비에에게 나쁜 선택이 아니었다. 황실에 남은 황자라고는 둔한 3황자뿐이었지만, 그것도 나쁘지 않을 터였다. 괜히 어중간하게 영리한 것보단, 제 말을 잘 들어줄 수 있는 사람이 나으니. 하지만 제 속내를 그대로 샤샤에게 말할 수는 없었던 터라 올리비에는 조금 에둘러 말했다.

"황궁으로 불러들여진 날, 제가 황제에게 거래를 청했어요. 3황자와 약혼할 터이니 제 죄를 사하여 달라고."

황제로서는 올리비에의 제안을 거절할 이유가 없었다. 바이에른 공작가에 다른 적법한 후계가 있으리라고는 꿈에도 상상하지 못했을 터이니.

"누구라도ㅡ, 누구라도 그랬을 거야."

샤샤가 위로랍시고 뱉어 낸 말에 올리비에는 조소했다.

"단순히 거래를 한 것이 아니에요. 더러운 술수도 썼죠."

황제가 흡족해하는 것을 본 순간, 올리비에는 한발 더 나아갔다.

'다만 폐하, 청이 있습니다.'

황제는 흡족한 미소를 거두고 예의 냉혹한 얼굴로 올리비에를 바라봤다.

'무엇인가?'

'3황자와의 약혼 사실을 당분간 비밀로 해 주십시오.'

'어째서인가?'

'누가 황실을 위협하는 존재인지 확인하기 위해서입니다.'

올리비에의 말이 제법 흥미로웠는지 황제가 계속하라는 듯, 턱짓했다.

'제아무리 전공을 세웠다 한들 나이 어린 여인에게 이토록 쉽게 이두나의 이름이 씌워지고, 폐하에 대한 추문이 생기는 것이 이상하다 생각하지 않으십니까?'

추문이라는 단어만으로도 화가 나는지 황제는 미간을 좁히고는 눈을 감았다.

'누군가 황실과 바이에른 공작가를 해하기 위해 배후에서 소문을 내고 있는 것이 분명합니다.'

'3황자와의 약혼을 당분간 비밀로 하면 배후를 알아낼 수 있는가?'

'예, 3황자와의 약혼을 비밀로 하고 사냥 대회를 열어 주시면 제가 배후를 밝혀내겠습니다.'

'이 초겨울에 사냥 대회를?'

올리비에가 청한 것이 꽤나 의외였는지 황제가 반문했다.

'예, 3황자와의 약혼을 비밀로 하고 이대로 있으면 세간에서는 황실과 바이에른 공작가 사이가 가히 좋지 않다 여길 것입니다. 그런데 황실에서 살얼음이 낀 초겨울에 험한 산에서 사냥 대회를 연다고 하면 음험한 마음을 품은 자들은 감히 폐하께서 사냥 대회를 허울삼아 바이에른 공작가를 해하려 한다 생각할 수 있지요.'

올리비에의 말에 황제는 당장 발끈했다.

'짐은!'

목소리를 높였던 황제가 어금니를 꾹 다물었다.

'짐은 그런 비겁한 술수는 쓰지 않는다.'

'소녀 또한 폐하께서 그럴 분이 아니라는 것을 압니다.'

올리비에는 한껏 수그리는 모양새로 황제의 비위를 맞췄다.

'하지만 누군가 만들어 낸 폐하의 추문으로 인해 세간에서는 그리 생각할 수도 있는 노릇이지요. 그리고 폐하에 대한 추문을 만들어 낸 자들은 그런 세간의 생각을 이용할 것입니다.'

'어떻게?'

'폐하에 대한 추문을 만들어 낸 자들은 분명 사냥 대회 때 저의 목숨을 노릴 것입니다. 그리하여 제가 죽는다면 폐하에 대한 추문은 더욱 거세어질 테니 말이지요. 게다가 바이에른 공작가 역시 자연스레 폐문의 길을 걷게 될 터이니, 그들은 기필코 제 목숨을 노릴 것입니다.'

'충분히 일리 있는 말이구나.'

황제가 천천히 수염을 쓸었다.

'폐하께서는 그저 제게 사람을 붙여 배후가 누구인지 보시기만 하면 되십니다.'

'그야 어렵지 않지. 한데 바이에른 영애, 그대는 이미 배후가 누구인지 알고 있는 것만 같아.'

황제의 수작이 참으로 뻔하지 않은가. 황실과 바이에른 공작가를 모두 해쳐서 이득을 얻을 세력이 얼마나 있단 말인가. 이쯤 얘기했으면 이미 황제도 뻔히 답을 알고 있을 터였다. 그런데도 저리 떠보는 모양새라니. 뻔뻔한 모습에 실소가 나올 것 같았지만 올리비에는 싱긋이 웃었다.

'오늘 황궁에 들며 보니, 여름이 지난 지가 한참인데도 정원에 백합이 흐드러지게 피어 있더군요. 폐하께서도 혹 보셨습니까?'

'백합이 철을 모르고 피어 있긴 하였지.'

아니나 다를까, 황제는 동요 하나 없이 잔잔한 얼굴로 올리비에의 말에 응수했다. 백합, 쉬안 공작가의 상징. 황제와 올리비에는 그렇게 함께 쉬안 공작가를 치겠노라고 합의하였다. 바이에른 공작가는 혼인으로 흡수하고, 쉬안 공작가는 꺾어 버리면 황실만이 홀로 우뚝 설 터이니, 황제에게 있어서는 더할 나위 없는 기회였다.

하지만 쉬안 공작가를 꺾는 것이 올리비에에게는 하등 도움이 될 것이 없었다. 그럼에도 불구하고 올리비에는 제 입으로, 제 의지로 황제에게 함께 쉬안 공작가를 꺾어 내자 청하였다. 단지, 원망과 복수심 때문에.

"저에게는 아무 득이 될 것이 없는데도, 황제에게 함께 쉬안 공작가를 해하자고 청했어요."

샤샤의 눈에 번지는 혼란과 경계를 올리비에는 피하지 않고 응시했다.

"사냥 대회 날 쉬안 공작가에서는 분명 자객을 보내 저를 죽이고 황제에게 덮어씌울 것이니, 함께 자객을 잡자고 말이에요."

만약 쉬안 공작가에서 올리비에에게 자객을 보내지 않는다면 성립하지 않을 계획이었다. 그래서 올리비에는 황제와 모의하면서도 샤샤에게 미안해하지 않았다. 이 정도면 충분히 참을 만큼 참지 않았는가.

"쉬안 공작가에서 자객을 보내지 않기를 바랐어요."

진실로, 올리비에는 그리 바랐다. 보냈더라도 멈추기를 바랐다. 자신을 따라오는 샤샤를 보면서 어쩌면 정말로 자객을 보내는 것을 멈출 수 있을지도 모른다고 생각하기도 했었다. 그렇게 생각했으니 올리비에는 굳이 샤샤에게 다가가 애원했었다. 제발, 멈춰 달라고. 그 애원 역시 부질없는 것이었지만.

"하지만 쉬안 공작가는 기어코 자객을 보냈죠."

올리비에의 얼굴에 꾸미지 않은 쓸쓸함이 번졌다. 올리비에가 샤샤를 응시했다. 올리비에의 눈에는 원망도, 미움도 아닌 담담한 체념만이 담겨 있었다. 너무 담담해서 숨이 막힐 것 같은 그런 체념이.

"만약 그날 쉬안 공자님이 저와 자객들 사이로 뛰어들지 않았더라면, 모든 것이 계획대로 되었겠지요. 숨어 있었던 황제의 사람들이 자객들을 사로잡았을 것이고 저는 무사했을 거예요."

아니, 샤샤가 뛰어들었어도 모든 것은 계획대로 될 수 있었다. 올리비에가 샤샤를 위해 몸을 날리지 않았더라면, 올리비에는 무사했을 터였다. 다만 샤샤가 죽거나 다쳤겠지. 하지만 샤샤가 공중에 뜬 것을 본 순간 그런 이성적인 판단보다도 올리비에의 몸이 먼저 반응했다. 추락하는 순간 이미 후회하고 있었지만, 후회하는 순간에도 올리비에는 샤샤를 고이 품에 안았다.

"충성스러운 자객들은 잡히자마자 자결했다지요."

올리비에의 계획은 완전히 실패했다. 반은 올리비에의 책임이었고, 반은 쉬안 공작가의 능력을 얕본 탓이었다.

"그러니 쉬안 공자, 제게 미안해하지 마세요. 쉬안 공작가가 일방적으로 저를 공격한 것이 아니라, 저 역시 쉬안 공작가를 공격하려고 했으니 말이에요. 이번 일에는 승자와 패자만이 있을 뿐, 미안할 일은 아무것도 없어요."

더 이상 내려갈 곳 없는 바닥에서 올리비에는 결국 모든 것을 버려 버렸다. 제 긍지가 이리 꺾이고, 순수했던 마음이 이토록 더러워졌다는 사실을 누구에게도 말하고 싶지 않았지만 올리비에는 기어코 샤샤에게 그 모든 것을 드러내었다. 더 이상 샤샤와의 이 애매한 관계를 지속하는 것이 너무나도 버거웠기에.

어차피 바이에른 공작가와 쉬안 공작가가 화합할 수 있는 길은 이미 너무 멀어져 있었다. 그러니 올리비에는 차라리 샤샤와의 관계를 완전히 끊어 낼 작정이었다. 올리비에와 샤샤가 아닌 바이에른 공녀와 쉬안 공자로 남기를 원했다. 그리하여 다시는 자신이 그런 멍청한 선택을 하지 않도록.

"올리비에─."

올리비에의 마음을 샤샤가 눈치 못 챌 리 없었다.

"바이에른 영애."

샤샤가 모래를 씹어 먹는 마음으로 올리비에를 불렀다. 모든 것을 내려놓으며 올리비에가 바란 것이 이런 것이라면, 어떻게 거부할 수가 있겠는가.

"오늘 들은 말 중 가장 괜찮은 말이네요."

신기루처럼 피어올랐던 미소는 금세 사그라졌다. 그것이 마지막이었다. 그날 새벽, 올리비에는 어두운 새벽 작은 마차에 몸을 싣고 도망치듯이 제도를 떠났다. 그 소식만으로도 샤샤는 죄스러워 고개를 숙였다.

'올리비에를 지켜 줘.'

카를의 마지막 말이 아직도 선명했다. 이제는 지키지 못할 그 말이. 진실로 이제는 샤샤가 해 줄 수 있는 것이 아무것도 없었다. 적어도 그때는 그렇게 생각했다.

* * *

올리비에는 바이에른 공작령으로 내려가는 마차 안에서 계속해서
제 마음을 다스렸다. 사냥 대회 날, 제 다리가 망가진 것을 본 바이
에른 공작은 대번에 황제에게 고하여 3황자와의 약혼을 취소하자고
올리비에에게 말했다. 공작으로서는 당연한 말이었다. 이대로 올리
비에를 3황자와 약혼하게 두었다가는 올리비에뿐만 아니라 바이에
른 공작가까지도 위험해질 터였으니.

'저는 황제 폐하께 고할 수 없어요.'

하지만 올리비에는 바이에른 공작의 의견에 정면으로 맞섰다.

'아버지.'

올리비에는 침대 맡에 앉은 아버지의 손에 제 손을 포갰다. 그녀
는 할 수 있는 가장 간절한 눈으로 아버지를 바라보았다. 비록 아버
지가 남동생을 지극히 아끼기는 하지만, 자신 역시 아끼고 있다고
올리비에는 믿었다. 아마 바이에른 공작이 아버지로서 두 아이를 사
랑하는 마음은 거의 비슷할 터였다. 다만, 공작으로서 누구를 더 우
선해야 하는지를 알고 있을 뿐.

'제가 바이에른 공작이 되는 일은 없겠지요.'

자신을 아끼는 아버지의 마음을 알기에 올리비에는 공작과 대화를
시도했다.

'제 장애가 알려지면 저를 한 가문의 안주인으로 맞이하겠다 하는
귀족가도 없겠지요.'

올리비에가 눈을 내리깔았다. 그 모습이 가히 처연했다.

'장애가 알려지는 순간, 제 미래는 그저 쓸쓸히 늙는 것밖에는 없게 될 거예요. 아버지, 저는 그걸 견딜 수 없을 거예요.'

올리비에의 말에는 조금의 과장도 들어 있지 않았다. 바이에른 공작 역시, 장애가 밝혀진 이후 올리비에의 삶이 너무나도 쉬이 눈에 그려져 무어라 반박할 수 없었다. 공작은 수많은 전쟁을 통해, 부상당한 여기사들의 삶이 어떻게 끝났는지 이미 수십 번도 넘게 보아왔다. 참으로 비참한 그 인생이 안타까워 바이에른 공작이 남몰래 후원한 여기사도 한둘이 아니었다.

'아버지, 저를 믿고 한 번만 제 뜻을 따라 주세요. 저는 이대로 3황자와의 약혼을 진행할 거예요. 혼인이 성립되고 난 뒤 언젠가 기회를 틈타, 사고를 일으키고, 그 사고로 장애를 입은 것처럼 모두를 속이겠어요.'

'그리 쉬운 일이 아니지 않느냐.'

'어려운 일이죠, 알고 있어요. 하지만 시도도 하기 전에 제 스스로 나서서 제 인생을 끝내고 싶지는 않아요.'

'네 계획이 실패하면 너뿐만 아니라 바이에른 공작가 모두에게 화가 미칠 것이다. 올리비에, 너는 내 소중한 딸이지만 너 하나로 인해 공작가 전체를 위험에 빠뜨릴 수는 없다.'

바이에른 공작은 괴로워하면서도 단호하게 올리비에의 뜻에 반박했다. 공작이 이리 나올 줄은 올리비에도 예상하고 있었다.

'아니요, 제가 들키더라도 바이에른 공작가는 무사할 거예요. 빈센트—남동생—의 존재를 모르는 황제는 제 장애를 보면 바이에른 공작가의 명맥이 끊겼으리라 생각할 테니까요. 황제는 근래 많은 원성을 듣고 있으니, 굳이 힘을 잃은 바이에른 공작가를 공격하지 않을 거예요. 오히려 자신의 자비로움을 보이는 데 이용하겠죠.'

올리비에의 말도 일리가 있었다. 바이에른 공작도 어느 정도 납득은 했지만 쉬이 올리비에의 뜻을 허락할 수는 없었다. 혹여나, 올리비에의 예상이 잘못되면 바이에른 공작가가 위험할 수도 있는 일이었으니. 하지만, 며칠에 걸친 올리비에의 설득에 바이에른 공작은 결국 올리비에의 뜻을 허락했다. 공작가에 닥칠 위험의 가능성과 제 딸을 향한 사랑 사이에서 결국 사랑이 승리한 탓이었다.

올리비에의 예상은 틀리지 않았다. 비록 그녀의 장애는 생각보다도 빨리 들켜 버렸지만, 바이에른 공작가는 처벌받지 않았다. 기실 바이에른 공작가가 이번 사건으로 잃은 것은 올리비에 하나뿐이었다. 빈센트가 멀쩡히 살아 숨 쉬는 이상, 바이에른은 무너진 것이 아니었다.

그래도 바이에른 공작가는 대외적인 분위기를 생각하여, 한동안 몸을 사렸다. 하지만 빈센트의 출생을 증명한 여섯 가문은 입을 꾹 다물고 바이에른 공작의 곁을 지켰다. 그 모습에 바이에른 공작이 보기보다 인복이 있다면서 감탄하는 귀족들도 간혹 있었다. 하지만 대부분의 귀족들이 보기엔 바이에른 공작가의 몰락은 이미 예정되어 있는 것이라, 대부분의 귀족 가문들은 바이에른 공작가와 거리를 두기 시작했다. 상당한 변화가 있었지만 사교계는 고요했다. 마치, 폭풍의 눈처럼.

폭풍은 사교계의 바깥에서 휘몰아치고 있었다. 올리비에가 몰락하고 난 뒤에도 이든과 이두나의 신화는 여전히 거리에서 노래되었다. 이두나였던 올리비에가 사라지자, 한때 이든으로 일컬어졌던 전 황태자 세바스티앙에 대한 이야기가 다시 부각되기 시작했다. 그의 숨겨진 아들의 존재와 함께.

거리에 소문이 널리 퍼질 즈음, 쉬안 공작은 체자레를 은밀히 쉬안 공작저로 불러들였다.

'전하, 이제야 이리 예를 갖추는 것을 용서하여 주십시오.'

쉬안 공작은 황태자의 인과 함께 체자레에게 그의 출생의 비밀을 일러주었다. 체자레는 자신이 세바스티앙 전 황태자의 아들이라는 말에도 그리 놀라지는 않았다. 쉬안 공작이나 되는 이가 제 뒤를 봐주는 데에는 단순히 제 재능 외에 무언가 있으리라고 이미 짐작하고 있었기 때문이었다.

'이런 이유였군요.'

체자레는 생각보다 담담하게 쉬안 공작의 말을 받아들였다. 그래도 아주 충격이 없지는 않았는지 체자레는 꽤 오랫동안 침묵을 지켰다. 오랜 침묵 끝에 체자레는 조심스레 운을 떼었다.

'거리에 떠도는 소문을 들었습니다. 정말로, 제 아버지는 현황제의 계략에 목숨을 잃으신 겁니까?'

체자레의 질문에 쉬안 공작은 무겁게 고개를 끄덕였다. 체자레는 아주 깊은 숨을 내쉬었다. 얼굴도 모르는 아버지의 죽음에 갑작스레 복수심이 타오르지는 않았다. 사실 체자레가 바라는 삶은 별것 없었다. 그저 제 사랑하는 이와 한평생 평화롭고 안온하게 살아가고 싶을 뿐이었다. 하지만 쉬안 공작의 이야기를 들은 순간부터, 체자레는 자신에게는 더 이상 선택지가 없음을 직감하고 있었다. 거리의 소문이 그냥 나겠는가. 쉬안 공작이 아무 이유 없이 자신에게 이런 큰 비밀을 이야기해 주겠는가. 쉬안 공작이 자신에게 원하는 것은 너무나도 명확했다.

체자레는 과거는 과거대로 묻어 두겠다는 말 따위는 꺼낼 생각조차 하지 않았다. 쉬안 공작이 자신에게 말한 것이 반란의 시작임은 체자레도 알고 있었다. 이렇게 말을 꺼냈는데, 자신이 발을 빼겠다고 하면 쉬안 공작이 어찌하겠는가? 묻지 않아도 알 수 있었다. 쉬안 공작은 분명 자신을 죽일 것이었다. 그러니 체자레가 할 수 있는 말은 하나뿐이었다.

'복수를 해야겠지요.'

체자레는 타오르는 복수심 없이, 그리 말했다. 이왕에 이렇게 된 것, 제대로 해야겠다고 다짐하며.

체자레에게 출생의 비밀을 알려 준 바로 다음 날, 쉬안 공작은 샤샤에게도 그 사실을 알렸다. 드디어, 드디어 체자레가 제 신분을 알게 되었다. 이제 정말 때가 얼마 남지 않았음을 샤샤는 직감했다. 샤샤의 귀에는 거리의 노랫말이 전장의 전진곡처럼 들렸다. 저 노래가 하늘을 찢을 듯이 울려 퍼지게 되면, 그날 새로운 황제가 옹립되겠지.

노랫가락이 천공을 가를 듯이 부풀어 오르는 동안, 라리엘의 배도 천천히 부풀어 올랐다. 초산인 데다가 워낙 라리엘의 몸집이 작아서인지 배가 부푸는 속도는 상당히 느렸다. 덕분에 가을의 초입이 다가와서야 몇몇의 귀족들이 라리엘의 임신을 눈치챘다. 라리엘은 은방울꽃처럼 수줍게 고개를 숙이며 미소 지었다. 다만 샤샤는 그 수줍은 그림자 안에 숨은 환한 웃음을 보았다.

이든의 노래가 천공을 가른다. 라리엘의 배가 부풀어 오른다. 금방이라도 터질 듯이. 아슬아슬한 그날들 사이에서 몸을 간신히 가누고 있던 어느 날, 쉬안 공작이 여상스레 말을 던졌다.

"이번 무투 대회에 체자레가 참가할 거다."

그리 말하며 쉬안 공작은 공작저 비밀 창고에서 황태자의 인과 작은 함을 꺼내 들었다. 세월이 지나도 여전히 찬란한 황금빛을 뿜내는 황태자의 인을 아버지는 정성스레 닦아 내었다. 아버지가 같이 꺼내 든 작은 함 안에는 몇몇 귀족들의 이름과 반쪽만 남은 증표들이 몇 개 들어 있었다. 쉬안 공작은 구태여 설명하지 않았지만 샤샤는 저것들이 체자레의 탄생을 증명하는 귀족들의 이름과 증표라는 것을 알았다.

"이제 슬슬 체자레도 제자리를 찾아야겠지."

상당히 노골적인 쉬안 공작의 예고에 샤샤도 무투회 날에 무슨 일인가 벌어지리라고는 예상했다. 하지만 이 정도로 급진적이고 이 정도로 충격적일 줄은 샤샤도 알지 못했다.

무투회의 시작은 평소와 비슷했다. 주목받은 이들이 몇 명 있었고, 나머지는 그저 빛나는 몇몇을 위한 소모품으로 스러져 갔다. 다행히 체자레는 빛나는 몇몇에 포함되었기에 오래도록 살아남았다. 일주일이 지나 마지막 날까지 체자레가 살아남자, 그는 상당한 명성을 얻게 되었다. 평민 출신이 무투회의 마지막 날까지 살아남는 일은 제국의 역사상 손에 꼽을 정도로 적었기 때문이었다.

마지막 날, 체자레가 마지막 적을 고꾸라뜨리자 콜로세움에는 예년보다도 큰 함성이 울려 퍼졌다. 기백 년 만의 평민 출신 우승자라니, 그것만으로도 체자레는 잊히지 않을 명성을 얻었다. 하지만 체자레가 원하는 것은 무투 대회 우승자의 명성이 아니었다. 그는 아무것도 원하지 않았다. 그저 해야 하는 것을 할 뿐.

황제가 무투 대회 우승자를 친히 치하하기 위하여 단상에서 내려왔다. 붉은 매 기사단과 푸른 늑대 기사단이 꼬리처럼 황제의 뒤를 따랐다. 완전히 무장을 해제당한 체자레는 한쪽 무릎을 꿇고 황제 바로 뒤 기사의 허리춤을 살폈다. 아니나 다를까, 황제 뒤의 기사는 진검을 허리춤에 차고 있었다. 유사시에는 황제를 지켜야 하니 어쩔 수 없이 진검을 가지고 다니는 것이겠지만, 오늘만큼은 진검을 두고 나오는 것이 좋았을 터였다.

황제가 한쪽 무릎을 꿇고 앉은 체자레에게 우승자의 월계관을 씌워 주기 위해 고개를 숙인 순간, 체자레는 도약했다. 갑작스러운 체자레의 움직임에 기사들이 황제를 감쌌지만, 체자레가 향한 곳은 가장 가까운 곳에 있던 기사의 검이었다.

체자레가 검을 쥔 순간, 모든 것의 결말은 이미 정해져 있었다. 체자레가 한 번 검을 휘두를 때마다, 황제를 둘러싼 기사의 벽은 얇아졌고, 얼마 지나지 않아 체자레의 검은 황제의 몸을 꿰뚫었다.

참으로 급작스럽고 참으로 당황스러운 일이었다. 사람들은 제 눈으로 보고도 믿지 못해, 콜로세움은 고요하기만 했다. 고요한 가운데, 체자레는 피 묻은 황제의 홀을 집어 들었다. 황제의 홀을 쓰다듬는 체자레의 얼굴에 서서히 만족스러운 미소가 그려졌다. 체자레의 얼굴에 미소가 만연하게 피어났을 때에야 정신을 차린 한 기사가 정신을 차리고 외쳤다.

"당장 황제 폐하를 시해한 저자를 처단하라!"

정신을 차린 기사들이 검을 뽑아 든 순간, 체자레가 피 묻은 황제의 홀을 바닥에 내리쪽었다. 공기를 울리는 육중한 소리가 콜로세움 내부에 울렸다. 마치 맹수가 포효하는 듯 위협적이라, 체자레를 향해 돌진하려던 기사들조차 멈칫했다.

"쉬안 공작, 이리 내오게."

체자레는 한 손으로는 황금의 홀을 쥐고, 남은 한 손은 쉬안 공작을 향해 손을 내밀었다. 제국 제일가는 명문 귀족 가문답게 황제와 가까운 곳에 있었던 쉬안 공작은 화려한 작은 함을 양손으로 들고 천천히 체자레를 향해 다가갔다. 다른 이도 아니고, 제국 제일의 충신 가문인 쉬안 공작가가 황제 시해 현장을 보고도 아무 말이 없다니. 그것으로도 모자라 시해범에게 무언가를 주려고 하다니. 검을 빼든 기사들은 한 발자국도 못 움직이고 쉬안 공작의 움직임을 눈으로만 따랐다.

쉬안 공작은 체자레의 바로 앞에 양쪽 무릎을 꿇고 앉아 머리를 숙이고, 양손으로 작은 함을 높이 치켜들었다. 체자레가 한 손으로 함을 열었다. 열린 함 안에는 체자레가 그토록 원하던 황태자의 인이 있었다.

"그대들은 이것이 무엇인지 알아보겠는가?"

체자레가 손바닥 위에 황태자의 인을 올리고 높이 치켜들었다. 노을빛을 받은 황태자의 인이 횃불처럼 빛났다. 체자레가 꽤 오랜 시간 아무 말 없이 인을 치켜들고 있었음에도 그 누구도 말하지 않았다. 살얼음판처럼 아슬아슬한 침묵의 한가운데서, 체자레는 제 옆에 조아린 쉬안 공작에게 물었다.

"쉬안 공작, 이것이 무엇이지?"

고요한 콜로세움에 사람들의 고개 돌아가는 소리만이 들렸다. 모두의 시선이 쉬안 공작, 그 한 사람을 향했다. 쉬안 공작이 천천히 체자레를 향해 고개를 들었다. 늘 입고 다니는 흰색 제복과 지독히도 어울리는 쉬안 공작의 결벽한 얼굴이 드러났다. 거짓이라고는 모를 것 같은 강직한 입술이 또렷하게 움직였다.

"황태자의 인입니다."

세바스티앙 황태자의 죽음과 함께 사라졌었던 황태자의 인. 그것의 주인이 될 수 있는 사람은 단 한 사람뿐이었다. 세바스티앙 황태자의 아이.

"제아무리 계략을 꾸민다 한들, 모든 것은 결국 제자리를 찾기 마련이지."

이 순간, 대부분의 사람들은 요 몇 년간 거리를 울리던 이든과 이두나의 연극을 상기했다. 찬란하고 선량하게 태어났으나, 악독한 제 삼촌의 농간에 모든 것을 잃고 쫓겨나 버린 이든과 이두나를. 아무것도 없이 쫓겨났음에도 기어코 제 힘으로 찬란하게 빛난 그들을.

제아무리 유명한 신화이고 연극이라 한들, 한순간의 유흥거리로 끝나는 것이 일반적이었다. 근 몇 년간 거리에 울려 퍼졌던 이든과 이두나의 이야기 역시 평소라면 그저 유흥거리로 끝나고 말았을 터였다.

하지만 체자레가 등장한 순간, 연극은 이제 단순한 연극이 될 수 없었다. 거리를 떠돌던 이든과 이두나의 이야기는 이제 체자레의 이야기가 되었다. 그저 눈먼 화살에 목숨을 잃었던 것으로 알려진 세바스티앙 전 황태자는 제 형제의 농간에 속아 죽은 이가 되었으며, 체자레는 온갖 역경을 딛고 제 고귀한 신분을 되찾은 이가 되었다.

황태자의 인, 쉬안 공작의 공언, 세바스티앙 전 황태자를 쪽 빼닮은 외모, 빛나는 전공. 이 모든 것이 갖추어지니 거리의 이야기조차 한순간에 사실이 되어 버렸다.

검을 빼 들고 있던 기사들은 전의를 상실하고 제 앞에 검을 내려 놓았으며, 무서운 줄 모르고 체자레를 빤히 바라보던 이들은 황급히 제 고개를 숙였다. 황제를 시해한 이는 있으나, 죄인은 없는 기묘한 날이었다.

*　*　*

체자레는 큰 무리 없이 전 황태자, 세바스티앙의 적법한 아들로 인정되었다. 물론 의심하는 자들도 있었다. 그 의심조차 없애고 완벽 하게 제 신분을 증명하기 위해, 체자레는 기꺼이 피의 검증을 받았 다. 그뿐이었으랴. 체자레는 어린 시절부터 지녀 왔다면서 반으로 쪼 개진 여섯 개 귀족가의 인장을 꺼내 들었다. 인장을 반으로 나눠 가 졌던 여섯 개의 귀족 가문에서 체자레의 신분을 다시 한번 입증해 주니, 체자레의 신분을 의심하는 자는 없었다. 적어도 표면적으로는 그러했다.

사태가 어느 정도 진정되자, 체자레는 당연하다는 듯이 황좌에 앉 았다. 당장 1황자와 2황자 무리가 반발하고 나섰으나, 별로 바뀔 것 은 없었다. 어설프게 1황자나 2황자를 지지하던 귀족들이 돌아섰기 때문이었다. 어차피 누군가 황제가 되어야 한다면 제대로 교육받지 못한 어리숙한 이가 황제가 되는 것이 낫다고 생각한 이가 많았기 때문이었다.

그리고 그들의 생각은 틀리지 않았다. 황제는 제 의견을 고집하는 일이 거의 없었다. 황제의 옆에서 자신을 지지하는 귀족들이 속살거 리는 대로 내뱉었다. 애초에 무언가를 원해서 황위에 오른 것이 아니었으니 당연한 일이었다.

"–각각 레노아령과 시모어령의 영주로 봉한다."

황제는 귀족들의 의견대로, 1황자와 2황자를 영주로 봉했다. 영주로 봉해진 지 얼마 지나지 않아 두 황자는 쫓겨나듯 제 영지로 보내졌다. 유일하게 봉직되지 않았던 3황자는 체자레가 즉위한 지 며칠 지나지 않아 홀연히 자취를 감추었다. 황실의 몰락은 순식간이었다.

"놀랐느냐?"

쉬안 공작은 참으로 덤덤히 샤샤에게 물었다. 놀라지 않았다고 하면 거짓말이었다. 어떻게 이렇게나 손쉽게 황가가 무너질 수 있는 것인지. 그리고 어떻게 사람들은 이 급격한 변화를 이리도 자연스럽게 받아들이는 것인지.

"샤를로테 데 쉬안. 사람은 쉽게 죽는단다. 그저 황제를 죽이는 것이 목표였다면 그저 실력 좋은 암살자를 보내면 금방 끝날 일이었단다. 하지만 왜 그러지 않았는지 아느냐."

"황제가 급사를 하면 사람들이 의문을 품을 테니까요."

"그래, 세바스티앙 전 황태자의 죽음처럼 사람들이 의문을 품을 테니까. 의문이 남는 이야기는 아직 끝난 이야기가 아니란다. 완벽한 결말을 위해서는 한 치의 의문도 없는 완벽한 설명이 필요한 법이지."

그 설명이 거짓이든 진실이든. 그럴싸하기만 하면 사람들은 금세 그 설명을 믿어 버릴 테니까. 누군가 거짓임을 알아도 상관없다. 이미 수많은 이들이 믿고 있는 이야기를 반박하기 위해서는 수백 번의 해명이 필요할 테니. 그리고 사람들은 그런 장황한 해명에는 관심이 없으니. 본디, 사람은 그러하니.

"그러니 황제의 죽음은 완벽해야만 했단다."

과연 쉬안 공작의 말대로, 사람들은 죽은 황제의 죽음에 대해서는 더 이상 이야기하지 않았다. 궁금할 것도, 의문인 것도 없는 죽음은 쉬이 잊혀졌다.

체자레가 황제가 된 이후로 제도는 대체로 조용했다. 그는 있는 듯 없는 듯, 귀족들이 낸 의견에 황제의 인을 찍어 줄 따름이었다.

단 한 가지, 체자레가 목소리를 낸 것이 있다면 제 혼사에 관한 문제뿐이었다. 체자레는 황후를 들이라는 신하들의 주청에 바로 다음 날, 한 여인을 황궁으로 데리고 들어왔다. 어두운 금발을 가진 그 여인은 황제의 손을 잡고도 불안한 듯, 연신 귀족들의 눈치를 보았다.

"나와 함께 고난과 역경을 함께 지내 온 이요. 내 귀한 자리에 올랐다 한들 과거의 인연을 잊으면 어찌 사람이라 하겠소. 황후가 되기에 부족한 것이 많은 이라는 것은 알지만 본성이 선하고, 타고난 머리가 영민하니 뭇 신하들이 열과 성으로 돕는다면 금방 황후의 도리를 부족하지 않게 행할 수 있을 것이오."

여인의 이름은 메어리. 들어 보지 못한 한미한 가문의 여식이었다. 반발은 생각보다 약했다. 괜히 황제에게 세도가의 여식을 붙여 세를 키워 주는 것보다는 황제가 지금처럼 쥐 죽은 듯, 가만히 있는 편이 대부분의 귀족들에게는 나았기 때문이었다. 그래도 반발하는 귀족들이 존재하자, 황제는 부드러이 메어리의 배를 쓰다듬었다. 그제야, 귀족들의 눈에 봉긋하게 솟아오른 메어리의 배가 보였다.

"무엇보다도 이미 귀한 핏줄을 잉태하였으니, 어찌 모른 체할 수 있겠소."

결국 그해 겨울, 황제는 원하던 대로 황후를 맞이했다. 귀족들은 눈에 보이는 예만 갖출 뿐, 황제 부부를 괄시했다. 다만, 거리에는 황제와 황후의 로맨스가 상당히 아름답게 퍼졌다.

그 즈음, 쉬안 공작가에도 큰 변화가 있었다. 라리엘이 아들을 낳은 것이었다. 아이의 이름은 '리데제니아 데 쉬안'. 쉬안 공작은 크게 기뻐했다. 하지만 샤샤는 그저 순수하게 기뻐하지만은 못했다. 눈도 뜨지 못하고 요람에서 꼼지락거리고 있는 아이를 보면 샤샤는 왜인지 모를 죄책감과 형용할 수 없는 부담감을 느꼈다.

"아이가 참으로 사랑스럽지요?"

잠시 자리를 비웠던 라리엘이 돌아와 요람 맞은편에 앉았다. 갑작스러운 라리엘의 등장에 샤샤는 도저히 무어라 말을 해야 할지 알 수가 없어서 숨이 턱 막혔다. 올리비에의 일이 있고 난 뒤로 처음으로 라리엘을 마주한 것은 오늘이 처음이었다. 라리엘을 보면 도무지 무슨 표정을, 무슨 말을 해야 할지 알 수 없어 샤샤가 피해 왔기 때문이었다.

샤샤는 한순간에 제 친우를 배신한 라리엘이 무서웠다. 무섭다가도 그녀의 상황이 이해되어 연민이 들었다. 동시에 그녀를 이 지경으로 만든 것이 자신이라는 생각이 들어 죄책감이 들었다. 갈피를 잡지 못하고 사방으로 뻗쳐나가는 감정을 갈무리하는 것이 힘들어 샤샤는 차마 라리엘을 바라볼 수가 없었다.

"이제 저를 보는 것조차 싫으신가요?"

자신을 향해 눈길조차 주지 않는 샤샤를 향해 라리엘이 담담히 물었다. 샤샤가 자신을 피할 수도 있다고, 진절머리 나게 싫어할 수도 있다고 라리엘도 예상하고 있었다. 샤샤가 영원히 자신을 피하더라도 라리엘은 샤샤를 이해할 수 있었다.

'샤샤는 올리비에를 사랑해.'

올리비에가 몰락하던 날, 라리엘은 확신했다. 앞뒤 가리지 않고 올리비에를 향해 달려가는 샤샤를 본 순간. 그렇게 달려가 놓고도, 올리비에에게 손조차 내밀지 못하고 손이 새하얘지도록 망토 자락만 부여잡는 샤샤를 본 순간.

슬프지 않았다면 거짓말이다. 제아무리 이제 샤샤를 향한 마음을 접었더라도, 제게는 눈길 한 번 제대로 주지 않고 올리비에만을 바라보는 것이 서글프지 않았더라면 거짓말이다. 지워지지 않을 상흔이 라리엘의 마음에 남았다.

하지만 라리엘은 샤샤를 이해했다. 사랑의 속성은 본래 그러한 것이니. 사랑은 본래 맹목적이고, 멍청하며 치졸하다.

라리엘은 샤샤와의 결혼 이야기가 나올 때 즈음, 제 가족들이 가끔 머뭇거리는 얼굴로 자신을 바라보던 것을 기억했다. 이성적으로만 생각한다면, 제 가족들은 자신의 결혼을 말렸어야 했다. 자신과 샤샤가 결혼하면 어렵게 중립을 지켜 오던 프로테스티안 후작가가 정쟁에 휘말릴 것이 뻔했으니. 하지만 제 가족들은 그러지 않았다. 자신을 사랑했기에. 이 얼마나 맹목적인가.

라리엘은 샤샤 앞에서 장미꽃을 꺾으며 이제는 더 이상 그를 사랑하지 않는다고 말했던 자신을 기억했다. 거짓말이었다. 정말로 샤샤를 사랑하지 않았더라면, 라리엘은 지금처럼 샤샤와 마주 앉아 아무렇지도 않은 얼굴로 대화를 나눴을 것이었다. 구태여 사랑하지 않노라 내뱉고 매정히 뒤돌아선 것은 아직 샤샤가 제 마음속에 있었기 때문임을, 지금의 라리엘은 알았다. 사랑받기 위해 사랑하지 않는다 말하니, 이 얼마나 멍청한가.

라리엘은 제 배 속의 아이를 위해 올리비에를 몰락시키던 날을 기억했다. 라리엘은 분명 올리비에를 좋아했다. 라리엘도 올리비에의 몰락이 마음 아팠다. 하지만 그뿐이었다. 라리엘은 제 배 속의 아이를 사랑했고, 아이의 미래를 위해서라면 다른 것들은 어떻게 되어도 상관이 없었으니. 이 얼마나 치졸한가.

"이해해요."

그러니 라리엘은 샤샤를 이해했다.

"하지만 백작님은 리데제니아의 아버지예요. 그러니 저는 보시지 않으시더라도, 아이는 종종 보러 와 주세요."

하지만 의무는 별개였다. 남편으로서의 의무야 리데제니아가 있으니 다했다고 봐도 된다. 하지만 아버지의 의무는 이제 시작이었다. 물론, 라리엘의 어머니로서의 의무 역시. 아무 말도 하지 못하는 샤샤의 손을 라리엘이 잡았다.

"남녀 사이에 사랑만 의미 있는 것은 아니죠."

샤샤는 어떻게 생각할지 모르지만, 라리엘은 그렇게 생각했다. 사랑만큼 강력한 감정도 없지만, 오직 사랑만이 의미 있는 것은 아니었으니. 샤샤와 자신은 '쉬안 공작가'의 이름 아래 같은 운명 공동체가 되었으며, 아이를 통해 같은 양육의 의무를 지게 되었다. 그러니 라리엘은 그녀 나름대로 샤샤를 소중히 여겼다.

"라리엘—."

샤샤는 한 손으로 제 손을 잡고 한 손으로는 아이의 볼을 얼러 만지는 라리엘을 바라보았다.

"네가 보기 싫은 게 아니야."

라리엘을 비난만 하기에는 샤샤, 자신의 잘못도 많았다. 그리고 리데제니아가 있는 한, 샤샤가 라리엘을 보지 않는 것은 말도 안 되는 일이었다. 샤샤는 남편으로서의 책무를 다했듯이, 아버지로서의 책무도 소홀히 할 생각이 없었다.

"다만, 나는 시간이 좀 필요할 뿐이야."

그래, 그저 시간이 지나면 될 일이다. 모든 감정은 시간에 따라 풍화되기 마련이니까. 올리비에를 향한 죄책감도, 라리엘을 향한 이 복잡한 마음도 모두 시간이 지나면 닳고 닳아 흔적도 없이 사라질 것이었다. 샤샤는 그렇게 믿었다.

* * *

리데제니아가 태어난 겨울은 고요했다. 겨울의 끝자락이 오기 전까지는 그러하였다.

겨울의 끝자락, 황후는 아이를 낳았다. 사내아이였다. 기뻐해야 마땅할 일이었다. 하지만 황후가 낳은 아이를 본 이들의 얼굴에는 단 한 조각의 기쁨도 서려 있지 않았다. 기쁨이 자리하여야 할 곳엔 경악만이 자리했다.

황자의 머리카락이 검었기 때문이었다. 한 줌의 빛조차 허용하지 않을 것 같은 완전무결한 칠흑. 황자의 머리카락은 그리 검었다. 그 누가 황가에서 비천한 검은 머리 아이가 태어날 것이라고 생각했을까. 검은 머리 아이는 존재 자체만으로도 황가의 수치나 마찬가지였다.

'어쩌다가 검은 머리 아이가 태어났지?'

귀족들은 황제의 완전무결한 금발과 황후의 어두운 금발을 상기했다. 죄가 있다면 황후에게 있을 터였다.

'저 아이가 황제의 아이가 맞기는 한 것일까?'

제아무리 어미의 천한 피가 섞였다 한들, 귀한 황제의 피가 섞였다면 어떻게 저런 비천한 색이 나올 수 있단 말인가.

"황후가 부정을 저질렀다."

그래서 누군가는 이리 말했다. 그 소문에 황제는 대로했다. 하지만 아무 힘 없는 황제의 분노는 공허했다. 대답 없는 공허에 무너진 황제는 야밤에 홀로 쉬안 공작가를 찾았다. 황제가 쉬안 공작가를 방문했다는 소식에 쉬안 공작은 샤샤를 집무실 서고 뒤편의 숨겨진 공간에 숨겼다. 샤샤가 몸을 숨긴 지 얼마 지나지 않아, 검은 망토를 두른 황제가 악령처럼 집무실로 미끄러져 들어왔다.

"공작, 공작, 나를 도와주십시오."

황제는 위신이고 뭐고 다 집어던진 모양새로 쉬안 공작의 발치에 꿇어앉았다.

"폐하, 어찌 이러십니까. 고정하십시오."

쉬안 공작은 애걸복걸하는 황제의 두 손을 잡고 일으켜 세우려 했지만, 황제는 요지부동이었다. 되레 황제는 무릎 꿇은 채로 쉬안 공작의 양손을 잡고 더욱 절절하게 애원했다.

"쉬안 공작, 내 스스로의 부족함을 잘 알고 있습니다. 나는 일평생 거리와 전장밖에는 거닐어 본 적이 없기에 정치도 모르고 예법도 모르며, 교양도 없습니다. 그 사실을 잘 알고 있기에 부모의 원수를 갚은 것에 만족하고 그 이상은 아무것도 바라지 않았습니다. 황제가 누릴 수 있는 부귀영화에는 내 실로, 실로 아무런 관심이 없습니다. 공작께서도 잘 알고 있지 않습니까? 내 언제 공작의 의견에 한순간이라도 반대한 적이 있었습니까?"

황제가 눈물 어린 눈으로 쉬안 공작을 똑바로 바라보았다. 대답을 갈구하는 눈에 공작은 미미하게 고개를 끄덕였다.

"예, 잘 알고 있습니다. 폐하께서는 늘 스스로를 낮추고 주위 신하들의 의견에 귀를 기울이셨지요."

공작의 대답에 황제는 입을 빼끔거렸다. 무언가 더 하고 싶은 말이 있는 듯하였지만 황제는 끝내 말을 뱉어 내지 않았다. 대신 황제는 더욱 간절히 공작에게 매달렸다.

"나는 그토록 부족하기에 내 것조차 제대로 지킬 수가 없습니다. 공작, 내게 지혜를 주십시오. 저 악랄한 소문으로부터, 내 유일한 반려 메어리를 지킬 수 있도록 지혜를 나누어 주십시오."

황제는 절벽에 매달린 것처럼, 간절히 공작의 팔을 옭아맸다.

"우선 자리에 앉으시지요, 폐하."

공작은 다시 한번 황제를 일으켜 세우려 하였지만, 황제는 거세게 고개를 저었다.

"아니 됩니다. 내 공작의 지혜를 듣기 전에는 이 자리에서 일어날 수 없습니다."

거듭된 황제의 거절에 공작은 차라리 제 무릎을 꿇었다. 황제와 똑같이 무릎을 꿇어 눈높이를 맞춘 공작은 참으로 다정히 황제의 손을 얼러 만졌다. 어르는 모양새가 참으로 다정하여 눈으로만 보아도 그 따뜻함이 느껴질 것만 같았다.

"폐하, 소신이 무엇을 해 드리면 되겠습니까?"

"내 유일한 반려, 메어리를 둘러싼 악랄한 소문을 없애 주십시오."

한참 동안 황제를 응시하던 공작은 천천히 고개를 저었다.

"어려운 일입니다. 강제로 소문을 없애려 하면 소문에는 더 불이 붙기 마련이지요. 게다가 황후 폐하를 둘러싼 소문이 지극히 자극적이기 때문에 다른 소문으로 덮기도 어렵습니다."

"그럼 다른 방법이라도, 다른 방법이라도 뭔가 해 주시오."

공작은 역시 고개를 저었다.

"폐하, 극심한 가뭄에는 강물조차 마르기 마련입니다. 소신의 지혜 역시 한계가 있어, 이번 사태는 소신도 어찌할 도리가 없습니다. 그저 단비가 내리기를 바라는 수밖엔."

"그런 말씀 마시오! 공작, 그런 말씀 마시오! 공작이 아니면, 내가 달리 누구를 믿고 의지할 수 있겠습니까. 제국에서 제일가는 현자인 그대가 아니면 누가 나와 내 반려, 그리고 나의 아이를 지켜 줄 수 있단 말이오. 공작, 그리 말씀하지 말고 조금만 더 고민해 주십시오. 제발, 제발-."

황제는 급기야 이마를 바닥에 박으며 공작에게 매달렸다. 공작은 그런 황제를 어떻게든 얼러 가며 위로하려 했지만, 아무런 소용이 없었다. 황제는 새벽이 밝아 오고 나서야 퉁퉁 부운 눈과 상처로 까진 이마를 하고선, 쉬안 공작가를 나섰다.

서고 뒤편의 숨겨진 공간에서 이 모든 것을 지켜보고 있던 샤샤도 굳은 다리를 두드리며 집무실로 나왔다. 협탁 위에 있는 다 식은 차를 들이켜는 샤샤 앞에 공작이 앉았다. 공작 역시 간밤이 녹록지 않았는지 지친 얼굴로 다 식은 차를 단숨에 들이켰다.

"정말로 아무런 방법이 없었던 겁니까?"

"내 아무 힘 없는 황제와 황후를 해하여 얻을 것이 있겠느냐?"

"아니요."

"굳이 찾는다면야 방법이야 있겠지. 이 모든 것이 검은 머리 황자 때문에 생긴 일, 황자가 급사라도 한다면 황후는 구할 수 있을지도 모르지."

검은 머리 황자가 살아 있는 한, 황후에 대한 추문은 끊이지 않을 터였다. 하지만 검은 머리 황자가 사람들의 눈에서 멀어지고, 기억에서도 사라진다면 황후는 예전처럼 살 수 있을지도 모를 일이었다. 하지만 쉬안 공작은 차마 그런 말은 입에 담을 수 없었다.

"안타깝구나."

생각해 낼 수 있는 방법이 이런 것뿐이라니.

하지만 비극은 아직 시작도 하지 않았었다. 소문이 끓어오르던 어느 날, 황제는 모든 귀족이 모인 가운데 피의 검증을 친히 진행했다. 예정에 없었던 황제의 행동에 귀족들은 당황했지만, 황제는 멈추지 않았다. 맑은 물 위에 황제와 검은 머리 황자의 피가 떨어졌고, 이내 섞였다.

황제는 검은 머리 황자를 소중히 제 품에 안았다. 한 손으로는 황자를 감싸고 한 손으로는 피 섞인 그릇을 들어 올린 황제가 선언했다.

"이 아이는 피로 증명된 짐의 친자이다. 하여, 아이의 머리 위에는 바르디아 제국 황실의 영광된 성을 올리고, 아이의 가슴에는 라이피엔이라는 이름을 수여한다."

귀족들 중 그 누구도 검은 머리 황자의 탄생을 반기지 않았지만, 눈앞에서 피의 검증까지 이루어진 마당에 황자의 핏줄을 부정할 수는 없었다. 그래서 귀족들은 우선은 입을 다물었다. 검은 머리 황자가 눈에 거슬리기는 하지만, 아이야 또 낳으면 될 일이니까.

"황자 전하의 탄생을 감축드립니다."

"감축드립니다."

귀족들이 머리를 조아리는 모습에 순진한 황제는 이것으로 모든 문제가 해결되었다 믿었다. 하지만 황제는 잘못 생각하고 있었다. 황실이 침묵하고 있었기에 수면 아래에 머물러 있었던 황후와 황자에 관한 문제는 순식간에 수면 위로 올라와 버렸다. 바로, 황제, 그 자신이 모든 귀족들 앞에서 황자의 출생에 대한 논란을 거론했기에.

"황제 폐하의 친자인데도 검은 머리를 가지고 태어났다니요. 황후의 출신이 얼마나 비천한지 짐작조차 하기 어렵습니다."

"황후의 태가 이리 천하니 또 검은 머리를 낳을 수도 있는 노릇 아니겠습니까? 이러다 황실이 전부 검은 머리로 가득 차겠습니다."

"이참에 고귀한 피의 새로운 황후를 맞이하는 것이 황실의 미래를 위해서는 더 나은 방법일지도 모릅니다."

"검은 머리를 낳은 사실만으로도 황후는 큰 죄를 지은 것이니, 폐위야 당연한 일이지요."

처음에 귀족들은 황제의 등 뒤에서 그들끼리 쑥덕거렸다. 황후를 배출할 가능성이 높은 가문들이 논의를 이끌었고, 전통과 명분을 중시하는 노귀족들이 그 뒤를 따랐다. 황후의 몰락이 머지않은 것 같아 샤샤는 마음이 좋지 않았다. 하지만 적극적으로 나서서 황후를 비호하기에는 명분도, 실리도 없었다. 그래서 샤샤는 무슨 일이 일어날지 알면서도 침묵을 지켰다.

"황후를 폐하십시오, 폐하."

과연, 그해 여름이 무르익기도 전에 중론을 모은 귀족들이 황제 앞에 머리를 조아렸다. 모양새는 더없이 정중하였으나, 뱉는 말은 더

없이 무도하였다. 황제는 대로하며 자리를 박차고 나섰지만, 그렇다고 하여 문제를 회피할 수는 없었다.

귀족들이 황후의 폐위를 청한다는 소문은 하루도 채 지나지 않아 황후의 귀에까지 들어갔다. 그날, 황제는 저번과 마찬가지로 어둠을 틈타 쉬안 공작가로 찾아들었다. 샤샤는 이번에도 집무실의 서고 뒤 숨겨진 공간에 몸을 숨겼다. 샤샤의 아버지, 공작은 꽤나 착잡한 얼굴로 황제를 기다렸다.

일전에 방문했을 때보다도 황제는 더욱 처절하게 공작에게 매달렸다.

"공작, 제발 나서 주시오. 공작이 나서서 황후를 비호해 주면 그 누가 감히 황후를 음해하겠습니까."

공작은 처절히 매달리는 황제의 손을 잡고 결연히 다짐을 뱉어 냈다.

"폐하, 폐하께서 원하시는데 어찌 소신이 저어하겠습니까. 소신이 황후 폐하를 비호하겠습니다."

공작의 말에 황제는 무수히 많은 눈물을 흩뿌리며, 그것보다도 더 많은 감사의 인사를 뱉어 냈다.

공작은 황제와의 약속대로 바로 다음 날부터 황후를 비호하기 시작했다. 플란데스 백작을 비롯한 소수의 친황제 파 귀족이 공작을 거들었다.

"어찌 신하 된 자로서, 황후의 폐위를 논한단 말이오. 황후는 제국의 어머니이니, 그대들이 하는 행동은 자식이 어머니의 허물을 헐뜯는 패륜이나 다를 것이 없소."

다만 공작이 할 수 있는 비호는 이것이 최선이었다. 검은 머리 황자의 탄생은 공작으로서도 도저히 비호할 방법이 없었다. 공작의 비호에 황후를 폐위하라는 목소리는 다소 수그러들었다. 하지만, 어설픈 비호에는 자연스레 역효과가 따르기 마련이었다.

귀족들은 다시 음지에서 황후의 폐위에 대해 논하기 시작했다. 황후의 폐위와 더불어, 황제를 향한 불만도 함께 커져 갔다.

"황제 폐하께오선 어찌 아무런 결단도 내려 주지 않으신단 말이오."

"황제로서의 소양을 적절하게 배우지 못하셨으니 어쩔 수 없는 일 아니겠소."

"이제 와 생각해 보면, 즉위 과정도 그리 적절하진 못하였지요."

황제를 향한 불만은 때론 위험 수위를 넘나들었다. 구중궁궐 속에서 한 발자국도 움직이지 않는 황후에게조차 황제를 향한 귀족들의 불만이 바람을 타고 넘어 들어왔다. 황후는 괴로워했다. 괴로워하고, 또 괴로워해, 하루는 황제에게 직접 자신을 폐위해 달라고까지 말을 했다고 한다.

황후를 지극히도 사랑했던 황제는 마지막 순간까지 황후를 붙잡았다. 하지만 황후 역시 황제를 지극히 사랑했기에 기어코 그의 손을 뿌리쳤다. 그에게 해가 되는 제 자신을 참을 수가 없었기에, 여름의 초입에 황후는 제 스스로 목숨을 끊었다.

*　*　*

국상(國喪)이 치러졌다. 제국의 귀족이란 귀족은 모두 제도로 모여들었다. 한동안 몸을 사리던 바이에른 공작까지도 국상에는 얼굴을 들이밀었다. 물론, 올리비에는 여전히 바이에른 공작령에 유폐되어 제도로 오지 못했지만.

국상은 성대하게 치러졌다. 대외적으로는 황후가 출산 뒤, 건강을 회복하지 못해 끝내 사망에 이른 것으로 알려졌기 때문이었다. 조금이나마 황후의 위신을 세워 주기 위한 황제의 결단이었다. 황제는 국상이 이루어지는 내내 보란 듯이 검은 머리 황자, 라이피엔을 제품에 안고 다녔다. 그 모습에 쉬안 공작은 한탄했다.

"황제에게도 이제 남은 것이 하나뿐이구나."

그 말에 샤샤는 라리엘을 생각했다. 단 하나를 위하여 망설임 없이 제 오랜 친우를 나락으로 떨어뜨렸던 라리엘을. 그래서 샤샤는 황제가 두려워졌다.

국상이 끝나고 난 뒤에도 황제는 한참 동안 제정신을 차리지 못했다. 그는 때로는 난봉꾼처럼 눈에 보이는 물건이란 물건을 닥치는 대로 깨부수기도 했고, 때로는 세상에서 가장 연약한 유리구슬처럼 방구석에서 눈물을 흘렸고, 때로는 유령처럼 황궁 이곳저곳을 방황하기도 했다. 황제가 황제궁에 오롯이 있는 날은 드물었고, 얼마 지나지 않아 사람들은 황제가 황제궁에 없는 것을 당연하게 여기게 되었다. 누군가는 그를 동정했고, 누군가는 그를 업신여겼다. 그리고 모두는 황제의 불행에서 자신의 이득을 쫓았다.

"황제 폐하께서 심신을 가다듬지 못하시니, 나날이 걱정이 늘어 갑니다."

"이럴 때, 가까운 혈족이라도 곁에 계셔서 황제 폐하를 도와 드릴 수 있다면 참으로 좋을 텐데 말입니다."

숨 죽여 지내던 1황자와 2황자 파 귀족들은 조심스레 두 황자의 귀환 여론을 일으켰다.

"황후의 자리가 비어 있어 더욱 위태롭게 느껴집니다. 얼른 새로운 황후를 맞이하시는 것이 제국의 미래를 위한 길이 아니겠습니까."

황후를 배출할 가능성이 있는 가문들은 조심스레 황후를 맞이하라는 여론을 일으켰다.

"황제 폐하께 지금 필요한 것은 안정과 휴식입니다. 한데 국정을 쉴 수 없어 이런 상황에서도 무리를 하고 계시니 상황이 나아질 리 없지요."

그리고 누군가는 귀족의 권한 강화를 외쳤다.

"황제 폐하께옵서 마음 놓고 편히 쉬실 수 있도록, 우리 귀족들이 국정을 이끌어 나가는 것이 옳지 않겠습니까."

수많은 이들이 아귀처럼 제 이득을 위해 달려들었지만, 정작 그 욕망의 가장 정점에 있는 황제는 아무것도 모르는 듯, 초점 없는 눈으로 하루하루를 지낼 뿐이었다. 이 상황에서 샤샤와 쉬안 공작이 할 수 있는 일은 지극히 제한적이었다.

하루하루가 위태로웠다. 모래성으로 쏟아지려는 파도를 온몸으로 막아 내는 것만 같이 버겁고도 버거웠다.

"황제를 새로이 옹립하여 우리가 얻은 것이 무엇입니까? 정치판은 조금이라도 이득을 보려는 귀족들로 인해 엉망이 되었고, 쉬안 공작가는 충신 가문이라는 굴레 탓에 얻는 것도 없이 황제를 비호하고 있지 않습니까."

지치고도 지쳤던 샤샤는 어느 날 공작에게 따지듯 물었다. 마찬가지로 지친 얼굴의 공작은 담담히 대답했다.

"복수. 그것만으로도 의미가 있었다."

샤샤는 반박하지 못했다. 분명 복수는 그 자체만으로도 의미 있었으니까. 이렇게 될 것을 알고 과거로 돌아가더라도, 샤샤는 같은 선택을 했을 테니까. 비록 황제의 광증(狂症)이 언제 끝날지 알 수 없지만.

황제의 광증이 계속되는 사이, 1황자와 2황자 파 귀족들은 기어코 두 황자를 제도로 귀환시키라는 칙서를 황제에게서 받아 냈다. 칙서를 받아 든 두 황자는 기뻐하며 당장 제도로 향했다. 각자 십여 기의 기사와 백여 명의 병사를 거느린 채였다.

하지만 두 황자 모두 제도를 밟지 못했다. 산을 넘던 중, 괴한의 습격을 받아 전원 사망했기 때문이었다. 두 황자 일행이 흘린 피로 한동안 땅이 붉게 물들었을 정도로, 습격은 잔인하고 참혹했다.

황실에서는 두 황자가 도적떼의 습격을 받아 사망했다고 최종적으로 결론을 내렸지만, 그 말을 믿는 사람은 거의 없었다. 두 황자의 죽음이 너무나도 급작스럽고 너무나도 참혹했기 때문이었다.

'혹시 황제가?'

몇몇의 마음속에 황제를 향한 의심이 싹텄다. 하지만 황제는 아무것도 모르는 듯, 조용히 두 황자의 장례를 치를 뿐이었다.

두 황자의 장례 때문에 황후를 하루빨리 맞이하라는 주장은 잠시 조용해졌었다. 하지만 그것도 잠시, 두 황자의 장례가 끝나자마자 황후를 맞이하라는 주장은 다시 거세게 일어났다.

이번에는 거의 대부분의 귀족이 한목소리를 내었다. 이대로 두었다간 까딱하면 검은 머리 황제를 받들지도 모른다는 위기의식 때문이었다.

"경들의 뜻이 그러하다면, 따르겠네."

그리하여 여름의 끝에 황제는 결국 황후를 맞이하겠노라고 선언했다.

　"다만, 시국이 시국인 만큼 간택 절차는 간소하게 하였으면 좋겠네."

　황제의 말이 틀리지 않아 황후 간택 절차는 평소에 비해 굉장히 축소되었다. 본래 한 달에 가까운 간택 기간 동안 여러 시험을 통해 자질을 평가하는 것이 일반적이었지만 이번만큼은 기간도 1주일에 불과하였으며 시험 역시 대폭 축소하였다.

　황후 간택이 시작된다는 소식에 내로라하는 귀족 영애들이 모두 황궁으로 모여들었다. 매일같이 이어지는 귀족 영애들의 행렬은 나름 흥미로운 구경거리였다. 화려한 마차에서 내린 영애들은 하나같이 결혼의 여신처럼 엷은 분홍빛 베일로 얼굴을 가리고 오점 하나 찾을 수 없는 순백의 드레스를 입고 있었다.

　"신분을 밝히십시오."

　황궁의 문지기가 그리 물으면 영애의 옆에 있던 시녀가 가문의 문장을 문지기에게 내어 주고, 영애들은 엷은 분홍빛 베일을 살짝 들추어 제 신분을 밝혔다.

　"신분을 밝히십시오."

　입궁 마지막 날, 문지기는 이미 수백 번은 한 것 같은 대사를 무감하게 읊었다. 영애의 뒤에 서 있던 시녀에게서 가문의 문장을 건네받은 문지기는 한참 동안이나 문장을 들여다보았다.

　'창과 검'

　바이에른 공작가의 문장. 적어도 문지기가 알기로 바이에른 공작가와 같은 문장을 쓰는 귀족 가문은 없었다. 문지기가 뻣뻣하게 고개를 들어 올리자, 엷은 분홍 베일 아래로 타오르는 붉은 눈동자가 보였다.

"더 필요한 것이 있는가?"

바이에른 공작가의 올리비에가 거기 있었다. 어찌할 바 모르고 서 있는 문지기를 올리비에가 붉은 눈동자로 무감하게 응시했다. 간신히 정신을 차린 문지기가 속에 있는 용기를 모두 끌어내어 말을 뱉어냈다.

"신분에는 이상이 없습니다만, 영애께서는 황궁에 들어가실 수 없으십니다."

"왜지?"

진정 이유를 모르겠다는 듯, 올리비에가 고개를 갸웃했다. 찬란한 금발이 베일 사이로 흘러내렸다.

"내 알기로는 백작가 이상의 미혼 귀족 영애는 모두 자격이 되는 것으로 알고 있는데, 내 잘못 알았단 말인가?"

"또한 성품이 부드럽고, 지혜로우며 신체가 건강해야지요. 하지만, 영애께서는—."

문지기는 차마 말을 끝내지는 못하고 애매하게 말끝을 흐렸다.

"그래, 그래서 성품과 지혜와 건강을 보기 위해 간택 절차가 있는 것이 아닌가. 아니면 내가 모르는 사이에 문지기에게 간택 권한이라도 주어졌던 것인가?"

"하오나—."

문지기로서는 참으로 난감한 상황이었다. 간택 대상이 아닌 영애들의 출입을 금하는 것은 분명 문지기의 역할이었지만, 이 경우는 참으로 애매했다. 장애를 가진 여인을 아내로 맞이하는 것은 분명 크나큰 불명예였지만, 그렇다고 장애를 가진 여인과 결혼하는 것이 금지되지는 않았기 때문이었다. 애초에 장애를 가진 여인이 감히 당당하게 간택장에 나타날 것이라고 누가 생각했겠는가.

"월권하지 말게. 판단은 간택에서 하는 것이지, 그대가 하는 것이 아니야."

문지기가 혼란스러워하는 사이, 올리비에가 여상스럽게 문지기의 창을 거둬 냈다. 그리 큰 힘을 쓰지 않았는데도, 문을 가리던 문지기의 창이 자연스레 걷혔다.

*　　*　　*

올리비에가 간택에 참가했다는 소식은 채 하루도 지나지 않아 온 제도에 퍼졌다.

"세상에, 도대체 무슨 생각으로 간택에 참여한 걸까요?"

"이제 보니 바이에른 영애의 낯짝이 참으로 두껍네요."

대부분의 귀족들은 올리비에를 조롱했다.

황제의 귀에도 올리비에가 간택에 참가했다는 소식이 들어왔다. 불쾌해할 것이라는 예상과는 달리 황제는 그 소식을 퍽이나 반가워했다.

"올리비에 경이 황궁에 왔다니, 반갑구나. 서부 전쟁에서 나를 비롯한 병사들을 살리겠다고 홀로 적장과 맞서던 모습이 아직도 눈에 선한데—."

회상에 잠기던 황제가 어두운 얼굴로 고개를 숙였다. 얼굴에 진 그림자에 진한 죄책감이 배어 나왔다.

"참으로 용맹했지. 하지만 무모했어. 그날, 그렇게 혼자 맞서지만 않았어도 그런 부상을 입지는 않았을 텐데."

'그런 부상'이 무엇을 의미하는지 모든 귀족들이 알아들었다. 이 순간, 황제는 올리비에의 장애에 면죄부를 준 것이나 다름없었다. 그냥 전쟁에서 장애를 입은 것과 황제의 목숨을 구하다가 장애를 입은 것은 천지 차이였다. 다른 것도 아니고, 황제의 목숨을 구하다가 장애를 입었다는데 누가 황제 앞에서 대놓고 올리비에의 장애를 논하겠는가.

여기서 그치지 않고 황제는 올리비에를 향한 강한 호감을 공공연하게 드러내었다. 그는 거의 매일 일부러 간택장에 찾아갔다. 황제의 시선은 항상 올리비에를 향해 있었다. 간혹 올리비에와 눈이 마주칠 때면 황제는 미소 지었다. 황후가 죽은 뒤로는 한 번도 보이지 않았던 그 웃음을.

"이거 상황이 기묘하게 되었습니다."

처음 올리비에가 간택에 참가했다는 소식에 귀족들은 그저 흥미로운 화제가 하나 생겼다고만 생각했다. 장애를 가지고 있는 한, 올리비에가 황후가 될 가능성은 전혀 없었으니. 하지만 일이 이쯤 되니, 귀족들 사이에서도 기묘한 기류가 흐르기 시작했다.

"이러다가 정말 바이에른 영애가 황후로 간택될지도 모르겠습니다."

"그래도 폐하께서 설마 그런 불명예를 뒤집어쓰려 하겠습니까."

누군가의 우려에도 아무도 확실한 부정의 말을 뱉어 내지는 못했다.

       *   *   *

　1주일의 간택 기간은 순식간이었다. 간택 절차의 꽃, 간택 절차의 마지막 무도회 날이 밝았다. 이날만큼은 모든 후보들이 연분홍 베일과 순백의 드레스를 벗고 혼신의 힘을 다해서 화려하게 치장했다. 올리비에 역시 마찬가지였다.

　올리비에의 오른쪽 귀 부근의 자잘한 붉은 장신구는 용 비늘처럼 화려하게 빛나고 있었다. 화려한 장신구 못지않게 화려한 금발이 황금빛 강처럼 흘렀다. 다만 화려한 것은 그것뿐이었다. 올리비에가 고른 붉은 드레스는 기사의 정복을 연상시킬 정도로 절제되어 있었다. 가슴팍에는 정복처럼 두 줄의 금장이 달려 있었고, 허리에는 정복처럼 금장으로 꾸며진 허리띠가 조여져 있었지만 그것이 장식의 전부였다. 다른 영애들과 비교하면 파격적인 복장이었지만, 올리비에에게는 더할 나위 없이 잘 어울렸다.

　올리비에는 등장하는 순간부터 수많은 귀족들의 시선을 받았다. 그리고 황제가 등장한 순간, 모두가 올리비에를 바라보았다.

　황제의 정복이 누가 보아도 올리비에와 짝을 맞춘 것처럼 모든 것이 동일했기 때문이었다. 하나는 드레스고 하나는 정복이라는 차이만 있을 뿐. 황제의 정복 어깨 부분에는 올리비에의 머리 장식과 똑같은 용 비늘 같은 붉은 장신구가, 가슴팍에는 두 개의 금줄이, 허리에는 금장 허리띠가 자리하고 있었다.

　황제는 굳이 숨기려는 생각도 없는 것인지, 개회사를 끝내자마자 올리비에에게로 향했다.

　"짐에게 그대와 한 곡 같이할 수 있는 영광을 주겠소?"

황제가 올리비에에게 반듯하게 손을 내밀었다. 올리비에는 황제에게 손을 내밀다가 오므라드는 꽃처럼 다시 손을 말았다. 황제에게 닿지도, 온전히 거두지도 못한 손이 허허로이 공중에 떴다.

"폐하께서 이리 청해 주시니, 영광에 몸 둘 바를 모르겠습니다. 다만, 소신 미욱하여 폐하의 명예에 누가 될까 두렵습니다."

얼굴을 반쯤 숙인 올리비에는 퍽이나 처연해 보였다.

"올리비에 경, 그대는 로쉐 왕국의 인장을 제국에 바쳤소. 그리고 할라사 부족을 평정하여 서부 지역에 평화와 안정을 가져다주었지. 이런 그대가 미욱하다면 제국 내의 어느 누가 미욱하지 않겠소."

황제가 올리비에와 시선을 맞추려 고개를 모로 틀었으나, 올리비에는 더욱 고개를 틀어 기어코 황제의 시선을 피했다.

"공(功)은 과거의 일이나, 과(過)는 제 몸에 남아 있으니 어찌 미욱하지 않다 말하겠습니까."

어조는 지극히 고요하였으나, 담겨 있는 뜻은 참으로 날카로웠다. 제아무리 많은 공을 세웠다 한들, 지금 남아 있는 것은 제 몸에 남은 장애뿐이라는 뜻이었으니. 듣는 이들의 마음이 절로 불편해졌다.

"짐은 올리비에 경의 공은 알겠으나, 과는 무엇인지 모르겠소."

황제의 물음에 올리비에가 드레스자락을 발목 부근까지 들어 올렸다. 역시나 발목을 지지한 목제 기구가 눈에 들어왔다.

"이것이 제 과입니다."

황제가 고개를 저었다.

"짐도 그 부상을 기억하오. 할라사 부족과의 전투 때, 병사들을 후퇴시키겠다고 경이 홀로 전방에 나아가다가 당한 부상이 아니오? 그때, 짐도 경 덕분에 목숨을 건졌지. 짐의 목숨을 구하느라 생긴 부상

인데, 어찌 그것을 과라 말할 수 있겠소? 짐의 목숨은 그리 가볍지
않소."

황제의 말이 이어지는 동안, 올리비에의 고개가 서서히 다시 틀어
졌다. 잠시 황제와 시선을 마주하던 올리비에는 눈동자만 움직여 다
시 황제의 시선을 피했다.

"소신은 폐하께 폐를 끼치게 될 것입니다."

"아니, 해 보기 전에는 모르는 일이지."

황제가 허공에 오므려져 있던 올리비에의 손을 잡아챘다. 한 손으
로는 올리비에와 손을 마주 잡고, 한 손으로는 올리비에의 허리를
감은 황제는 더없이 다정한 얼굴로 올리비에를 내려다보았다.

"이 즐거운 날에 음악 소리가 작구나."

무도회장의 분위기 탓에 잔잔한 음악만 깔고 있던 악공들이 재빨
리 경쾌한 곡을 소리 높여 연주하기 시작했다. 제법 빠른 곡이었지
만 황제는 당황하지 않고 올리비에를 반쯤 안아 들어 무도회장의 중
앙으로 향했다.

둘의 춤을 보고 있자면 만개한 해당화를 보는 것만 같았다. 넋을
놓고 보면 감탄사가 절로 나올 정도로 그리 아름다웠다. 다만, 그 아
름다움은 거의 황제 홀로 만들어 낸 것이었다. 겉보기에는 같이 춤
을 추는 것 같았지만, 기실 올리비에의 발은 제 노릇을 다하고 있지
않았다. 그녀는 실에 매달린 마리오네트처럼 그저 발을 바닥에 스치
며 황제의 움직임에 온전히 맡기고 있을 따름이었다. 성인 여자 한
명의 무게를 지탱하며 춤을 추는 것이 쉽지 않았을 터인데도 황제는
춤이 끝날 때까지 호흡 한 번 흐트러뜨리지 않았다.

"이래도 그대가 짐에게 폐가 된다 말할 것이오?"

황제가 올리비에의 허리를 더욱 단단히 감았다. 도망칠까 두려워
하는 것처럼.

"이번은 아닐지 모르나, 분명 언젠가는 폐가 될 것입니다."

"아니, 그 또한 해 보지 않으면 모르는 일이지."

황제가 맞잡은 손을 제 입술로 가져왔다. 올리비에의 손등에 부딪
친 입술은 지진다는 표현이 올바를 정도로 뜨겁고, 집요했다.

"그대는 폐가 되기에는 지나치게 아름답소."

올리비에의 손등에 입술을 묻은 채로 황제가 귀족들에게 시선을
던졌다. 시선에 담긴 의미는 너무나도 명확해, 귀족들은 우려가 현실
이 되었음을 확신했다.

'황제는 바이에른 공녀를 황후로 맞이할 생각이다.'

* * *

간택 절차가 끝나던 날, 황제는 올리비에를 황후로 맞이하겠다고
발표했다. 그 발표에 수많은 논란이 일어난 것은 당연한 일이었다.

"폐하, 어찌 흠이 있는 여인을 황후로 삼으려 하십니까? 제국의
국격에 큰 누가 될 것입니다."

"짐의 목숨을 구하려다 그리되었는데, 어찌 흠이라고 하겠소. 외려
용기와 충정의 상징이라 해야 옳을 것이오."

"바이에른 영애는 이미 다른 사내와 여러 번 혼담이 오갔던 영애
입니다. 정숙해야 하는 황후의 자리에 앉기에 적합하지 않습니다."

"여러 번 혼담이 오갔다고 정숙하지 않은 것은 아니지. 올리비에
경은 천지에 사내밖에 없는 군에서 평생을 보내면서도 추문 하나 없

지 않았던가. 다 그녀의 행실이 올발랐기 때문 아니겠는가?"

귀족들의 반발은 참으로 거셌다. 바이에른 공작가와 그 무리들은 물론, 황제까지 나서서 올리비에를 비호하고 나섰으나, 반발은 쉽게 사그라지지 않았다. 귀족들의 극심한 반발에도 불구하고, 황제는 뜻을 굽히지 않았다. 황제는 한동안 버려져 있던 황후궁을 정돈케 하는 등 새로운 황후를 맞이할 준비를 착실히 해 나갔다. 황제를 말릴 만한 다른 황족이 없었기에 새 황후를 맞이하기 위한 준비 속도는 더없이 신속했다.

쉬안 공작가로서는 가히 좋지 않은 상황이었다. 다른 가문도 아니고 오랜 시간 쉬안 공작가의 대적 가문으로 여겨졌던 바이에른 공작가의 일원을 이토록 무리해 가면서까지 황후로 맞이하는 데에는 분명 황제 나름의 이유가 있을 터였다. 쉬안 공작가에는 결코 이롭지 않을 이유가.

어쩌면 황제는 전 황후의 죽음이 쉬안 공작가의 책임이라고 생각하고 있을지도 모를 일이었다. 아니면 이제 와 생각해 보니 황제를 쉽게 갈아치운 쉬안 공작가가 두려워졌을지도 모를 노릇이었다. 언제든 자신 또한 갈아치워질 수 있을 테니.

쉬안 공작가에 대한 황제의 눈이 곱지 않으니, 쉬안 공작가로서는 쉬이 움직일 수 없었다.

"요즘 들어서는 뜻대로 할 수 있는 일이 그다지 없는 것이 내 나이가 들었나 보구나."

이 상황이 쉬안 공작으로서도 상당히 곤욕인지, 쉬안 공작이 처음으로 샤샤 앞에서 자조적인 말을 내뱉었다.

"다만 다행인 점은 올리비에 경이 아이를 낳지 못할 거라는 점 하나뿐이구나."

"어째서입니까?"

"죽은 황후를 향한 황제의 마음 때문이다."

"겨우 사람의 마음이지 않습니까."

사람의 마음은 상황에 쉬이 변하기 마련이었다. 보아라, 올리비에의 마음도, 라리엘의 마음도 변하지 않았는가.

"겨우 사람의 마음이라고 하기엔, 사람의 마음이 지닌 힘이 참으로 크지. 애초에 이 모든 것조차 사람의 마음으로부터 비롯된 것이니. 더군다나 전 황후는 황제를 위해 죽었으니 황제의 마음이 쉬이 변할 리 없다. 올리비에 경에게 호감이 있는 것처럼 구는 것도 아마 검은 머리 황자, 라이피엔을 위해서일 터다."

"라이피엔 황자를 위해서라니요?"

"라이피엔 황자를 위한 세력을 만들어 주기 위해서지. 바이에른 공작가는 다른 귀족가와는 달리, 다른 선택지가 없으니 황제에게 선택받은 것이다. 오롯이 라이피엔 황자를 지키기 위해 들인 황후이니, 올리비에 경은 아이를 낳을 수 없을 게다."

곰곰이 생각하던 샤샤가 천천히 고개를 끄덕였다. 황제가 검은 머리 황자 라이피엔을 품에 소중히 안던 것을 샤샤도 기억했다. 라이피엔을 소중히 품에 안으면서 황제는 생각했을 터였다. 어찌해야 제게 남은 이 소중한 것을 온전히 지킬지.

힘이 없는 황제가 할 수 있는 일은 많지 않을 터였다. 할 수 있는 몇 가지 일 중에 황제가 선택한 것은 라이피엔을 지킬 황후를 들이는 것이었다. 올리비에는 좋은 선택지였다.

'황제는 올리비에를 사랑하지 않는구나.'

그다지 놀랄 만한 일은 아니었다. 오히려 황제가 진짜로 올리비에를 사랑해서 황후로 들였다면 그것이야말로 놀랄 만한 일이었다. 라이퍼엔 황자를 지키기 위해 올리비에를 황후로 들였다니, 얼마나 합리적이고 납득할 만한 설명인가.

"공작 각하의 말씀이 옳으십니다."

다행이라 생각하면서도 샤샤의 입맛이 썼다.

결국 오래 지나지 않아 황제와 올리비에의 국혼이 거행되었다. 그날, 황제는 오랜만에 쉬안 공작과 샤샤를 향해 미소를 지었다. 그리고 그 옆에 선 올리비에 역시 환한 미소를 짓고 쉬안 공작과 샤샤를 바라보았다. 너무 환한 웃음이라, 샤샤는 제 눈이 아리는 것만 같았다. 아리고 또 아려서 눈물이 날 것만 같았다. 참으로 이상했다.

이상하고 또 이상했지만, 샤샤는 그 이유를 알지 못했다.

*　　*　　*

국혼 뒤에는 역시나 성대한 연회가 이어졌다. 연회에는 대부분의 귀족이 참석했다. 한동안 자유 기사의 신분으로 방랑하던 퀠른 경까지도 연회에 참석할 정도로.

오랜만에 사교계에 나타난 퀠른 경에게 얼굴이라도 비추려 기웃거리는 사람들이 한가득이었다. 하지만 퀠른 경은 아무도 다가오지 말라는 듯, 살벌한 얼굴을 하고 연회장 구석 기둥에 기대어 홀로 잔을 비웠다.

'나도 혼자 있고 싶군.'

연회장의 중심에서 온갖 귀족들과 웃는 낯으로 대화를 나누던 샤샤는 퀠른 경을 보며 그리 생각했다. 어쩐지 오늘은 평소보다도 더 피곤한 기분이었다. 이유 없는 우울감이 제 어깨를 무겁게 짓눌렀다.

"실례하겠습니다."

결국 샤샤는 그물처럼 제 주위를 감싸고 있던 귀족들의 사이를 헤집고 나와 퀠른 경에게로 다가갔다. 퀠른 경과 마찬가지로 손에 리퀴르 데모타 한 잔을 든 채였다.

"오랜만입니다."

샤샤가 퀠른 경 바로 옆에 기대었다.

"오랜만이네."

퀠른 경은 샤샤를 한 번 힐끗 쳐다보고는 다시 초점 없이 정면을 응시했다. 빈 잔을 든 손을 늘어뜨리고 있던 퀠른 경은 시종이 지나가자 손짓으로 불렀다.

"과음하는 거 아닙니까?"

얼굴은 물론이고 손까지 발갛게 달아오른 퀠른 경을 보고 샤샤는 약간의 염려를 담아 말했다.

"이런 날 마시지 않으면 언제 마시겠는가?"

하지만 퀠른 경은 코웃음도 치지 않고 시종에게서 리퀴르 데모타를 받아 들었다. 이번에는 양손에 한 잔씩, 두 잔이었다.

"경사스러운 날이니 한 잔을 마셔야 하고."

그 독하다는 리퀴르 데모타를 퀠른 경이 한 번에 들이켰다.

"비참한 날이니 한 잔을 마셔야 하고."

이번에도 퀠른 경은 한 번에 잔을 비웠다. 목울대가 크게 움직였다. 잔을 비우고 잠시 침묵을 지키던 퀠른 경은 지나가듯이 툭, 샤샤에게 던졌다.

"라리엘은 잘 지내고 있나?"

"−예."

샤샤가 천천히 답했다. 라리엘이 올리비에를 밀쳤던 그날 이후, 퀠른 경이 라리엘에게 크게 분노했다는 이야기는 샤샤도 들었었다. 다른 이는 몰라도, 퀠른 경은 라리엘이 의도하고 올리비에를 넘어뜨렸다고 확신하고 있었다. 그 이후로 퀠른 경은 라리엘을 찾아오지도, 서신을 보내지도 않았다.

"아들을 낳았다면서?"

"예."

리데제니아가 태어났을 때도, 퀠른 경은 무심했다. 퀠른 경은 쉬안 공작가 앞으로 축하 서신과 적당한 양의 금만 보냈을 뿐, 직접 쉬안 공작저로 찾아오지는 않았다.

한마디 섭섭한 말을 할 법했지만 라리엘은 침묵을 지켰다. 하지만 라리엘의 마음이 평안할 리 없었다. 라리엘은 프로테스티안 후작저에서 서신이나 선물이 왔다고 하면 늘 채신머리도 잃고 달음박질쳐 나왔다. 그리고 누가 보냈는지 확인하고는 늘 옅게 실망하곤 했다.

샤샤 역시 아직 올리비에를 몰락시켰던 라리엘의 결정이 온전히 이해되는 것은 아니었다. 하지만 한때 완벽한 팔불출이던 제 오라비, 퀠른 경에게 철저히 버림받은 라리엘을 보고 있으면 안타까운 마음이 드는 것도 사실이었다. 그래서 샤샤는 웃는 낯으로 퀠른 경에게 청했다.

"리데제니아가 라리엘을 닮아 참 어여쁩니다. 언제 한번 보러 오시면 좋을 텐데 말입니다."

샤샤의 청에 퀠른 경이 쓰게 웃었다.

"올리비에는 모든 것을 잃었으니, 라리엘 역시 나 하나라도 잃어야 조금이라도 그 아픔을 알겠지."

냉정하게 말하면서도 씁쓸한 마음은 어찌할 수 없는지 퀠른 경이 습관처럼 잔을 입에 댔다. 한 방울 남아 있던 리퀴르 데모타로 입술을 축인 퀠른 경은 인사도 없이 샤샤의 곁을 떠났다.

퀠른 경은 평소와는 달리 국혼이 끝나고 나서도 방랑을 떠난다거나, 전쟁에 자원하지 않았다. 그저 제도의 프로테스티안 후작저에서 조용히 한가로운 일상을 보낼 뿐이었다. 하지만 그 한가로운 일상 속에서도 퀠른 경은 단 한 번도 쉬안 공작저를, 라리엘을, 리데제니아를 찾지 않았다.

*　　*　　*

올리비에가 황후의 자리에 오른 뒤에도 정계는 한동안 시끄러웠지만, 그뿐이었다. 어찌 되었든 올리비에는 명실 공히 황후에 자리에 앉았으며, 심지어 유라시아 황녀로부터 축하 사절까지 받았다. 전 황후도 받지 못했던 축하 사절을.

현황제와 실종된 3황자를 제외하고는 황실의 유일한 생존자인 유라시아 황녀. 그러기에 유라시아 황녀가 가진 상징성은 꽤나 컸다. 황실을 부끄럽게 만든다는 말은 유라시아 황녀가 사절단을 보낸 날을 기점으로 쏙 들어가 버렸다.

유라시아 황녀가 파견한 사절단은 꽤 오랜 기간 황궁에 머물렀다. 사절단은 그 기간 내내 하루에 한 번씩은 늘 올리비에와 면담을 가졌다. 사절단이 돌아가기 며칠 전, 올리비에는 펜센령을 비롯한 서부 국경 지대에 터를 잡은 소귀족 가문과 칼라일 귀족 가문의 결합을 적극적으로 추진하겠노라고 발표했다. 칼라일은 결합의 대가로 한동안 분쟁이 있던 펜센령 주변의 땅을 제국에 완전히 넘겨주었다. 나쁘지 않은 출발이었다.

올리비에는 현명했고, 운도 좋았다. 올리비에의 비교 대상인 전 황후는 아름답고 착했지만 황후에 어울리는 이는 아니었다. 전 황후는 순수하였기에 궁인들이 벌이는 크고 작은 비리들을 알아차리지 못했다. 간교에 능하지 못했기에 제 앞에서 살랑이는 이들이 제 등 뒤에서 무슨 짓거리를 하고 있는지 알지 못했다. 냉정하지 못했기에 잘못을 알아도 제대로 벌하지 못했다. 하지만 올리비에는 아니었다.

올리비에는 충분히 현명했고, 충분히 냉정했다. 그녀는 무너져 내렸던 내궁의 기강을 바로 세우고 상과 벌을 명확하게 했다. 소외되었던 무리들을 제 옆으로 끌어와 충실한 심복으로 만들었다. 황궁 소속 여기사들이 대표적인 사례였다.

올리비에를 황후로 인정하는 이들이 점점 늘어나는 것은 당연한 일이었다. 올리비에가 황후위에 앉은 지 반년이 지났을 무렵엔, 올리비에의 자질에 대해서 공개적으로 문제삼는 이가 하나도 남아 있지 않게 되었다. 올리비에는 그토록 명실 공히 완벽한 황후가 되었다. 올리비에가 굳건해질수록, 쉬안 공작가는 더욱 숨을 죽였다.

"쉬안 공자님, 황후궁으로부터 서신이 왔습니다."

그 무렵, 황후궁으로부터 쉬안 공작저로 두 통의 서신이 도착했다. 한 통은 쉬안 공작에게 보내는 서신이었고, 한 통은 쉬안 공자에게 보내는 서신이었다.

"황후궁으로 청한다ㅡ."

서신은 두 통이었지만, 내용은 같았다. 둘 다 황후궁으로 청한다는 내용. 거절할 명분이 없었던 쉬안 공작은 샤샤와 함께 입궁할 수밖에 없었다.

오랜만에 얼굴을 마주한 올리비에는 우뚝 선 태산 같았다. 고요하였으나 압도적이었다. 올리비에는 간택일에 입었던 것과 비슷한 절제된 드레스를 입고 꼿꼿한 자세로 앉아 쉬안 공작 부자를 맞이하였다.

"너희는 모두 물러가라."

쉬안 공작 부자가 방에 들어오자마자 올리비에는 제 주위를 지키던 이들을 한 번에 방 밖으로 내보냈다. 모두가 방에서 나간 다음에야 올리비에가 쉬안 공작 부자와 눈을 마주쳤다.

"아시다시피 제 몸이 불편하여 일어나 예를 차리지 못합니다. 다른 이는 몰라도 쉬안 공작과 베로트 백작은 이해해 주시겠지요? 이리 와 앉으시지요, 쉬안 공작, 베로트 백작."

올리비에가 자신이 앉은 탁자 맞은편의 의자로 쉬안 공작 부자를 청했다. 올리비에가 청한 자리는 손님을 위한 자리라기에는 단출하기 그지없었다. 탁자 위에는 그 흔한 3단 트레이나 찻잔도 없었으며 하다못해 촛대도, 화병도 없었다. 아무것도 없이 텅 빈 하얀 탁자를 사이에 두고 올리비에와 쉬안 공작 부자가 앉았다.

"3황자와의 약혼식 날 장애를 들켜 쫓겨나듯이 영지로 내려갈 때가 얼마 전 같은데, 어느새 시간이 흘러 쉬안 공작과 베로트 백작을 동등한 위치에서 뵙게 되는 날이 다시 왔네요."

올리비에가 입으로만 웃었다. 바이에른 영지로 쫓겨났을 때, 수많은 이들이 올리비에가 완전히 몰락했다고 말했다. 하지만 올리비에는 제 인생을 몰락으로 마무리 지을 생각이 없었다. 그녀는 호시탐탐 기회를 노렸고, 기회가 찾아온 순간 기꺼이 낚아챘다.

"제게 다시 힘이 생긴다면, 그때는 망설이지 않고 쉬안 공작가를 공격하겠다고 다짐했었어요."

실로 그러했다. 황후가 된 바로 그 순간까지만 하더라도 올리비에는 쉬안 공작가를 향해 칼을 갈고 있었다. 다만 아직 때가 아니라고 여겨 참았을 뿐이었다. 참고 참아 온전히 황후로 인정받아 쉬안 공작가를 공격하려던 순간, 모순적이게도 올리비에가 품고 있던 칼이 무뎌졌다.

"하지만 사람이 여유가 생기니 바뀌더군요."

올리비에는 안다. 거리에 자신에 관한 이야기가, 노래가, 그림이 퍼져 나가고 있다는 사실을. 이미 지나온 길만으로도 자신의 이야기가 역사에 남겨지고도 남으리라는 사실을. 지금까지 지나온 길만 보면 올리비에의 인생은 후대의 호평을 받을 법했다. 하지만 아직 올리비에의 인생은 끝나지 않았다. 제아무리 지금까지 지나온 길이 찬란했더라도, 앞으로의 길이 찬란하지 않다면 제 이야기가 비극으로 마무리될 것임을 올리비에는 알았다.

그래서 올리비에는 고민했다. 쉬안 공작가와의 정쟁을 계속하는 것이 맞을까. 쉬안 공작가와 끝없이 비열한 술수를 주고받는 것이 맞을까. 제 남은 인생을 그런 것으로 채워 버려도 좋을까. 비열한 술수로 채워진 제 마지막을 후세에서는 무어라 말을 할까. 생각하면 생각할수록 올리비에는 더 이상 쉬안 공작가와의 정쟁을 지속할 마음이 들지 않았다.

그래서 올리비에는 제 더러워진 마음을 갈고 갈았다. 그동안 쉬안 공작가와의 모든 은원을 잊자고. 모두 잊어서 이 더러워진 마음도 같이 잊고, 순수했던 어린 시절의 꿈을 다시 꾸자고. 세상을 널리 이롭게 하는 꿈을.

"제 사적인 은원은 모두 잊고, 어린 시절에 꾸던 꿈을 마저 꾸려고 해요."

올리비에가 흔들림 없이 쉬안 공작 부자를 응시했다. 다행이라면 다행이랄까, 쉬안 공작 부자 모두 올리비에가 어린 시절 그런 순수한 꿈을 꾸었다는 사실을 알고 있었다.

올리비에가 카를과 친해져서 쉬안 공작저를 드나든 지 얼마 지나지 않았을 무렵, 올리비에는 회랑에서 우연히 쉬안 공작을 마주한 적이 있었다. 그때, 올리비에는 한 점 부끄러움 없는 완벽하게 순수한 진심으로 모두가 함께 한마음 한뜻으로 널리 세상을 이롭게 하는 날을 꿈꾸고 있노라고 쉬안 공작에게 고했었다.

그 꿈이 가히 인상적이었는지, 가끔 쉬안 공작과 마주치면 쉬안 공작은 처음과는 달리 나름 따뜻한 시선으로 올리비에를 바라봐 주었었다. 그래서 한때나마 올리비에는 쉬안 공작이 자신에게 호감을 품고 있다고 착각했었다. 그 눈 속에 들어 있던 티끌 같은 따뜻함조차 거짓이었음을 얼마 지나지 않아 절절이 깨닫게 되었지만.

"저는 다시 한번 세상을 널리 이롭게 만드는 꿈을 꾸려고 해요."

꾸는 꿈은 어릴 때와 다를 바 없었지만, 사람은 같지 않았다. 온전히 순수했던 마음은 이미 한 번 더럽혀졌고, 올리비에는 이제 더 이상 무턱대고 타인의 선량함을 믿지 않았다.

"그러니, 쉬안 공작은 이만 양위를 하셔야겠어요."

파격적인 내용과 달리, 올리비에의 목소리는 참으로 담담했다. 마치 너무나도 당연한 것을 말하듯이.

"그리 말씀하실 줄 알았습니다."

쉬안 공작 역시 담담히 뱉어 내며 올리비에를 응시했다. 오로지 샤샤만이 짧게 숨을 들이켰을 따름이었다.

"물론, 쉬안 공작만 양위하라고 하지는 않겠어요. 받으세요."

올리비에가 쉬안 공작에게 흰 봉투를 내밀었다.

"바이에른 공작을 실각시킬 수 있는 정보가 들어 있어요."

잠시 흰 봉투를 만지작거리던 쉬안 공작은 샤샤에게 봉투를 건넸다. 샤샤는 영문도 모른 채로 흰 봉투를 받아 들었다. 제법 도톰한 것이 적힌 내용이 적지 않아 보였다.

"바이에른 공작은 양위하지 않을 거예요. 그러니 쉬안 공작가에 적합한 값을 지불하기 위해서는 실각시키는 수밖엔."

제 손으로 제 아비를 실각시키는 것이 적잖이 거북했는지, 올리비에는 묻지도 않은 사족을 붙였다.

"쉬안 공작, 한 달 정도 말미를 드리면 충분하시겠지요?"

침묵이 거북했는지 올리비에가 조급하게 말을 이었다.

"양위를 할 수 없다고 하면 어쩌시겠습니까?"

"역사에 정쟁을 일삼은 황후로 남고 싶지는 않지만, 후대의 기록이 두려워 단명하고 싶은 생각은 더더욱 없지요."

올리비에는 쉬안 공작이 양위하지 않으면 맞서 싸우겠다는 뜻을 명확히 했다.

"황후 폐하께선 어찌하여 이토록 극단적이십니까. 양위를 시키거나, 싸우거나 두 가지 길밖에는 없단 말입니까?"

"그 외에 다른 길이 있긴 한가요?"

"진심을 담은 사과와 용서가 있습니다."

"공작이 내게 일방적으로 사과를 요구할 입장인가요?"

올리비에가 자리에서 일어섰다. 한 손으로는 탁자를 집은 채로 올리비에가 절뚝이며 쉬안 공작에게로 다가갔다.

"황후 폐하께서는 제가 어찌 사과하면 제 사과를 받아들이고 용서해 주시겠습니까?"

올리비에가 차가운 눈으로 쉬안 공작을 내려다보았다.

"한 달 안에 양위하세요. 그럼 그 사과, 진심으로 알아듣고 용서하겠어요."

"그러겠습니다."

올리비에가 삐뚜름히 웃었다. 어차피 양위할 것, 굳이 왜 사과니 용서니 하는 이야기를 꺼내 들었는지 이유가 짐작이 갔기 때문이었다.

"그래, 쉬안 공작은 내게 용서의 대가로 무엇을 원하시나요?"

하나라도 더 얻어 가고 싶어서 공연히 사과니 용서 같은 이야기를 꺼내 든 것이겠지.

"저는-."

쉬안 공작이 고개를 들어 올리비에와 눈을 맞추었다.

"지나간 세월로 충분합니다."

쉬안 공작이 옅은 미소를 지었다. 카를이 죽은 지도 벌써 십 년이 훌쩍 넘었다. 아직도 카를을 생각하면 가슴이 먹먹해졌지만, 쉬안 공작도 안다. 이건 이미 지나간 일이라는 것을. 카를의 죽음에 바이에른 공작의 책임은 있을지언정 올리비에의 책임은 없다는 것을. 처음부터 알고 있었던 사실이지만, 인정하지 않았을 뿐이었다.

"황후 폐하, 저는 폐하를 용서합니다."

"그리 말할 것이면 왜ㅡ."

"쉬안 공작위를 양위한다는 결과는 다를 것이 없지만, 양위의 이유가 달라지지 않았습니까. 함께 세상을 널리 이롭게 하려 하시면서 어찌 강압으로 시작하시려 하셨습니까."

쉬안 공작이 고개를 돌려 샤샤를 바라보았다.

"샤를로테 데 쉬안, 너는 그 봉투를 어찌하고 싶으냐. 네 하고 싶은 대로 하여도 된다."

샤샤는 쉬이 결정을 내리지 못하고 흰 봉투만 만지작거렸다. 쉬안 공작이 양위한다. 말이 양위지, 실상은 실각이나 다름없었다. 그러니 합당한 값을 받으려면 바이에른 공작 역시 실각시켜야 옳았다. 샤샤도 그게 이성적으로 합당하는 것을 알았다.

하지만 샤샤는 그러고 싶지 않았다. 자신이 손해 본다고 해서 올리비에에게 똑같은 짓을 하고 싶지 않았다. 샤샤는 할 수 있다면 올리비에의 모든 것이 온전하기를 바랐다.

"황후 폐하, 바이에른 공작 각하는 폐하께 소중한 사람이지요?"

물을 필요도 없는 질문이었다. 올리비에에게 바이에른 공작이 소중하지 않았더라면, 올리비에가 그 고통스러운 시간들을 견뎠을 리 없다. 차라리 바이에른 공작을 포기하고 말지.

대답을 듣지 않아도 너무나 뻔한 질문이라 샤샤는 대답을 듣기도 전에 올리비에에게서 받은 흰 봉투를 다시 올리비에 앞에 두었다. 올리비에는 다시 제 앞에 놓인 흰 봉투를 보고도 쉬이 집어 들지 못했다. 죄책감과 미안함이 올리비에의 얼굴에 서렸다.

"정말 이렇게 돌려주어도 되겠어요?"

"예."

샤샤는 망설이지 않았다. 이것이 샤샤가 원하는 것이었다.

올리비에는 잘근, 제 입술을 깨물었다. 이렇게 될 것이라고 조금도 생각하지 않았기 때문이었다. 선의에 대한 믿음을 모두 버렸건만, 이렇게 봉투를 돌려줄 줄이야. 올리비에가 천천히 눈을 감았다. 지난 몇 년간 바이에른 공작가와 여섯 가문이 모두 함께 지키던 비밀을 올리비에는 결국 뱉어 냈다.

"바이에른 공작가에는 저 외에도 후계가 있어요. 빈센트, 제 남동생이죠."

올리비에가 감았던 눈을 다시 뜨고 샤샤와 쉬안 공작을 바라보았다. 생각지도 못한 말에 두 사람 모두 놀란 얼굴이었다.

"그런데도 정말로 이 봉투를 받지 않을 건가요?"

샤샤와 쉬안 공작이 잠시 서로 시선을 교차했다. 하지만 그것도 잠시 샤샤는 찬찬히 고개를 끄덕였다.

"예."

그제야 올리비에는 흰 봉투 위에 제 손을 두었다. 봉투 위에 올린 올리비에의 손이 가련했다. 차마 제대로 집어 들지도 못하는 그 손, 그 손이 너무나도 가련해 샤샤는 저도 모르게 탁자 위로 제 손을 올렸다.

하지만 그뿐이었다. 샤샤는 올리비에의 손을 잡을 수 없었다. 그 손을 잡고 도닥일 수는 없었다. 그것이 샤샤의 한계였다. 올리비에는 샤샤의 도닥임 없이도 이내 제 손으로 흰 봉투를 집어 들어 제 품속에 갈무리했다. 어느새 평정을 되찾은 올리비에가 쉬안 공작과 샤샤를 바라보았다.

"내 오늘을 잊지 않겠어요."

올리비에가 쉬안 공작을 향해 손을 내밀었다. 쉬안 공작이 기꺼이 올리비에의 손을 맞잡았다.

"샤를로테 데 쉬안, 보아 두어라. 내가 네게 공작위를 양위하는 것은 정쟁의 결과가 아니며, 오롯한 사과와 오롯한 용서에서 비롯된 것임을 잊지 말아라."

쉬안 공작은 그렇게 묻어 두었던 과거의 은원을 모두 파내어 없애 버렸다.

chapter 4

"정말 용서하신 겁니까?"

쉬안 공작저에 도착하자마자 샤샤가 나지막이 쉬안 공작에게 물었다.

"샤를로테 데 쉬안, 같이 기억의 회랑에 가 보겠느냐?"

기억의 회랑. 초대 쉬안 공작부터 현 쉬안 공작까지의 초상화가 걸려 있는 새하얀 회랑. 기억의 회랑은 드넓은 쉬안 공작저 한구석에 별채로 떨어져 있는 공간이라 굳이 방문하지 않으면 갈 일이 없는 곳이었다.

"예."

쉬안 공작은 늘 꼿꼿이 세우고 다니던 허리를 반쯤 굽히고 산보하듯 천천히 걸음을 옮겼다.

"샤를로테 데 쉬안, 내 처음에 쉬안 공작이 되었을 땐 전쟁이 한창이었단다."

새로운 날이 시작되면, 어린 시절 친구의 부고가 들려왔다. 전령들이 보내는 서찰은 죽음이 넘쳐흘렀다. 이 비극이 끝나고 모두가 행복하기를 바랐기에 젊은 쉬안 공작은 꿈을 꿨다.

"그래서 나는 꿈을 꿨단다. 그 어느 나라도 감히 대적할 수 없는 강대한 제국을 만들기를."

너무 오래전의 꿈이라 이리 입 밖으로 내는 것이 어색할 지경이었다.

"나도 그런 꿈을 꾼 적이 있었단다."

쉬안 공작이 기억의 회랑으로 들어섰다. 주름진 선대 쉬안 공작들의 초상화를 천천히 지나 쉬안 공작은 앳된 청년이 그려진 초상화 앞에 멈추어 섰다.

"그럴 때가 있었지."

벌써 수십 년 전의 일이었지만, 쉬안 공작은 아직도 이 초상화를 그리던 날을 기억했다. 그가 쉬안 공작위를 승계한 지 얼마 지나지 않았던 날, 화공이 쉬안 공작을 화폭에 담았다. 영민하되 젊었던 청년은 길이 남을 화폭 앞에서도 부끄러운 줄 모르고 제 치기를 숨기지 않았다. 저 치켜든 턱이며, 매서울 정도로 날카로운 눈빛, 푸른빛이 돌 정도로 차가운 저 피부를 보아라.

한 손으로 제 초상화를 쓸던 쉬안 공작이 다른 한 손으로 제 뺨을 쓸었다. 어느새 주름진 제 살결이 서글프게 손에 찼다.

"하지만 지금 내가 꾸는 꿈은 기껏해야 새파란 젊은이를 몰락시키려는 것뿐이니, 내 부끄러움을 안다면 더 이상 쉬안 공작위에 앉아 있어서는 안 되겠지."

쉬안 공작은 실로 서글펐다. 분명 젊은 시절의 그는 커다란 꿈을 꿨었다. 하지만 어느 순간이었을까, 그의 꿈은 지극히 사적으로 변해 버렸다. 쉬안 공작은 복수한 것을 후회하지는 않았다. 다만 제 꿈이 아비로서는 꿀 만한 꿈일지 몰라도 쉬안 공작으로서 꿀 만한 꿈이 아니라는 것을 그도 잘 알았다.

"바이에른 공작에 대한 복수는 마무리 짓지 못했지만, 이것이 최선일지도 모를 노릇이지."

황실을 뒤엎고 난 후, 그 어느 것도 쉬안 공작의 뜻대로 이루어진 것이 없었다. 하지만 지금에 이르러 쉬안 공작은 생각했다. 어쩌면 제 무의식이 더 이상 복수를 진행하는 것을 막은 것일지도 모른다고.

"나 또한 바이에른 공작에게 지은 죄가 있고,"

쉬안 공작 역시 여러 번 올리비에를 죽이려 했었다. 올리비에가 그토록 운이 좋지 않았더라면 올리비에는 카를보다도 더 일찍 죽었을 터였다.

"황후는 지은 죄가 없으니."

쉬안 공작가가 제 목숨을 위협하고 있는 것을 알면서도 올리비에는 참으로 올곧았다. 올리비에가 마지막 순간까지 카를을 놓지 않았다는 것을, 쉬안 공작도 알았다. 카를의 무덤 앞에서 괴로워하던 올리비에를, 쉬안 공작도 알았다. 그러나 상실감과 분노는 쉬안 공작의 이성을 어둡게 했었다.

"이제 모든 것을 놓을 때가 되었지."

세월이 흐르니, 쉬안 공작은 이제야 올리비에를 제대로 바라볼 수 있었다.

"샤를로테 데 쉬안, 화공을 불러라. 초상화를 그릴 때가 된 것 같구나."

다음 날, 쉬안 공작저로 화공이 찾아왔다. 한 달이 채 지나지 않아 쉬안 공작과 샤샤의 초상화가 완성되었다. 젊은 시절 쉬안 공작의 초상화가 내려지고, 주름진 쉬안 공작의 초상화가 걸렸다. 주름진 쉬안 공작의 초상화 옆에는 젊은 샤샤의 초상화가 걸렸다. 그로부터 며칠이 지나지 않은 어느 날, 쉬안 공작은 공식적으로 양위 의사를 밝혔다.

새로운 쉬안 공작이 탄생했다.

* * *

샤샤가 쉬안 공작위에 오른 지 얼마 지나지 않아, 바이에른 공작가는 빈센트의 존재를 대외적으로 알렸다. 예상치 못했던 새로운 바이에른 공작가 후계의, 그것도 10대 초반의 제법 장성한 후계의 등장에 놀라는 이가 한둘이 아니었다. 하지만 그건 시작일 뿐이었다. 빈센트의 존재를 대외에 처음 알리던 날, 바이에른 공작은 빈센트에게 공작위를 승계하겠노라고 공표했다. 쉬안 공작가에 이어, 바이에른 공작가도 전대 공작이 생존해 있는 상태에서 급작스럽게 승계 절차를 진행했다.

샤샤는 아마도 올리비에가 바이에른 공작과 무언가 거래를 한 모양이라고 짐작만 했다. 빈센트가 바이에른 공작위에 오른 지 얼마 지나지 않아, 전대 쉬안 공작은 쉬안 공작령으로 낙향했다. 그로부터 얼마 지나지 않은 어느 봄날, 올리비에가 쉬안 공작저로 찾아왔다.

올리비에가 쉬안 공작저를 방문해 찾은 사람은 의외로 샤샤가 아니라 라리엘이었다. 그래도 무려 황후가 공작저를 방문했는데 쉬안 공작이 나와 보지 않을 수는 없는 노릇이었다. 샤샤는 보던 서류를 잠시 미뤄 두고 라리엘과 함께 응접실에서 올리비에를 맞이했다.

"쉬안 공작까지 본녀를 맞이할 줄은 몰랐네요."

응접실로 들어선 올리비에에게서 꽤나 온화한 분위기가 풍겼다. 올리비에는 장식이 절제된 아이보리 드레스에 알 굵은 진주 장신구만을 하고 있었다.

"황후 폐하께서 행차하시는데 어찌 가만히 있을 수 있겠습니까."

올리비에는 설핏 미소만 짓고 바로 자리에 앉았다.

"앉으세요."

올리비에는 제 앞 테이블을 가득 채운 디저트에 꽤 오래 시선을 두었다. 설탕에 절이지 않은 생과일이 올라간 타르트는 아직 수확기가 도래하지 않은 초봄에 쉽게 볼 수 있는 음식이 아니었다.

"귀한 디저트가 많이 보이네요."

올리비에가 말하기만을 기다렸다는 듯, 라리엘이 손수 올리비에 앞에 무화과를 듬뿍 올린 타르트를 내려놓았다. 생과일을 올린 타르트를 올린 것도 올리비에가 관심을 가지고 물어볼 것을 알고 일부러 그런 것이었다. 코르키스령을 화두에 올리기 위해서. 올리비에와 자신이 같이했던 좋았던 추억을 떠올리게 하기 위해서.

"황후 폐하께서 하사하여 주신 코르키스령에서 올라온 것이랍니다. 폐하의 은공으로 사시사철 귀한 음식을 먹을 수 있으니, 그 은혜가 참으로 큽니다."

라리엘은 과거 따위는 기억나지 않는다는 듯, 한껏 고개를 숙이고 살랑댔다. 라리엘도 이러는 제 자신이 부끄럽고 자존심이 상했다. 그럼에도 불구하고 라리엘은 제 행동이 잘못되었다 여기지는 않았다.

"코르키스령에서요? 코르키스령은 척박해서 과실이 나지 않을 텐데요."

올리비에가 타르트를 작게 자르며 물었다.

"예, 온도가 낮아 과실을 키우기에는 적합하지 않습니다. 하지만 과실을 저장하기에는 그만한 땅이 또 없습니다."

라리엘의 설명에 올리비에가 고개를 끄덕였다. 그런 식으로 땅을 사용할 줄은 몰랐지만 나쁘지 않은 활용이었다.

"제가 드린 영지를 귀히 써 주시니, 기쁘네요."

그 후로는 그냥 평범한 대화들이 오갔다. 올리비에는 오래 머물지 않았다. 그녀는 작은 타르트 하나를 다 먹자마자 바로 냅킨으로 입 주변을 닦았다.

"이리 달콤한 타르트를 먹으니 모든 것이 달콤한 꿈처럼 잊힐 것만 같네요."

입으로는 달콤함을 얘기하면서, 올리비에의 눈에는 씁쓸함이 비쳤다.

"그러니 지난날은 꿈이라 생각하고 잊고 용서하겠어요. 공작 부인, 나는 쉬안 공작 부인인 당신을 용서해요."

이 말을 뱉어 내는 것이 올리비에로서는 꽤 고역이었다. 믿었던 친구에게 한순간 배신당해 몰락했던 순간을 잊는 것이 어찌 가능할까. 라리엘이 자신을 밀치던 순간을 올리비에는 절대 잊지 못할 것이었다. 하지만 그 순간을 잊은 것처럼 행동할 것이었다. 쉬안 공작가와 손을 잡겠다면서 쉬안 공작 부인인 라리엘에게 적의를 드러낼 수는 없는 노릇이니. 다만 올리비에가 용서한 것은 라리엘이 아니라 쉬안 공작 부인이었다.

"저는 가슴에 품고 평생을 황후 폐하게 속죄하며 살겠습니다."

라리엘 역시 올리비에의 뜻을 이해했다. 자신이 쉬안 공작 부인이기에 용서하는 올리비에의 마음이 라리엘의 눈에도 선연하게 보였다. 그래서 라리엘은 더욱 납작 엎드렸다.

"그래요."

올리비에는 구태여 라리엘의 마음을 편히 만들어 주지는 않았다. 올리비에가 다녀간 지 얼마 지나지 않은 어느 날, 퀠른 경이 나이 어린 남동생 자칼리와 함께 라리엘을 찾아왔다.

"안녕, 리데제니아?"

퀠른 경이 라리엘의 품에 안겨 있는 리데제니이아에게로 고개를 숙였다. 처음 보는 남자의 등장에 리데제니아가 더욱 라리엘의 품을 파고들었다. 라리엘은 부드러이 리데제니아의 머리를 쓰다듬으며 속삭였다.

"리아, 네 삼촌들이란다. 왼쪽이 큰삼촌 퀠른이고 오른쪽이 작은삼촌 자칼리야."

리데제니아가 라리엘의 말을 알아듣기라도 한 듯, 퀠른 경과 자칼리 쪽으로 고개를 돌렸다. 잠시 퀠른 경과 자칼리를 바라보던 리데제니아는 이내 방긋 웃으며 퀠른 경을 향해 작은 손을 내밀었다. 퀠른 경은 제 손가락보다도 작아 보이는 리데제니아의 손을 조심스레 그러쥐었다.

"그래, 리데제니아. 내가 네 삼촌이란다."

퀠른 경이 리데제니아를 향해 웃었다.

리데제니아는 프로테스티안 후작가의 사람이 아니다. 라리엘이 프로테스티안 후작가의 성을 가진 적이 없었기에, 퀠른 경이나 자칼리가 모두 후작위를 물려받지 않겠다고 하더라도 리데제니아가 프로테스티안 후작가를 이어받을 일은 없었다.

그럼에도 불구하고 이제 리데제니아는 프로테스티안 후작가로부터 보호받을 터였다.

그날 밤, 라리엘은 어둠 속에서 홀로 한 줄기 눈물을 흘렸다.

*　　*　　*

그 후로 한동안은 태평성대라 불릴 만한 시기가 찾아왔다. 황후는 쉬안 공작가를 가까이했다. 황제로서는 황후와 쉬안 공작가가 가까워지는 것이 달가울 리 없었다. 하지만 황후와 쉬안 공작가, 바이에른 공작가가 함께 여론을 만들어 황자를 황태자 자리에 올리자 황제는 더 이상 황후의 결정에 불만을 가지지 않게 되었다. 소모적인 정쟁은 자취를 감췄고, 합리적이고 빠른 정책 결정과 실행만이 남았다. 그렇게 3년이 흘렀다.

3년이면 평화가 일상이 될 만한 시간이었다. 언제까지고 이런 날들이 영원히 지속될 것만 같은 착각을 할 정도로. 하지만 모든 일이 그러하듯 영원한 것은 없었다. 정쟁이 멈춘 지 3년이 되던 어느 날, 황후가 회임을 했다는 소문이 퍼지기 시작했다.

"황후 폐하께서 회임을 하셨다는 소문이 있던데 사실인가?"

소문의 시작은 황후궁의 시녀로부터였다. 황후가 벌써 몇 달째 꽃을 피우지 못했다며 시녀들이 소곤거렸고, 그 소곤거림은 금세 중앙 귀족들의 귀에 들어갔다. 모두가 소문을 들었을 때쯤, 황실에서 공식적으로 황후의 회임을 알렸다.

"경하드리옵니다."

모든 귀족들이 그리 말하며 고개를 숙였다. 언뜻 보기엔 평화로워 보였지만 이미 균열은 시작된 뒤였다.

'복잡하게 되었구나.'

쉬안 공작 역시 다른 귀족들과 함께 고개를 조아리면서도 다가올 혼란을 예감했다. 만약 올리비에가 금발 황자라도 낳게 된다면 검은 머리 황태자, 라이피엔의 지위는 불안정해질 것이었다.

'아이를 낳지 못하리라 생각했건만.'

쉬안 공작은 황제가 절대로 올리비에가 아이를 낳지 못하게 할 것이라고 믿었었다. 검은 머리 황태자─라이피엔─을 향한 황제의 애정은 맹목적이었으므로.

'한데 어쩌다가.'

한순간의 실수일 수도, 동고동락하다 보니 올리비에를 사랑하게 된 것일 수도 있었다. 하지만 이유가 무엇이 중요하겠는가. 이미 일이 벌어졌다는 사실이 중요하지.

회임이 알려진 그 순간부터, 귀족들 사이에는 묘한 기류가 흐르기 시작했다. 플란데스 백작을 필두로 한 소수의 친황제 파는 전에 없이 예민하게 굴기 시작했다. 바이에른 공작을 필두로 한 친황후 파 귀족들은 최대한 고개를 숙이며 전에 없이 조심스럽게 행동했지만 오히려 그런 행동이 친황제 파를 자극했다. 쉬안 공작가와 프로테스티안 후작가를 비롯한 대부분의 귀족들은 아직 관망하고 있기는 하였으나 그들 모두가 기묘한 불안감을 느끼고 있었다.

올리비에의 배가 나오면 나올수록 귀족들 사이에 긴장감이 흘렀다.

올리비에가 출산에 들어가자 귀족들의 긴장감은 최고조에 이르렀다. 수많은 귀족들이 홀에 모여 올리비에가 출산하기만을 기다렸다. 그토록 많은 이가 한 방에 있었지만, 작은 대화 소리조차 들리지 않았다. 모두가 숨조차 죽이고 얼른 누군가 들어와 올리비에가 황자를 낳았는지 황녀를 낳았는지 알려 주기만을 기다렸다.

기나긴 기다림 끝에, 새벽별이 뜰 때에 이르러서야 궁의가 문을 열고 선포했다.

"황녀님이십니다!"

누군가 작게 한숨을 내쉬었다. 긴장감이 순식간에 옅어졌다.

금발의 황녀. 누군가는 아쉬워했으나, 쉬안 공작은 금발의 황녀가 태어난 것이 최선의 결과라고 생각했다. 그는 더 이상의 정쟁은 원하지 않았다. 후에 검은 머리 황제를 모시게 되더라도, 쉬안 공작은 개의치 않을 것이었다.

황녀의 탄생 소식이 전해진 지 얼마 지나지 않아 황제가 황금빛 포대에 감싸인 아이를 안고 홀에 들어섰다. 아이의 머리카락은 엷은 금빛이었다. 누구도 부정할 수 없는 금발. 황제는 아이를 제 가슴팍에 들고 제 자식임을 선포했다.

"이 아이는 짐의 친자이다. 하여, 아이의 머리 위에는 바르디아 제국 황실의 영광된 성을 올리고, 아이의 가슴에는 세르피엔이라는 이름을 수여한다."

세르피엔. 그녀가 태어났다.

*   *   *

세르피엔이 태어난 지 백일이 지나던 날, 소수의 귀족들이 황궁으로 초대되었다. 쉬안 공작가와 프로테스티안 후작가 역시 초대 명단에 들어 있었다.

"어서 오세요."

올리비에가 세르피엔이 놓여 있는 요람 옆에 앉아 손님들을 맞이했다. 황후가 초대한 귀족들은 하나같이 어린아이를 대동한 채였다. 쉬안 공작가의 리데제니아, 프로테스티안 후작가의 자칼리, 뮐렌 후작가의 두 딸, 윌라스 백작가의 두 아들.

"황후 폐하와 황녀 전하를 뵙습니다."

올리비에가 이렇게 초대한 이유는 굳이 말하지 않아도 알 만했다. 세르피엔에게 미리 도움이 될 만한 좋은 친구들을 만들어 주려는 것이겠지. 귀족들의 입장에서도 황녀와 제 자식들이 친해져서 나쁠 것은 전혀 없었다.

어른들의 속내는 이토록 계산적이었으나, 겨우 서너 살 먹은 아이들은 아직 그런 셈법은 할 줄 몰랐다. 제 또래의 아이들이 이토록 많이 모인 것은 처음이라 신기했는지 아이들은 금방 서로 장난치며 천진난만하게 놀았다.

유일하게 열 살이 넘어 나이 차이가 좀 나는 자칼리만 다른 아이들과는 멀찍이 떨어져서 요람 속의 세르피엔을 뚫어지게 바라봤다.

"신기하니?"

올리비에가 미소 지으며 자칼리에게 말을 걸었다. 세르피엔을 향했던 자칼리의 시선이 올리비에를 향했다. 잠시 고개를 갸우뚱하던 자칼리가 낮은 탄성을 내뱉었다.

"황후 폐하께서는 젊었을 적 다양한 전쟁에 출전을 하셨다고 들었어요."

'젊었을 적'이라는 자칼리의 표현에 올리비에의 얼굴에 씁쓸함이 스쳐 지나갔다. 어느새 나이를 먹어 '젊었을 적'이라는 표현까지 듣다니. 아무것도 하지 않은 것 같은데 어느덧 젊은 시절이 끝나 갔다.

"그러했지."

"황후 폐하를 그린 그림을 정말 많이 봤어요. 몇 번을 봐도 너무 아름답고 너무 매혹적이라, 늘 황후 폐하를 뵙기를 고대하고 있었어요."

올리비에를 향한 자칼리의 눈에 진한 동경이 드리워졌다.

"폐하, 저는 나중에 폐하와 같은 장수가 되는 것이 꿈이에요."

자칼리는 그리 말하며 참으로 천진난만하게 환히 웃어 보였다. 그 웃음이 너무 환해 올리비에는 입맛이 썼다. 올리비에는 그 옛날, 전대 쉬안 공작에게 당당하게 제 꿈을 말하던 때가 생각났다. 올리비에는 이제 전대 쉬안 공작의 마음을 이해할 수 있을 것만 같았다.

"자칼리 영식, 종종 황후궁에 놀러 오게."

"정말요?"

어지간히 기뻤는지, 자칼리가 크게 되물었다. 그 소리에 깜짝 놀란 것인지 세르피엔이 요람 속에서 울음을 터뜨렸다. 당황하는 자칼리의 손에 올리비에가 알록달록한 색상의 딸랑이를 쥐여 줬다.

"흔들어 주면 좋아할 거야."

자칼리가 혼신의 힘을 다해 세르피엔에게 딸랑이를 흔들었다. 그 노력이 가히 가상했는지 세르피엔은 금방 울음을 그치고 자칼리를 향해 방긋 웃었다.

"세상에─."

세르피엔의 미소를 정면에서 받은 자칼리는 말도 제대로 맺지 못하고 감탄사만 내뱉었다. 귀까지 붉어진 얼굴만이 자칼리가 얼마나 세르피엔에게 깊게 빠져들었는지 짐작할 수 있게 해 줄 따름이었다.

그 후로 자칼리는 정말로 황후궁에 자주 찾아왔다. 하지만 일 년이 채 지나기도 전에 자칼리는 후계자 교육을 받기 위해 프로테스티안 후작령으로 내려가야만 했다.

본래대로라면 장자인 퀠른 경이 현 프로테스티안 후작의 뒤를 이어 후작이 돼야 했지만, 퀠른 경은 후작위를 승계받는 것을 완강히 거부했다. 결국 반쯤 포기한 프로테스티안 후작은 둘째인 자칼리를 교육시키기 시작했다. 국경을 수비하는 것이 프로테스티안 후작가의 큰 사명 중 하나였기에, 서부와 북부 국경 근처에 위치한 프로테스티안 후작령에 대해 공부하는 것은 후계자로서 필수적으로 거쳐야 하는 과정 중 하나였다.

"얼른 배우고 돌아올게요! 황녀 전하가 절 잊지 않게 제 안부 자주 전해 주세요!"

프로테스티안 후작령을 내려가기 며칠 전 황후궁에 방문한 자칼리는 기세등등하게 그리 외쳤다. 하지만 그날이 올리비에와 자칼리가 살아서 본 마지막 날이었다. 프로테스티안 후작령에서 3년 정도 교육을 받은 자칼리는 기사 진급 시험을 통과해 기사 작위를 받았다. 그 후 바로 전장에 투입된 자칼리는 십여 년이 지나서야 제도로 돌아왔다.

하지만 그건 미래의 일, 올리비에와 자칼리, 둘 다 오늘이 마지막이라고는 생각하지 않았다.

"얼른 돌아오지 않으면 세르피엔은 자칼리 영식을 잊어버릴걸? 아이들은 금방 잊거든."

마지막이라 생각하지 않았기에 올리비에는 한없이 가벼운 마음으로 자칼리와 작별 인사를 나누었다. 세르피엔의 첫 생일을 얼마 남기지 않은 어느 날이었다.

* * *

세르피엔의 첫 번째 생일이 지나갔다. 황제는 손수 황녀의 머리에 관을 씌워 주었다. 세르피엔은 황녀로 다시 한번 인정받았다. 황녀, 세르피엔. 그 누구도 그 사실을 의심하지 않았다.

세르피엔은 평화 속에서 자라났다. 황제는 생각보다 세르피엔을 귀히 여겨 주었고, 황후 역시 그에 화답하듯이 검은 머리 황자ㅡ라이피엔ㅡ를 살뜰히 챙겼다. 겉으로 보기에는 참으로 화목한 가정이었다.

겉으로는 그렇게 보였지만, 쉬안 공작은 황제와 올리비에가 서로를 견제하고 있는 것을 알았다.

"오늘도 황궁에 가오?"

쉬안 공작이 리데제니아의 손을 잡고 공작저를 나서는 라리엘에게 물었다. 라리엘과 리데제니아가 손잡고 함께 황궁으로 가는 것은 이미 일상이 된 지 오래였다.

"예, 황후 폐하께서 좋은 차가 생겼으니, 같이 즐기자며 부르셨어요."

핑계는 가지가지였지만, 다 허울뿐이었다. 올리비에가 이토록 자주 라리엘과 리데제니아를 황궁으로 부르는 이유는 단 한 가지였다. 세르피엔과 리데제니아의 관계를 만들어 주기 위해.

아주 가끔은, 라이피엔도 함께 놀았다. 하지만 아주 가끔이었다. 리데제니아가 황궁에 들어간 날에는 거의 대부분 라이피엔에게 다른 일정이 있었다.

쉬안 공작은 이것이 우연이라 생각하지 않았다. 아마도 올리비에가 일부러 라이피엔이 일정이 있는 때에만 리데제니아를 황궁으로 불러들이는 것일 터였다. 라이피엔에게는 없는 관계를 세르피엔에게 만들어 주기 위해. 그런 관계를 만들어 내 무엇에 쓰려는지까지는 쉬안 공작도 아직 짐작할 수 없었다. 작게는 세르피엔을 지키기 위해서일 테고, 크게는 혹 황위를 노리고 있는 것일 수도 있을 터였다. 올리비에의 의도를 확신할 수 없었기에, 쉬안 공작은 모든 가능성에 대비했다.

"리데제니아 데 쉬안, 황궁에 가는 것이 재밌느냐?"

쉬안 공작이 고개를 숙여 리데제니아와 눈을 맞추었다. 아직 어리디어린 리데제니아는 그 순진한 눈망울로 고개를 끄덕였다.

"예, 황궁에 가면 늘 새로운 과자가 있거든요!"

해맑은 그 말에 쉬안 공작도 함께 웃었다. 아직 어린아이와 어른의 경계에 있는 저 말투가 얼마나 귀엽고 사랑스러운지. 쉬안 공작이 손을 뻗어 리데제니아의 머리를 쓰다듬었다. 리데제니아의 머리통이 손아귀에 들어오면 쉬안 공작은 왜인지 모를 안정감을 느꼈다. 머리통뿐이랴, 리데제니아의 모든 것이 쉬안 공작의 눈에는 참으로 사랑스러웠다. 언제부터인지는 쉬안 공작도 알 수 없었다. 그저 그렇게 되었을 뿐이었다. 이상할 것도 없지 않는가. 부모와 자식 간에 사랑이 싹트는 것은 동서고금을 막론하고 당연한 일이었으니.

그토록 사랑스러운 자식이니, 쉬안 공작은 리데제니아가 늘 걱정됐다. 리데제니아가 가족 외의 사람과 거의 최초로 관계를 맺어 가고 있는 지금은 더욱 걱정됐다. 만약 리데제니아와 세르피엔이 정말로 친해지게 된다면, 리데제니아의 마음이 세르피엔으로 물들게 된다면. 누군가에게 마음을 준다는 것은 기쁜 동시에 괴로운 일이 될 터였다. 게다가 세르피엔은 평범한 아이가 아니었으니, 잘못하면 나중에 리데제니아가 정쟁에 휘말릴 수도 있다. 하지만 쉬안 공작은 리데제니아가 황궁으로 들어가는 것을 막지는 않았다.

살아가는 이상, 누군가와는 관계를 맺어야 하고, 누군가에게는 마음을 줄 수밖에 없는 것을 쉬안 공작도 알았기에. 그로 인한 감정을 잘 다스리는 것도 리데제니아가 배워야 할 덕목 중에 하나이기에.

리데제니아의 마음은 그토록 염려하면서 쉬안 공작은 제 마음은 염려할 줄 몰랐다. 지난 몇 년간 너무나도 평안했기에, 쉬안 공작은 제 마음은 이미 거목처럼 자라나 굳건해졌다고 믿었다. 실상은 언제고 휘둘릴 수 있는 갈대였으며, 언제고 부러질 수 있는 잔가지였음에도.

"황후 폐하께서 너무 오래 기다리시겠어요."

"그래선 안 되겠지."

쉬안 공작이 리데제니아를 쓰다듬던 손을 들어 라리엘의 뺨을 감쌌다. 이내 쉬안 공작의 입술이 라리엘의 뺨에 닿았다 떨어졌다. 매일 의례적으로 하는 행동이었던 터라 키스를 하는 쉬안 공작도, 받는 라리엘도 아무런 느낌이 없었다. 그럼에도 라리엘은 늘 쉬안 공작을 향해 수줍게 웃었다.

리데제니아가 태어난 이후로 쉬안 공작도 라리엘도 늘 금슬 좋은 부부처럼 행동해 왔다. 그것이 부모로서의 의무라고 생각했기에.

"조심히 잘 다녀오시오."

쉬안 공작이 자상히 웃으며 라리엘과 리데제니아를 배웅했다. 리데제니아 역시 평화 속에서 자라났다.

* * *

시간이 흘러 리데제니아가 일곱 살이 되었다. 한동안 조용했던 제도는 근래 들어 또다시 술렁이기 시작했다.

"황후 폐하께선 아무런 소식도 없으신 건가요?"

오랫동안 황후의 회임소식이 없었기 때문이었다. 검은 머리 황자—라이피엔—가 벌써 여섯 살, 세르피엔이 세 살이었다. 황후의 나이가 젊은 것도 아니었기에 귀족들은 더욱 조급해했다.

"이러다가 정말 검은 머리 황제를 모시게 되는 것 아닌가요?"

"설마요."

라이피엔이 황태자의 자리에 앉아 있었지만, 정말로 그를 황제로 모시게 될 거라 생각하는 이는 많지 않았다. 어찌 되었든 바르디아 제국은 이든과 이두나의 신화가 지배하는 나라. 신화에서조차 천하다 말하는 검은 머리를 어찌 황제로 모실 수 있겠는가.

"차라리 황녀 전하를 황제로 모시는 것이 낫지요."

검은 머리를 황제로 모시는 것이 어지간히 싫었는지 누군가는 그리 말하기도 했다. 지금껏 여자가 황제가 된 적은 없었지만 여자가 가주가 된 경우는 종종 있었기 때문에 생각보다 많은 이들이 차라리 황녀를 황제로 모시는 것이 낫다고 생각했다.

"조금 더 기다려 봅시다."

하지만 중론은 역시 조금 더 기다리자는 것이었다. 황후의 나이가 젊지는 않았지만 아직 생식 능력이 있으니, 분명 언젠가는 다시 회임을 하여 금발의 황자를 낳을 것이라는 믿음이 있었기 때문이었다. 게다가 적어도 겉으로 보기에는 황제와 황후의 사이도 꽤 돈독한 편이었으니.

상황이 뒤숭숭해서 그런지, 라리엘과 리데제니아가 황궁으로 들어가는 일이 상당히 줄어들었다. 가끔은 라리엘이 리데제니아를 데리고 황궁으로 들어가려고 해도 리데제니아가 숨어 버려 황궁으로 못 가는 경우도 있었다. 쉬안 공작도 리데제니아가 숨어 있는 것을 몇 번 발견했다.

정원의 수풀 속에서, 안 쓰는 방의 옷장 안에서, 마구간의 짚 더미 속에서.

"리데제니아 데 쉬안, 이리 나와라."

쉬안 공작이 빨랫감 사이에 숨은 리데제니아를 보고 이리 오라 손짓했다. 부끄러운 줄은 아는지 리데제니아가 상기된 얼굴로 쭈뼛쭈뼛 쉬안 공작 앞에 섰다.

"황궁에 들어가기 싫으냐?"

"예."

리데제니아가 고개를 수그리고 조그마한 목소리로 답했다. 쉬안 공작은 리데제니아의 턱을 잡아 자신과 눈을 맞추게 했다.

"그렇다면 이렇게 숨지 말고 가기 싫다고 당당하게 말하거라. 리데제니아 데 쉬안, 너는 쉬안 공작이 될 몸이다. 피하는 것은 너의 역할이 아니야."

리데제니아가 고개를 끄덕였다.

"대답."

"그럴게요."

쉬안 공작이 리데제니아의 턱을 놓고 다정히 리데제니아의 머리를 쓰다듬었다.

"왜 황궁에 가기 싫으냐?"

쉬안 공작의 물음에 리데제니아가 다시 고개를 폭 숙였다.

"아버지도 제가 황녀 전하와 친하게 지내시기를 바라시지요?"

"친하게 지내서 나쁠 것은 없지. 하지만 리데제니아 데 쉬안, 네가 원하지 않는다면 무리할 필요는 없다."

쉬안 공작의 말에 용기를 얻은 건지 리데제니아가 천천히 입을 뗐다.

"황녀 전하와 있으면 불편해요. 정당한 이유가 있는 건 아니에요. 그냥-."

리데제니아의 미간이 좁혀졌다. 어린아이의 미간이라고 하기에는 참으로 깊은 주름이 패였다.

"황녀 전하가 제 손을 잡았는데, 느낌이 이상했어요."

리데제니아가 쉬안 공작의 손을 잡았다. 커다랗고 따뜻한 손. 안정감, 편안함, 안락함, 친밀함, 보호받는 기분. 리데제니아는 지금껏 손을 잡으면 그런 감정을 느꼈었다. 하지만 황녀가 양손으로 제 손을 잡던 순간, 리데제니아는 지금껏 느껴보지 못했던 형용할 수 없는 강렬한 감정을 느꼈다. 불안함, 슬픔, 그리고 무언가 아직 리데제니

347

아가 알지 못하는 다양한 감정들.

"너무 위험하게 느껴졌어요."

리데제니아는 황녀를 피하고 싶었다. 논리적인 이유는 없다. 그냥, 리데제니아가 그렇게 느꼈을 뿐이었다. 황녀는 위험한 사람이라고. 말하는 리데제니아 스스로도 납득할 수 있는 이유가 없었기 때문에 듣는 쉬안 공작도 리데제니아가 황궁을 가기 싫어하는 이유를 납득할 수 없었다. 하지만 납득하지 못하더라도 괜찮았다.

"그래, 네가 그렇게 느꼈다면."

쉬안 공작이 리데제니아와 맞잡은 손을 꼭 쥐었다. 그 후로 리데제니아가 황궁에 가는 일은 거의 없었다.

* * *

리데제니아가 여덟 살이 되기 며칠 전, 쉬안 공작령으로부터 급한 전갈이 왔다. 전대 쉬안 공작의 건강이 급속도로 악화되고 있다는 내용이었다.

쉬안 공작은 식솔들을 데리고 급히 쉬안 공작령으로 향했다. 전대 쉬안 공작이 편안한 얼굴로 침대에 앉아 쉬안 공작을 맞이했다. 어디서 본 것 같은 금발의 어린 소년이 전대 쉬안 공작의 옆에서 부지런히 손을 주무르고 있었다.

"왔느냐."

쉬안 공작의 등장에 금발의 소년이 앉은 자리에서 일어나 꾸벅 인사했다. 소년이 고개를 든 순간, 샤샤와 눈이 마주쳤다. 엷은 금발과 진한 녹색 눈. 샤샤의 뇌리에 올리비에의 딸 세르피엔이 스쳐 지나갔다. 그 짧은 순간 닮았다고 생각할 정도로, 소년은 세르피엔과 닮아 있었다. 전대 쉬안 공작은 세르피엔을 닮은 금발 소년의 손을 꼭 잡았다.

"리데제니아도 많이 컸구나."

전대 쉬안 공작은 한 손으로는 세르피엔을 닮은 금발 소년의 손을 잡고, 다른 한 손으로는 리데제니아의 한 손을 잡았다.

"리데제니아, 여기는 아서다. 아서, 여기는 내 손자 리데제니아다."

전대 쉬안 공작이 두 소년의 손을 끌어다 서로 맞잡게 만들었다. 얼떨떨해하는 리데제니아와는 대조적으로 아서가 붙임성 있게 리데제니아를 향해 웃어 보였다.

"둘은 나가서 놀고 있어라."

전대 쉬안 공작의 명이 떨어지기가 무섭게 아서가 리데제니아의 손을 잡아끌었다. 손을 맞잡고 방을 나서는 리데제니아를 전대 쉬안 공작이 부드러운 애정을 담아 응시했다. 리데제니아를 바라보던 전대 쉬안 공작이 고개를 돌려 샤샤를 바라보았다. 리데제니아를 향했던 애정보다도 더 진한 감정이 샤샤에게로 쏟아졌다.

"너도 저렇게 어렸던 때가 있었는데."

전대 쉬안 공작의 손이 샤샤의 뺨을 쓰다듬으려는 듯 뻗어지다 바로 지척에서 멈춰 섰다. 당당하게 샤샤의 뺨을 쓰다듬기엔, 전대 쉬안 공작은 샤샤에게 마음의 빚이 너무나도 많았다.

"잠시 둘만 있을 수 있게 자리를 비켜 다오."

전대 쉬안 공작이 샤샤를 제외한 모든 이들을 방 밖으로 내보냈다. 잠시 샤샤의 얼굴을 찬찬히 뜯어보던 전대 쉬안 공작이 천천히 입을 열었다.

"샤를로테 데 쉬안, 방금 나간 아서는 황실의 핏줄, 3황자의 아이다."

일상적인 이야기를 하듯이 잔잔한 목소리로 전대 쉬안 공작이 파격적인 말을 뱉어 냈다.

"어째서 3황자의 아이를 데리고 계신 겁니까?"

3황자에게 아이가 있었다는 사실도 당황스러웠지만 그 아이를 전대 쉬안 공작이 데리고 있었다는 사실을 더욱 당황스러웠다.

"샤를로테 데 쉬안, 네 눈앞의 적을 쓰러뜨리는 데만 연연하면 안 된단다. 적을 쓰러뜨리면 그 뒤에 또 어떤 적이 나타날지 모르는 일이니. 그러니 아무리 끔찍이도 싫고 흔적도 없이 몰살시켜 버리고 싶더라도 한 가닥 숨 줄기 정도는 만들어 두어야 하는 거란다."

전대 쉬안 공작이 손을 뻗어 샤샤의 손을 잡았다. 공작의 손은 적나라할 정도로 뼈가 드러나 앙상했지만, 잔잔한 온기가 느껴졌다.

"샤를로테 데 쉬안, 이게 내가 너에게 주는 마지막 무기가 되겠구나."

전대 쉬안 공작의 말은 틀리지 않았다. 그는 얼마 지나지 않아 고요히 눈을 감았다. 쉬안 공작은 공작령의 집사에게 아서를 각별히 신경 써서 돌볼 것을 명했다. 세르피엔과 닮은 아서를 제도로 데려갔다가는 분명 이상한 소문이 돌 것이었기 때문이었다.

'아서를 쓸 일이 없었으면.'

아서를 공작령에 두고 오며 쉬안 공작은 그리 생각했다. 아서를 쓸 일이 생긴다는 것은 현 황실과 대적할 일이 생긴다는 것. 쉬안 공작은 그런 일이 생기기를 바라지 않았다. 그리 소망하면서도 쉬안 공작은 늘 아서에게 관심을 쏟았다. 아서가 세르피엔과 비슷한 생김

새로 자랄 수 있도록 먹는 것, 보는 것, 듣는 것 그 모든 것을 철저히 관리했다. 언제고 아서를 써먹을 수 있도록.

평화를 소망하면서도 쉬안 공작은 늘 치열하게 미래를 준비했다. 소망과 현실은 다를 수밖에 없다는 것을, 너무나도 잘 알고 있었으므로.

*　*　*

전대 쉬안 공작이 별세한 이후로 쉬안 공작은 한층 더 바빠졌다. 어차피 전대 쉬안 공작은 양위한 이후로 정계의 일이든 영지의 일이든 손을 대지 않고 있었으니 일이 더 많아진 것은 아니었다. 그러나 왜인지 더 많아진 것만 같은 기분이 들었다. 게다가 왜 이리 새로워 보이는 일이 많은지.

'아버지라면 어떻게 하셨겠습니까?'

새로운 일이 발생하면 쉬안 공작은 아버지를 생각했다. 오히려 살아 계실 적에는 그리 많이 생각하지 않았건만, 돌아가시고 나니 더 많이 생각했다. 쉬안 공작은 아버지를 생각하면서 일을 처리했다.

'제대로 한 것이 맞을까?'

그러면서도 쉬안 공작은 불안했다. 아버지가 양위하신 이후로는 아버지는 아무것도 안 하시고 자신이 다 하고 있다고 생각했었는데, 아니었다. 적어도 아버지가 살아 계실 때는 자신이 잘못된 결정을 내리면 아버지가 막아 주리라고, 그 길이 아니라고 이야기해 주리라는 믿음이 은연중에 있었다는 사실을 쉬안 공작은 아버지가 돌아가신 뒤에야 깨달았다. 아버지가 은연중에 제 이정표 역할을 하고 있었다는 사실을 쉬안 공작은 너무 늦게 깨달았다. 이정표가 없어진 지금, 쉬안 공작은 너무나도 불안했다.

쉬안 공작의 안색이 나날이 어두워지는 것은 당연한 일이었다. 여느 날처럼 황궁 어전 회의에 참석했다 나오는 쉬안 공작은 황후궁의 시녀가 불러 세웠다.

"공작 각하, 황후 폐하께오서 방문을 청하셨습니다."

이렇게 궁으로 청하는 일은 자주 있는 일이 아니었던 터라 쉬안 공작은 무슨 일이 있으리라 지레짐작하고 속으로 긴장했다. 하지만 막상 올리비에는 쉬안 공작과 소소한 근황만을 이야기할 뿐이었다.

"얼마 전에 세르피엔이 나를 그렸다면서 이렇게 가져다주지 뭐예요."

세르피엔이 그린 그림이나 보여 주며 저잣거리에나 나눌 법한 이야기를 올리비에가 늘어놓았다. 이토록 의미도 없고, 의도도 없는 대화는 참으로 오랜만이었다. 참으로 단순한 대화였던 터라 오히려 쉬안 공작은 머리가 맑아지는 것만 같았다.

"리데제니아 공자는 요즘 어때요?"

사실 쉬안 공작은 리데제니아와 많은 시간을 보내지 못했다. 쉬안 공작은 회의나 보고로 늘 바빴고, 리데제니아 역시 이것저것 배우느라 바빴다. 쉬안 공작이 일과를 마칠 때쯤이면 리데제니아는 이미 자고 있는 날이 대부분이었다. 하지만 그렇다고 쉬안 공작이 리데제니아를 잘 모르는 것은 아니었다. 비록 직접 보지는 못했지만 쉬안 공작은 매일 리데제니아가 어떻게 지냈는지 다른 이들에게 전해 들었다.

"얼마 전에는 공부하기 싫다고 선생 의자 위에 벌레를 놓았다지 뭡니까. 누굴 닮았는지 원."

쉬안 공작의 말에 올리비에가 소리 내어 웃었다.

"공작, 진짜 모르겠어요? 저는 누굴 닮았는지 알 것 같은데요."

올리비에의 말에 쉬안 공작은 제 어린 날이 기억났다. 카를이 올리비에와 어울리는 것이 싫다고 올리비에의 찻잔에 벌레를 넣고 의자를 엉망으로 만들었던 제 어린 날이. 참으로 옛날의 일이었지만 떠올리니 참으로 부끄러우면서도 즐거웠다.

"공작도 이제 기억이 나나 보네요."

올리비에가 소리 내어 웃었다. 웃음이 전염이라도 됐는지, 쉬안 공작도 자꾸만 웃음이 새어 나와 결국에는 같이 웃어 버렸다. 그렇게 둘은 한참을 웃으면서 이야기를 나누었다.

"어머, 세르피엔이 올 시간이네요. 공작, 못다 한 이야기는 다음에 또 하기로 해요. 배웅해 드리지요, 같이 나가요."

올리비에가 쉬안 공작에게 손을 뻗었다. 쉬안 공작이 자연스레 올리비에에게 팔을 내밀었다. 올리비에가 쉬안 공작의 팔에 무게를 실었다. 그래도 여전히 절뚝거리기는 했지만 쉬안 공작은 모르는 척했다. 황후궁을 나서기 위해 정원을 가로지르던 세르피엔이 문득 쉬안 공작을 올려다보았다.

"공작, 요즘 사관(史官)들이 볼멘소리를 해요. 기록할 것이 없다고."

평화로운 나날들만이 이어지고 있었으니 당연한 일이었다. 들리는 바로는 서부 국경 지대에서는 아직도 주기적으로 소요가 일어난다고는 하지만, 전대의 전쟁들에 비하면 별일 아닌 일이나 마찬가지였다.

"보통 사람들은 시련을 딛고 일어나는 주인공의 이야기에 열광하고, 고난과 역경을 해결하는 영웅을 칭송하지만 쉬안 공작, 나는 알아요. 문제가 생겨서 해결하는 것보다 처음부터 문제가 생기지 않도록 유지하는 것이 더 어렵다는 사실을요."

올리비에가 쉬안 공작을 향해 빙그레 웃었다.

"공작, 공작이 양위받은 이후로 몇 년간이나 참으로 평화로웠지요. 공작이 아니라면 그 누가 이토록 긴 평화를 이끌어낼 수 있었겠어요. 공작, 항상 공작께 감사하고 있어요."

올리비에가 쉬안 공작을 향해 살풋 고개를 숙였다. 그저 단순한 감사의 표시였음에도, 쉬안 공작은 어쩐지 눈물이 나올 것만 같았다. 그래서 그는 지그시 입술을 깨물었다.

올리비에의 눈이 쉬안 공작을 따스하게 바라보고 있었다. 무슨 말을 해도 용서해 줄 것처럼. 쉬안 공작이 올리비에의 눈을 마주 보았다. 둘의 눈이 마주한지 오래 지나지 않아, 경쾌한 소녀의 목소리가 둘의 사이를 파고들었다.

"엄마!"

치마를 반쯤 걷어 올린 세르피엔이 올리비에를 향해 함박웃음을 지으면서 뛰어오고 있었다. 천진한 소녀가 노란 꽃이 송송이 피어오른 정원을 내달리는 모습은 퍽이나 사랑스러웠다. 그 소녀가 제 어미의 품에 파고드는 모습은 또 얼마나 평화로운가.

"세르."

올리비에가 세르피엔의 머리를 쓰다듬으며 이마에 입을 맞추었다. 애정이 가득 담긴 입맞춤에 세르피엔의 장밋빛 뺨이 기쁨으로 빛났다.

"쉬안 공작도 있었네요. 공작도 오늘 하루 행복하게 보내셨나요?

저는 오늘 하루도 행복했어요!"

세르피엔이 올리비에의 품속에서 쉬안 공작을 향해 인사했다. 오늘 하루도 행복했냐니, 이런 유의 인사는 처음 받아 본 쉬안 공작은 잠시 당황했지만 이내 웃으며 답했다.

"예. 덕분에요."

쉬안 공작이 눈이 올리비에를 향했다. 한동안 고민하고 불안해하던 것이 올리비에와의 짧은 대화로 많이 나아졌다. 오늘 하루 행복하게 보냈냐는 물음에 행복했다고 답할 수 있을 정도로.

쉬안 공작과 눈이 마주친 올리비에가 눈으로 쉬안 공작에게 인사를 고했다. 올리비에는 이내 세르피엔의 손을 잡고 시녀에게 기대어 황후궁으로 향했다. 그 뒷모습을 쉬안 공작은 꽤 오랜 시간 지켜보았다. 어쩐지 보는 것만으로도 마음이 편해져 와서.

* * *

세르피엔의 다섯 번째 생일이 다가왔다. 아직 사교계에 데뷔하지 않은 몸이었기에, 이번에도 황족과 소수의 귀족들만이 초대되었다. 쉬안 공작가도 당연히 그 명단에 들어가 있었다.

세로로 긴 네모난 탁자의 한쪽 끝 가운데에 황제와 황후가 자리하고, 황제의 옆에 황녀가, 황후의 옆에 황자가 앉았다. 황녀와 황자의 나이가 어린 만큼, 초대된 귀족 가문 중 어린아이가 있는 귀족 가문은 하나같이 아이를 대동하고 왔다. 테이블에 올려진 음식 역시 일반적인 연회와는 달리 어린아이들이 좋아할 만한 푸딩이며 브라우니 같은 단 음식이 주를 이루고 있었다.

세르피엔 역시 다른 어린아이들과 다르지 않게 단 음식만 골라 먹었다. 세르피엔이 작게 잘린 바나나를 초코 퐁듀에 절이다시피 찍어 먹는 모습을 황제가 미소 띤 얼굴로 응시했다.

"우리 세르는 단 음식을 참 좋아해. 이 아비는 단 음식은 입에 영 맞지 않아 잘 못 먹었었는데 말이야."

황제의 말에 세르피엔이 바나나를 하나 더 집에 초코 퐁듀에 살짝 찍어 황제의 입 앞에 들이댔다.

"하지만 맛있는걸요."

황제는 웃는 얼굴로 세르피엔이 내민 바나나를 입에 넣었다.

"그래, 내가 우리 세르 덕에 이런 음식도 먹어 보는구나."

황제가 아주 천천히 바나나를 씹었다. 겉보기에는 참으로 화목한 부녀지간의 모습이었지만 쉬안 공작은 왜인지 모를 께름칙함을 느꼈다. 문득 쉬안 공작의 눈이 올리비에와 마주쳤다. 어딘지 모르게 굳은 얼굴로 황제와 세르피엔을 바라보던 올리비에는 쉬안 공작과 눈이 마주치자 언제 굳은 얼굴을 했냐는 듯 부드러이 미소 지었다.

무언가 이상하다는 예감이 들었지만, 쉬안 공작은 그저 기분 탓이라고 그리 여기고 말았다.

* * *

평화로운 날들이 흘렀다. 서부 국경 지대에 지속적으로 일어나는 소요만 제외한다면 실로 평화롭기만 했다. 서부 국경 지대의 소요가 신경 쓰였던 쉬안 공작은 칼라일을 비롯한 몇 개의 부족에 제 사람을 심어 두었다. 각 부족에 심어 둔 이들은 궤새를 통해 주기적으로 쉬안 공작에게 보고를 해 왔다. 특히 칼라일에 심어 놓은 이가 보고하는 내용에는 놀랍게도 대부분 유라시아 황녀, 현재의 칼리사와 관련되어 있었다.

칼리프는 보고를 들을 때마다 늘 칼리사-유리시아 황녀-를 제 옆에 두었다. 칼리프의 입을 통해 명이 내려지기는 하였으나, 그 뜻은 칼리사의 뜻이었다.

'현 칼리프의 즉위 과정에 칼리사의 공로가 적지 않아, 칼리프가 된 후에도 지속적으로 칼리사에게 의존하고 있는 모양새입니다.'

유라시아 황녀. 깊은 인연이 있었던 자는 아니지만 상당히 강렬한 인상을 남겼던 이였다. 쉬안 공작가를 견제하는 일에 평생을 쓰고 싶지 않다면서 제 발로 만리타향, 칼라일로 가는 것을 택한 이였으니 오죽하겠는가.

'칼리사를 더욱 면밀히 관찰하도록.'

다만 아직은 이렇다 할 움직임이 없었기에 쉬안 공작은 고요히 경계만 키워 나갔다. 게다가 지금 당장 칼라일에 신경을 쏟기엔 제국 내의 상황이 다소 묘했다.

'겉보기엔 이토록 평화로울 수가 없는데.'

겉보기엔 참으로 평화로웠다. 어렸을 때부터 황태자 자리에 앉은 검은 머리 황자-라이피엔-은 차근히 성장해 나가고 있었고, 어린 황녀는 동화 속에서 나온 공주님처럼 한없이 순수하고 사랑스러웠으며, 황제와 황후의 사이도 꽤나 돈독해 보였다. 황실 사정이 이러하니, 불만을 품은 귀족들도 물밑에서만 불만을 토로할 뿐, 갈등이 표면으로 나오는 일은 없었다.

'다만-.'

세르피엔의 다섯 번째 생일에서 처음 느꼈던 그 기묘한 감각이 잊을 만하면 쉬안 공작의 등줄기를 타고 올라왔다.

세르피엔의 여섯 번째 생일이 다가왔다. 황제는 세르피엔에게 생일 선물로 장미꽃이 만발한 유리 정원을 줬다. 끝이 없는 것 같은 시리도록 파란 하늘 아래에 활짝 핀 붉은빛 장미꽃, 그리고 그 사이를 누비는 사랑스러운 작은 세르피엔. 지켜보는 쉬안 공작의 마음마저 편안해질 만한 풍경이었다.

"아빠, 하늘이 아빠의 눈을 닮고 만개한 장미꽃이 어머니의 눈을 닮았어요. 하늘과 장미꽃이 이토록 아빠와 엄마를 닮아서 여기에 있으면 엄마 아빠가 나를 따뜻하게 품고 있는 것 같은 기분이 들어요. 아빠, 정말 최고의 선물이에요!"

천진난만하게 조잘거리는 세르피엔을 향해 황제가 인자한 웃음을 지었다.

"그럼 우리 세르의 눈은 무엇을 닮은 걸까?"

황제의 웃음에 세르피엔이 녹빛 눈을 휘며 활짝 웃었다.

"여기 이 장미꽃을 감싼 초록 잎을 닮았지요!"

어리고 천진난만한 황녀와 그런 황녀를 바라보며 인자한 미소를 짓고 있는 황제. 이상할 것 없는 풍경이었지만 무언가 이상했다. 생각하지 않으려 했지만, 작은 가능성이 자꾸만 쉬안 공작의 뇌리에 스쳤다.

'설마 세르피엔이ㅡ.'

쉬안 공작은 눈동자만 굴려 황제와 세르피엔을 번갈아 봤다. 몇 번을 번갈아 보아도, 황제와 세르피엔은 참으로 닮은 구석이 없었다. 세르피엔에게 입힌 옷이며, 착용한 장신구를 황제와 비슷한 느낌의

것으로 골라 얼핏 보기에는 똑 닮아 보였지만 자세히 뜯어보면 뜯어
볼수록 세르피엔과 황제는 닮은 구석이 없었다.

'설마-.'

제 생각이 사실이라면 참으로 끔찍한 일이 벌어질 터였다. 올리비
에가 폐위되는 것은 물론이고, 그 식솔들마저 몰살당할지도 모를 일
이었다. 저 어린 세르피엔 역시 채 피지도 못하고 죽을 테지. 설마하
니 올리비에가 그런 무도한 일을 저질렀을 리 없어.

쉬안 공작의 시선이 자연스레 올리비에를 향했다. 자신을 향한 쉬
안 공작의 시선을 느끼지 못하는 건지 올리비에의 시선은 줄곧 세르
피엔을 향해 있었다. 세르피엔을 응시하던 올리비에가 고개를 들어
힐끔, 다른 이를 바라보았다. 찰나의 순간이었지만 쉬안 공작은 그
순간을 놓치지 않고 함께 올리비에의 시선을 쫓았다. 올리비에의 시
선 끝에는 쉬안 공작도 익히 아는 이가 있었다.

'퀠른 경.'

쉬안 공작은 속으로만 날카로운 숨을 들이쉬었다. 그러고 보니 퀠
른 경도 녹빛 눈을 가지고 있었지. 매번 전쟁터만 돌아다니던 퀠른
경이 언제부터 제도에만 붙어 있었더라. 설마. 쉬안 공작은 왜인지
모를 날카로운 통증이 제 폐부를 찌르는 것 같은 감각을 느꼈다.

* * *

그 기묘한 감각은 틀리지 않았다. 세르피엔이 아홉 번째 생일이
며칠 남지 않은 어느 저녁이었다. 오랜만에 라리엘과 리데제니아와
함께 단란한 저녁을 즐기고 있던 쉬안 공작에게 집사가 급한 발걸음

으로 뛰어 들어왔다.

"각하! 황궁에 변고가 일어났습니다! 어서 채비를 하십시오!"

쉬안 공작의 얼굴이 하얗게 굳었다. 황궁에서 변고가 일어났다니.

"공작 각하?"

쉬안 공작의 그런 얼굴은 처음 봤는지 리데제니아가 걱정을 담은 눈으로 쉬안 공작을 불렀다. 쉬안 공작은 그런 리데제니아를 달랠 틈도 없이 바로 식당을 빠져나갔다. 집사가 변고를 알린 지 채 일각이 지나기도 전에 쉬안 공작은 기사단을 이끌고 황궁으로 향했다. 쉬안 공작이 황궁에 들어설 즈음, 하늘에 불꽃이 솟아올랐다.

"황제 폐하를 보호하라!"

마음 같아서는 올리비에를 가장 먼저 지키고 싶었지만, 쉬안 공작은 제 위치를 잊지 않았다. 자신은 황제에 대한 변함없는 충심을 기반으로 한 쉬안 공작가의 가주. 이런 일이 생기면 당연히 황제를 챙기는 것이 그가 해야 할 일이었다. 쉬안 공작은 지체 없이 기사단과 함께 황제궁으로 향했지만 그가 황제궁에 도착했을 때는 이미 늦은 뒤였다.

"누가 황제 폐하를 시해한 것이냐!"

쉬안 공작이 소리 높여 물었지만, 그 누구도 대답할 수 없었다. 대답을 해야 할 시종과 시녀들은 정신없이 도망가고 있었으니. 쉬안 공작이 황제의 눈을 감겼다. 쉬안 공작의 손에 와 닿는 황제의 피부가 아직 따뜻했다.

"황제 폐하를 시해한 자가 아직 멀리 가지 못했을 것이다."

쉬안 공작은 황제의 시신을 지킬 기사 몇만 남겨 두고 기사단을 이끌고 다시 황제궁을 나섰다. 황제궁을 나서는 쉬안 공작의 눈에

작은 소녀가 저 멀리 정원을 가로지르는 것이 보였다. 먼발치에서도 쉬안 공작은 그 작은 소녀가 세르피엔인 것을 알아보았다. 이미 누군가가 세르피엔의 뒤를 맹렬하게 쫓고 있었다. 멀리서 보기에도 지키려 쫓는 것이 아니라 죽이려 쫓는 것이 느껴질 정도로 진한 살의가 느껴졌다. 그 살의에 쉬안 공작의 심장마저 차갑게 식을 정도였다.

"황녀 전하시다. 비호하라!"

쉬안 공작을 따라 공작가의 기사들이 세르피엔에게로 향했다. 세르피엔과 가까워질수록 쉬안 공작은 제 몸의 피가 식는 것이 느껴졌다. 세르피엔의 뒤를 쫓고 있는 것은 황실의 붉은 매 기사단. 황실 기사단이 어째서 살의를 뿌리며 황녀의 뒤를 쫓고 있는가. 세르피엔을 향해 검을 내리치려는 기사의 앞을 막아서며 쉬안 공작이 고함을 질렀다.

"이 무슨 무도한 짓인가!"

"비키십시오, 쉬안 공작 각하!"

"그대가 반란의 주범인 것인가!"

"어찌 그런 망발을 하십니까! 붉은 매 기사단은 황실을 수호하는 기사단, 어찌 붉은 매 기사단이 반란의 주범이 될 수 있단 말입니까!"

"하면 어찌하여 붉은 매 기사단이 황실의 일원인 세르피엔 황녀 전하를 해하려 한단 말인가!"

"반란의 주범이 황후와 황녀이니 그런 것 아니겠습니까!"

쉬안 공작과 붉은 매 기사단장이 대치하고 있는 와중에도 세르피엔은 아무것도 들리지 않는지 뒤도 돌아보지 않고 달음박질을 쳤다.

이미 멀리 달아난 세르피엔의 뒤를 몇몇 쉬안 공작가의 기사들과 붉은 매 기사단의 기사들이 쫓았다.

"-그럴 리가."

입으로는 부정의 말을 내뱉었지만 쉬안 공작은 붉은 매 기사단장의 말이 거짓이 아닐 것이라 여기고 있었다. 붉은 매 기사단장은 쉬안 공작의 눈에 혼란이 깃드는 것을 보며 맞대고 있던 검을 거두었다.

"되었습니다. 기사단도 방금 안 사실이니 밖에서 온 공작 각하께서 모르시고 앞을 가로막는 것도 당연한 일. 어차피 황태자의 처소에서 기다리고 있는 황금 사자 기사단과 은빛 늑대 기사단이 황녀를 처단할 것이니. 우리는 같이 황후를 찾읍시다."

대를 이어 쌓아 온 충신의 이미지 때문인지, 붉은 매 기사단은 쉬안 공작이 반란군일 것이라고는 전혀 생각하지 않는 듯했다. 물론, 실제로도 아니었지만.

"그래, 그럽시다."

붉은 매 기사단장의 말에 동의하면서도, 올리비에가 반란의 주범이라는 것을 안 순간 쉬안 공작의 마음이 매섭도록 울렁였다.

'올리비에가, 반란을 일으켰다고?'

이미 붉은 매 기사단을 비롯한 세 개의 기사단이 움직였으니 올리비에의 반란이 성공할 가능성은 희박했다. 오늘 밤이 지나기 전에 올리비에와 세르피엔은 죽을 거야. 쉬안 공작의 눈이 세르피엔이 사라진 어둠을 향했다. 하지만 그것도 잠시, 쉬안 공작은 다시 고개를 돌렸다. 이제 와서 쉬안 공작가를 반란 세력으로 만들어 버릴 수는 없는 일이었으니.

붉은 매 기사단장과 쉬안 공작은 당장 황후궁으로 향했다. 황후궁은 황제궁 다음으로 가장 큰 궁이었던 터라, 딸린 방만 해도 수십 개에 이르렀다.

"나눠서 찾도록 하지요."

붉은 매 기사단장의 제안에 쉬안 공작도 고개를 끄덕였다. 동과 서로 나누어 황후궁을 뒤지던 쉬안 공작은 황후궁의 가장 높은 곳, 가장 작은 다락 방 앞에 섰다.

쉬안 공작이 방문을 연 순간, 새하얀 만월이 문틈을 가득 채웠다.

장막 뒤에 숨겨져 있던 세기의 비극이 무대에 오른다면 이런 광경일까. 만월의 달은 여느 조명보다도 현란하게 사람들의 눈을 유혹했다. 하지만 그 현란한 빛조차 만물을 다 비출 수 없는 법이라, 달조차 비추지 못한 어두운 그림자 속에 두 사람이 있었다. 올리비에와 퀠른 경.

정복을 차려입은 올리비에는 바닥에 무릎을 꿇고 있었다. 올리비에의 복부에 꽂힌 날 선 검. 검을 타고 바닥으로 흘러내리는 붉은 선혈. 그 검을 들고 있는 퀠른 경.

'퀠른 경이 올리비에의 복부를 검으로 꿰뚫었구나.'

쉬안 공작은 최대한 이성적으로 생각하려 제 자신을 다잡았다. 이미 예감하고 있었던 일 아닌가. 올리비에가 오늘 죽으리라는 것을 알고 있지 않았는가. 쉬안 공작은 이성의 힘으로 이 모든 것을 태연히 넘길 생각이었다. 그러지 않으면 제 식솔이 위험할 테니.

올리비에가 고개를 돌리기 전까지는, 그것이 가능하리라 생각했다. 붉은 피를 흘리며 붉은 눈으로 올리비에가 쉬안 공작을 바라보았다. 피가 흐른다. 올리비에가 눈물을 흘린다. 아니, 피인가.

검을 쥐고 있던 손에 힘이 풀린다. 쉬안 공작이 쥐고 있던 검이 요란한 소리를 내며 바닥으로 떨어졌지만 쉬안 공작의 귀에는 들리지 않았다. 쉬안 공작의 몸이 무너졌다.

'올리비에!'

소리 없는 비명이 목을 타고 올라왔지만 쉬안 공작은 두 손으로 입을 막았다. 비명을 지를 수는 없어. 고통이 목줄기를 타고 온몸으로 퍼져 나갔다. 너는 이보다 더 고통스럽겠지. 당장이라도 무릎으로 기어가서 흘러나오는 저 피를 온몸으로 막아 주고 싶었다. 하지만 쉬안 공작은 그저 그 자리에 가만히 있었다.

올리비에가 설핏 웃었다. 그리고 이내 그녀의 몸이 무너져 내렸다. 채 감지 못한 올리비에의 눈은 여전히 쉬안 공작을 바라보고 있었다. 그녀의 눈을 보고 있으면 세상이 어그러지는 것만 같았다. 온 세상이 어그러져 그 속에 있는 자신조차 꺾이고 비틀려 사라져 버릴 것만 같았다.

"공작 각하께서 많이 놀라신 것 같구나."

올리비에를 꿰뚫은 검을 그대로 내려놓고 퀠른 경이 쉬안 공작에게 다가와 그를 안았다. 퀠른 경에게서는 비릿한 냄새가 났다. 토할 것만 같은, 그런 끈적하고 비릿한 냄새가. 참을 수가 없어 쉬안 공작이 퀠른 경의 목에 매어진 붉은 천을 그러쥐었다. 졸지에 목을 졸리는 형세가 되었음에도 퀠른 경은 가만히 쉬안 공작을 안았다.

"공작 각하는 내가 모실 것이니 반란의 잔당을 처리하고, 황태자 전하를 비호하라."

목을 졸리면서도 바위처럼 쉬안 공작을 안고 있던 퀠른 경은 기사들이 모두 방을 나가자 쓰러지듯 쉬안 공작의 어깨 위로 제 고개를 떨구었다. 퀠른 경의 입에서 비명 같은 신음이 흘러나왔다. 조그마하고 조그마한 소리였지만, 그건 분명 비명이었다. 듣고 있으면 소름이 끼칠 것 같은 비명. 쉬안 공작을 양팔로 감싸 안은 퀠른 경은 제 속에 지진이라도 난 듯 몸을 떨었다. 퀠른 경은 온몸으로 두려움과 고통을 발산했다. 퀠른 경의 품속에 안긴 쉬안 공작에게도 그 감정이 고스란히 전해져 왔다.

두려움과 고통. 그 어느 것도 달가운 감정은 아니었지만 쉬안 공작은 피하지 않았다. 그 자신이 느끼는 감정 또한 이것과 다를 바 없었으니.

한참을 쉬안 공작을 안고 있던 퀠른 경은 언제 그랬냐는 듯, 자리에서 일어났다. 자리에서 일어난 퀠른 경은 올리비에에게 다가가 그녀의 눈을 감겨 주었다. 올리비에의 눈을 감기고도 퀠른 경은 한참을 올리비에를 내려다보았다.

"쉬안 공작."

퀠른 경이 쉬안 공작에게 등을 보인 채로 입을 열었다.

"그대에게 먼저 말하지 못해 미안하네. 그대까지 이런 진흙탕에 끌어들이고 싶지 않았어."

쉬안 공작이 눈을 감았다. 평화로운 저녁 식사 중에 난데없는 급보를 받아 황궁에 들어와 계속 정신이 없었지만 이제 정신을 차리고 보니 다 무슨 일인지 짐작이 갔다. 올리비에의 반란. 그동안 계속 느껴 오던 께름칙한 기분, 그토록 아끼던 올리비에를 제 손으로 죽인 퀠른 경. 그럴 리 없다고 생각했던 가능성.

"세르피엔은 너의 딸인 건가?"

쉬안 공작이 침통히 물었다.

"그래."

퀠른 경이 무겁게 인정했다. 마른 한숨이 쉬안 공작의 입에서 새어 나왔다.

"황제가 제 혈육이 아님을 알았던 건가?"

제 혈육이 아닌 것을 알면서도 황제는 쉬이 그 사실을 드러내지 못했을 터였다. 그러기에는 올리비에를 따르는 이들이 너무나도 많았기에. 그래서 황제는 제 발톱을 숨겼을 터였다. 발톱을 숨기고 세르피엔을 조용히 죽이려 했겠지.

"그래, 그래서 황제는 세르피엔을 조용히 죽이려고 했어. 황제가 그렇게 나오지만 않았어도 우리도 이러지 않았을 거야."

그걸 눈치챈 올리비에가 가만히 있을 리 없었다. 올리비에는 세르피엔을 지키고자 했고, 그러기 위해서는 황제를 죽여야만 했다. 프로테스티안 후작가는 올리비에와 뜻을 함께했다. 성공하리라고, 성공할 수 있을 것이라고 온갖 경우의 수를 생각하며 계획을 짰지만, 반란이 쉬울 리 없었다.

반란이 실패했음을 직감한 순간, 올리비에는 퀠른 경에게 검을 쥐여 주었다.

"세르피엔을 살리기 위해서는 올리비에를 죽일 수밖에 없었다."

퀠른 경의 손에 검을 쥐여 주며 올리비에는 그리 말했다. 우리 둘 다 죽으면 세르피엔은 누가 지켜 주느냐고. 차라리 지금 자신을 죽이면 그 누구도 프로테스티안 후작가가 반란군이리라고는 생각하지 못할 터이니 자신을 죽여 가문을 지키라고, 프로테스티안 후작가를 지켜 내어 세르피엔도 지켜 달라고.

그럴 수 없다는 퀠른 경의 두 손을 잡고 올리비에는 스스로 검을 제 복부에 꽂아 넣었다. 검을 통해 전해지는 그 느낌, 전쟁터를 전전하며 이미 수백 번도 넘게 느낀 감각이었지만, 이번만은 달랐다. 차마 검을 더 이상 잡고 있을 수 없어 놓으려는 퀠른 경의 손을 올리비에가 양손으로 잡아끌었다.

'세르를 .부탁해.'

퀠른 경은 무너져 내리고만 싶었다. 하지만 무너질 수는 없었다. 올리비에의 말대로 세르피엔이 남아 있었으니까. 제 딸, 세르피엔이 남아 있었으니까.

"이 이야기는 그대도 말하지 않았고 나도 듣지 않은 것으로 하지."

한참 동안이나 올리비에를 바라보던 쉬안 공작이 어렵사리 입을 뗴었다. 쉬안 공작은 아직 바닥에 인형처럼 누워 있는 올리비에조차 현실로 받아들이기 어려웠다. 그런 쉬안 공작에게 갑작스레 들이밀어진 무거운 진실은 그도 감당하기 어려웠다.

비현실적인 밤이 지나갔다. 그 밤을 기점으로 많은 것이 달라졌다.

그 소란 속에 살아남은 황태자는 어린 나이에 황제의 자리에 앉았다. 황녀는 부상을 입어 며칠 동안이나 정신을 차리지 못했다. 수많은 귀족들이 반란군의 혐의를 받아 처형되었다. 프로테스티안 후작가는 그 와중에도 흔들림 없이 살아남았다. 하기야 누가 반란의 중심인 황후를 죽인 프로테스티안 후작가가 반란군이라 생각하겠는가. 이 와중에 자칼리는 서부 국경 지대에서 돌아와 사교계에 꽤나 화려하게 데뷔까지 했다.

그리고, 리데제니아. 리데제니아는 그날 밤 무릎에 자상(刺傷)을 입었다. 보고받은 바로는, 리데제니아가 홀로 황궁을 향했다고 한다. 그리고 참으로 공교롭게도 황태자궁을 향해 달리고 있는 세르피엔을 발견하였고, 그녀를 지키기 위해 몸을 날렸다고 한다. 생각보다 부상이 깊었던 탓인지 리데제니아는 기절한 채로 쉬안 공작저로 실려 왔다. 리데제니아의 상태를 살핀 주치의는 머뭇거리면서 상처가 깊어 평생 다리를 절게 될지도 모른다고 고했다. 다행히 그 후 지극한 보살핌을 받아 다리를 절지는 않게 되었지만, 무예나 춤은 할 수 없는 몸이 되었다.

리데제니아가 세르피엔을 감싸자, 쉬안 공작가의 기사들은 리데제니아를 지키기 위해 졸지에 세르피엔도 비호하게 되었다. 덕분에 세르피엔은 몸은 크게 다치지 않았지만, 반란으로 인해 정신적으로 꽤 고통받고 있다고 들었다. 제 친어머니인 황후가 반란을 저질렀지만 어린 세르피엔은 아무것도 몰랐다는 이유로 참형에 처해지지는 않았다. 새로운 황제의 전격적인 비호가 있었던 탓이었다. 황제는 단순히 세르피엔을 살려 놓는 것에서 멈추지 않고 그녀에게 황낭의 지위까지 내렸다. 황후가 없는 궁에서 그를 대신하여 실질적으로 황궁 내부를 관할할 수 있는 높은 자리였다. 물론, 아직 어린 세르피엔은 그 자리를 제대로 수행해 내지 못했다.

황제과 귀족 중 세르피엔을 달가이 보는 사람은 아무도 없었다. 단순히 몰랐다는 이유로 목숨을 부지하게 해 준 것도 거슬리는데, 거기에 황낭의 지위까지 주다니. 황제과 귀족들이 가만히 있을 리 없었다. 세르피엔을 처벌해야 한다는 상소가 올라오는 것은 드문 일도 아니었다. 상소 정도야 사실 굉장히 점잖은 방법에 속했다. 온갖 비열한 술수가 세르피엔을 향하는 것을 쉬안 공작도 알았다. 세르피엔은 절대로 안전할 수 없었다.

그리고 조금만 고개를 돌리면―. 저잣거리에는 옛 친우의 목이 걸

려 있었다. 보는 것만으로도 어지러워 쉬안 공작은 낮에도 커튼을
치고 살았다.

한순간 손아귀에 넣었다고 생각했던 평화는 이토록 연약했다. 단
하룻밤의 소란에도 흔적도 없이 사라질 정도로.

악몽 같은 밤이 지나갔다. 시간은 계속 흘렀다. 그러니 쉬안 공작
도 살아 내어야만 했다. 그래서 쉬안 공작은 살아 내었다. 아무것도
모르는 것처럼 전대 쉬안 공작들이 그러했듯 그저 맹목적으로 황제
의 자리에 앉은 이를 따랐다.

하루하루가 외나무다리를 건너듯이 위태로웠다.

'칼라일 부족이 근처 부족들을 복속시키고 있습니다.'

서부에 심어 두었던 이들은 제도의 혼란에도 꾸준히 궤새를 통해
소식을 보내 왔다. 칼리사─유라시아 황녀─가 제국이 혼란에 빠진
틈을 보아 세를 늘리는 것이 눈에 빤히 보였다. 지금 막지 않으면 후
에 큰 화가 될 것을 쉬안 공작은 알았다. 그러나 지금 그가 할 수 있
는 것은 없었다.

황제에게 청을 올려 서부로 군사를 보내기에는 황제의 세가 약했
고, 그렇다고 쉬안 공작이 독단적으로 서부 국경으로 군사를 보내는
것은 있을 수 없는 일이었다. 서부 국경을 수호하는 키시안 후작가
와 프로테스티안 후작가에 칼라일의 움직임이 심상치 않다고 살짝
귀띔을 해 주는 것이 쉬안 공작이 할 수 있는 유일한 일이었다.

쉬안 공작은 최선을 다해 중심을 잡고 있었지만, 제도의 상황은
그리 녹록지 않았다. 황제의 기반은 너무나도 약했고, 황제를 인정하
지 못하는 귀족들은 너무나도 많았다. 그뿐이랴, 간간이 반란 세력을
색출했다면서 귀족들이 끌려 나와 처형당하는 일은 새로울 것도 없

는 일상이었다. 그 모든 것이 불안했지만, 쉬안 공작이 제일 불안해하는 것은 프로테스티안 후작가였다.

퀠른 경이 세르피엔이 저렇게 위태로운 상태로 있는 것을 그대로 보아 넘길 리가 없는데. 분명 무슨 방법으로든 세르피엔을 조금이라도 더 안전하게 만들어 줄 터였다. 하지만 그게 어떤 방식일지는 쉬안 공작도 짐작하기 어려웠다. 퀠른 경의 속이 궁금했던 쉬안 공작은 리데제니아와 놀아 준다는 명목으로 종종 쉬안 공작저를 찾는 자칼리를 슬쩍 떠보았지만 자칼리는 그저 아무것도 모르겠다는 듯, 호탕하게 웃을 뿐이었다. 라리엘 역시 쉬안 공작이 떠보려 하면 그저 부드러운 미소만을 지었다.

자칼리와 라리엘이 계속해서 모르쇠로 일관했지만, 프로테스티안 후작가의 계획은 3년여가 지나자 수면 위로 올라왔다. 세르피엔이 열두 살이 되던 해, 프로테스티안 후작가에서 세르피엔에게 혼담을 넣은 것이었다.

"혼담이라니!"

소식을 들은 쉬안 공작은 바로 라리엘을 찾아갔다. 어찌 되었든 라리엘도 프로테스티안 후작가의 일원, 분명 이 소식을 미리 알고 있었을 터였다.

"예, 자칼리를 상대로 하여 청을 넣었습니다."

"하지만 자칼리는-."

퀠른 경과 자칼리는 어머니가 다르기는 하지만 어찌 되었든 형제지간이었다. 그러니 단순히 촌수로만 따지자면 세르피엔은 자칼리의 조카였다. 물론 워낙에 귀족 간의 혼인관계가 거미줄처럼 촘촘히 엮여 있었던 터라 삼촌과 조카가 혼인을 올리는 일이 금기시되지는 않았지만 어지간하면 그 정도로 가까운 혈연관계는 피하려 하였기에, 드문 일인 것도 사실이었다.

"예, 저도 자칼리와 황녀 전하가 어떤 관계인지 알고 있습니다. 하지만 그건 중요하지 않습니다. 프로테스티안 후작가의 목표는 황녀 전하를 무사히 안전한 곳으로 모시는 것뿐이니, 이 혼인은 허울뿐인 혼인이 될 것입니다."

확실히 이 수는 나쁘지 않았다. 자칼리와 혼인을 하게 되면 세르피엔은 프로테스티안 후작가의 이름 아래에서 보호받을 수 있을 터였다. 그뿐이랴, 제도에서 벗어나 머나먼 프로테스티안 후작령으로 몸을 피할 수 있을 터이니 지금 같은 시국에서는 이만한 방법이 없었다. 이토록 평화로운 방법으로 세르피엔을 안전하게 만들 수 있다니, 나쁘지 않은 정도가 아니라 최상의 수에 가까웠다. 쉬안 공작으로서도 굳이 반대할 이유를 찾기 힘들었다. 심지어 저 혼인이 허울뿐인 혼인이 아니라 진짜 혼인이라 할지라도.

프로테스티안 후작가의 청혼에 황궁은 한바탕 뒤집어졌다. 정확하게는 황제 홀로 뒤집어졌다. 몇몇 귀족이 황낭의 나이가 너무 어린데 혼사를 서두른다며 우려를 표시하기는 했지만 그뿐이었다. 나이를 제외하면 그다지 반대할 거리가 없었던 혼사였기에 세르피엔과 자칼리의 약혼은 순탄히 이루어졌다.

약혼식 날, 쉬안 공작은 홀로 테라스에서 잔을 비우는 퀠른 경에게 다가갔다. 진짜 혼사는 아니지만 딸아이의 약혼식을 보니 마음이 복잡한지 퀠른 경은 이미 반쯤 취해 있었다.

"자네도 한잔하겠나?"

퀠른 경이 한 손에 든 무거운 술병을 흔들어 보였다.

"좋지."

쉬안 공작은 기꺼이 퀠른 경이 건네는 잔을 받았다. 잔 가득히 담긴 독주를 한숨에 들이켠 쉬안 공작이 조용히 물었다.

"나는 그대가 이토록 평화로운 방법을 선택할 줄은 몰랐네."

만약에 자신이었더라면, 이렇게 평화롭게 끝내지는 않았을 터였다. 만약 자신이 퀠른 경의 입장이었더라면, 자신은 저 어린 소년 황제를 죽였을 터였다. 아니, 단순히 죽이는 것으로 끝내지 않을 터였다. 똑같이 제 소중한 이의 손에 죽도록 만들 것이었다.

"그러면? 반란이라도 일으킬 줄 알았나?"

퀠른 경은 농처럼 속삭였지만, 이게 완전한 농담이 아니라는 것은 말한 퀠른 경도 듣는 쉬안 공작도 알았다.

"생각해 보지 않은 것은 아니지. 하지만 그리하면? 실패했을 때야 말할 것도 없고 성공하더라도 세르피엔을 저 험한 자리에 앉히기밖에 더하겠는가."

퀠른 경의 눈이 황제를 향했다. 아직도 어린아이의 태가 남아 있는 소년 황제는 홀로 외로이 황좌에 앉아 있었다.

"나는 그러고 싶지 않아. 내가 바라는 건 그저 세르피엔의 온전한 행복과 안녕뿐이네."

세르피엔이 자칼리의 손을 잡고 홀의 중앙에서 춤을 추었다. 은빛이 감도는 흰 드레스가 화려한 샹들리에처럼 펼쳐졌다. 자칼리의 손을 잡고 뱅글뱅글 도는 세르피엔을 퀠른 경은 하염없이 바라보았다. 세르피엔이 한 바퀴를 돌 적이면 퀠른 경의 얼굴에 잔잔한 미소가 새겨졌다. 춤을 마친 세르피엔이 자칼리를 보며 환히 웃자 퀠른 경은 더 이상 바랄 것이 없다는 듯, 그리 웃었다. 그래서 쉬안 공작은 믿었다. 이것으로 평화가 다시 지속되리라고.

세르피엔과 자칼리가 약혼식을 올린 이듬해, 결혼식이 진행되었다. 쉬안 공작은 가벼운 마음으로 결혼식에 참석했지만, 그 끝은 결코 편하지 않았다. 결혼식이 마무리 되고, 세르피엔과 자칼리가 신방에 들어간 지 얼마 지나지 않아 황제가 황실 기사단과 함께 반란의 무리를 숙청하겠다며 무장을 하고 난입을 했기 때문이었다. 황제는 바로 신방부터 습격했지만, 신방에는 세르피엔 홀로 남아 있었다고 한다. 황제는 세르피엔 혼자만 안전한 곳으로 옮기고 대대적인 숙청을 감행했다. 그날 밤, 대부분의 프로테스티안 후작가의 사람들이 죽거나 투옥되었다. 온전히 살아남은 프로테스티안 후작가의 핏줄은 라리엘이 유일했다.

쉬안 공작은 새벽녘에 짐 더미처럼 널브러져 있는 퀠른 경의 시신을 발견했다. 카를이나 아버지, 올리비에와는 달리 마지막 인사는커녕 마지막조차 보지 못했다. 어떻게 죽었는지, 누구에게 죽었는지, 왜 죽었는지조차 알 수 없었다. 그저 복부에 난 수많은 자상들을 보고 고통스럽게 죽었겠구나, 짐작만 할 수 있을 뿐이었다. 눈물이 나야 할 것 같았는데, 눈물이 나지 않았다. 쉬안 공작은 메마른 눈으로 하루를 보냈다.

다음 날, 황제는 프로테스티안 후작가가 반란을 꾀하였노라고 발표했다. 황제는 그 증거로 프로테스티안령에서 이유 없이 군량미를 비축하고 군사를 늘렸으며, 군사 훈련을 하고 있는 점 등을 제시했다.

'그럴 리 없어.'

황제가 제시한 증거는 그럴듯했지만, 쉬안 공작은 황제의 말을 믿지 않았다. 쉬안 공작은 퀠른 경을 믿었다. 세르피엔을 황위에 앉히고 싶지 않다는 퀠른 경을 진심을, 쉬안 공작은 믿었다.

하지만 그렇다면 어째서, 어째서 프로테스티안 후작가는 군사력을 보강한 것이지? 답을 찾는 것은 오래 걸리지 않았다. 귀가한 쉬안 공작을 검은 드레스를 입은 라리엘이 맞이했다. 쉬안 공작을 바라보는 라리엘의 눈에는 숨기지 못한 원망이 드러나 있었다.

"공작 각하께서 아버지와 오라버니에게 칼라일의 정세를 전해 주었다면서요?"

아ㅡ. 더 이상 듣지 않아도 쉬안 공작은 어떻게 된 일인지 짐작할 수 있었다. 자신이, 칼라일의 정세를 전해 주며 계속해서 경고를 해 왔기에 프로테스티안 후작가에서 군사를 늘렸다는 사실을.

"맙소사."

칼라일의 정세를 전달하는 것이 이렇게 되돌아오리라고는 상상조차 하지 못했었다. 라리엘의 큰 눈망울에서 눈물이 떨어졌다. 눈물을 한 방울씩 흘리며 아무 말 없이 쉬안 공작을 응시하던 라리엘은 그대로 방을 나갔다. 그 후로 라리엘은 다시는 쉬안 공작을 보지 않았다.

* * *

세르피엔과 자칼리의 결혼식 날 일어난 사건은 빠른 속도로 정리되었다. 애초에 반란의 주범이라고 지목된 프로테스티안 후작가의 사람들 대부분이 현장에서 즉사하였기에, 정리라고 할 만한 것도 없었다. 프로테스티안 후작가의 남은 목숨이라고 해 보아야, 라리엘과 투옥되어 고문당하고 있는 자칼리뿐이었다. 자칼리가 투옥되어 고문당하고 있다는 소식을 들은 것인지 라리엘은 리데제니아를 시켜 쉬안 공작에게 정체불명의 가루와 쪽지를 보냈다.

[먹이면 잠시 사지가 마비되어 죽은 것처럼 보이는 가루입니다.]

더 이상 적혀 있지 않았지만 라리엘이 원하는 것은 너무나도 명확했다. 어떻게든 자칼리에게 이걸 먹여 달라는 것. 자칼리가 사망했다고 생각하면 분명 다른 반란의 종자들처럼 밖으로 내보내 시체 구덩이에 묻어 버릴 터이니, 그때 구출하겠다는 생각일 터였다.

투옥된 자에게 가루 하나 먹이는 것쯤이야 쉬안 공작에게는 그다지 어려운 일이 아니었다. 쉬안 공작은 미리 심어 둔 사람을 통해 가루를 섞은 물을 반입했고, 얼마 지나지 않아 자칼리가 사망했다는 소식이 돌았다.

시체 구덩이에 버려진 자칼리를 데려와 지극정성으로 보살폈지만 이미 몸이 많이 상한 뒤였다. 그저 숨이 붙어 있게 하는 것이 최선일 정도였다. 그토록 자칼리의 목숨은 경각에 달해 있었다.

자칼리의 목숨만 위급한 게 아니었다. 라리엘의 목숨 역시 바람 앞의 촛불보다 위태로웠다. 비록 살면서 단 한 번도 '프로테스티안'의 성을 달아 본 적은 없었지만 라리엘 역시 프로테스티안 후작가의 일원이었다. 그녀만 이 모진 칼바람을 온전히 피해 갈 수 있을 리 없었다. 수많은 이들이 라리엘을 죽여야 한다고 말을 했고, 쉬안 공작은 홀로 최선을 다해 라리엘을 지켰다.

정말로 온 힘을 다해 지켰다. 그녀만큼은, 지켜야만 할 것 같았다. 라리엘과 자신 사이에 온갖 모진 감정이 쌓여 있는 것을 쉬안 공작도 알았다. 하지만 모진 감정조차 감정이었다. 온갖 감정이 쌓일 정도로 오랜 세월을 함께한 이는 이제 라리엘이 유일했다. 모두 다, 하나씩 스러져 나가고 남은 것은 라리엘 하나뿐이었다. 그래서 쉬안 공작은 최선을 다했다.

하지만 라리엘은 아니었다. 그녀는 언제라도 죽을 수 있는 사람처럼 굴었다. 그걸 쉬안 공작도 느끼고 있었기에 그는 라리엘을 혼자 두지 않으려 애썼다. 필요하다면 리데제니아까지 동원해서라도.

하지만 상황은 좋지 않았다. 쉬안 공작이 라리엘을 지키려 하면 지키려 할수록, 리데제니아마저 위험해졌다. 리데제니아의 피 중 반이 프로테스티안 후작가의 것이었기 때문에. 아마 그래서였을 터였다. 라리엘은 자칼리가 구출된 지 얼마 지나지 않은 어느 날 음독자살했다. 싸늘하게 식은 시신 옆에 남은 것은 짤막한 유서 한 줄뿐이었다.

[제 피가 흐름으로 인해 리데제니아가 고통받지 않기를]

쉬안 공작은 무너졌다. 무너질 수밖에 없었다.

카를.

아버지.

올리비에.

퀠른 경.

그리고 라리엘.

제 인생 동안 쌓아 온 모든 것들이 바스러졌다. 오로지 쉬안 공작 하나만을 남겨 두고. 제 몸통에 구멍이 뻥 뚫린 것만 같았다. 제 존재가 희미해져 가는 것만 같았다. 조각조각 나 흩어질 것만 같아. 제 자신이 흩어지는 것을 쉬안 공작은 그저 보고만 있었다. 흩어져 내리는 쉬안 공작을 작은 손이 붙잡았다.

리데제니아.

리데제니아는 그 작은 손으로 쉬안 공작의 손을 붙잡고 눈물을 쏟아 냈다. 고장 난 오르골처럼 띄엄띄엄 죄송하다는 말을 뱉어 내는 리데제니아를 쉬안 공작은 품에 안았다. 이게 어떻게 너의 잘못일까. 이게 어떻게 너의 잘못일 수가 있을까.

"네 잘못이 아니다. 네 잘못이 아니야."

이렇게 참담한 비극으로 끝이 날 것이라고, 그 누가 예상했겠는가. 모두가 합리적인 사고에 따라 선의를 가지고 결정을 내렸지만 결말은 이 이상 비극적일 수 없었다.

이토록 끔찍한 비극으로 끝날 것이라면 차라리 제 분노라도, 제 절망이라도, 제 고통이라도 나눌 것을. 선의와 인내로 포장하지 말 것을. 차라리 반역이라도 일으켰다면, 반역이 두려웠다면 암살이라도 꾀했더라면, 그러면 이토록 처참한 결말이 나지는 않았을 텐데.

선의와 인내는 신기루와 같은 것임이 분명했다. 아무런 의미도 없는, 차가운 땅에 라리엘을 묻으며, 쉬안 공작은 먼지같이 남아 있던 선의와 인내마저 같이 흙더미에 섞어 파묻었다.

라리엘의 장례를 치르고 얼마 지나지 않아 리데제니아가 제도를 떠나 북단의 코르키스령에 가고 싶다고 청해 왔다. 쉬안 공작은 두 말하지 않고 리데제니아를 보내 주었다. 제 사랑하는 이들의 피가 흐르는 제도에 머무르는 것이 얼마나 고통스러울지, 잘 알았으니까.

쉬안 공작은 동쪽 쉬안 공작령에서 조용히 머물고 있던 아서도 얼마 지나지 않아 코르키스령으로 이동시켰다. 명목은 리데제니아의 호위였으나, 실제로는 아서를 훈련시키기 위함이었다.

'이것은 우스운 일.'

쉬안 공작은 아서를 명장(名將)으로 키워 낼 생각이었다. 그리하여 그 이름 위에 이든의 이름을 덧씌울 것이었다. 마치 아버지가 체자레에게 그리하였던 것처럼. 그리하여 종내 아서를 황좌에 앉힐 것이었다.

선의와 인내로 수년을 살아왔다. 그리하여 얻은 결말이 이것이라면, 혼자 살아남아 뼈가 아리도록 고통스러운 여생을 살아 내는 것이라면, 그 고통을 나눌 상대라도 있는 것이 낫지 않겠는가.

쉬안 공작이 천천히 눈을 감았다. 실낱같은 빛이 사라지고 완벽한 암흑이 찾아왔다.

*　*　*

쉬안 공작은 암흑 속으로 잠식했다. 선의, 인내, 동정, 희망, 그 외에 무언가 말랑거리는 모든 것들이 암흑 속에 파묻혔다. 남은 것은 냉정함, 단호함, 교활함, 가식 그런 것들밖에는 없었다. 쉬안 공작 앞에 완벽한, 냉철한, 철혈의, 단호한, 교활한, 현명한, 속을 알 수 없는, 뱀 같은-, 그런 온갖 수식어가 붙기까지는 오래 걸리지 않았다.

쉬안 공작의 세계는 늘 그렇게 어두울 것만 같았다. 하지만 어두운 쉬안 공작의 세계를 세르피엔은 예고도 없이 북- 찢고 들어왔다.

"공작, 나를 숨겨 주시오. 그 누구도 찾을 수 없는 곳에."

세르피엔이 그를 찾아왔을 때, 샤샤는 적잖이 놀랐었다. 기실 세르피엔과 샤샤는 이렇다 할 접점이 없었기 때문이었다. 아무래도 황낭과 귀족가의 수장이니 아주 모르는 사이는 아니었지만, 이렇게 위험한 부탁을 할 정도의 사이는 분명 아니었다.

"왜 제게 이런 부탁을 하시는 겁니까?"

"쉬안 공작은 만고의 충신이 아닌가. 본녀의 존재가 황제에게 해가 되고 있음은 나도 알고-."

세르피엔이 찰나지만 잘근, 제 입술을 깨물었다.

"그대도 알고 있지 않은가. 허니 황제 폐하를 위한다면 내 스스로 사라지는 수밖엔."

"황낭 전하를 따르는 다른 귀족 가문이 많지 않습니까."

"그들이 내가 사라지는 것에 동의할 거라고 생각하는가?"

맞는 말이었다. 쉬안 공작은 더 이상 반박할 수 없어 고개를 그저 고개를 끄덕였다.

"제가 전하를 해할 수도 있다고는 생각지 않으십니까. 사람 하나를 살려서 숨기는 것보다 죽여서 숨기는 것이 쉬운 것은 전하도 쉬이 짐작지 않으십니까."

쉬안 공작의 말에 올리비에는 그저 담담히 고개를 끄덕였다.

"그간 쉬안 공작가가 쌓아 올린 명예를 믿네."

참으로 순진하여라. 그 명예들조차 사실은 거짓으로 범벅된 것인데. 참으로 순진한 믿음으로 쉬안 공작가를 찾아왔지만, 세르피엔의 선택은 정말이지 최상이었다. 명예 같은 것을 다 떠나, 쉬안 공작은 세르피엔을 해할 수 없었으니.

올리비에를 닮은 찬란한 금발, 퀠른 경과 라리엘을 닮은 초록빛 눈, 세르피엔의 존재는 쉬안 공작의 마음을 두드렸다. 쉬안 공작은 입술을 깨물었다. 세르피엔은 아직 아무것도 하지 않았지만, 쉬안 공작은 그녀를 가까이에서 보는 것만으로도 어쩐지 눈물이 날 것만 같았다. 세르피엔이 잊어버렸던, 잊어버리려고 했던 것들을 모두 모아 놓은 것만 같아서. 그런 세르피엔의 몸을 감싸고 있는 것이 고통과 절망과 스스로를 향한 혐오뿐이라서.

그러니 쉬안 공작은 세르피엔을 거부할 수 없었다. 도망가기에 가장 좋은 곳은 역시 코르키스령이었다. 사람이 거의 살지 않는 곳. 눈만이 가득한 곳. 리데제니아와 아서 경이 있는 곳. 쉬안 공작은 기꺼이 세르피엔을 코르키스령으로 도망 보냈다.

별다른 이유가 있었던 것은 아니다. 그저 코르키스령이 숨기에 가장 좋은 곳이기에 골랐을 뿐이었다. 리데제니아와 세르피엔 사이에 무언가 만들어지기를 바랐던 것은 아니었다. 애초에 만들어질 만한 환경이라고 생각조차 하지 않았다. 무언가 새로운 것을 만들어 내기에는 리데제니아도 세르피엔도 너무나도 지쳐 있었기에.

하지만 인연은 그토록 간단한 것이 아니었다. 그저 1년여를 같이 보냈을 뿐이었다고 생각했건만, 그것이 씨앗이 되었는지 어느새 리데제니아는 세르피엔을 사랑하고 있었다. 쉬안 공작의 눈에는 그 감정이 너무나도 선연히 보였다. 아니, 그 누구의 눈에라도 그렇게 보였을 터였다.

미움이라는 탈을 쓰고 있었지만 어찌 관심이 없는 이에게 어찌 저 정도의 관심을 쏟을 수 있을까. 죄책감이라는 말로 변명하려 하지만 어찌 마음이 없는 이를 위해서 제 몸이 다치는 것을 불사할 수 있을까. 리데제니아가 쉬안 공작저에 난 불길 속에서 세르피엔을 구하던 날, 쉬안 공작은 리데제니아의 마음을 확신했다.

쉬안 공작이 확신한 마음을 리데제니아는 확신하지 못했다. 리데제니아는 끝없이 부정하고 또 부정했다. 왜 그렇게까지 부정하냐고 물어보고 싶을 정도로. 하지만 아무리 부정해도 한계가 있는 법이었다. 리데제니아는 결국 인정했다. 자신이 세르피엔을 사랑하고 있음을.

다만 세르피엔의 마음은 리데제니아에게 없는 것 같아 보였다. 세르피엔은 줄곧 상처받으면서도 늘 황제를 바라보았다. 수많은 것들을 포기하면서도, 황제 하나만큼은 포기하지 않았다. 그래서 쉬안 공작은 안타깝지만 리데제니아의 이번 사랑은 이루어지지 못하리라고 생각했다.

하지만 리데제니아는 기어코 세르피엔의 마음을 얻어 냈다. 어느 순간이었는지는 쉬안 공작도 알 수 없었다. 하지만 어느 순간 쉬안 공작은 세르피엔의 눈이 더 이상 황제를 쫓지 않고 리데제니아를 쫓고 있음을 발견했다. 그래서 쉬안 공작은 무엇이든 내놓을 것을 각오하고 감히 황실에 다시 한번 혼담을 넣었다. 리데제니아와 세르피엔의 혼담을. 역시나 황실은, 황제는 쉬안 공작에게 많은 것을 요구했다.

쉬안 공작은 그 모든 요구를 수용했다. 제 공작위마저도 쉬안 공작은 망설이지 않고 내려놓았다. 당연한 일이었다.

아버지, 카를, 라리엘 그리고 자신을 닮은 리데제니아. 올리비에,

퀠른 경 그리고 라리엘을 닮은 세르피엔. 제 소중한 이들이 빚어 낸 가장 값진 두 사람이 함께 쉬안 공작을 볼 때면 쉬안 공작은 찬란한 태양빛 아래에 있는 것만 같았으니. 한 줄기의 암흑도, 찰나의 냉혹함도 허용하지 않는 완전무결한 태양빛.

리데제니아와 세르피엔을 보고 있으면 돌이킬 수 없는 과거가 미래가 되어 제 앞에 나타나는 것만 같았다. 그러니 어떻게 사랑하지 않을 수 있을까. 두 사람을 위해서라면 그 무엇인들 아까울까.

리데제니아와 세르피엔의 결혼이 결정된 지 얼마 지나지 않은 어느 날, 샤샤는 두 사람과 함께 저녁 식사를 할 기회가 있었다.

"전하께서는 언제부터 리데제니아를 마음에 두시게 되셨습니까?"

반쯤은 짓궂은 농담이었다. 하지만 세르피엔의 대답은 더없이 진지했다.

"리제가 황제 폐하를 위해 몸을 날렸을 때부터요."

황제가 정적들의 손에 죽을 뻔했던 그때, 리데제니아는 황제를 살리기 위해 기꺼이 제 몸을 던졌었다. 그대로 두기만 했어도 오랜 세월 리데제니아를 괴롭혔던 황제를 죽일 수 있었을 텐데. 제 손에 피한 방울 묻히지 않고 복수할 수 있었을 텐데. 세르피엔이 리데제니아를 바라보는 눈이 깊었다. 단순한 사랑도, 기쁨도, 열망도 아닌 수많은 감정들이 일구어 낸 심연 같은 눈.

"밉고, 또 미웠을 텐데—."

그저 미운 것이 아니었을 텐데. 그런데도 리데제니아는 세르피엔을 위해서 황제를 지켰다. 자신이 상처받더라도 세르피엔이 온전하기를 바랐기에. 그러니 어떻게 사랑하지 않을 수 있을까. 아니, 사랑뿐이랴. 리데제니아를 향한 세르피엔의 마음에는 사랑 외에도 수많은 감정들이 얽혀 있었다. 죄책감과 미안함도 그 수많은 감정의 일부를 차지하고 있었다.

죄책감과 미안함으로 고개를 숙인 세르피엔에게로 리데제니아가 조심스레 손을 뻗었다. 세르피엔의 어깨를 감싸려던 리데제니아의 손이 샤샤의 눈치를 보고는 이내 세르피엔의 손으로 향했다. 리데제니아의 손이 세르피엔의 손 위에 포개졌다. 다독다독, 말없이 리데제니아가 세르피엔에게 속삭였다.

나는 너를 사랑한다고. 그러니 괜찮다고.

그 모습을 보던 샤샤는 문득 잊고 있었던 그 옛날이 떠올랐다. 올리비에가 제 손에 바이에른 공작의 약점을 쥐여 주던 날이. 그리고 그 약점을 그저 온전히 올리비에에게 돌려주었던 자신이.

'아ㅡ.'

샤샤가 속으로 짧게 탄식했다. 이미 올리비에는 백골이 되고도 남았을 터인데, 뒤늦은 감정이 샤샤를 덮쳤다. 늦었다. 너무 늦었다. 아니 너무 늦었다는 말로도 부족했다.

제 감정뿐이랴. 샤샤는 올리비에의 마음도 너무 늦게 깨달았다. 리데제니아가 세르피엔을 위해 몸을 날리는 것을 보고 리데제니아의 마음은 확신했으면서, 올리비에가 자신을 위해 몸을 날리는 것을 보고도 올리비에의 마음은 확신하지 못했다. 올리비에가 절벽에서 떨어지던 자신을 위해 몸을 날렸을 때, 아마도 올리비에의 마음에는 샤샤 자신이 있었을 터였다.

분명 두 사람 모두 서로를 향해 같은 마음을 품었었건만, 그 마음은 만날 수 없었다. 서로를 사랑하는 것도 어려웠지만 서로를 동시에 사랑하기는 더욱 어려웠다.

뒤늦은 감정이 한 줄기 눈물이 되어 흘러나왔다.

"아버님!"

세르피엔의 손을 도닥이던 리데제니아가 놀라 소리쳤다. 샤샤는 진정하라고 손짓을 하고는 환히 웃었다.

"내 기뻐서 눈물이 나는 것이니 소란 떨지 마라."

실로 그러했다. 이토록 어려운 일을 이토록 소중한 두 사람이 함께 해냈으니 어찌 기쁘지 않을까. 회한이 지나간 눈물자리를 기쁨이 덮었다.

이것이 우리가 고통으로 피워 낸 영원할 행복임을 예감하면서, 쉬안 공작이 눈을 감았다. 오래도록 잊고 지냈던 그리운 이들이 하나, 둘 별처럼 그의 눈앞에 나타났다. 카를, 올리비에, 라리엘, 그리고 퀠른. 쉬안 공작이 그리운 이들에게 이 이야기의 끝을 속삭였다.

그들은 오래오래 행복하게 살았노라고.

마침.